HEYNE <

NORA ROBERTS

Tief im Herzen

Roman

Aus dem Englischen
von Brigitta Merschmann

WILHELM HEYNE VERLAG
MÜNCHEN

Die Originalausgabe SEA SWEPT
erschien bei Jove Books, New York

MIX
Papier aus verantwortungsvollen Quellen
FSC® C014496

Penguin Random House Verlagsgruppe FSC® N001967

4. Auflage
Vollständige Taschenbuchausgabe 12/2015

Printed in Germany
Umschlaggestaltung: Eisele Grafi k-Design, München
unter Verwendung von © Bigstock/elenathewise
Satz: Buch-Werkstatt GmbH, Bad Aibling
Druck und Bindung: GGP Media GmbH, Pößneck
ISBN: 978-3-453-41930-8

www.heyne.de

Für May Blayney,
die solch ein warmes,
großes Herz hat

Prolog

Cameron Quinn war nicht sinnlos betrunken. Es konnte dazu kommen, wenn er es sich vornahm, aber im Augenblick zog er den angenehmen Zustand des Beschwipstseins vor. Der Gedanke gefiel ihm, dass es genau dieses Gefühl knapp vor dem Vollrausch war, auf dem sein Glück beruhte.

Er glaubte mit aller Kraft an die Macht von Ebbe und Flut, an die Gezeiten des Glücks, und im Augenblick strömte seines schnell und ungehindert dahin. Erst gestern hatte er mit seinem Tragflügelboot die Weltmeisterschaft gewonnen, die Konkurrenten um eine Buglänge geschlagen und den geltenden Geschwindigkeitsrekord gebrochen. Er hatte Ruhm und eine pralle Geldbörse geerntet und beides nach Monte Carlo mitgenommen, um dort die Probe aufs Exempel zu machen.

Beide bewährten sich.

Nach ein paar Runden Bakkarat, zwei Würfelspielen und einer Kartenpartie nahm das Volumen seiner Brieftasche noch zu. Und dank der Paparazzi und einem Reporter von *Sports Illustrated* wurde auch etwas für seinen Ruhm getan.

Fortuna fuhr fort, ihm zuzulächeln – nein, eher anzüglich anzugrinsen, dachte Cameron –, denn sie führte ihn am selben Tag in dieses kleine Juwel am Mittelmeer, an dem besagte populäre Zeitschrift gerade die Aufnahmen für eine Ausgabe mit Badeschönheiten beendete.

Und das langbeinigste dieser wohlgeformten göttlichen Geschöpfe nahm ihn ins Visier ihrer tiefblauen Augen, spitzte den Schmollmund zu einem einladenden Lächeln, das selbst einem Blinden nicht entgangen wäre, und entschied, noch ein paar Tage länger zu bleiben. Und sie hatte ihm signalisiert, dass er im Handumdrehen noch ein gutes Stück glücklicher werden könnte.

Champagner, glanzvolle Kasinos, heißer, zügelloser Sex. Ja, überlegte Cameron, das Glück war definitiv eine Frau nach seinem Geschmack.

Als sie aus dem Kasino in die milde Märznacht hinaustraten, tauchte einer der allgegenwärtigen Paparazzi auf und knipste hektisch drauflos. Die Schöne schmollte – schließlich war dies ja ihr Markenzeichen –, schüttelte kunstvoll ihre endlos lange, bügelglatte silberblonde Haarmähne und brachte geschickt ihren verführerischen Körper in Positur. Ihr Kleid, rot wie die Sünde und so dünn wie eine zweite Haut, verhieß den Zutritt zum Paradies.

Cameron grinste nur.

»Welch eine Plage«, sagte sie mit der Andeutung eines Lispelns oder eines französischen Akzents. Cameron wusste es nie genau zu sagen. Sie seufzte und ließ sich von Cameron die in Mondlicht getauchte Straße entlangführen. »Wohin ich auch blicke, immer ist eine Kamera da. Ich bin es so leid, nur als Lustobjekt betrachtet zu werden.«

O ja, klar, dachte er. Und weil er fand, dass sie beide oberflächlich waren, lachte er und zog sie in seine Arme. »Warum liefern wir ihm nicht etwas für den Aufmacher auf der Titelseite, Süße?«

Er küsste sie, und ihr Geschmack kitzelte seine Hormone, regte seine Fantasie an, und er freute sich, dass ihr Hotel nur zwei Straßen entfernt lag.

Sie fuhr ihm mit den Fingern durchs Haar. Sie mochte Männer mit üppigem Haar, und seines war voll, dicht und dunkel. Sein schlanker, fester Körper schien ganz aus Muskeln zu bestehen. Sie war sehr wählerisch, was den Körper eines potenziellen Liebhabers betraf, und der seine wurde ihren Ansprüchen vollauf gerecht.

Seine Hände allerdings waren eine Spur zu rau. Nicht wie er zupackte, nein, das war himmlisch, sondern seine Haut. Es waren die Hände eines arbeitenden Mannes, doch sie war bereit, ihrer Geschicklichkeit zuliebe den Mangel an Klasse zu übersehen.

Sein Gesicht war faszinierend. Nicht hübsch. Sie würde sich niemals mit einem Mann einlassen geschweige denn fotografieren lassen, der hübscher war als sie. Sein Gesicht hatte etwas Hartes, was nicht nur an der gebräunten Haut lag, die sich über den Knochen spannte. Es waren seine Augen, dachte sie, während sie leise lachte und sich von ihm löste. Graue Augen, die eher die Farbe von Flintsteinen als von Rauch hatten, und voller Geheimnisse waren. Sie mochte Männer mit Geheimnissen, da keiner imstande war, sie lange vor ihr zu verbergen.

»Du bist ein böser Junge, Cameron.« Die Betonung lag auf der letzten Silbe. Sie berührte mit dem Finger seinen Mund, einen Mund, der nichts Weiches an sich hatte.

»Das hat man schon oft zu mir gesagt ...« Er musste kurz nachdenken, da ihm ihr Name entfallen war. »Martine.«

»Vielleicht erlaube ich dir heute Nacht, böse zu sein.«

»Ich rechne fest damit, Schätzchen.« Er wandte sich dem Hotel zu. Mit ihren eins achtzig war sie fast so groß wie er. »Meine Suite oder deine?«

»Deine«, säuselte sie. »Wenn du noch eine Flasche Champagner bestellst, erlaube ich dir vielleicht, mich zu verführen.«

Cameron bat an der Rezeption um seinen Schlüssel. »Ich brauche noch eine Flasche Cristal, zwei Gläser und eine einzelne rote Rose«, sagte er zu dem Portier, ohne Martine aus den Augen zu lassen. »Jetzt gleich.«

»Ja, Monsieur Quinn. Ich kümmere mich darum.«

»Eine Rose.« Sie warf ihm einen verführerischen Blick zu, als sie zum Aufzug gingen. »Wie romantisch.«

»Oh, wolltest du auch eine?« Ihr verwirrtes Lächeln sagte ihm, dass Humor nicht ihre starke Seite war. Also keine witzigen Gespräche, dachte er, und konzentrierte sich auf das Wesentliche.

Sobald der Aufzug sie von der Außenwelt abschirmte, zog er sie an sich und drückte die Lippen auf ihren Schmollmund. Die Begierde überwältigte ihn. Er war zu beschäftigt gewesen, zu besessen von seinem Boot und dem Rennen, um sich Zeit für Erholung zu gönnen. Jetzt wollte er zarte, duftende Haut spüren, üppige weibliche Rundungen. Eine Frau, irgendeine Frau, solange sie nur willig und erfahren war und die Grenzen kannte.

In dieser Hinsicht war Martine vollkommen.

Sie stieß einen Seufzer aus, der nicht nur geheuchelt war, um ihn zu beeindrucken, dann bog sie den Kopf zurück und bot ihm ihren Hals dar. »Du fährst wohl auf der Überholspur.«

Seine Hand glitt über die Seide. »So verdiene ich mir meinen Lebensunterhalt. Auf der Überholspur. Ich kenne es gar nicht anders.«

Ohne sie loszulassen, tänzelte er aus dem Aufzug und

durch den Korridor zu seiner Suite. Ihr Herz schlug heftig, ihr Atem stockte, und ihre Hände ... sie wusste genau, was sie tat.

Soviel zum Thema Verführung.

Er sperrte die Tür auf und drückte dann Martine von innen dagegen. Er streifte ihr die Spaghettiträger von den Schultern und hielt ihren Blick fest, während er mit ihren herrlichen Brüsten spielte. Ihr Schönheitschirurg hatte eine Medaille verdient.

»Willst du es langsam oder schnell?«

Ja, seine Hände fühlten sich rau an, aber – Gott – wie erregend! Sie hob eines ihrer langen Beine und schlang es um seine Taille. Beweglich war sie, das musste er ihr lassen. »Ich will es jetzt.«

»Gut. Ich auch.« Er griff unter ihren Rock und zerrte die hauchdünne Spitze herunter. Ihre Augen weiteten sich, ihr Atem ging schneller.

»Tier. Biest.« Sie grub die Zähne in seinen Hals.

Noch während er nach seinem Schritt griff, klopfte es diskret an der Tür. Jeder Blutstropfen war aus seinem Kopf unter seine Gürtellinie gewandert. »Himmel, so schnell kann der Zimmerservice doch nicht sein. Stellen Sie's vor die Tür«, rief er und bereitete sich darauf vor, die göttliche Martine gleich dort an der Tür zu nehmen.

»Monsieur Quinn, entschuldigen Sie bitte. Für Sie ist ein Fax gekommen. Mit dem Vermerk ›dringend‹.«

»Sag ihm, er soll gehen.« Martines Hand umschloss ihn wie eine Eisenklammer. »Sag ihm, er soll zur Hölle gehen. Ich will, dass du mich vögelst.«

»Halt mal. Ich meine, warte einen Moment«, bat er und löste ihre Finger, bevor er nicht mehr klar denken konnte.

Er schob sie hinter die Tür, überzeugte sich kurz, dass sein Reißverschluss zugezogen war, dann öffnete er.

»Entschuldigen Sie die Störung …«

»Kein Problem. Danke.« Cameron kramte in seiner Tasche nach einem Geldschein, ohne nachzusehen, wie viel es war, und tauschte ihn gegen den Umschlag. Ehe der Page etwas sagen konnte, schob Cameron die Tür wieder zu.

Martine warf den Kopf zurück. »Du interessierst dich mehr für ein albernes Fax als für mich. Als für das hier.« Geschickt streifte sie ihr Kleid ab, wie eine Schlange, die ihre alte Haut abwirft.

Cameron dachte, was immer sie auch für diesen Körper bezahlt haben mochte, er war jeden Penny wert. »Nein, glaub mir, Kleines, das stimmt nicht. Es dauert nur eine Sekunde.« Er riss den Umschlag auf, bevor er dem Impuls nachgeben konnte, ihn zu zerknüllen und sich blindlings auf sie zu stürzen.

Dann las er die Nachricht, und seine Welt, sein Leben, sein Herz blieben stehen.

»O Gott.« Der Wein, den er im Laufe des Abends achtlos konsumiert hatte, stieg ihm zu Kopf, rumorte in seinem Magen und ließ seine Knie weich werden. Er musste sich gegen die Tür lehnen, als er es noch einmal las.

Cam, warum hast du keinen unserer Anrufe erwidert? Wir versuchen seit Stunden, dich zu erreichen. Dad liegt im Krankenhaus. Es steht schlecht, so schlecht, wie man es sich nur vorstellen kann. Keine Zeit für Details. Er entgleitet uns allmählich. Beeil dich. Phillip.

Cameron hob die Hand – die Hand, mit der er das Steuer dutzender Boote, Flugzeuge, Rennwagen gehalten hatte und die einer Frau himmlische Vergnügungen bereiten konnte. Seine Hand zitterte, als er sich durchs Haar fuhr.

»Ich muss nach Hause.«

»Du bist zu Hause.« Martine beschloss, ihm noch eine Chance zu geben, und rieb ihren Körper an seinem.

»Nein, ich muss weg.« Er stieß sie zur Seite und ging zum Telefon. »Lass mich allein. Ich muss ein paar Anrufe erledigen.«

»Du glaubst, du kannst mich einfach so wegschicken?«

»Tut mir leid. Verschieben wir es auf ein anderes Mal.« Er konnte sich einfach nicht auf sie konzentrieren. Zerstreut zog er mit einer Hand Geldscheine aus seiner Tasche, mit der anderen griff er zum Hörer. »Für das Taxi«, sagte er und vergaß dabei, dass sie im selben Hotel abgestiegen war.

»Du Schwein!« Nackt und wutentbrannt stürzte sie sich auf ihn. Hätte er fest auf den Beinen gestanden, dann hätte er dem Schlag ausweichen können. So war es ein Volltreffer. Seine Ohren klingelten, seine Wange brannte, und er verlor endgültig die Geduld. Er schlang die Arme um sie, was sie als einen Annäherungsversuch auslegte. Angewidert schleifte er sie zur Tür. Er nahm sich noch die Zeit, ihr Kleid aufzuheben, dann beförderte er sie zusammen mit dem Seidenfähnchen in den Korridor. Von ihrem Gekreische dröhnte ihm der Schädel, als er den Riegel vorlegte. »Ich werde dich töten. Du Schwein! Dafür werde ich dich töten. Für wen hältst du dich eigentlich? Du bist ein Niemand! Ein Niemand!«

Cameron ließ Martine schreien und gegen die Tür hämmern, er ging ins Schlafzimmer, um das Nötigste einzupacken.

Es sah so aus, als hätte ihn sein Glück plötzlich im Stich gelassen.

1. Kapitel

Cam verhandelte, bettelte und warf mit Geld nur so um sich. Es war nicht leicht, um ein Uhr nachts eine Transportmöglichkeit von Monaco nach Maryland aufzutreiben.

Er fuhr nach Nizza und brauste über die gewundene Küstenstraße zu einer kleinen Landebahn, von der aus ihn ein Freund gegen tausend amerikanische Dollar nach Paris fliegen wollte. In Paris charterte er eine Maschine zum Eineinhalbfachen des üblichen Preises, und er verbrachte die Stunden über dem Atlantik in einem Nebel aus Müdigkeit und nagender Angst.

Gegen sechs Uhr früh erreichte er den Washington Dulles Airport in Virginia. Der Mietwagen wartete schon, und im kühlen Morgengrauen fuhr er los Richtung Chesapeake Bay.

Als er schließlich zu der Brücke gelangte, die sich über die Bucht spannte, stand die Sonne schon hoch am Himmel. Cam hatte einen großen Teil seines Lebens damit zugebracht, in der Bucht, auf Flüssen und Binnengewässern dieses Teils der Welt zu segeln. Der Mann, an dessen Krankenbett er jetzt eilte, hatte ihm viel mehr beigebracht als zwischen Steuerbord und Bug zu unterscheiden. Alles, was er besaß, was er geleistet hatte und ihn mit Stolz erfüllte, hatte er Raymond Quinn zu verdanken.

Er war dreizehn Jahre alt gewesen, als Ray und Stella Quinn ihn vor dem völligen Absturz bewahrt hatten. Die

Liste seiner Verfehlungen las sich bereits wie ein Lehrbuch über den Einstieg in eine kriminelle Karriere.

Raub, Einbruch, illegaler Alkoholkonsum, unerlaubtes Fernbleiben vom Unterricht, tätlicher Angriff, Vandalismus – er hatte gemacht, was er wollte, und dabei sehr oft Glück gehabt, nicht erwischt worden zu sein. Aber der glücklichste Moment seines Lebens war, als man ihn dann doch auf frischer Tat ertappte.

Dreizehn Jahre alt, dürr wie eine Bohnenstange, übersät mit blauen Flecken von der letzten Abreibung, die sein Vater ihm verabreicht hatte. Das Bier war alle. Was sollte ein Vater da schon anderes tun?

In jener heißen Sommernacht, als das Blut noch auf seinem Gesicht trocknete, hatte Cam sich geschworen, nie wieder in den heruntergekommenen Wohnwagen zurückzukehren, nie wieder in dieses Leben, zu dem Mann, zu dem ihn die Fürsorge immer wieder zurückschickte. Er würde weggehen, egal wohin. Vielleicht nach Kalifornien, vielleicht nach Mexiko.

In seinen Träumen sah er damals alles klar vor sich, wenn seine Sicht dank eines blauen Auges auch verschwommen war. Er besaß sechsundfünfzig Dollar und ein wenig Kleingeld, die Kleider, die er am Leibe trug, und er hatte die Einstellung, dass die Welt ihn mal konnte. Was er jetzt brauchte, so dachte er, war ein fahrbarer Untersatz.

Er fuhr als blinder Passagier im Güterzug nach Baltimore. Er wusste nicht, wohin der Zug fuhr, und es war ihm auch egal. Er wollte nur weit weg. Im Dunkeln zusammengekauert, von jedem Stoß bis ins Mark durchgerüttelt, schwor er sich, sich eher umzubringen oder umbringen zu lassen als zurückzugehen.

Als er sich aus dem Zug stahl, roch er Wasser und Fisch und wünschte inständig, er hätte daran gedacht, sich irgendwo Proviant zu beschaffen. Sein Magen knurrte. Ihm war schwindelig, und er war verwirrt, doch er marschierte los.

Hier gab es nicht viel zu sehen. Er befand sich in einer verschlafenen Kleinstadt, in der nachts die Gehsteige hochgeklappt wurden, in der Boote gegen durchhängende Docks schlugen. Hätte er klar denken können, dann hätte er vielleicht den Plan gefasst, in einen der Läden an der Uferpromenade einzubrechen, aber dieser Gedanke kam ihm erst, als er die Stadt bereits hinter sich gelassen hatte und sich auf Marschland wiederfand.

Die Schatten und Geräusche der Marsch waren ihm unheimlich. Die Sonne erschien am östlichen Horizont und tauchte die sumpfige Ebene und das hohe, feuchte Gras in goldenes Licht. Ein großer weißer Vogel schwang sich empor, bei dessen Anblick sich Cams Herz weitete. Er hatte noch nie zuvor einen Reiher gesehen, er kam ihm fast unwirklich vor. Aber der Vogel schlug mit den Flügeln und stieg hoch in die Luft auf. Aus einem unerfindlichen Grund folgte Cam ihm entlang der Marsch, bis er zwischen dichten Bäumen verschwand.

Er verlor den Überblick, wie weit und in welche Richtung er gegangen war, aber sein Instinkt sagte ihm, dass er sich an die schmale Landstraße halten sollte, wo er sich leicht im hohen Gras oder hinter einem Baum verstecken konnte, falls ein Streifenwagen vorbeikam.

Er musste einen Schlupfwinkel finden, einen Ort, an dem er sich zusammenrollen und schlafen, das unangenehme Ziehen des Hungers und die Übelkeit vergessen konnte. Als die Sonne höher stieg, fiel ihm wegen der Hitze das Atmen schwerer. Das Hemd klebte ihm am Rücken, und seine Füße begannen zu schwitzen.

Den Wagen sah er zuerst, eine strahlend weiße Corvette, ein Bild von Kraft und Eleganz, der wie ein Schatz im dunstigen Licht der Morgendämmerung glitzerte. Daneben war ein Lieferwagen abgestellt, verrostet, verkratzt, fast schäbig verglichen mit der arroganten Raffinesse des Sportwagens.

Cam kauerte sich hinter einen blühenden Hortensienstrauch und betrachtete ihn. Begehrte ihn.

Mit diesem Ding würde er bis nach Mexiko kommen, ja, an jeden Ort, zu dem er wollte. Scheiße, bei der Leistung, die diese Maschine brachte, hätte er die Hälfte des Weges zurückgelegt, bevor noch jemand merkte, dass er ausgerückt war.

Er verlagerte sein Gewicht, blinzelte heftig, um klarer sehen zu können, und starrte auf das Haus. Es verblüffte ihn immer wieder, welch geordnetes Leben andere Leute führten. Sie wohnten in blitzsauberen Häusern mit gestrichenen Fensterläden, Blumen und gestutzten Sträuchern im Hof. Das Haus erschien ihm riesig, ein moderner weißer Palast.

Anscheinend waren die Leute reich, dachte er, und Ärger wallte in ihm auf, der zusammen mit dem Hunger an ihm nagte. Solche Leute konnten sich feine Häuser und feine Autos leisten und führten ein geruhsames Leben. Und ein Teil von ihm, der Teil, genährt von dem Mann, der von Hass und Budweiser lebte, wollte zerstören, die Sträucher plattwalzen, all die funkelnden Fenster einschlagen und das hübsch gestrichene Holz zertrümmern.

Er wollte ihnen wehtun, weil sie alles hatten, während er gar nichts besaß. Doch als er sich aufrichtete, verwandelte sich sein bitterer Zorn in Schwindel und Benommenheit. Er drängte seine Gefühle zurück, biss die Zähne zusammen, bis sie schmerzten, doch zumindest wurde sein Kopf wieder klar.

Sollen die reichen Mistkerle ruhig weiterschlafen, dachte er. Er würde sie nur um den heißen Schlitten erleichtern. Der war nicht mal abgeschlossen, stellte er fest und lachte über ihre Dummheit, als er die Tür aufzog. Eine der wenigen nützlichen Fähigkeiten, die sein Vater ihm mitgegeben hatte, war, einen Wagen schnell und geräuschlos kurzzuschließen. Diese Fähigkeit erwies sich als sehr praktisch, wenn man seinen Lebensunterhalt zu einem großen Teil damit verdiente, gestohlene Autos an Hehler zu verscherbeln.

Cam kroch unters Lenkrad und machte sich an die Arbeit.

»Es gehört Mumm dazu, jemandem den Wagen direkt aus der Einfahrt zu klauen.«

Ehe Cam reagieren oder wenigstens fluchen konnte, packte ihn eine Hand hinten an der Jeans, riss ihn hoch und wirbelte ihn herum. Cam holte aus, doch seine Fäuste schienen an einem Steinblock abzuprallen.

Das war seine erste Begegnung mit dem Großen Quinn. Der Mann war ein Hüne, mindestens eins neunzig groß und gebaut wie der Stürmer der Baltimore Colts. Sein breites Gesicht war wettergegerbt und wurde von einem dichten blonden Haarschopf eingerahmt, in dem hier und da Silber aufblitzte. Die durchdringend blauen Augen loderten vor Zorn. Es kostete ihn nicht viel Kraft, den Jungen festzuhalten. Der wog nicht mal hundert Pfund, schätzte Quinn. Sein Gesicht war schmutzig und übel zerschunden, ein Auge fast zugeschwollen, während aus dem anderen, das von dunklem Schiefergrau war, eine Bitterkeit sprach, die nicht zu einem Kind passte. Getrocknetes Blut klebte an seinem spöttisch verzogenen Mund. Mitleid und Zorn regten sich in ihm, doch er ließ nicht locker. Sonst wäre dieses Kaninchen blitzschnell verschwunden.

»Sieht ganz so aus, als hättest du beim Raufen den kürzeren gezogen, mein Sohn.«

»Nehmen Sie Ihre beschissenen Hände weg. Ich hab' nichts getan.«

Ray hob kaum merklich eine Braue. »Du hast heute, Samstag gegen sieben Uhr früh, im neuen Wagen meiner Frau gesessen.«

»Ich hab' bloß ein bisschen Kleingeld gesucht. Was soll das Scheißtheater?«

»Du willst es dir doch nicht zur Gewohnheit machen, das Wort ›Scheiße‹ ausschließlich als Schimpfwort zu benutzen?«

Sein dozierender Ton war zu viel für Cam. »Hören Sie, Mann, ich wollte bloß einen Vierteldollar schnorren. Den hätten Sie nicht mal vermisst.«

»Nein, aber Stella hätte ihren Wagen vermisst, wenn du ihn geklaut hättest. Und mein Name ist nicht ›Mann‹. Ich heiße Ray. Also, meiner Ansicht nach hast du jetzt folgende Alternativen. Nummer eins: Ich schaffe dich ins Haus und rufe die Cops. Was hältst du davon, die nächsten paar Jahre in einem Heim für schwer erziehbare Jugendliche zu verbringen?«

Aus Cams Gesicht wich alle Farbe. Sein leerer Magen revoltierte, und seine Handflächen wurden plötzlich feucht.

In einem Käfig würde er es nicht aushalten. Er war sicher, dass er dort sterben würde. »Ich sagte doch, ich wollte den verdammten Wagen nicht klauen. Er hat vier Gänge. Wie zum Teufel soll ich einen Wagen mit vier Gängen fahren?«

»Oh, ich habe den Eindruck, damit wärst du schon klargekommen.« Ray blies die Backen auf, dachte kurz nach und atmete wieder aus. »Also, Wahlmöglichkeit Nummer zwei …«

»Ray! Was machst du da draußen mit diesem Jungen?«

Er blickte zur Veranda hinüber, wo eine Frau mit wilder roter Haarmähne in einem verschossenen blauen Morgenmantel stand und die Hände in die Hüften gestemmt hatte.

»Wir unterhalten uns nur. Er wollte deinen Wagen klauen.«

»Um Himmels willen!«

»Er ist brutal zusammengeschlagen worden. Ist noch nicht lange her, würde ich sagen.«

»Na.« Stella Quinns Seufzer war über den taufeuchten sattgrünen Rasen hinweg zu hören. »Bring ihn rein, dann schaue ich ihn mir mal an. Ein übler Start in den Tag. Ganz übel. Nein, du gehst da rein, du dummer Hund. Du bist vielleicht eine Niete, bellst nicht mal, wenn man meinen Wagen klauen will.«

»Meine Frau, Stella.« Ray lächelte strahlend. »Sie hat dir gerade Wahlmöglichkeit Nummer zwei genannt. Hungrig?«

Die Stimme summte in Cams Kopf. In der Ferne kläffte hell fröhlich ein Hund. Vögel sangen schrill und viel zu nahe. Seine Haut wurde flammend heiß, dann eiskalt, und er sah nichts mehr.

»Sachte, sachte, mein Sohn. Ich stütze dich.«

Er fiel in einen schwarzen Abgrund und hörte Rays leisen Fluch nicht mehr.

Als er erwachte, lag er auf einer festen Matratze in einem Zimmer. Eine Brise bauschte die Seidenvorhänge auf und brachte den Duft von Blumen und Wasser mit herein. Panik stieg in ihm auf. Als er sich aufsetzen wollte, hielten ihn zwei Hände fest.

»Bleib noch einen Moment still liegen.«

Er sah das längliche, schmale Gesicht der Frau, die sich über ihn beugte und abtastete. Es war mit unzähligen goldenen Sommersprossen übersät, die ihn aus irgendeinem Grund faszinierten. Ihre Augen waren dunkelgrün und nachdenklich, ihr Mund bildete einen dünnen, ernsten Strich. Sie hatte ihr Haar straff zurückgebunden und roch schwach nach Puder.

Plötzlich bemerkte Cam, dass man ihn bis auf seine zerschlissene Unterhose ausgezogen hatte. Scham überwältigte ihn.

»Lassen Sie mich los.« Seine Stimme war ein angstvolles Krächzen, was seine Wut noch steigerte.

»Jetzt entspann dich mal. Entspann dich. Ich bin Ärztin. Sieh mich an.« Stella kam näher. »Sieh mich an. Sag mir deinen Namen.«

Das Herz hämmerte in seiner Brust. »John.«

»Smith, vermutlich«, meinte sie trocken. »Na, wenn du die Geistesgegenwart hast, mich anzuschwindeln, dann geht es dir wohl nicht allzu schlecht.« Sie leuchtete mit einer Lampe in seine Augen. »Ich würde sagen, du hast dir eine leichte Gehirnerschütterung eingehandelt. Wie oft bist du ohnmächtig geworden, seit man dich geschlagen hat?«

»Das war das erste und einzige Mal.« Er spürte, wie er unter ihrem festen Blick rot wurde, und er kämpfte mit sich, um sich ihr nicht zu entziehen. »Glaube ich. Sicher bin ich nicht. Ich muss hier weg.«

»Ja, natürlich, und zwar ins Krankenhaus.«

»Nein.« Die Angst verlieh ihm die Kraft, ihren Arm zu packen, bevor sie sich aufrichten konnte. Wenn er ins Krankenhaus ging, würde es Fragen geben. Und mit den Fragen kamen die Cops. Mit den Cops kamen die Sozialarbeiter. Und dann wäre er im Handumdrehen wieder in dem Wohnwagen, der nach abgestandenem Bier und Pisse stank, bei einem Mann, dem es Freude bereitete, auf einen Jungen einzuschlagen, der nur halb so groß war wie er.

»Ich gehe nicht ins Krankenhaus. Das tue ich nicht. Geben Sie mir einfach meine Klamotten. Ich habe Geld. Ich bezahle Sie für Ihre Mühe. Ich muss weg.«

Sie seufzte wieder. »Sag mir deinen Namen, deinen richtigen Namen.«

»Cam. Cameron.«

»Cam, wer hat dir das angetan?«

»Ich weiß es ...«

»Lüg mich nicht an«, fuhr sie auf.

Und er brachte es tatsächlich nicht fertig. Seine Angst war zu groß, und sein Kopf begann so heftig zu schmerzen, dass er um ein Haar gewimmert hätte. »Mein Vater.«

»Warum?«

»Weil er es gern tut.«

Stella presste die Finger auf ihre Augen, dann ließ sie die Hände sinken und blickte aus dem Fenster. Sie sah das blaue Wasser, die dicht belaubten Bäume und den Himmel, wolkenlos und wunderschön. Und in dieser herrlichen Welt, dachte sie, gab es Eltern, die ihre Kinder schlugen, weil es ihnen Spaß machte, und niemand hinderte sie daran.

»Na schön, jetzt mal eins nach dem anderen. Dir war schwindelig, du kannst nur verschwommen sehen?«

Vorsichtig nickte Cam. »Ja, zum Teil. Aber ich habe seit einer ganzen Weile nichts gegessen.«

»Ray ist unten und kümmert sich darum. Er kocht besser als ich. Deine Rippen sind gequetscht, aber nicht gebrochen. Um das Auge steht es am schlimmsten«, murmelte sie und berührte sanft die Schwellung. »Das können wir hier behandeln. Wir waschen und verarzten dich, und dann sehen wir mal, wie es dir geht. Ich bin Ärztin«, wiederholte sie und lächelte, als sie ihm mit ihrer wohltuenden, paradiesisch kühlen Hand das Haar aus der Stirn strich. »Kinderärztin. Darunter fällst du auch noch, du harter Bursche. Wenn sich dein Zustand nicht bessert, müssen wir dich röntgen lassen.« Sie griff in ihre Tasche und holte ein Antiseptikum heraus. »Es wird jetzt ein wenig brennen.«

Er zuckte zusammen und sog die Luft ein, als sie sein Gesicht verarztete. »Warum tun Sie das?«

Sie konnte nicht anders. Mit ihrer freien Hand strich sie ihm eine wirre Locke aus dem Gesicht. »Weil ich es gern tue.«

Sie hatten ihn dabehalten. So einfach war das gewesen, dachte Cam jetzt. So einfach war es ihm zumindest damals vorgekommen. Erst Jahre später hatte er erkannt, wie viel Arbeit, Mühe und Geld sie investiert hatten, um ihn erst in Pflege zu nehmen und dann zu adoptieren. Sie hatten ihm ein Heim gegeben, ihren Namen und alles, was seinem Leben einen Sinn gab.

Vor knapp acht Jahren hatten sie Stella durch Krebs verloren, der sich in ihrem Körper ausgebreitet und ihn allmählich von innen zerfressen hatte. Ein Teil des Lichts, womit sie das Haus am Rand von St. Christopher's, der kleinen Stadt am Wasser erfüllt hatte, war in Ray, in Cam und den beiden anderen verlorenen Jungen, die sie zu ihren Söhnen gemacht hatten, erloschen.

Cam hatte sich in seine Rennen gestürzt – egal was, egal wo. Und jetzt brauste er nach Hause zu dem Mann, der für ihn zum Vater wurde.

Er war unzählige Male in jenem Krankenhaus gewesen – in der Zeit, als seine Mutter dort gearbeitet hatte, und später, als sie wegen ihrer Krankheit dort behandelt wurde, an der sie schließlich starb.

Jetzt ging er von Panik erfüllt hinein und fragte den Pförtner nach Raymond Quinn.

»Er liegt auf der Intensivstation. Nur die Familie hat Zutritt.«

»Ich bin sein Sohn.« Cameron wandte sich ab und steuerte auf den Aufzug zu. Man brauchte ihm nicht zu sagen, welche Etage. Er wusste es nur zu gut.

Er sah Phillip, als sich die Türen zur Intensivstation öffneten. »Wie schlimm ist es?«

Sein Bruder reichte ihm einen der beiden Becher mit Kaffee, die er in den Händen hielt. Sein Gesicht war bleich vor Müdigkeit, sein normalerweise sehr gepflegtes rotbraunes Haar war zerwühlt. Sein längliches, fast engelhaftes Gesicht war voller Bartstoppeln, und tiefe Schatten lagen unter seinen Augen.

»Ich war nicht sicher, ob du es schaffen würdest. Es sieht übel aus, Cam. Mann, ich muss mich mal kurz hinsetzen.«

Er betrat einen kleinen Warteraum und ließ sich auf einen Stuhl fallen. Einen Moment lang starrte er blind auf die Morgensendung, die im Fernsehen lief.

»Was ist passiert?«, wollte Cam wissen. »Wo ist er? Was sagen die Ärzte?«

»Er war auf dem Heimweg von Baltimore. Zumindest glaubt Ethan, dass er nach Baltimore gefahren war. Aus welchem Grund auch immer. Er ist gegen einen Telefonmast geprallt. In voller Fahrt.« Phillip drückte die Hand auf sein Herz, weil es jedes Mal wehtat, wenn er es sich vorstellte. »Sie sagen, dass er eventuell einen Herzanfall oder Schlaganfall erlitten und die Kontrolle über den Wagen verloren hat, aber ganz sicher sind sie noch nicht. Er ist schnell gefahren. Zu schnell.«

Phillip musste die Augen schließen, weil sein Magen revoltierte. »Zu schnell«, wiederholte er. »Sie haben fast eine Stunde gebraucht, um ihn aus dem Wrack zu schneiden. Fast eine Stunde. Die Sanitäter sagen, er habe immer wieder das Bewusstsein verloren. Es ist nur ein paar Kilometer von hier entfernt passiert.«

Er erinnerte sich an die Coladose in seiner Tasche. Er öffnete sie und trank. Dabei versuchte er, das Bild von dem Unfall aus seinem Kopf zu verbannen, sich auf das Hier und Jetzt zu konzentrieren und auf das, was als Nächstes geschehen würde. »Sie haben Ethan ziemlich schnell erreicht«, fuhr Phillip fort. »Als er hier ankam, wurde Dad gerade operiert. Jetzt liegt er im Koma.« Er schaute auf und begegnete dem Blick seines Bruders. »Sie rechnen nicht damit, dass er wieder aufwacht.«

»Das ist doch Blödsinn. Er ist so stark wie ein Pferd.«

»Sie sagen …« Phillip schloss wieder die Augen. Sein Kopf war leer, das Nachdenken fiel ihm schwer. »Ein schweres Trauma. Eine Hirnschädigung. Innere Verletzungen. Sie erhalten ihn künstlich am Leben. Der Chirurg … er … Dad hat einen Organspenderausweis.«

»Scheiß drauf!« Cams Stimme war leise und zornig.

»Meinst du etwa, ich will darüber nachdenken?« Phillip erhob sich, ein großer, kräftiger Mann in einem zerknitterten Tausend-Dollar-Hemd. »Sie sagen, es sei höchstens eine Sache von Stunden. Die Geräte helfen ihm beim Atmen. Verdammt, Cam, du weißt, was Mom und Dad gesagt haben, als sie krank wurde. Keine besonderen Maßnahmen. Sie haben diesen Wunsch schriftlich festgehalten, und wir missachten seinen Willen, weil … weil wir nicht damit fertigwerden.«

»Du willst den Stecker ziehen?« Cam packte Phillip an den Aufschlägen seiner Jacke. »Du willst den verfluchten Stecker ziehen?«

Müde und traurig schüttelte Phillip den Kopf. »Ich würde mir lieber die Hand abhacken. Ich will ihn ebenso wenig verlieren wie du. Aber sieh ihn dir selbst an.«

Er wandte sich ab und lief durch den Korridor voraus. Ethan saß in einem Stuhl am Bett, als sie das Zimmer betraten. Seine breite, schwielige Hand lag unter dem Plastikschutz auf der von Ray. Sein großer, drahtiger Körper war vornübergebeugt, es schien, als hätte er gerade zu dem bewusstlosen Mann im Bett gesprochen. Langsam stand er auf und sah Cam an. Seine Augen waren vor Müdigkeit geschwollen.

»So so, du hast dich also entschlossen, uns mit deiner

Gegenwart zu beehren. Die Kapelle sollte einen Tusch spielen.«

»Ich bin so schnell wie möglich gekommen.« Er wollte es sich nicht eingestehen, wollte es nicht glauben. Der alte, erschreckend hinfällige Mann in dem schmalen Bett war sein Vater. Für ihn war Ray Quinn immer riesig, stark und unbesiegbar gewesen. Doch jetzt war das Gesicht seines Vaters eingefallen, bleich und still wie der Tod.

»Dad.« Er trat seitlich ans Bett und beugte sich tief hinunter. »Hier ist Cam. Ich bin da.« Er wartete, überzeugt, dass sein Vater die Augen aufschlagen, ihm verschwörerisch zuzwinkern würde. Aber er rührte sich nicht, und es war kein Geräusch zu hören außer dem monotonen Piepsen der Geräte.

»Ich will mit seinem Arzt sprechen.«

»Doktor Garcia.« Ethan rieb sich mit beiden Händen das Gesicht und fuhr sich durch die sonnengebleichten Haare. »Der Hirnschnipsler, den Mom früher Mr. Magische Hände genannt hat. Die Schwester wird ihn für dich anpiepsen.«

Cam richtete sich auf, und erst jetzt bemerkte er den Jungen, der zusammengerollt auf einem Stuhl in der Ecke schlief. »Wer ist der Kleine?«

»Der letzte der verlorenen Jungen von Ray Quinn.« Ethan brachte ein leises Lächeln zustande. Unter normalen Umständen hätte es sein ernstes Gesicht weicher gemacht, die sanften blauen Augen erwärmt. »Er hat ihm von dir erzählt. Seth. Dad hat ihn vor etwa drei Monaten in seine Obhut genommen.« Er wollte noch mehr sagen, fing jedoch Phillips warnenden Blick auf und zuckte die Achseln. »Darüber reden wir später noch.«

Phillip stand wippend am Fußende des Betts. »Und wie war Monte Carlo?« Auf Cams ausdruckslosen Blick hin hob er eine Schulter. Diese Geste benutzten sie alle drei anstelle von Worten. »Die Schwester sagte, wir sollten mit ihm sprechen, miteinander reden. Er könne es vielleicht ... Sicher wissen sie es nicht.«

»Es war toll.« Cam setzte sich, tat es Ethan nach und griff nach Rays Hand. Da sie schlaff und leblos war, hielt er sie vorsichtig fest und versuchte durch schiere Willenskraft zu erzwingen, dass sie die seine drückte. »Ich habe eine Stange Geld in den Kasinos gewonnen und hatte gerade ein heißes französisches Model bei mir in meiner Suite, als euer Fax kam.« Dann sprach er direkt zu Ray. »Du hättest sie sehen sollen. Sie war fantastisch. Beine bis zum Hals, herrliche, von menschlicher Hand geformte Brüste.«

»Hatte sie auch ein Gesicht?«, fragte Ethan trocken.

»Eines, das hervorragend zu dem Körper passte. Ich sag' euch, sie war eine Wucht. Und als ich ihr erklärte, ich müsse gehen, wurde sie eine klitzekleine Spur gemein.« Er zeigte auf die Kratzer, die seine Wange entstellten. »Ich musste sie aus dem Zimmer schmeißen, bevor sie mich vollends fertigmachen konnte. Aber ich hab' noch daran gedacht, ihr das Kleid nachzuwerfen.«

»Sie war nackt?«, wollte Phillip wissen.

»Wie ein Neugeborenes.«

Phillip grinste, dann musste er seit fast zwanzig Stunden zum ersten Mal lachen. »Gott, das sieht dir wieder mal ähnlich.« Er legte die Hand auf Rays Fuß. »Er wird diese Geschichte lieben.«

In der Ecke des Raums tat Seth so, als schliefe er. Er hatte Cam hereinkommen hören und wusste, wer er war. Ray hatte oft von Cameron gesprochen. Er besaß zwei dicke Fotoalben, die mit Zeitungsausschnitten, Artikeln und Fotos von Cams Rennen und Eroberungen gefüllt waren.

Jetzt sah er nicht so abgebrüht und wichtig aus, dachte Seth. Der Typ wirkte krank, blass und hohläugig. Er würde sich seine eigene Meinung über Cameron Quinn bilden, beschloss er.

Ethan mochte er ganz gern, obgleich er sich für den Kerl die Finger wundarbeiten musste, wenn er mit ihm zum Fischen oder Muschelsammeln rausfuhr. Aber Ethan machte einem nicht immerzu Vorschriften, und er hatte ihm noch nie eine runtergehauen oder ihn angeschrien, selbst dann nicht, wenn Seth einen Fehler gemacht hatte. Und er entsprach ganz gut dem Bild, das Seth von Fischern hatte.

Wettergegerbt, gebräunt, dichtes gelocktes Haar mit blonden Strähnen in dem Braun, straffe Muskeln, gepfefferte Sprache. Ja, Seth mochte ihn gern.

Gegen Phillip hatte er auch nichts. Gewöhnlich gab er sich glatt und geschniegelt. Seth vermutete, dass er sechs Millionen verschiedene Schlipse besaß, obwohl er sich nicht vorstellen konnte, warum ein Mann auch nur einen haben wollte. Aber Phillip hatte irgendeinen Klassejob in einer Klassefirma in Baltimore. Werbung. Ließ sich aalglatte Sprüche einfallen, um Dinge an Leute zu verkaufen, die sie vermutlich überhaupt nicht brauchen konnten. Seth fand, dass dies eine ziemlich coole Art war, einen Riesenschwindel durchzuziehen.

Und jetzt Cam. Er war derjenige, der im Rampenlicht stehen wollte, der ein Leben auf Messers Schneide führte und gern Risiken einging. Nein, er sah nicht so abgebrüht aus, er sah nicht aus wie ein Draufgänger.

Plötzlich drehte Cam den Kopf und fing Seths Blick auf, hielt ihn fest, ohne zu blinzeln, unverwandt, bis sich dem Jungen der Magen umdrehte. Um Cam zu entkommen, schloss er einfach die Augen und stellte sich vor, wieder in dem Haus am Wasser zu sein und ein Stöckchen für den tollpatschigen Welpen zu werfen, der auf den Namen Foolish hörte.

Obwohl er wusste, dass der Junge wach war und seinen Blick spürte, fuhr Cam fort, ihn zu betrachten. Sieht gut aus, dachte er, mit seinem dunkelblonden Haarschopf und einem Körper, der gerade anfing, in die Höhe zu schießen. Wenn er seiner Schuhgröße entsprechend wuchs, wäre er ein Hüne, noch ehe er voll ausgewachsen war. Er hatte ein trotziges Kinn, stellte Cam fest, und einen Schmollmund. Wenn er zu schlafen vorgab, sah er so unschuldig aus wie ein Welpe und war fast ebenso niedlich. Aber die Augen ... Cam hatte diesen gewissen Funken in ihnen gesehen, dieses Misstrauen, das an ein scheues Tier erinnerte. Er hatte diesen Blick bei sich im Spiegel gesehen. Die Farbe hatte er nicht erkennen können, aber sie waren dunkel. Dunkelblau oder braun.

»Sollten wir den Kleinen nicht irgendwo anders hinbringen?«

Ethan blickte zu ihm hinüber. »Ihm geht's doch prima hier. Es ist ohnehin niemand da, bei dem wir ihn abgeben könnten. Und wenn er sich selbst überlassen bliebe, würde er bloß Ärger kriegen.«

Cam zuckte die Achseln, sah weg und vergaß ihn. »Ich will mit Garcia sprechen. Sie müssen doch Testergebnisse vorliegen haben oder so. Er fährt wie ein Profi, also falls er einen Herzanfall oder einen Schlaganfall hatte …« Er verstummte – der Gedanke war einfach zu viel für ihn. »Wir müssen Bescheid wissen. Hier herumzustehen bringt uns doch nicht weiter.«

»Wenn du etwas tun musst«, sagte Ethan, und in seiner leisen Stimme lag eine Spur unterdrückter Wut, »dann geh und tu's. Wichtig ist es, hier zu sein.« Er starrte seinen Bruder über die bewusstlose Gestalt im Bett hinweg an. »Nur das war immer wichtig.«

»Ich wollte eben nicht nach Austern wühlen oder mein Leben lang in Krabbentöpfe starren«, konterte Cam. »Sie haben uns ein neues Leben geschenkt und von uns erwartet, dass wir damit anfangen, was wir wollen.«

»Also hast du getan, was du wolltest.«

»Das haben wir doch alle getan«, warf Phillip ein. »Ethan, wenn in den letzten Monaten mit Dad etwas nicht gestimmt hat, hättest du es uns sagen sollen.«

»Woher zum Teufel sollte ich das wissen?« Aber er hatte etwas gewusst, hatte nur nicht den Finger darauf legen können. Das fraß jetzt an ihm, als er dasaß und den Geräten lauschte, die seinen Vater am Leben erhielten.

»Weil du da warst«, sagte Cam zu ihm.

»Ja, ich war da. Und du nicht, seit Jahren nicht.«

»Und wenn ich in St. Chris geblieben wäre, dann wäre er nicht gegen einen verflixten Telefonmast geprallt? Himmel noch mal.« Cam fuhr sich mit den Händen durchs Haar. »Das ergibt doch keinen Sinn.«

»Wenn du dich wenigstens hin und wieder hättest blicken lassen, dann hätte er nicht versucht, so vieles allein zu machen. Sobald ich ihm den Rücken zukehrte, stand er oben auf einer blöden Leiter, schob eine Schubkarre oder strich sein Boot an. Und er hat immer noch an drei Tagen in der Woche Unterricht am College gegeben, hat den Tutor gespielt, Referate gehalten. Er ist fast siebzig, um Himmels willen.«

»Er ist erst siebenundsechzig.« Phillip spürte, wie eine Eiseskälte in ihm hochkroch. »Und er war immer so stark wie ein ganzes Pferdegespann.«

»In letzter Zeit eben nicht. Er hat abgenommen und wirkte müde und ausgelaugt. Du hast es doch selbst gesehen.«

»Schon gut, schon gut.« Phillip rieb sich das Gesicht und spürte den Anflug eines Bartes. »Also hätte er vielleicht ein bisschen kürzertreten sollen. Den Kleinen bei sich aufzunehmen war vermutlich zu viel, aber man konnte es ihm ja nicht ausreden.«

»Immerzu streitet ihr.«

Die Stimme, matt und schwerfällig, ließ die drei Männer ruckartig aufmerken.

»Dad.« Ethan beugte sich als Erster vor, sein Herz schlug heftig. »Ich hole den Arzt.«

»Nein. Bleib hier«, murmelte Ray, bevor Phillip aus dem Zimmer stürzen konnte. Es war eine mörderische Kraftanstrengung, diese wenn auch kurze Rückkehr. Und Ray wusste, dass ihm nur noch wenige Augenblicke blieben. Sein Verstand und sein Körper schienen bereits voneinander getrennt zu sein, obgleich er fremde Hände auf seinen Händen spüren konnte, die Stimmen seiner Söhne hörte, ihre Angst und ihren Zorn.

Er war müde, o Gott, so müde. Und er wollte zu Stella. Doch ehe er ging, hatte er noch eine letzte Pflicht zu erfüllen.

»So.« Seine Lider schienen etliche Pfund zu wiegen, doch er zwang sich, die Augen offenzuhalten, kämpfte darum, klar zu sehen. Seine Söhne, dachte er – drei wunderbare Geschenke des Schicksals. Er hatte sein Bestes für sie getan, hatte ihnen zu zeigen versucht, wie man zum Mann wurde. Jetzt brauchte er sie noch für einen vierten, wollte, dass sie ohne ihn eine Einheit blieben und für das Kind sorgten.

»Der Junge.« Sogar die Worte hatten ein Gewicht. Er zuckte zusammen, als er sie hervorpresste. »Mein Junge. Jetzt eurer. Behaltet den Jungen, was auch geschieht, kümmert euch um ihn. Cam, du wirst ihn am besten verstehen.« Die große Hand, einst so stark und voller Leben, versuchte verzweifelt, Druck auszuüben. »Dein Wort darauf.«

»Wir werden uns um ihn kümmern.« In diesem Augenblick hätte Cam versprochen, den Mond und die Sterne vom Himmel herunterzuholen. »Wir werden uns um ihn kümmern, bis du wieder auf den Beinen bist.«

»Ethan.« Ray sog die Luft ein, die pfeifend aus dem Sauerstoffgerät kam. »Er wird deine Geduld brauchen, dein Herz. Deswegen bist du auch ein so ausgezeichneter Fischer.«

»Mach dir keine Sorgen um Seth. Wir passen auf ihn auf.«

»Phillip.«

»Hier.« Er trat näher heran, beugte sich tief hinunter. »Wir sind alle hier.«

»So kluge Köpfe. Ihr werdet herausfinden, wie es am besten funktioniert. Lasst den Jungen nicht gehen. Ihr seid

Brüder. Denkt immer aneinander. Bin so stolz auf euch. Auf euch Quinns.« Er lächelte und sagte leise: »Jetzt müsst ihr mich gehen lassen.«

»Ich hole den Arzt.« Von Panik erfüllt eilte Phillip hinaus, während Cam und Ethan versuchten, ihren Vater durch schiere Willenskraft ins Leben zurückzuholen.

Niemand achtete auf den Jungen, der zusammengekauert im Stuhl saß und fest die Augen zudrückte, um die heißen Tränen zurückzudrängen.

2. Kapitel

Sie kamen allein und in Gruppen, um Ray Quinn die letzte Ehre zu erweisen und zu Grabe zu tragen. Er war mehr gewesen als nur ein Einwohner dieses Punktes auf der Landkarte mit Namen St. Christopher's. Er war Lehrer, Freund und Vertrauter gewesen. In Jahren magerer Austernfänge hatte er beim Organisieren von Spendenaktionen geholfen, oder er hatte plötzlich Dutzende kleiner Arbeiten ausfindig gemacht, die erledigt werden mussten, um die Fischer über einen harten Winter zu bringen.

Wenn ein Student Probleme hatte, fand Ray einen Weg, eine zusätzliche Stunde für Nachhilfe herauszuschlagen. Seine Literaturkurse an der Universität waren stets vollbesetzt, und nur wenige vergaßen Professor Quinn.

Er hatte an die Gemeinschaft geglaubt und entsprechend danach gelebt. Mit seiner Menschlichkeit hatte er seine Umgebung beeinflusst.

Und er hatte drei Jungen, die niemand sonst wollte, zu Männern erzogen.

Sein Grab war mit Blumen übersät und von Tränen benetzt. Als das Getuschel begann, wurde es deshalb meistens schnell zum Verstummen gebracht. Wenige wollten den Klatsch hören, der ein schäbiges Licht auf Ray Quinn warf. Zumindest zeigten sich die meisten uninteressiert, wobei sie gleichzeitig die Ohren spitzten, um sich von den Gerüchten nichts entgehen zu lassen.

Sexskandale, Ehebruch, illegitimes Kind. Selbstmord.

Lächerlich. Unmöglich. Die meisten sagten das und meinten es auch so. Aber andere hörten etwas genauer hin und flüsterten es dem nächsten ins Ohr.

Cam bekam nichts davon mit. Sein Kummer war so groß, so gewaltig, dass er kaum seine eigenen trüben Gedanken wahrnahm. Als seine Mutter starb, war er damit fertiggeworden. Er war darauf vorbereitet gewesen, hatte sie leiden sehen und gebetet, es möge ein Ende haben. Aber dieser Verlust kam zu schnell, zu willkürlich, und er konnte nicht dem Krebs die Schuld geben.

Es waren zu viele Menschen im Haus, Menschen, die Mitgefühl bekunden oder sich in Erinnerungen ergehen wollten. Er wollte ihre Erinnerungen nicht, konnte sich nicht mit ihnen konfrontieren, ehe er nicht mit seinen eigenen ins Reine gekommen war.

Er saß allein auf dem Anlegesteg, den er im Laufe der Jahre Dutzende Male mit Ray zusammen ausgebessert hatte. Neben ihm schwamm die hübsche sechs mal eins zwanzig Meter große Schaluppe, auf der sie alle unzählige Male gesegelt waren. Cam erinnerte sich an das Boot, das Ray in jenem ersten Sommer besessen hatte – eine kleine Sunfish, ein Catboat aus Aluminium, nicht viel größer als ein Korken, wie er damals dachte.

Und mit wie viel Geduld Ray ihm beigebracht hatte, wie man segelte, wie man mit der Takelage umging, wie man Kurs hielt. Und der Nervenkitzel, erinnerte sich Cam, als Ray ihn das erste Mal die Ruderpinne bedienen ließ.

Es war eine lebensverändernde Erfahrung für einen Jungen, der auf rauem Pflaster aufgewachsen war – salzige Luft im Gesicht, im Wind knatternde weiße Leinwand, die Schnelligkeit und Freiheit, übers Wasser zu gleiten. Aber vor allem anderen war es das Vertrauen, das in ihn gesetzt wurde. Hier, hatte Ray gesagt, sieh zu, was du aus ihr herausholen kannst.

Vielleicht war es dieser eine Moment an jenem dunstigen Nachmittag gewesen, als das Laub so dicht und grün war und die Sonne schon als strahlend weißer Ball hinter den Nebelschleiern stand, der den Jungen in den Mann verwandelt hatte, der er jetzt war.

Und Ray hatte dabei gelächelt.

Cam hörte Schritte auf dem Steg, drehte sich jedoch nicht um. Er schaute weiter aufs Wasser hinaus, als Phillip neben ihm stehen blieb.

»Die meisten sind schon gegangen.«

»Gut.«

Phillip schob die Hände in die Hosentaschen. »Sie sind wegen Dad gekommen. Er hätte es zu schätzen gewusst.«

»Ja.« Müde presste Cam die Finger auf die Augen, dann ließ er die Hände sinken. »Das hätte er. Mir fiel nichts mehr ein, was ich hätte sagen können, und wie ich es hätte sagen sollen.«

»Ja.« Obgleich er sein Geld mit fetzigen Sprüchen verdiente, verstand Phillip genau. Er nahm sich einen Augenblick Zeit, um die Stille zu genießen. Es wehte eine kühle Brise, und das war eine Erleichterung nach der stickigen Luft in dem überfüllten Haus. »Grace macht in der Küche sauber. Seth hilft ihr. Ich glaube, er schwärmt für sie.«

»Sie sieht gut aus.« Cam gab sich Mühe, an etwas anderes zu denken. »Schwer, sie sich mit einem eigenen Kind vorzustellen. Sie hat sich scheiden lassen, nicht wahr?«

»Vor ein oder zwei Jahren. Er ist abgehauen, kurz bevor

die kleine Aubrey zur Welt kam.« Phillip atmete tief aus. »Wir müssen ein paar Dinge regeln, Cam.«

Cam kannte den Tonfall, er bedeutete, dass es um Geschäftliches ging. Sogleich wallte Ärger in ihm auf. »Ich habe daran gedacht, einen Segeltörn zu machen. Heute steht der Wind günstig.«

»Segeln kannst du später noch.«

Cam wandte den Kopf, seine Miene war verbindlich. »Ich kann auch jetzt segeln.«

»Es geht das Gerücht, Dad habe Selbstmord begangen.«

Cams Gesicht wurde ausdruckslos, dann stieg rot glühender Zorn in ihm auf. »Was zum Kuckuck soll das?«, wollte er wissen und sprang auf.

So, dachte Phillip mit bitterer Befriedigung, das hat dich endlich aufgeweckt. »Es wird spekuliert, dass er absichtlich auf den Mast zugesteuert wäre.«

»Das ist doch blanker Unsinn. Wer zum Teufel behauptet das?«

»Man munkelt so was, und einiges davon hat Hand und Fuß. Es hat was mit Seth zu tun.«

»Inwiefern hat es mit Seth zu tun?« Cam begann auf und ab zu gehen, mit großen, wütenden Schritten überquerte er den schmalen Steg. »Was denn, hielten sie ihn für verrückt, weil er den Kleinen aufgenommen hat? Mann, es war verrückt, überhaupt einen von uns aufzunehmen, aber was hat das mit dem Unfall zu tun?«

»Hinter vorgehaltener Hand erzählt man, Seth sei sein Sohn, sein leiblicher Sohn.«

Das ließ Cam jäh innehalten. »Mom konnte keine Kinder kriegen.«

»Das weiß ich.«

Die Wut pochte in seiner Brust wie Hammerschläge auf Stahl. »Willst du damit sagen, dass er sie betrogen hat? Dass er sich mit einer anderen Frau zusammengetan und ein Kind gezeugt hat? Grundgütiger, Phil.«

»Ich behaupte das nicht.«

Cam trat näher, bis sie sich gegenüberstanden. »Was willst du dann damit sagen?«

»Ich gebe nur wieder, was ich gehört habe«, erwiderte Phillip gleichmütig, »damit wir uns darauf einstellen können.«

»Wenn du auch nur eine Spur Mumm hättest, dann hättest du dem, der das gesagt hat, seinen lügnerischen Mund gestopft.«

»So wie du mir jetzt am liebsten den Mund stopfen würdest. Ist das deine Art, damit umzugehen? Einfach draufzuschlagen, bis der andere verstummt?« Phillip gab Cam einen Stoß, da er allmählich selbst die Beherrschung verlor. »Er ist auch mein Vater, verdammt noch mal. Du warst der erste, aber nicht der einzige.«

»Warum hast du ihn dann nicht verteidigt, statt dir diesen Müll anzuhören? Hattest du Angst, dir die Hände schmutzig zu machen? Dir deine Maniküre zu verderben? Wenn du nicht ein solcher Schwächling wärst, dann hättest du ...«

Phillips Faust traf Cam sauber am Kinn. Die Wucht des Schlages ließ Cams Kopf zurückschnellen, und er taumelte rückwärts. Doch er fing sich schnell wieder. Er nickte mit drohend funkelnden Augen. »Na, dann komm.«

Phillip, dem das Blut in den Ohren rauschte, wollte seine Jacke ausziehen. Doch der Angriff kam blitzschnell, still und aus dem Hinterhalt. Er hatte kaum Zeit, eine Verwünschung hervorzustoßen, bevor er vom Steg ins Wasser fiel. Als er wieder auftauchte, spuckte er Wasser und schob sich das nasse Haar aus den Augen. »Mistkerl. Du verdammter Mistkerl.«

Ethan hatte die Daumen in die Taschen gehakt und musterte ihn. »Reg dich ab«, forderte er ihn völlig beherrscht auf.

»Der Anzug ist von Hugo Boss«, stieß Phillip hervor, als er zum Anlegesteg schwamm.

»Das ist mir schnurzegal.« Ethan warf Cam einen Blick zu. »Sagt dir das was?«

»Es sagt mir, dass er eine hohe Rechnung von der Reinigung bekommen wird.«

»Du auch«, meinte Ethan und schubste Cam ebenfalls ins Wasser. »Dies ist weder die Zeit noch der Ort, sich zu schlagen. Also, wenn ihr beide aus dem Wasser gestiegen und wieder trocken seid, diskutieren wir das aus. Seth habe ich für eine Weile mit Grace weggeschickt.«

Cam kniff die Augen zusammen und strich sich das Haar aus der Stirn. »Also hast du hier plötzlich das Kommando.«

»Sieht so aus, als wäre ich der Einzige, der sich nicht nassgemacht hat.« Mit diesen Worten drehte Ethan sich um und schlenderte zum Haus zurück.

Cam und Phillip klammerten sich gleichzeitig am Steg fest. Sie tauschten einen langen, intensiven Blick, dann seufzte Cam. »Wir werfen ihn später hinein«, beschloss er.

Phillip nickte zum Zeichen, dass er die Entschuldigung annahm. Er zog sich auf den Anlegesteg hinauf und löste seinen ruinierten Seidenschlips. »Ich habe ihn auch geliebt. So wie du. Wie man ihn nur lieben konnte.«

»Ja.« Cam riss sich die Schuhe von den Füßen. »Ich kann's nicht ertragen.« Dieses Geständnis kam ihm, der gern gefährlich lebte, nur schwer über die Lippen. »Ich wollte heute nicht kommen. Ich wollte nicht dastehen und zusehen, wie man ihn in die Erde hinunterlässt.«

»Du warst aber da. Das ist alles, was ihn interessiert hätte.«

Cam zog seine Socken und seine Jacke aus, nahm seinen Schlips ab und spürte die Kälte des Frühlingsanfangs. »Wer hat dir davon erzählt – wer hat dir all diese Dinge über Dad gesagt?«

»Grace. Ihr ist der Klatsch zu Ohren gekommen, und sie hielt es für das beste, dass wir erfahren, was geredet wird. Heute Morgen hat sie es mir und Ethan gesagt und dabei geweint.« Phillip hob eine Braue. »Meinst du immer noch, ich hätte ihr den Mund stopfen sollen?«

Cam stellte seine ruinierten Schuhe auf den Rasen. »Ich möchte bloß wissen, wer damit angefangen hat, und warum.«

»Hast du dir Seth richtig angesehen, Cam?«

Der Wind ging ihm durch Mark und Bein. Das war bestimmt der Grund, warum er sich am liebsten geschüttelt hätte. »Sicher habe ich ihn mir angesehen.« Cam drehte sich um und steuerte aufs Haus zu.

»Dann sieh noch mal genauer hin«, murmelte Phillip.

Als Cam zwanzig Minuten später die Küche betrat, wieder warm und trocken in Pullover und Jeans, hatte Ethan Kaffee aufgebrüht und Whisky bereitgestellt.

Es war eine große Wohnküche mit einem langen Holztisch in der Mitte. Den abgenutzten weißen Arbeitsflächen war ihr Alter anzusehen. Vor einigen Jahren hatte der altmodische Herd ersetzt werden sollen. Dann war Stella krank geworden, und das Vorhaben war in Vergessenheit geraten.

Auf dem Tisch stand eine große, flache Schale, die Ethan in seinem vorletzten Jahr an der Highschool im Werkunterricht geschnitzt hatte. Sie stand dort seit dem Tag, an dem er sie mit nach Hause gebracht hatte. Sie diente als Ablage für Briefe, Zettel oder irgendwelchen Kleinkram anstatt des Obstes, für das sie eigentlich gedacht war. Drei breite, vorhanglose Fenster befanden sich an der rückwärtigen Wand und ermöglichten den Blick auf den Hof und das Wasser.

Die Türen des Schrankes bestanden aus Glas, und das ordentlich aufgestapelte Geschirr darin war aus schlichter weißer Keramik. So ordentlich, dachte Cam, wie der Inhalt sämtlicher Schubladen. Darauf hatte Stella immer bestanden. Wenn sie einen bestimmten Löffel brauchte, wollte sie nicht lange danach suchen müssen.

Auf dem Kühlschrank fanden sich Fotos und Zeitungsausschnitte, Notizzettel, Ansichtskarten und Kinderzeichnungen, die alle wahllos hier und da mit bunten Magneten befestigt worden waren.

Es griff ihm ans Herz, diesen Raum zu betreten und zu wissen, dass seine Eltern nie wieder hier sein würden.

»Der Kaffee ist stark«, bemerkte Ethan. »Und der Whisky ebenso. Such dir was aus.«

»Ich nehme beides.« Cam goss eine Tasse voll und gab einen Schuss Johnnie Walker hinzu, dann setzte er sich. »Willst du mir auch eins auf die Nase geben?«

»Hab' ich doch. Vielleicht mach ich's noch mal.« Ethan beschloss, seinen Whisky unverdünnt zu trinken und zwar einen doppelten. »Im Augenblick ist mir nicht danach zumute.« Er stand am Fenster und schaute hinaus, den unberührten Whisky in der Hand. »Vielleicht denke ich immer noch, dass du in den letzten Jahren öfter hättest herkommen sollen. Vielleicht konntest du es ja auch nicht und jetzt spielt es keine Rolle mehr.«

»Ich bin kein Fischer, Ethan. Ich mache das, was ich gut kann. Das haben sie auch von mir erwartet.«

»Ja.« Er konnte sich nicht vorstellen, warum man das Bedürfnis hatte, von dem Ort wegzulaufen, wo man zu Hause war, wo man Schutz fand. Und Liebe. Aber es hatte keinen Sinn, dies Cam vorzuwerfen. »Das Haus müsste mal gründlich renoviert werden.«

»Das hab' ich bemerkt.«

»Ich hätte mir mehr Zeit nehmen, mich mehr darum kümmern sollen. Man denkt immer, es wäre noch so viel Zeit, aber dann kommt alles ganz anders. Die Stufen an der Hintertür verfaulen allmählich, sie müssen ersetzt werden. Das hatte ich immer vor.« Er drehte sich um, als Phillip hereinkam. »Grace muss heute Abend arbeiten, deshalb kann sie Seth nur ein paar Stunden dabehalten. Also schieß los, Phillip. Wir müssen uns beeilen.«

»Na schön.« Phillip goss sich Kaffee ein, den Whisky rührte er nicht an. »Vor ein paar Monaten soll eine Frau zu Dad gekommen sein. Sie tauchte im College auf und sorgte dort für Ärger, doch damals achtete keiner groß darauf.«

»Was für Ärger?«

»Sie machte eine Szene in seinem Büro, schrie und heulte. Dann marschierte sie zum Dekan und wollte Dad wegen sexueller Belästigung anzeigen.«

»Das war doch erstunken und erlogen.«

»Das dachte der Dekan offenbar auch.« Phillip goss sich eine zweite Tasse ein. »Sie behauptete, Dad habe sie während ihres Studiums belästigt und geschlagen. Aber es existierten keine Unterlagen, die bewiesen, dass sie jemals dort studiert hatte. Sie erklärte, nur als Gasthörerin an seinem Kurs teilgenommen zu haben, weil sie sich die Studiengebühren nicht habe leisten können. Aber auch das ließ sich nicht bestätigen. Dads guter Ruf sprach dagegen, und die Sache schien damit vom Tisch zu sein.«

»Er war ziemlich erschüttert«, warf Ethan ein. »Er wollte nicht mit mir darüber reden. Er wollte mit niemandem reden. Dann fuhr er für etwa eine Woche weg, sagte, er wolle nach Florida, um zu angeln. Er kam mit Seth im Schlepptau zurück.«

»Und ihr wollt mir weismachen, dass die Leute denken, er sei sein Sohn? Himmel noch mal, er soll etwas mit dieser Tussi gehabt haben, die zehn, zwölf Jahre gewartet und sich dann erst über ihn beschwert hat?«

»Wie gesagt, damals hat sich keiner was dabei gedacht«, erwiderte Phillip. »Er war bekannt dafür, dass er Streuner mit nach Hause brachte. Aber da war das Geld.«

»Welches Geld?«

»Er schrieb Schecks aus, einen über zehntausend Dollar, einen über fünftausend und einen weiteren über zehntausend, alle in den letzten drei Monaten. Ausgestellt waren sie auf Gloria DeLauter. Einem Bankangestellten ist es aufgefallen, und er hat es weitererzählt, weil Gloria DeLauter der Name der Frau war, die Dad wegen sexueller Belästigung an den Kragen wollte.«

»Warum hat mir denn keiner erzählt, was hier vor sich geht?«

»Das mit dem Geld hab' ich selbst erst vor ein paar Wochen erfahren.« Ethan starrte in seinen Whisky, dann entschied er, dass er ihm mehr nützen würde, wenn er ihn im Magen hatte und so kippte er ihn hinunter. »Als ich ihn danach fragte, sagte er nur, der Junge sei alles, was zähle. Ich solle mir keine Sorgen machen. Sobald er alles geregelt habe, werde er es mir erklären. Er bat mich um ein wenig Zeit, und er sah so … wehrlos aus. Du weißt ja nicht, wie das war, ihn so verängstigt, so alt und hinfällig zu erleben. Du hast ihn nicht gesehen, du warst nicht hier, hast ihn nicht besucht. Also habe ich gewartet.« Der Whisky und seine Gewissensbisse verbündeten sich mit seinem Zorn und seinem Kummer und brannten in seinem Innern wie Feuer. »Und das war falsch.«

Erschüttert stieß Cam sich vom Tisch ab. »Du glaubst, dass er erpresst wurde, dass er es vor zwölf Jahren mit einer Studentin getrieben und sie geschwängert hat? Und dann zahlte er, um sie zum Schweigen zu bringen, damit sie ihm den Kleinen gab und er ihn mitnehmen konnte?«

»Ich sage nur, was ich weiß.« Ethans Stimme klang gelassen, sein Blick war fest. »Nicht, was ich denke.«

»Ich weiß nicht, was ich denken soll«, sagte Phillip leise, »aber ich weiß, dass Seth seine Augen hat. Du brauchst ihn dir nur anzusehen, Cam.«

»Er hat auf gar keinen Fall eine Studentin gevögelt. Und er hat auf keinen Fall Mom betrogen.«

»Ich will es ja auch nicht glauben.« Phillip setzte seine Tasse ab. »Aber Dad war auch nur ein Mensch. Er hat Fehler gemacht.« Einer von ihnen musste realistisch bleiben, und er hatte beschlossen, dass das seine Aufgabe war. »Wenn er es getan hat, dann werde ich ihn deswegen nicht verdammen. Wir müssen uns jetzt überlegen, wie wir seinen Wunsch erfüllen können. Wir müssen einen Weg finden, damit wir Seth behalten können. Ich kann herausfinden, ob Dad eine Adoption in die Wege geleitet hat. Abgeschlossen kann das Verfahren noch nicht sein. Wir werden einen Anwalt brauchen.«

»Ich möchte mehr über diese Gloria DeLauter erfahren.« Cam entspannte seine zu Fäusten geballten Hände. »Ich muss herausfinden, wer sie ist, wo sie ist.«

»Das steht dir frei.« Phillip zuckte die Achseln. »Ich persönlich möchte ihr nicht begegnen.«

»Und was soll dieser Selbstmordscheiß?«

Phillip und Ethan wechselten einen Blick, dann stand Ethan auf und ging zu einem der Schränke. Er zog eine Schublade auf und holte eine große, versiegelte Plastiktüte heraus. Es tat ihm weh, sie in den Händen zu halten, und er sah an Cams Augen, dass dieser den abgenutzten grünen Schlüsselring aus Emaille in Form eines Kleeblatts wiedererkannte. Er hatte ihrem Vater gehört.

»Das hier lag nach dem Unfall in seinem Wagen.« Er öffnete den Beutel und nahm einen Umschlag heraus. Auf dem weißen Papier war getrocknetes Blut zu sehen. »Ich vermute, irgendjemand – einer der Cops, der Fahrer des Abschleppwagens, vielleicht einer von den Sanitätern – hat hineingesehen und den Brief gelesen, und sie haben es nicht für nötig befunden, den Inhalt für sich zu behalten. Er stammt von ihr.« Ethan schüttelte den Brief heraus und hielt ihn Cam hin. »DeLauter, mit dem Poststempel von Baltimore.«

»Er kam aus Baltimore zurück.« Beklommen faltete Cam den Brief auseinander. Die Handschrift war ein großes, schnörkeliges Gekritzel.

Quinn, ich bin's leid, um jeden Penny zu betteln. Wenn du den Kleinen so unbedingt haben willst, dann solltest du auch für ihn zahlen. Wir treffen uns an der Stelle, wo du ihn abgeholt hast. Sagen wir, Montagmorgen. Dann ist es hier ziemlich ruhig. Elf Uhr. Bring hundertfünfzigtausend in bar mit. Bargeld, Quinn, und keine faulen Ausreden. Wenn du nicht jeden einzelnen Penny bezahlst, hole ich den Jungen zurück. Denk dran, ich kann die Adoption jederzeit nach Lust und Laune abblasen. Hundertfünfzig Riesen – das ist ein ziemlich gutes Geschäft für einen so hübschen Jungen wie Seth. Bring das Geld, und ich bin weg. Du hast mein Wort darauf. Gloria

»Sie wollte ihn verkaufen«, murmelte Cam. »Als wäre er ein …« Er brach ab und warf Ethan einen scharfen Blick zu. Ihm fiel ein, dass Ethan als Kind auch verkauft worden war, von seiner eigenen Mutter, an Männer, die kleine Jungen bevorzugten. »Tut mir leid, Ethan.«

»Ich kann damit leben«, erwiderte sein Bruder schlicht. »Mom und Dad haben dafür gesorgt. Sie wird Seth nicht zurückbekommen. Was es auch kosten mag, sie wird ihn nicht wieder in die Finger kriegen.«

»Wir wissen nicht, ob er sie tatsächlich bezahlt hat?«

»Er hat sein hiesiges Bankkonto leergeräumt«, warf Phillip ein. »Soweit ich das sagen kann – ich habe seine Papiere noch nicht im Einzelnen durchgesehen –, hat er seine Ersparnisse geplündert und die Wertpapiere zu Geld gemacht. Er hatte nur einen Tag, um die Summe in bar aufzutreiben. Alles zusammen hätte etwa hunderttausend ergeben. Ich weiß nicht, ob er noch weitere fünfzigtausend besaß, und falls ja, ob er Zeit hatte, das Geld flüssigzumachen.«

»Sie wäre nicht fortgegangen. Das muss er gewusst haben.« Cam legte den Brief hin und wischte sich die Hände an seiner Jeans ab, als wären sie schmutzig. »Also munkelt man, dass er sich umgebracht hat, aus Scham, Panik, Verzweiflung. Er hätte den Jungen doch nicht allein gelassen.«

»Das hat er nicht getan.« Ethan ging zur Kaffeemaschine hinüber. »Er hat ihn bei uns gelassen.«

»Wie zum Teufel sollen wir ihn behalten können?« Cam setzte sich wieder. »Wer wird uns einen Jungen adoptieren lassen?«

»Wir finden einen Weg.« Ethan goss Kaffee ein und gab derart viel Zucker hinzu, dass Phillip zusammenzuckte. »Er gehört jetzt zu uns.«

»Und was sollen wir mit ihm anfangen?«

»Ihn in der Schule anmelden, ihm ein Dach über dem Kopf geben, seinen Bauch mit Essen füllen und versuchen, ihm etwas von dem zu geben, was man uns gegeben hat.« Er brachte die Kaffeekanne mit und schenkte Cam nach. »Hast du was dagegen einzuwenden?«

»Ich habe jede Menge Einwände, aber keiner führt daran vorbei, dass wir unser Wort gegeben haben.«

»In dem Punkt sind wir uns jedenfalls einig.« Phillip runzelte die Stirn und trommelte mit den Fingern auf die Tischplatte. »Aber einen sehr wichtigen Aspekt haben wir außer acht gelassen. Niemand von uns weiß, was Seth dazu zu sagen hat. Vielleicht will er gar nicht hierbleiben. Vielleicht will er nicht bei uns leben.«

»Du legst es ja bloß darauf an, die Dinge zu komplizieren, wie gewöhnlich«, beschwerte sich Cam. »Wieso sollte er das nicht wollen?«

»Weil er dich nicht kennt und mich nur wenig. Der Einzige, mit dem er Zeit verbracht hat, ist Ethan.«

»So oft waren wir auch nicht zusammen«, meinte Ethan.

»Ein paarmal bin ich mit ihm auf dem Boot rausgefahren. Er hat eine rasche Auffassungsgabe und geschickte Hände. Hat nicht viel zu sagen, aber wenn doch, dann hat er eine große Klappe. Er war manchmal mit Grace zusammen. Sie scheint ihn zu mögen.«

»Dad wollte, dass er bleibt«, stellte Cam achselzuckend fest. »Also bleibt er.« Er blickte auf, als er es dreimal kurz hupen hörte.

»Das wird Grace sein. Sie wollte ihn auf dem Weg zu Shiney's Pub hier absetzen.«

»Shiney's Pub?«, fragte Cam erstaunt. »Was macht sie denn drüben im Shiney's?«

»Sie verdient dort ihre Brötchen, nehme ich an«, erwiderte Ethan.

»Oh, ja.« Er grinste träge. »Lässt er seine Kellnerinnen immer noch in diesen kurzen Röcken mit den Schleifen am Hintern und schwarzen Netzstrümpfe herumlaufen?«

»Ja«, sagte Phillip und stieß einen tiefen, wehmütigen Seufzer aus. »Ja, das tut er.«

»Grace füllt dieses Outfit wohl ziemlich gut aus, kann ich mir vorstellen.«

»Ja.« Phillip lächelte. »Ja, das tut sie.«

»Vielleicht gehe ich später kurz auf einen Sprung dort vorbei.«

»Grace ist keines von deinen französischen Models.« Ethan stieß sich vom Tisch ab, nahm seinen Becher und ging ärgerlich zur Spüle. »Lass sie in Ruhe.«

»Holla.« Hinter Ethans Rücken wackelte Cam mit den Brauen und sah dabei Phillip an. »Ich versteh schon, Bruderherz. Hatte ja keine Ahnung, dass du ein Auge auf sie geworfen hast.«

»Hab' ich nicht. Sie ist Mutter, um Himmels willen.«

»Im letzten Winter in Cancun habe ich mich mal prima mit der Mutter von zwei Kindern amüsiert«, erinnerte sich Cam. »Ihr Ex schwamm in Öl – Olivenöl –, und die Scheidung brachte ihr nur eine Villa in Mexiko, zwei Autos, Kunstgegenstände und zwei Millionen ein. Ich habe eine denkwürdige Woche damit zugebracht, sie zu trösten. Und die Kinder waren niedlich – aus der Ferne und in Begleitung ihres Kindermädchens.«

»Du bist ja so ein Menschenfreund, Cam«, sagte Phillip zu ihm.

»Ich weiß.«

Sie hörten, wie die Eingangstür ins Schloss fiel, und schauten einander an. »Also, wer redet mit ihm?«, wollte Phillip wissen.

»Ich bin in solchen Dingen nicht besonders gut.« Ethan war schon auf dem Weg zur Hintertür. »Und jetzt muss ich meinen Hund füttern.«

»Feigling«, murmelte Cam, als die Tür sich hinter Ethan schloss.

»Und ob. Ich übrigens auch.« Phillip hatte sich bereits in Bewegung gesetzt. »Du hast den Vortritt. Ich muss noch die Papiere durchsehen.«

»Warte doch mal ...« Aber Phillip war verschwunden. Er teilte Seth draußen fröhlich mit, dass Cam mit ihm zu sprechen wünsche. Als der Junge mit dem Welpen in der Küchentür auftauchte, sah er, wie Cam mit finsterem Blick Whisky in seinen Kaffee goss.

Seth steckte die Hände in die Hosentaschen und hob das Kinn. Er wollte nicht hier sein, wollte mit niemandem reden. Bei Grace hatte er einfach auf dem Vorplatz sitzen dürfen, allein mit seinen Gedanken. Selbst als sie für ein Weilchen zu ihm nach draußen gekommen war und sich mit Aubrey auf den Knien neben ihn gesetzt hatte, hatte sie ihn in Ruhe gelassen. Weil sie verstand, dass er still sein wollte. Und jetzt musste er sich mit diesem Mann auseinandersetzen. Er hatte keine Angst vor großen Händen und harten Augen. Ließ nicht zu – durfte nicht zulassen –, dass er sich fürchtete. Es machte ihm nichts aus, wenn sie ihn auf die Straße setzten, ihn wegwarfen wie einen der ungenießbaren Fische, die Ethan aus der Bucht zog. Er konnte selbst auf sich aufpassen. Er machte sich keine Sorgen. Sein Herz allerdings klopfte unruhig.

»Was ist?« In den beiden Worten lag eine Welt von Trotz und Herausforderung. Seth stand steifbeinig da und wartete auf eine Reaktion.

Doch Cam runzelte nur die Stirn und trank von seinem aufgepeppten Kaffee. Mit einer Hand streichelte er zerstreut den Welpen, der tapfer auf seinen Schoß zu klettern versuchte. Er sah einen mageren Jungen vor sich in einer noch steifen, offenbar neuen Jeans, mit einem spöttischen Lächeln, das du kannst mich mal sagte, und Ray Quinns Augen. »Setz dich.«

»Ich kann stehen.«

»Ich hab' dich nicht gefragt, was du kannst, ich hab' dir gesagt, du sollst dich setzen.«

Auf dieses Stichwort hin ließ Foolish gehorsam sein ausladendes Hinterteil auf den Fußboden plumpsen. Seth und Cam starrten einander nur an. Der Junge gab zuerst nach. Sein ruckartiges Schulterzucken veranlasste Cam, heftig seinen Becher abzusetzen. Das war eine typische Quinn-Geste. Cam brauchte etwas Zeit, um sich zu fangen und zu sammeln. Doch seine Gedanken blieben wirr und ließen sich nicht ordnen. Was sollte er bloß zu diesem Jungen sagen?

»Hast du was gegessen?«

Seth beobachtete ihn misstrauisch unter seinen mädchenhaft dichten Wimpern hervor. »Ja, ich hab' was gekriegt.«

»Tja, Ray – hat er mit dir über … gewisse Dinge gesprochen? Pläne für deine Zukunft?«

Die Schultern zuckten erneut. »Ich weiß nicht.«

»Er wollte dich adoptieren. Du wusstest davon?«

»Er ist tot.«

»Ja. Er ist tot.«

»Ich gehe nach Florida«, platzte Seth heraus. Dieser Gedanke war ihm gerade gekommen.

Cam trank seinen Kaffee, er schien nur oberflächlich interessiert zu sein. »Ach ja?«

»Ich habe Geld. Ich hab' mir gedacht, dass ich morgen früh abreisen kann, einen Bus nach Süden nehme. Du kannst mich nicht aufhalten.«

»Und ob ich das kann.« Cam, der sich jetzt sicherer fühlte, lehnte sich auf seinem Stuhl zurück. »Ich bin größer als du. Was willst du in Florida anfangen?«

»Ich kann mir Arbeit suchen. Ich kann vieles machen.«

»Andere beklauen, draußen am Strand schlafen.«

»Vielleicht.«

Cam nickte. Genau das hatte er auch vorgehabt, als er nach Mexiko wollte. Zum ersten Mal sah er eine Möglichkeit, sich mit dem Jungen zu verständigen. »Ich nehme an, du kannst noch nicht Auto fahren.«

»Ich könnte es, wenn ich es müsste.«

»Heutzutage ist es nicht mehr so leicht, ein Auto zu knacken, wenn man keine Erfahrung damit hat. Und du musst beweglich sein, um den Cops zu entgehen. Florida ist keine gute Idee.«

»Dahin gehe ich aber.«

»Nein, das tust du nicht.«

»Du schickst mich nicht zurück.« Seth sprang auf, und sein magerer Körper zitterte vor Angst und Wut. Die plötzliche Bewegung und der Aufschrei trieben den Welpen in die Flucht. »Du hast keine Verfügungsgewalt über mich, du kannst mich nicht zwingen zurückzugehen.«

»Zurück wohin?«

»Zu ihr. Ich gehe jetzt. Ich hole meine Sachen und bin dann weg. Und wenn du glaubst, dass du mich davon abhalten kannst, ist dein Hirn voll Scheiße.«

Cam erkannte die Haltung wieder – gefasst auf einen Schlag, jedoch bereit, sich zu wehren. »Hat sie dich verprügelt?«

»Das geht dich verdammt noch mal nichts an.«

»Ray hat dafür gesorgt, dass es mich was angeht. Wenn du durch diese Tür gehst«, fügte er hinzu, als Seth auf den Fußballen wippte, »hole ich dich einfach wieder zurück.« Cam seufzte nur, als Seth losrannte. Als er ihn einen Meter vor der Haustür eingeholt hatte, musste er Seths Schnelligkeit Respekt zollen. Und als er den Jungen um die Taille packte und den Faustschlag an seinem bereits lädierten Kinn spürte, nötigte ihm auch dessen Kraft Bewunderung ab.

»Nimm deine verdammten Hände weg, du Mistkerl. Ich bring dich um, wenn du mich anrührst.«

Grimmig schleifte Cam ihn ins Wohnzimmer, drückte ihn in einen Sessel und hielt ihn dort fest. Ihre Gesichter waren nur wenige Zentimeter voneinander entfernt. Wäre es nur Zorn gewesen, was er in den Augen des Jungen sah, oder Trotz, dann hätte es ihn nicht weiter gekümmert. Doch er sah nacktes Entsetzen.

»Du hast Mumm, Kleiner. Und jetzt versuch mal, auch ein bisschen Grips zu aktivieren. Wenn ich Sex will, beschaffe ich mir eine Frau. Hast du mich verstanden?«

Seth konnte nicht sprechen, er konnte nur noch eines denken: dass er diesmal nicht würde entkommen können. Dieses Mal würde er es nicht schaffen, sich freizukämpfen und wegzulaufen.

»Hier ist niemand, der dich auf diese Weise berühren wird. Niemals.« Ohne es zu merken, hatte Cam mit sanfter Stimme gesprochen. Seine Augen funkelten zwar noch, doch die Härte war aus ihnen verschwunden. »Wenn ich dich anfasse, bedeutet das schlimmstenfalls, dass ich versuchen werde, dir ein bisschen Verstand einzubläuen. Hast du kapiert?«

»Ich will nicht, dass du mich anrührst«, brachte Seth heraus. Er bekam kaum noch Luft. Der Angstschweiß überzog seine Haut wie ein Ölfilm. »Ich mag es nicht, wenn man mich berührt.«

»Na schön, in Ordnung. Du bleibst hier sitzen.« Cam zog sich einen Hocker heran und nahm Platz. Da Foolish inzwischen vor Angst zitterte, nahm Cam ihn auf und warf ihn Seth in den Schoß. »Wir haben hier ein Problem«, begann Cam und betete um eine Idee, wie er weiter verfahren sollte. »Ich kann dich nicht vierundzwanzig Stunden am Tag im Auge behalten. Und selbst wenn ich es könnte, würde ich nicht im Traum daran denken. Wenn du nach Florida verschwindest, werde ich dich suchen und zurückholen müssen. Und das wird mich stinkwütend machen.«

Da der Hund nun schon mal da war, streichelte Seth ihn und zog selbst Trost aus der Zuneigung, die er gab. »Wieso interessiert es dich, wohin ich gehe?«

»Das behaupte ich nicht. Aber Ray hat es interessiert. Also wirst du hierbleiben müssen.«

»Hierbleiben?« Dies war eine Alternative, über die Seth nie nachgedacht hatte. »Hier? Wenn ihr das Haus verkauft …«

»Wer will das Haus verkaufen?«

»Ich …« Seth brach ab. Er fand, dass er zu viel gesagt hatte. »Die Leute glauben, dass ihr das vorhabt.«

»Die Leute sind auf dem Holzweg. Niemand verkauft dieses Haus.« Es überraschte Cam, wie intensiv seine Gefühle in diesem speziellen Punkt waren. »Ich weiß noch nicht, wie wir das alles hinkriegen sollen. Ich arbeite noch daran. Aber in der Zwischenzeit solltest du dir Folgendes klarmachen – du bleibst schön hier.« Und das hieß, wie Cam blitzartig erkannte, dass auch er bleiben musste. Es schien, als hielte seine Pechsträhne an.

»Auf absehbare Zeit, Kleiner, werden wir uns wohl oder übel zusammenraufen müssen.«

3. Kapitel

Cam dachte, dass dies die schlimmste Woche seines Lebens sein musste. Er hätte in Italien sein sollen, um sich auf das Moto-Cross vorzubereiten, das er sich eigentlich hatte gönnen wollen. Der Großteil seiner Kleider und sein Boot befanden sich in Monte Carlo, sein Wagen stand in Nizza, sein Motorrad in Rom. Er aber war in St. Chris und spielte den Babysitter für einen Zehnjährigen. Er hoffte inständig, dass der Kleine in der Schule war, wo er hingehörte. Heute Morgen hatten sie über diese Nebensächlichkeit einen erbitterten Kampf ausgefochten. Aber sie führten ja fast wegen allem Krieg.

Küchendienst, Sperrstunde, Wäsche, das Fernsehprogramm. Cam schüttelte den Kopf, als er die verfaulenden Treppenstufen an der Hintertür löste. Er ging jede Wette ein, dass der Junge schon einen Anfall bekommen würde, wenn man ihm nur einen guten Morgen wünschte.

Und vielleicht machte er seine Sache als Aufpasser ja auch nicht besonders gut, aber verdammt, er tat, was in seinen Kräften stand. Seine Kopfschmerzen waren der Beweis. Und zumeist war er mit dieser Aufgabe auf sich allein gestellt. Phillip hatte ihm die Wochenenden versprochen, und das war zumindest etwas. Aber es blieben immer noch fünf grässliche Tage übrig. Ethan achtete darauf, jeden Abend, nachdem er den täglichen Fang eingeholt hatte, vorbeizukommen und ein paar Stunden zu bleiben.

Und tagsüber?

Cam hätte sein Seelenheil für eine Woche auf Martinique

geopfert. Heißer Sand und noch heißere Frauen. Kaltes Bier und kein Streit. Stattdessen wusch er die Wäsche, lernte die Geheimnisse der Mikrowelle kennen und versuchte auf einen Jungen aufzupassen, der es darauf anlegte, ihm das Leben schwerzumachen.

»Du warst doch genauso.«

»Von wegen. Ich wäre nicht mal zwölf Jahre alt geworden, hätte ich mich so blöd benommen wie der.«

»Während des ganzen ersten Jahres fragten Stella und ich uns vor dem Einschlafen, ob du am nächsten Morgen noch da sein würdest.«

»Wenigstens wart ihr zu zweit. Und …«

Cams Hand, die den Hammer hielt, fiel herunter. Seine Finger gaben einfach nach, bis das Werkzeug mit dumpfem Aufprall neben ihm auf dem Boden landete. Dort in dem alten, knarrenden Schaukelstuhl auf der hinteren Veranda saß Ray Quinn. Auf seinem breiten Gesicht lag ein Lächeln, das von einer zerzausten weißen Mähne eingerahmt war. Er hatte seine geliebte graue Anglerhose an und ein verschossenes graues T-Shirt mit einem knallroten Hummer auf der Brust. Seine Füße waren nackt.

»Dad?« Cam war kurz schwindelig und übel, doch dann barst sein Herz schier vor Freude. Er sprang auf.

»Du hast doch nicht gedacht, dass ich dich damit allein lasse, oder?«

»Aber …« Cam schloss die Augen. Er hatte Halluzinationen, erkannte er. Es lag am Stress, an der Müdigkeit und am Kummer.

»Ich hab' immer versucht, dir beizubringen, dass das Leben voller Überraschungen und Wunder ist. Ich wollte, dass du aufgeschlossen bist, nicht nur dem gegenüber, was möglich ist, Cam, sondern auch dem gegenüber, was unmöglich scheint.«

»Dass es Geister gibt? Himmel!«

»Warum nicht?« Diese Vorstellung schien Ray ungeheuer zu erheitern, und er ließ sein tiefes, raues Lachen hören. »Lies mal in der Literatur nach, mein Sohn. Die ist voll davon.«

»Das kann nicht sein«, murmelte Cam.

»Ich sitze doch hier, reicht dir das nicht als Beweis? Ich habe hier zu viele Dinge unerledigt zurückgelassen. Jetzt liegt es an dir und deinen Brüdern, aber wer sagt denn, dass ich euch nicht hin und wieder ein wenig helfen kann?«

»Helfen. O ja, ich werde bald ernsthaft Hilfe brauchen, angefangen mit einem Psychiater.« Ehe seine Beine unter ihm nachgeben konnten, balancierte Cam über die defekten Stufen und ließ sich auf der Veranda nieder.

»Du bist nicht verrückt, Cam, bloß verwirrt.«

Cam holte tief Luft, um sich zu fangen, und betrachtete dann den Mann, der träge auf dem alten Holzstuhl hin- und herschaukelte. Der Große Quinn, dachte er. Er wirkte lebendig und real.

»Wenn du wirklich hier bist, erzähl mir von dem Jungen. Ist er wirklich dein Sohn?«

»Er gehört jetzt zu dir. Zu dir, zu Ethan und zu Phillip.«

»Das reicht nicht.«

»Aber natürlich reicht das. Ich verlasse mich auf jeden einzelnen von euch. Ethan nimmt die Dinge, wie sie kommen, und macht stets das Beste daraus. Phillip klärt die Details und bringt sie in einen Zusammenhang. Du übst Druck aus, bis alles so läuft, wie du es dir vorstellst. Der

Junge braucht euch alle drei. Wichtig ist nur Seth. Wichtig seid jetzt ihr alle.«

»Ich weiß nicht, was ich mit ihm anfangen soll«, sagte Cam ungeduldig. »Ich weiß nicht, was ich mit mir selbst anfangen soll.«

»Wenn du das eine herausfindest, findest du auch das andere heraus.«

»Verdammt, sag mir, was passiert ist. Sag mir, was hier los ist.«

»Deshalb bin ich nicht hier. Ich kann dir zum Beispiel auch nicht sagen, ob ich Elvis gesehen habe.« Ray grinste, als Cam gegen seinen Willen lachen musste. »Ich glaube an dich, Cam. Gib Seth nicht auf. Und gib dich nicht auf.«

»Ich weiß nicht, wie ich all das bewältigen soll.«

»Bring erst mal die Stufen in Ordnung«, sagte Ray und zwinkerte ihm zu. »Das ist ein Anfang.«

»Zum Teufel mit den Stufen«, begann Cam, doch er war wieder allein mit dem Gesang der Vögel und dem sanften Plätschern des Wassers. »Ich verliere den Verstand«, murmelte er und fuhr sich unsicher mit der Hand übers Gesicht. »Ich verliere meinen verdammten Verstand.«

Und er stand auf und machte sich daran, die Stufen zu reparieren.

Anna Spinelli hatte das Radio laut aufgedreht. Aretha Franklin sang lauthals aus ihrer millionenschweren Kehle und forderte Respekt. Anna sang mit, sie war durch und durch entzückt von ihrem funkelnagelneuen Wagen.

Sie hatte hart gearbeitet, hatte eisern gespart und mit ihrem Einkommen jongliert, um sich die Anzahlung und die monatlichen Raten leisten zu können. Und sie wusste, dass er jeden Becher Joghurt wert war, den sie sich anstelle eines richtigen Essens einverleibte.

Trotz der kalten Frühlingsluft hätte sie es vorgezogen, mit heruntergeklapptem Verdeck über die Landstraßen zu brausen. Aber es würde keinen guten Eindruck machen, wenn sie mit zerzaustem Haar ankäme. Und korrektes Benehmen und Auftreten war das Allerwichtigste.

Für diesen Hausbesuch hatte sie ein schlichtes, dem Anlass angemessenes Kostüm in Marineblau und eine weiße Bluse ausgewählt. Was sie darunter trug, ging nur sie etwas an. Ihre Vorliebe für Seide spannte ihren stets knappen Etat aufs Äußerste an, aber schließlich wollte sie ja auch leben.

Ihr langes, gelocktes Haar hatte sie in einem ordentlichen Nackenknoten gebändigt. Sie fand, dass sie so ein wenig reifer und würdevoller aussah. Wenn sie ihr Haar offen trug, wurde sie zu oft als heiße Nummer abgeschrieben und die ernsthafte Sozialarbeiterin in ihr verkannt.

Ihre Haut war blassgolden, dank ihrer italienischen Vorfahren. Hinzu kamen große, mandelförmige Augen. Sie hatte einen großen Mund, mit einer vollen Unterlippe. Ihre Wangenknochen waren stark ausgeprägt, ihre Nase lang und gerade. Während der Arbeitszeit schminkte sie sich nur leicht, da sie nicht die falsche Art von Aufmerksamkeit auf sich ziehen wollte. Sie war achtundzwanzig Jahre alt, hing an ihrer Arbeit und war zufrieden mit ihrem Leben als Single, froh, dass sie sich in dieser hübschen Stadt hatte niederlassen können. Von der Großstadt hatte sie genug.

Als sie zwischen langgestreckten, flachen Getreidefeldern hindurchfuhr und der Wind, der schwach nach dem Wasser roch, zum Fenster hereinströmte, träumte sie davon, eines Tages an einen solchen Ort zu ziehen. Ihr gefielen Landstraßen, auf denen Traktoren fuhren, sowie der Ausblick auf die Bucht mit den Booten.

Sie würde sparen müssen, aber eines Tages hoffte sie, sich ein kleines Haus außerhalb der Stadt kaufen zu können. Das Pendeln würde ihr nicht so schwerfallen, schließlich war Fahren eines ihrer liebsten Freizeitvergnügen.

Der CD-Player schaltete um, von der Königin des Soul zu Beethoven. Anna begann die ›Ode an die Freude‹ mitzusummen.

Sie freute sich, dass man ihr den Fall Quinn zugewiesen hatte. Er war hochinteressant. Sie wünschte nur, sie hätte Raymond und Stella Quinn gekannt. Es mussten ganz besondere Menschen gewesen sein, die drei halbwüchsige, problematische Jungen adoptiert hatten und mit ihnen zurechtgekommen waren. Aber sie waren tot, und jetzt musste sie sich um Seth DeLauter kümmern. Offenbar kam das Adoptionsverfahren nicht voran. Drei alleinstehende Männer – einer lebte in Baltimore, einer in St. Chris, und der dritte, wohin es ihn gerade trieb. Nun ja, überlegte Anna, das schien nicht die allerbeste Umgebung für das Kind zu sein. Und es war zweifelhaft, ob ihnen wirklich daran lag, die Vormundschaft für den Jungen zu bekommen.

Somit würde Seth DeLauter wohl wieder der staatlichen Fürsorge übergeben werden. Anna hatte die Absicht, alles für ihn zu tun.

Als sie sich dem Haus näherte, fuhr sie langsamer. Sie stellte das Radio leiser und überprüfte dann im Rückspiegel ihr Aussehen. Dann schaltete sie in den ersten Gang zurück, fuhr die letzten Meter in gemächlichem Tempo und bog langsam in die Auffahrt ein.

Ihr gefiel das hübsche Haus in der herrlichen Umgebung,

die so ruhig friedlich war. Es hätte einen frischen Anstrich vertragen können, dachte sie, und der Hof müsste instandgesetzt werden, aber der leichte Eindruck von Verfall trug nur zu seinem Charme bei.

Ein Junge wäre hier glücklich, dachte sie. Jeder wäre hier glücklich. Wie schade, dass er hier nicht bleiben konnte. Sie seufzte auf, da sie nur zu gut wusste, dass das Schicksal seine Tücken hatte. Dann nahm sie ihre Aktenmappe und stieg aus.

Sie zupfte ihre Jacke zurecht, damit sie ordentlich saß. Es waren ziemlich weite Klamotten, die sie trug, denn sie wollte ihre Figur verbergen, um nicht für Ablenkung zu sorgen. Dann ging sie auf die Eingangstür zu und bemerkte dabei, dass die Beete mit Immergrün zu beiden Seiten der Stufen zu blühen begannen. Sie musste unbedingt mehr über Pflanzen lernen und sie beschloss, sich ein paar Gartenbücher aus der Bibliothek zu holen.

Als Anna das Hämmern hörte, zögerte sie kurz, dann überquerte sie in ihren praktischen flachen Schuhen den Rasen und ging zur Rückseite des Hauses.

Er kniete auf dem Boden, als sie ihn entdeckte. Schwarzes T-Shirt, das in einer engen, verwaschenen Jeans steckte. Aus rein weiblicher Perspektive war es unmöglich, anders als mit Wohlgefallen zu reagieren. Seine festen Muskeln wölbten sich, als er einen Nagel ins Holz schlug, mit so viel Wut, dachte Anna, so viel Kraft, dass die Luft vibrierte von den Schwingungen, die er aussandte.

Phillip Quinn, der Werbefachmann? Höchst zweifelhaft.

Cameron Quinn, der risikofreudige Globetrotter? Wohl kaum.

Also musste dies Ethan sein, der Fischer. Sie legte ein

höfliches Lächeln auf ihr Gesicht und trat vor. »Mr. Quinn.«

Er hob den Kopf. Den Hammer noch in der Hand, drehte er sich zu ihr um. O ja, da war Wut, erkannte sie, heiß und tödlich. Sie war von seinem Gesicht fasziniert. Ein Schuss Indianerblut, spekulierte sie, das wäre die Erklärung für seine hohen Wangenknochen und seine bronzefarbene Haut. Sein Haar war pechschwarz, unordentlich und so lang, dass es ihm bis auf den Kragen fiel. Seine Augen waren alles andere als freundlich, sie ließen an ein heftiges Unwetter denken.

Anna fand diese Mischung unwahrscheinlich sexy. Sie erkannte auf Anhieb den Raufbold und beschloss spontan, bei diesem Mann, welcher der Quinns er auch sein mochte, Vorsicht walten zu lassen.

Er musterte sie eingehend. Sein erster Gedanke war, dass derartige Beine eine bessere Hülle verdienten als einen tristen marineblauen Rock und hässliche schwarze Schuhe. Er vermutete, dass eine Frau, die so große, braune, wunderschöne Augen hatte, vermutlich stets bekam, was sie wollte, ohne ein Wort sagen zu müssen.

Er legte den Hammer hin und stand auf. »Mein Name ist Quinn.«

»Ich heiße Anna Spinelli.« Sie lächelte noch immer, als sie mit ausgestreckter Hand auf ihn zutrat. »Welcher Quinn sind Sie denn?«

»Cameron.« Wegen der Augen und der heiseren, leisen Stimme hatte er mit einer weichen Hand gerechnet, aber sie hatte einen kräftigen Händedruck. »Was kann ich für Sie tun?«

»Man hat mich mit dem Fall Seth DeLauter betraut.«

Sein Interesse verflog. »Seth ist in der Schule.«

»Das will ich doch hoffen. Ich möchte mit Ihnen über den Stand der Dinge sprechen, Mr. Quinn.«

»Mein Bruder Phillip kümmert sich um den Behördenkram.«

»Ist er da?«

»Nein.«

»Nun, wenn ich dann ein wenig von Ihrer Zeit in Anspruch nehmen könnte. Ich nehme an, Sie leben hier, zumindest vorübergehend?«

»Und wenn?«

Sie schenkte es sich aufzuseufzen. In ihrem Beruf hatte sie ständig mit Misstrauen und Vorurteilen zu kämpfen. Früher einmal war es ihr nicht anders ergangen. »Es geht mir nur um Seth, Mr. Quinn. Wir können die Sache jetzt besprechen, oder ich kann dafür sorgen, dass er der Fürsorge übergeben wird.«

»Das wäre ein großer Fehler, Ms. Spinelli. Seth bleibt hier.«

Sie richtete sich gerade auf, als sie hörte, wie er ihren Namen in die Länge zog. »Seth DeLauter ist minderjährig. Über die Adoption, die Ihr Vater beantragt hat, wurde noch nicht entschieden, und es sind Zweifel hinsichtlich der Gültigkeit des Verfahrens aufgetaucht. Im Moment haben Sie keinerlei gesetzlichen Anspruch auf ihn, Mr. Quinn.«

»Sie wollen sicher nicht, dass ich Ihnen sage, was Sie mit Ihrem gesetzlichen Anspruch machen können, nicht wahr, Ms. Spinelli?« Befriedigt sah er das Aufblitzen in den großen, dunklen Augen. »Das habe ich mir gedacht. Ich kann mich beherrschen. Seth ist mein Bruder.« Das zu sagen hatte ihn erschöpft. Mit einem Achselzucken wandte er sich ab. »Ich brauche ein Bier.«

Sie stand überrascht da, nachdem die Fliegentür zugefallen war. Im Rahmen ihrer Arbeit gestattete sie es sich aber niemals, die Beherrschung zu verlieren. So atmete sie dreimal tief ein und aus, dann stieg sie die halb reparierten Stufen hinauf und folgte ihm ins Haus.

»Mr. Quinn ...«

»Noch da?« Er öffnete eine Bierflasche.

»Wollen Sie auch eins?«

»Nein. Mr. Quinn ...«

»Ich mag Sozialarbeiter nicht.«

»Sie scherzen.« Sie wagte es, kokett mit den Wimpern zu klimpern. »Das hätte ich nie vermutet.«

Seine Lippen zuckten, bevor er die Flasche zum Mund führte. »War nicht persönlich gemeint.«

»Natürlich nicht. Ich mag übrigens unhöfliche, arrogante Männer nicht, und das ist auch nicht persönlich gemeint. Also, sind Sie jetzt bereit, mit mir über Seths weiteres Schicksal zu reden, oder soll ich einfach mit den nötigen Papieren und der Polizei wiederkommen?«

Das würde sie fertigbringen, entschied Cam nach erneuter eingehender Musterung. Sie mochte ja ein Gesicht wie gemalt haben, aber sie ließ sich nicht manipulieren. »Wenn Sie das machen, wird der Kleine ausreißen. Sie würden ihn früher oder später aufgreifen, und er würde im Jugendknast landen – dann wäre es aus und vorbei mit seiner Zukunft. Die Fürsorge wird ihm nicht helfen, Ms. Spinelli.«

»Aber Sie können es?«

»Mag sein.« Er schaute stirnrunzelnd auf sein Bier. »Mein Vater hätte es gekonnt.« Als er wieder aufblickte, schmerzte sie der Ausdruck in seinen Augen. »Glauben Sie an die Heiligkeit eines Versprechens, das man jemandem am Sterbebett gibt?«

»Ja«, sagte sie sofort.

»An dem Tag, als mein Vater starb, habe ich ihm versprochen – wir haben ihm versprochen –, dass wir Seth bei uns behalten. Nichts und niemand wird mich dazu bringen, mein Wort zu brechen. Nicht Sie, nicht die Fürsorge, nicht ein Dutzend Cops.«

Die Situation sah anders aus, als sie erwartet hatte. Sie würde völlig umdenken müssen. »Ich würde mich gern setzen«, sagte Anna nach kurzem Nachdenken.

»Nur zu.«

Sie nahm am Tisch Platz. In der Spüle stand Geschirr, bemerkte sie, und in der Luft hing der schwache Geruch von angebranntem Essen. Daraus schloss sie, dass der Junge zu essen bekam. »Haben Sie vor, eine Vormundschaft zu beantragen?«

»Wir ...«

»Sie, Mr. Quinn«, unterbrach sie. »Ich frage Sie, ob das Ihre Absicht ist.« Sie wartete und sah die Zweifel und das Widerstreben, die sich auf seinem Gesicht zeigten.

»Ja, vermutlich schon. Ja.« Gott helfe uns allen, dachte er. »Wenn es das ist, was Sie verlangen.«

»Beabsichtigen Sie, auf Dauer in diesem Haus zu leben, mit Seth zusammen?«

»Auf Dauer?« Das war vielleicht das einzige Wort, das ihm in seinem Leben richtig angst machte. »Jetzt muss ich mich erst mal setzen.« Dann rieb er mit Daumen und Zeigefinger seinen Nasenrücken, um ein wenig von dem Druck, den er dort spürte, wegzunehmen. »Himmel. Wie wär's, wenn wir ›auf absehbare Zeit‹ sagen statt ›auf Dauer‹?«

Anna zweifelte nicht an seiner Aufrichtigkeit, hätte seinen Absichten Beifall gezollt. Aber … »Sie haben keinen Begriff davon, was Sie sich da aufhalsen.«

»Sie irren sich. Ich weiß es, und es macht mir eine Heidenangst.«

Sie nickte und bewertete die Antwort als einen Punkt zu seinen Gunsten. »Wie kommen Sie auf den Gedanken, ein besserer Vormund für einen zehnjährigen Jungen zu sein, einen Jungen, den sie nicht einmal zwei Wochen kennen, wie ich glaube, als erfahrene, bewährte Pflegeeltern?«

»Weil ich ihn verstehe. Ich war so wie er – oder zumindest ähnlich. Und weil er hierhergehört.«

»Lassen Sie mich Ihnen einige der größten Schwierigkeiten schildern, die sich Ihren Plänen in den Weg stellen werden. Sie sind ein alleinstehender Mann ohne festen Wohnsitz und ohne regelmäßiges Einkommen.«

»Ich habe doch dieses Haus hier. Ich habe Geld.«

»Auf wen wurde das Haus überschrieben, Mr. Quinn?« Sie nickte nur, als er die Brauen zusammenzog. »Ich vermute, Sie wissen es nicht.«

»Phillip weiß es bestimmt.«

»Schön für ihn. Und ich bin überzeugt, dass Sie Geld haben, Mr. Quinn, aber ich spreche von einer regelmäßigen Beschäftigung. Durch die Welt zu reisen und an Rennen teilnehmen ist keine regelmäßige Beschäftigung.«

»Es macht sich aber bezahlt.«

»Haben Sie mal über das Risiko nachgedacht, durch Ihren Lebensstil ums Leben zu kommen oder verkrüppelt zu werden, jetzt, da Sie vorhaben, eine solche Verantwortung zu übernehmen? Glauben Sie mir, das Gericht wird es in Erwägung ziehen. Was ist, wenn Ihnen etwas zustößt bei Ihren Bemühungen, alle möglichen Rekorde zu brechen?«

»Ich weiß, was ich tue. Außerdem sind wir zu dritt.«

»Aber es lebt nur einer von Ihnen in diesem Haus, in dem auch Seth leben wird.«

»Und?«

»Und dieser eine hat keine Erfahrungen mit Kindern.«

»Und wenn wir alle drei mit von der Partie wären?«

»Wie bitte?«

»Wenn wir alle hier leben würden? Was ist, wenn meine Brüder hier einzögen?« Was für ein Schlamassel, dachte Cam, sprach jedoch weiter. »Was wäre, wenn ich mir einen ...« Jetzt musste er erst mal einen kräftigen Schluck Bier trinken, da ihm das Wort sonst im Halse stecken bleiben würde. »... einen Job suche?«, brachte er heraus.

Sie starrte ihn an. »Sie wären bereit, Ihr Leben derart radikal zu verändern?«

»Ray und Stella Quinn haben mein Leben verändert.«

Ihr Gesicht wurde weich, und Cam blinzelte überrascht, als sie lächelte. Ihre Augen schienen noch dunkler und ausdrucksvoller zu werden. Als sie die Hand leicht auf seine legte, staunte er über das Gefühl, das ihn durchfuhr – es war nackte Begierde.

»Auf der Fahrt hierher habe ich mir gewünscht, ich hätte Ihre Eltern gekannt. Ich bin sicher, sie sind bemerkenswerte Menschen gewesen.« Dann zog sie ihre Hand wieder zurück. »Ich werde mit Seth und mit Ihren Brüdern reden müssen. Wann kommt er aus der Schule nach Hause?«

»Wann?« Cam blickte ratlos zur Wanduhr. »Das ist ... verschieden.«

»In diesem Punkt müssen Sie aber besser Bescheid wissen, falls es zu einer offiziellen Untersuchung kommen sollte. Ich fahre bei der Schule vorbei und spreche dort mit ihm. Ihr Bruder Ethan ...« Sie stand auf. »Ob ich ihn jetzt zu Hause antreffe?«

»Nicht zu dieser Tageszeit. Bis um fünf holt er seinen Fang ein.«

Sie schaute auf ihre Uhr, schätzte ab, wie viel Zeit ihr blieb. »Na schön, dann setze ich mich noch mit Ihrem zweiten Bruder in Baltimore in Verbindung.« Aus ihrer Aktenmappe holte sie ein hübsches ledergebundenes Notizbuch. »Können Sie mir noch Namen und Adressen einiger Nachbarn geben? Leute, die Sie und Seth kennen und die für Ihren Charakter bürgen? Die guten Seiten Ihres Charakters, meine ich.«

»Ich könnte Ihnen vermutlich ein paar nennen.«

»Das wäre ein Anfang. Ich muss hier einige Nachforschungen anstellen, Mr. Quinn. Sollte es für Seth gut sein, bei Ihnen zu bleiben, in Ihrer Obhut, werde ich tun, was ich kann, um Ihnen zu helfen.« Sie legte den Kopf schief. »Sollte ich allerdings der Meinung sein, dass es besser für ihn ist, woanders zu leben, werde ich Sie mit Zähnen und Klauen bekämpfen.«

Cam erhob sich. »Dann sind wir uns wohl einig.«

»Noch nicht. Aber irgendwo muss ich ja anfangen.«

Kaum hatte sie das Haus verlassen, griff Cam zum Telefon. Bis er auf dem Umweg über eine Sekretärin und eine Assistentin zu Phillip durchkam, war seine Geduld erschöpft.

»Bei mir war eine Sozialarbeiterin.«

»Ich hab' dir gesagt, dass du darauf gefasst sein musst.«

»Hast du nicht.«

»O doch. Du hörst nur nicht zu. Ich habe einen Freund, einen Rechtsanwalt, auf die Vormundschaftssache angesetzt. Seths Mutter ist untergetaucht. Soweit wir wissen, hält sie sich nicht in Baltimore auf.«

»Mir ist piepegal, wo die Mutter ist. Die Sozialarbeiterin hat gedroht, Seth mitzunehmen.«

»Der Rechtsanwalt wird eine vorläufige Vormundschaft durchsetzen. Das braucht aber Zeit, Cam.«

»Vielleicht haben wir die nicht.« Er schloss die Augen, versuchte gegen die Wut anzukämpfen und nachzudenken. »Oder vielleicht habe ich ein wenig Zeit für uns herausgeholt. Wem gehört das Haus jetzt?«

»Uns. Dad hat es – nun, alles – uns dreien hinterlassen.«

»Gut, prima. Weil du nämlich den Wohnsitz wechseln wirst. Du wirst deine Designeranzüge einpacken müssen, Kumpel, und deinen Hintern hierherbewegen. Wir werden wieder zusammenleben.«

»Nichts da.«

»Und ich muss mir einen Job suchen. Ich erwarte dich heute Abend gegen sieben. Bring was zu essen mit. Ich bin es leid, ständig zu kochen.«

Es verschaffte ihm eine gewisse Befriedigung, Phillips wüste Beschimpfungen zu unterbrechen, indem er einfach auflegte.

Anna fand Seth missmutig, vorlaut und hochnäsig. Sie mochte ihn auf Anhieb. Es war ihr erlaubt worden, ihn für ein Gespräch aus dem Unterricht zu holen.

»Es wäre einfacher, wenn du mir sagen würdest, was du denkst und fühlst, und was du willst.«

»Wieso interessiert Sie das?«

»Man bezahlt mich dafür.«

Seth zuckte die Achseln und zeichnete mit dem Finger Muster auf die Tischplatte. »Ich finde, Sie sollten sich um Ihre eigenen Angelegenheiten kümmern. Ich langweile mich, und ich will, dass Sie weggehen.«

»Na, nun hast du mir ja deine Meinung über mich gesagt«, meinte Anna und sah zu ihrem Vergnügen, wie Seth nur mit Mühe ein Lächeln unterdrückte. »Sprechen wir über dich. Bist du glücklich bei Mr. Quinn?«

»Das Haus ist cool.«

»Ja, mir hat es auch gefallen. Was ist mit Mr. Quinn?«

»Er denkt, er weiß alles, hält sich für eine große Nummer, weil er die Welt gesehen hat. Jedenfalls kann er überhaupt nicht kochen, das kann ich Ihnen sagen.«

Sie ließ ihren Stift auf dem Tisch liegen und faltete die Hände über ihrem Notizbuch. Er war viel zu dünn, fiel ihr auf. »Gehst du denn hungrig ins Bett?«

»Am Schluss holt er immer Pizza oder Hamburger. Erbärmlich. Ich meine, was ist denn schon dabei, eine Mikrowelle zu bedienen?«

»Vielleicht solltest du das Kochen übernehmen.«

»Als wenn er mich darum bitten würde. Neulich Abend hat er sogar die Kartoffeln versaut.« Seth lachte laut los. »Was für ein Chaos! Er hat geflucht wie ein Wahnsinniger, mannomann.«

»Also stellt er sich in der Küche nicht gerade geschickt an.« Aber er gab sich Mühe, dachte Anna.

»Das kann man laut sagen. Es geht ihm viel besser, wenn er irgendwo hämmert oder an diesem supercoolen Wagen herumbastelt. Haben Sie den Corvette gesehen? Cam sagt, er gehörte seiner Mutter. Sie hatte ihn schon ewig. Geht ab wie eine Rakete. Ray hat ihn in der Garage stehen lassen. Er wollte wohl nicht, dass er benutzt wird.«

»Fehlt er dir? Ray, meine ich?«

Erneut ein Schulterzucken, und Seth senkte den Blick. »Er war cool. Aber er war alt, und wenn man alt wird, stirbt man. So ist es nun mal.«

»Und was ist mit Ethan und Phillip?«

»Die sind in Ordnung. Ich fahr' gern mit dem Boot raus. Wenn ich nicht in die Schule müsste, könnte ich für Ethan arbeiten. Er sagt, ich wäre eine große Hilfe.«

»Willst du bei ihnen bleiben, Seth?«

»Ich kann doch sonst nirgends hin, oder?«

»Man hat immer eine Wahl, und ich bin hier, um dir dabei zu helfen, die beste Lösung für dich zu finden. Wenn du weißt, wo deine Mutter sich aufhält …«

»Ich weiß es nicht.« Seine Stimme klang schrill. »Und ich will es auch nicht wissen. Wenn Sie mich zu ihr zurückschicken wollen, werden Sie mich nie wiedersehen.«

»Hat sie dir wehgetan?« Anna wartete kurz ab, dann nickte sie, als er sie nur anstarrte. »Na schön, das lassen wir vorläufig beiseite. Es gibt viele Paare und Familien, die bereit und in der Lage wären, Kinder wie dich bei sich aufzunehmen, für sie zu sorgen und ihnen ein gutes Leben zu ermöglichen.«

»Sie wollen mich nicht, oder?« Er war den Tränen nahe. Aber er würde auf keinen Fall heulen. Seine Augen blieben trocken, sie waren nur heiß und brannten. »Er sagte, ich könne bleiben, aber das war eine Lüge. Wieder mal eine beschissene Lüge.«

»Nein.« Sie packte Seths Hand, bevor er aufspringen

konnte. »Nein, sie wollen dich. Ja, Mr. Quinn – Cameron – war sogar sehr wütend auf mich, weil ich vorgeschlagen habe, dich zu einer anderen Familie zu bringen. Ich versuche nur herauszufinden, was du möchtest. Und ich glaube, du hast es mir gerade gesagt. Wenn du bei den Quinns leben willst und es das Beste für dich ist, will ich dir helfen, genau das zu erreichen.«

»Ray wollte, dass ich bleibe. Er hatte es versprochen.«

»Wenn ich kann, werde ich helfen, sein Versprechen einzulösen.«

4. Kapitel

Da kein anderes kaltes Getränk im Haus zu sein schien als Bier, Limo mit Kohlensäure und Milch, die aber nicht mehr ganz lupenrein aussah, setzte Ethan den Kessel auf. Er wollte Tee aufbrühen, Eis hineingeben und es sich mit einem großen Glas auf der Veranda gemütlich machen, um den hereinbrechenden Abend zu genießen. Er war seit vierzehn Stunden auf den Beinen und brauchte eine Ruhepause.

Was nicht leicht werden würde, dachte er, als er nach Teebeuteln suchte und hörte, wie Cam und Seth im Wohnzimmer wieder einmal aufeinander losgingen. Anscheinend genossen sie es, sich anzuschreien, sonst würden sie nicht so viel Zeit damit zubringen.

Er hingegen wollte nur ein wenig Ruhe, eine anständige Mahlzeit, und dann eine der beiden Zigarren, die er sich am Tag zugestand. So wie es sich anhörte, glaubte er allerdings nicht, dass die Ruhepause heute auf dem Programm stand.

Als er die Teebeutel mit kochendem Wasser übergoss, hörte er ein Stampfen auf der Treppe, dann folgte das Krachen einer zufallenden Tür.

»Der Kleine treibt mich noch zum Wahnsinn«, beschwerte sich Cam, als er in die Küche marschiert kam. »Ich kann nicht mal buh zu ihm sagen, ohne dass er gleich Streit anfängt.«

»Mhm.«

»Streitlustig, vorlaut und macht nur Ärger.« Cam, der

sich ungerecht behandelt fühlte, holte sich ein Bier aus dem Kühlschrank.

»Muss dich doch an deine Jugend erinnern.«

»Von wegen.«

»Ich weiß auch nicht, wie ich darauf komme. Du hast ein so friedliches Gemüt.« Ethan bückte sich langsam und suchte nach dem alten Glaskrug. »Lass mich mal überlegen – du warst etwa vierzehn Jahre alt, als ich kam. Du hast gleich Streit mit mir gesucht, um einen Vorwand zu haben, mir die Nase blutig zu schlagen.«

Zum ersten Mal seit Stunden musste Cam grinsen. »Das war doch bloß ein kleiner Willkommensgruß. Außerdem hast du mir zum Dank ein riesiges Veilchen verpasst.«

»Mag sein. Aber der Kleine ist zu clever, um dir eins auf die Nase zu geben.« Ethan gab mehrere gehäufte Löffel Zucker in den Krug. »Deshalb piesackt er dich lieber. Auf jeden Fall kriegt er dadurch viel Aufmerksamkeit von dir, oder etwa nicht?«

Cam wusste, dass es zutraf. »Wenn du ihn so gut durchschaust, warum nimmst du ihn dann nicht zu dir?«

»Weil ich jeden Morgen mit der Dämmerung auf dem Wasser bin. Solche Kids brauchen einen Aufpasser.« Das war Ethans Meinung, und er würde dabei bleiben, und wenn man ihm mit allen Qualen der Hölle drohte. »Von uns dreien bist du der einzige, der nicht arbeitet.«

»Das muss ich ändern«, murmelte Cam.

»Ach ja?« Leise lachend bereitete Ethan den Tee zu. »So weit kommt's noch.«

»Es kommt eher dazu, als du denkst. Heute war eine Sozialarbeiterin hier.« Ethan ächzte und überlegte, was das für sie bedeuten konnte. »Was wollte sie?«

»Uns überprüfen. Sie will auch mit dir sprechen. Und mit Phillip. Mit Seth hat sie sich schon unterhalten, wonach ich ihn gerade diplomatisch ausfragen wollte, als er wieder mal Schaum vorm Mund hatte.«

Cam runzelte die Stirn und dachte an Anna Spinelli mit den tollen Beinen und der ordentlichen Aktenmappe. »Wenn wir die Prüfung nicht bestehen, wird sie dafür sorgen, dass er von hier weggeholt wird.«

»Er geht nirgends hin.«

»Das hab' ich auch gesagt.« Cam fuhr sich mit der Hand durchs Haar, was ihn daran erinnerte, dass er eigentlich zum Friseur hatte gehen wollen. In Rom. Seth war nicht der Einzige, der nirgends hinging. »Aber wir werden hier einige grundlegende Veränderungen vornehmen müssen, Bruderherz.«

»Es ist doch gut so, wie es ist.« Ethan füllte ein Glas mit Eiswürfeln und goss mit Tee auf.

»Du hast leicht reden.« Cam trat auf die Veranda und ließ die Fliegentür hinter sich zufallen. Er ging zum Geländer und beobachtete, wie Ethans geschmeidiger Chesapeake Bay Retriever Simon mit dem fetten Welpen Tauziehen spielte. Oben hatte Seth offenbar beschlossen, sich zu rächen, indem er das Radio zu ohrenbetäubender Lautstärke aufdrehte. Kreischender Heavy Metal Rock drang durch die Fenster nach draußen.

Cam würde sich hüten, dem Jungen zu sagen, er solle die Musik leiser machen. Er trank von seinem Bier, lockerte so gut es ging die Verkrampfungen in seinen Schultern und konzentrierte sich auf die weißen Edelsteine, die die untergehende Sonne auf die Wasseroberfläche zauberte.

Die Brise frischte auf, sodass das Gras an ein wogendes

Weizenfeld in Kansas erinnerte. Ein Erpel flog quakend vorbei.

Lucy, ich bin wieder daheim, dachte Cam, und er musste fast lächeln.

Trotz der dröhnenden Musik hörte er das sanfte rhythmische Knarren des Schaukelstuhls. Bier schoss aus dem Flaschenhals, als er herumwirbelte. Ethan hörte auf zu schaukeln und starrte ihn an.

»Was ist?«, wollte er wissen. »Himmel, Cam, du machst ein Gesicht, als ob du einen Geist gesehen hättest.«

»Nichts.« Cam fuhr sich mit der Hand übers Gesicht, dann ließ er sich langsam auf der Veranda nieder und lehnte sich gegen den Pfosten. »Nichts«, wiederholte er, stellte jedoch das Bier ab. »Ich bin ein wenig nervös.«

»Das bist du doch immer, wenn du länger als eine Woche an einem Fleck bleibst.«

»Reiz mich nicht, Ethan.«

»War bloß so'n Gedanke.« Da Cam erschöpft und blass aussah, griff Ethan in die Brusttasche seines Hemdes und holte zwei Zigarren heraus. Es würde nicht schaden, heute ausnahmsweise mal nicht erst nach dem Abendessen zu rauchen. »Zigarre?«

Cam seufzte. »Ja, warum nicht?« Statt selbst aktiv zu werden, ließ er Ethan beide anzünden, und blies dann träge Rauchringe in die Luft. Als die Musik jäh abbrach, hatte er das Gefühl, einen kleinen persönlichen Sieg errungen zu haben. In den nächsten zehn Minuten waren nur das Klatschen des Wassers, Vogelrufe und das Gemurmel der Brise zu hören. Die Sonne sank tiefer und überzog den Himmel im Westen mit einem weichen, rosigen Dunstschleier, der den Horizont verschwimmen ließ.

Es sah Ethan ähnlich, keine Fragen zu stellen, dachte Cam. Er liebte es, still dazusitzen und zu warten. Er verstand es, wenn ein anderer das Bedürfnis hatte zu schweigen. Diese bewundernswerte Eigenschaft seines Bruders hatte er beinahe vergessen. Und vielleicht hatte er auch vergessen, wie sehr er diesen Bruder liebte, den Ray und Stella ihm geschenkt hatten, gestand er sich ein. Aber selbst jetzt, da es ihm wieder bewusst wurde, war ihm nicht klar, wie er sich verhalten sollte.

»Wie ich sehe, hast du die Stufen repariert«, meinte Ethan, als er merkte, dass Cam sich beruhigt hatte.

»Ja. Das Haus könnte auch mal einen Anstrich gebrauchen.«

»Darum werden wir uns später noch kümmern.«

Sie würden sich um sehr vieles kümmern müssen, dachte Cam. Aber das leise Knarren des Schaukelstuhls erinnerte ihn immer wieder an den Nachmittag. »Hast du schon mal geträumt, obwohl du hellwach warst?« Er konnte Ethan diese Frage stellen, denn sein Bruder würde darüber nachdenken und ihm eine ernsthafte Antwort geben.

Nachdem Ethan das fast leere Glas neben den Schaukelstuhl auf die Veranda gestellt hatte, betrachtete er seine Zigarre. »Nun … ich schätze ja. Die Gedanken schweifen gern in die Ferne, wenn man es zulässt.«

Das konnte es gewesen sein, sagte sich Cam. Er hatte seine Gedanken schweifen lassen, und nur so ließ es sich erklären, weshalb er geglaubt hatte, seinen Vater im Schaukelstuhl sitzen zu sehen. Das Gespräch? Wunschdenken, entschied er. Mehr nicht.

»Weißt du noch, als Dad immer seine Geige mit rausbrachte? An heißen Sommerabenden saß er dort, wo du jetzt sitzt, und spielte stundenlang. Er hatte so große Hände.«

»Jedenfalls konnte er die Geige richtig zum Schluchzen bringen.«

»Du konntest ziemlich gut mithalten.«

Ethan zuckte die Achseln und paffte träge seine Zigarre. »Zum Teil.«

»Du solltest sie nehmen. Er hätte gewollt, dass du sie bekommst.«

Ethan hob seinen Blick und schaute Cam ruhig und unverwandt an. Keiner von beiden sagte zunächst etwas, und das war auch nicht nötig. »Das werde ich irgendwann tun, aber jetzt noch nicht. Ich bin noch nicht so weit.«

»Ja.« Cam blies den Rauch aus.

»Hast du noch die Gitarre, die sie dir damals zu Weihnachten geschenkt haben?«

»Ich hab' sie hiergelassen. Ich wollte sie nicht überall mit mir herumschleppen.« Cam schaute auf seine Finger und bewegte sie, als wolle er sie auf die Saiten legen. »Ich hab' seit mehr als einem Jahr nicht gespielt.«

»Vielleicht sollten wir Seth ein Instrument lernen lassen. Mom schwor darauf, dass Musik Aggressionen abbaut.« Er wandte den Kopf, als die Hunde zu bellen begannen und seitlich ums Haus herumliefen. »Erwartest du jemanden?«

»Phillip.«

Ethan blickte erstaunt. »Ich dachte, der kommt erst am Freitag.«

»Sagen wir, es ist ein familiärer Notfall eingetreten.« Cam drückte den Zigarrenstummel aus, ehe er aufstand. »Ich bete zu Gott, dass er etwas Anständiges zu essen mitgebracht hat, und nicht diesen widerlichen Erbsenbrei, den er so gern isst.«

Phillip kam mit langen Schritten in die Küche. Er trug eine große Tüte und einen ebenso großen Eimer mit Hähnchenstücken, wobei seine Gereiztheit stark zu spüren war. Er stellte die Lebensmittel auf den Tisch, strich sich durchs Haar und blickte seine Brüder finster an.

»Da bin ich«, fuhr er sie an, als sie durch die Hintertür hereinkamen. »Was gibt's denn für Probleme?«

»Wir haben Hunger«, sagte Cam ungezwungen, zog den Deckel vom Eimer und nahm sich eine Keule. »Du hast da einen Schmutzfleck auf deiner Yuppie-Hose, Phil.«

»Mist.« Phillip wischte ungeduldig auf seiner Hose herum, um die Abdrücke der Hundepfoten loszuwerden. »Wann werdet ihr diesem stupiden Hund endlich beibringen, dass er die Leute nicht anspringen soll?«

»Wenn du Brathähnchen mit dir herumträgst, versucht der Hund natürlich, ein Stück davon zu ergattern.« Ungerührt ging Ethan zu einem der Küchenschränke, um Teller zu holen.

»Hast du auch Fritten da?« Cam griff in die Einkaufstüte und stibitzte eine. »Kalt. Die sollte einer von euch lieber noch mal aufbacken. Wenn ich das übernehme, werden sie nur platzen oder zu Brei zerkochen.«

»Ich mach' das schon. Hol mal einen Teller, auf dem ich das Weißkraut servieren kann.«

Phillip holte mehrere Male tief Luft. Die Fahrt von Baltimore nach Hause war lang, und der Verkehr mörderisch gewesen. »Wenn ihr beiden Mädchen keine Lust mehr habt, Haushalt zu spielen, weiht ihr mich ja vielleicht ein, warum ich die Verabredung mit einer scharfen Steuerberaterin absagen musste, übrigens die dritte, und zwar ein Abendessen bei ihr, mit der Aussicht auf Sex zum Nachtisch. Warum ich mich stattdessen stundenlang durch den schlimmsten Verkehr quälen musste, um einen blöden Eimer mit Hähnchenstücken bei zwei Spinnern abzuliefern.«

»Zunächst mal bin ich es leid zu kochen.« Cam häufte Krautsalat auf seinen Teller und nahm einen Keks. »Und es ärgert mich, dass ich immer wegwerfen muss, was ich gekocht habe, weil nicht mal der Hund das Essen will. Aber das nur nebenbei.«

Er biss noch einmal herzhaft von der Hähnchenkeule ab, ging dann zur Tür und rief nach Seth. »Der Kleine muss auch dabei sein. Wir sitzen alle im selben Boot.«

»Fein. Großartig.« Phillip ließ sich auf einen Stuhl fallen und zerrte an seiner Krawatte.

»Es hat keinen Zweck zu schmollen, nur weil deine Steuerberaterin heute Abend auf dich verzichten muss, Kumpel.« Ethan bot ihm freundlich lächelnd einen Teller an.

»Der Steuertermin steht dicht bevor.« Seufzend nahm Phillip sich Krautsalat. »Ich muss schon Glück haben, wenn ich vor dem 15. April noch einen zärtlichen Blick von ihr kriege. Und ich war so dicht dran.«

»Keiner von uns wird wohl in der nächsten Zeit in dieser Richtung aktiv sein.« Cam deutete mit dem Kopf zur Tür, als Seths Schritte auf der Treppe zu hören waren. »Das Getrappel kleiner Füße ist Mord für das Sexleben.«

Cam unterdrückte das Bedürfnis, sich noch ein Bier zu holen, und entschied sich für Eistee, als Seth die Küche betrat. Der Junge sah sich kurz um und schnupperte, als er den Duft des würzigen Hähnchens wahrnahm. Doch er stürzte sich nicht auf den Eimer, wie er es nur zu gern getan hätte.

»Was liegt an?«, wollte er wissen und steckte die Hände in seine Taschen, obgleich sein Magen knurrte.

»Eine Familienkonferenz«, verkündete Cam, »beim Essen. Setz dich.« Er nahm sich auch einen Stuhl, als Ethan die frisch aufgewärmten Fritten auf den Tisch stellte. »Setz dich«, wiederholte er, als Seth sich nicht vom Fleck rührte. »Falls du keinen Hunger hast, kannst du ja einfach zuhören.«

»Ich könnte schon was essen.« Seth schlenderte zum Tisch und glitt auf einen Stuhl. »Das wird ja wohl besser schmecken als das grässliche Zeug, das du uns bisher als Essen verkaufen wolltest.«

»Hör mal zu«, sagte Ethan in seinem nachsichtigen, gedehnten Tonfall, bevor Cam aufbrausen konnte. »Ich wäre eher dankbar, wenn jemand hin und wieder versuchen würde, eine heiße Mahlzeit für mich zuzubereiten. Selbst wenn es grässliches Zeug wäre.« Ohne Seth aus den Augen zu lassen, neigte Ethan den Eimer, um sich etwas auszuwählen. »Besonders wenn dieser Jemand sich Mühe gibt.«

Da dies von Ethan kam, wurde Seth rot und rutschte auf seinem Stuhl herum. Dann zuckte er die Achseln, als er sich ein dickes Bruststück aussuchte. »Es hat ihn niemand gebeten zu kochen.«

»Umso mehr Dank schuldest du ihm. Es würde vielleicht besser funktionieren, wenn ihr euch abwechselt.«

»Er glaubt nicht, dass ich irgendwas kann.« Seth blickte Cam spöttisch lächelnd an. »Deshalb mach' ich's nicht.«

»Wisst ihr, ich bin versucht, diesen kleinen Fisch wieder in seinen Teich zurückzuwerfen.« Cam streute Salz auf seine Fritten und kämpfte gegen einen nahenden Wutanfall an. »Morgen um diese Zeit könnte ich in Moruba sein.«

»Dann geh doch.« In Seths Augen blitzten Zorn und Trotz auf. »Geh doch, wohin du willst, Hauptsache, du fällst mir nicht mehr auf den Wecker. Ich brauche dich nicht.«

»Du vorlautes Balg. Ich bin bedient.« Cam hatte lange Arme. Er griff über den Tisch und zerrte Seth von seinem Stuhl hoch. Als Phillip protestieren wollte, schüttelte Ethan den Kopf.

»Meinst du, es hat mir Spaß gemacht, in den letzten zwei Wochen den Babysitter für ein hochnäsiges kleines Ungeheuer zu spielen, das eine hundsmiserable Einstellung hat? Ich habe mein ganzes Leben auf den Kopf gestellt, um mich mit dir zu befassen.«

»Was für 'ne Leistung.« Seth war weiß wie ein Laken und wartete auf den Schlag, der todsicher kommen würde. Aber er würde nicht klein beigeben. »Du sammelst doch bloß Pokale und vögelst Frauen, mehr tust du nicht. Geh doch dahin zurück, wo du hergekommen bist, und mach weiter so. Mir ist das doch egal.«

Cam bemerkte, dass er alles allmählich durch einen roten Schleier sah. Wut und Enttäuschung stiegen in ihm hoch.

Er spürte die Hände seines Vaters an seinen Armen. Es waren nicht Rays Hände, sondern die des Mannes, der ihn als Kind immer wieder hemmungslos misshandelt hatte. Er ließ den Jungen los, bevor er etwas Unverzeihliches tat. Dann sprach er mit ruhiger Stimme, und es war spürbar, wie viel Selbstbeherrschung es ihn kostete.

»Wenn du glaubst, dass ich deinetwegen bleibe, bist du auf dem Holzweg. Ich tue es für Ray. Hast du eine Vorstellung, wohin du verfrachtet wirst, wenn einer von uns zu dem Schluss kommt, dass du den Aufwand nicht wert bist?«

Zu Pflegeeltern, dachte Seth. Fremden. Oder schlimmer noch, zu ihr. Da seine Beine plötzlich zitterten, schlang er die Füße um die Stuhlbeine. »Euch ist doch schnuppe, was sie mit mir machen.«

»Schon wieder ein Irrtum«, sagte Cam gelassen. »Wenn du niemandem dankbar sein willst, fein. Ich will deine Dankbarkeit nicht. Aber du wirst Respekt zeigen, und zwar von diesem Augenblick an. Sonst sitze nicht nur ich dir im Nacken, Kumpel, sondern wir alle drei.«

Cam setzte sich wieder und wartete, bis er sich vollends gefangen hatte. »Die Sozialarbeiterin, die heute hier war – Spinelli, Anna Spinelli – hat Bedenken bezüglich dieses Umfelds hier.«

»Was stimmt denn nicht damit?«, wollte Ethan wissen. Der hässliche kleine Zusammenstoß hatte die Atmosphäre gereinigt, fand er. Jetzt konnten sie sich mit konkreten Problemen befassen. »Es ist ein gutes, solides Haus, eine hübsche Gegend. Die Schule ist gut, die Kriminalitätsrate niedrig.«

»Ich habe den Eindruck, dass mit Umfeld ich gemeint war. Im Augenblick bin ich der Einzige, der hier den Aufpasser spielt.«

»Wir werden die Vormundschaft bekommen«, bemerkte Phillip. Er goss ein Glas Eistee ein und stellte es wie beiläufig neben Seths Hand, die der Junge auf dem Tisch zur Faust geballt hatte. Er konnte sich denken, dass die Kehle des Jungen inzwischen so trocken war, dass sie wie Feuer brannte. »Nach deinem Anruf habe ich mich mit dem

Anwalt in Verbindung gesetzt. Der notwendige Papierkram müsste bis Ende der Woche abgeschlossen sein. Es wird eine Probezeit geben – regelmäßige Hausbesuche und Gespräche, Auswertungen. Aber sollten nicht irgendwelche schwerwiegenden Einwände auftauchen, wird es keine Probleme geben.«

»Spinelli ist ein Problem.« Cam ließ nicht zu, dass ihm die Auseinandersetzung den Appetit verdarb, und so nahm er sich noch ein weiteres Hähnchenstück. »Die klassische Weltverbesserin. Tolle Beine, ernsthafter Charakter. Ich weiß, dass sie mit dem Jungen geredet hat, aber er ist nicht geneigt, darüber zu sprechen, also erzähle ich stattdessen von meiner Begegnung mit ihr. Sie hat Zweifel an meiner Befähigung als Vormund geäußert. Ein alleinstehender Mann, keine regelmäßige Beschäftigung, kein fester Wohnsitz.«

»Wir sind doch zu dritt.« Phillip runzelte die Stirn und stocherte in seinem Krautsalat herum. Er spürte etwas wie Schuldgefühle, und das gefiel ihm nicht.

»Darauf habe ich sie ebenfalls hingewiesen. Ms. Spinelli mit den wunderschönen italienischen Augen konterte mit der traurigen Tatsache, dass ich zufällig der einzige der drei sei, der hier mit dem Kleinen zusammenlebt. Und es wurde mir auf taktvolle Weise angedeutet, dass ich von uns dreien der ungeeignetste Kandidat für die Vormundschaft wäre. Deshalb habe ich den Vorschlag gemacht, dass wir alle hier wohnen könnten.«

»Wie meinst du das, hier wohnen?« Phillip ließ seine Gabel fallen. »Ich arbeite in Baltimore. Ich habe dort eine Wohnung. Wie zum Kuckuck soll ich hier wohnen und dort arbeiten?«

»Das ist durchaus ein Problem«, gab Cam zu. »Ein noch größeres wird sein, wie du all deine Klamotten in den Schrank in deinem alten Zimmer kriegen willst.«

Während Phillip sich eine Antwort abzuringen versuchte, klopfte Ethan mit dem Finger gegen die Tischkante. Er dachte an sein kleines und in seinen Augen vollkommenes Haus, an die Ruhe und Einsamkeit dort. Und er sah, wie Seth mit dunklen, verwirrten Augen auf seinen Teller starrte. »Was meinst du, wie lange es dauern würde?«

»Ich weiß es nicht.« Cam fuhr sich mit beiden Händen durchs Haar. »Sechs Monate, vielleicht auch ein Jahr.«

»Ein Jahr.« Phillip konnte nur noch die Augen schließen. »Grundgütiger.«

»Sprich doch mal mit dem Anwalt darüber«, schlug Cam vor. »Mal sehen, was er dazu sagt. Jedenfalls müssen wir den Behörden als geschlossene Front gegenübertreten, oder sie werden ihn uns wegnehmen. Und ich muss mir eine Arbeit suchen.«

»Arbeit?« Phillip vergaß sein Elend und grinste. »Du? Und was willst du tun? In St. Chris gibt's keinen Rennplatz. Und die Chesapeake Bay, so schön sie auch sein mag, ist nicht das Mittelmeer.«

»Ich finde etwas. Ein fester Job bedeutet ja nicht, dass es etwas Besonderes sein muss. Mir schwebt nichts vor, wofür ich einen Anzug von Armani tragen müsste.«

Er hatte sich geirrt, stellte Cam fest. Diese blöde Angelegenheit raubte ihm doch den Appetit. »Ich vermute, dass Spinelli morgen oder spätestens übermorgen wiederkommt. Wir müssen uns was einfallen lassen, und es muss so aussehen, als wüssten wir genau, was wir tun.«

»Ich werde meinen Urlaub vorziehen.« Phillip verabschiedete sich von dem Plan, zwei Wochen in der Karibik zu verbringen. »Das verschafft uns ein paar Wochen Zeit. Ich kann mich mit dem Anwalt kurzschließen und mich mit der Sozialarbeiterin befassen.«

»Ich befasse mich schon mit ihr.« Cam lächelte leicht. »Mir gefällt, wie sie aussieht, und ich sollte mir ein wenig Ablenkung verschaffen. Aber natürlich hängt alles davon ab, was der Kleine heute zu ihr gesagt hat.«

»Ich hab' ihr gesagt, dass ich hierbleiben will«, murmelte Seth. In seinen Augen brannten Tränen. Das Essen auf seinem Teller war unberührt. »Ray hat gesagt, es ginge in Ordnung. Er sagte, ich könne bleiben. Er sagte, er würde es so einrichten, dass es geht.«

»Und wir, seine Söhne, werden es so einrichten«, versprach Cam.

Später, nachdem der Mond aufgegangen war und die dunkle Wasseroberfläche von seinem leuchtend weißen Strahl in zwei Hälften geteilt wurde, stand Phillip draußen auf dem Anlegesteg. Die Luft war jetzt kalt, der feuchte Wind brachte den eisigen Hauch des Winters mit, der immer noch gegen den Frühling kämpfte.

Das passte zu seiner Stimmung. In ihm tobte ein Krieg zwischen Gewissen und Ehrgeiz. Im Verlauf zweier kurzer Wochen war das Leben, das er für sich entworfen, sorgfältig geplant und mit Überlegung und harter Arbeit verwirklicht hatte, durcheinandergebracht worden.

Und jetzt, da er von der Trauer um seinen Vater noch wie gelähmt war, verlangte man von ihm, seine Wohnung aufzugeben und all seine ausgeklügelten Pläne zu vergessen.

Er war dreizehn gewesen, als Ray und Stella Quinn ihn

aufnahmen. Die meisten Jahre davor hatte er auf der Straße verbracht, auf der Flucht vor dem System. Er war ein gewiefter Dieb gewesen, hatte sich mit Begeisterung an Raufereien beteiligt und Drogen und Alkohol benutzt, um die Hässlichkeit ringsum zu vergessen. Die Sozialsiedlungen von Baltimore waren sein Revier gewesen, und hätte ihn eines Tages ein Schuss aus einem vorbeifahrenden Auto getroffen, und er wäre blutüberströmt auf einer jener Straßen zusammengebrochen, wäre er bereit gewesen zu sterben, um all dem ein Ende zu machen.

Tatsächlich hatte sein Leben eine Wende genommen, als er eines Nachts unter Müll begraben in der Gosse gelandet war. Er lebte noch, und aus Gründen, die er nie verstanden hatte, wollten die Quinns ihn. Sie öffneten ihm tausend neue, faszinierende Türen. Und ganz gleich, wie oft, wie trotzig er versuchte, sie wieder zuzuschlagen, sie ließen es nicht zu.

Sie gaben ihm Chancen, Hoffnung und eine Familie. Sie boten ihm die Möglichkeit, sich eine Bildung anzueignen, die seine Seele gerettet hatte. Nur mit ihrer Hilfe hatte er zu dem Mann werden können, der er jetzt war. Er lernte und arbeitete, und jenen unglücklichen Jungen vergrub er tief in seinem Innern.

Seine Stellung bei Innovations, der besten Werbeagentur in der Stadt, war gefestigt. Niemand zweifelte daran, dass Phillip Quinn auf dem Weg nach oben war. Und niemand, der diesen Mann kannte, der elegante Maßanzüge trug, der ein Essen in vollendetem Französisch bestellen konnte und ein Weinkenner war, würde sich vorstellen können, dass er früher einmal seinen Körper für einen Beutel mit Kleingeld verkauft hatte.

Er war stolz auf seinen Erfolg, vielleicht zu stolz, aber er betrachtete ihn als seinen Dank an die Quinns.

In ihm steckte noch genug von jenem selbstsüchtigen, egoistischen Jungen, der bei dem Gedanken, auch nur einen Zentimeter von dem Erreichten aufzugeben, rebellierte. Aber andererseits war er auch der Mann, den Ray und Stella geformt hatten und der immer auch andere Möglichkeiten in Betracht zog. Irgendwie musste er einen Kompromiss finden.

Er drehte sich um und blickte auf das Haus. Das obere Stockwerk war dunkel. Seth war wohl schon im Bett, überlegte Phillip. Er hatte keine Ahnung, was er dem Jungen gegenüber empfand. Er durchschaute ihn, verstand ihn, und vermutlich fühlte er sich auch abgestoßen von den Eigenschaften, die der junge Seth DeLauter mit seinem früheren Ich gemeinsam hatte.

War er Ray Quinns Sohn?

Sein Widerwille wuchs, dachte Phillip und biss die Zähne zusammen, wenn er auch nur die Möglichkeit in Erwägung zog. War der Mann, den er mehr als sein halbes Leben lang geradezu vergöttert hatte, tatsächlich von seinem Sockel gestürzt, war er der Versuchung erlegen, hatte er Frau und Familie verraten?

Und falls ja, wie hatte er sich von seinem eigenen Fleisch und Blut abwenden können? Wie hatte dieser Mann, der fremde Kinder bei sich aufgenommen hatte, mehr als zehn Jahre seinen Sohn ignorieren können? Er wollte nicht weiter darüber nachdenken. Sie hatten schon genug Probleme. Es galt, das Versprechen einzulösen, den Jungen zu behalten.

Phillip ging zurück und sah, dass auf der hinteren Veranda Licht brannte. Cam saß auf den Stufen, Ethan im Schaukelstuhl.

»Morgen früh fahre ich nach Baltimore zurück«, verkündete Phillip. »Mal sehen, was der Anwalt deichseln kann. Die Sozialarbeiterin heißt Spinelli, sagtest du?«

»Ja.« Cam hielt eine Tasse Kaffee in den Händen. »Anna Spinelli.«

»Sie muss aus diesem Bezirk sein, wahrscheinlich aus Princess Anne. Das werde ich ihm sagen.« Details, dachte er. Er würde sich auf die Fakten konzentrieren. »Wie ich es sehe, müssen wir uns alle drei als Musterbürger präsentieren. Ich habe bereits bestanden.« Phillip lächelte leicht. »Ihr beide werdet noch an eurem Image arbeiten müssen.«

»Ich habe der Spinelli gesagt, dass ich mir einen Job suche.« Schon bei dem Gedanken daran wurde Cam flau im Magen.

»Damit würde ich noch ein Weilchen warten.« Das kam von Ethan, der sachte hin und her schaukelte. »Ich habe nämlich eine Idee. Aber ich muss noch darüber nachdenken. Mir scheint«, fuhr er fort, »dass du dich, wenn Phillip und ich hier wohnen und arbeiten, um den Haushalt kümmern könntest.«

»O Gott.« Mehr brachte Cam nicht heraus.

»Ich stelle es mir so vor. Du wärst das, was man die wichtigste Bezugsperson nennt. Du bist da, falls die Schule anruft, falls Seth krank wird und so weiter.«

»Klingt vernünftig«, sagte Phillip, und da er sich schon besser fühlte, grinste er Cam zu. »Du bist Mommy.«

»Verpiss dich.«

»So was darf Mommy aber nicht sagen.«

»Wenn du glaubst, dass ich auf ewig deine dreckigen

Socken wasche und die Toilette schrubbe, hat die feine Ausbildung, auf die du so stolz bist, nichts gebracht.«

»Es wäre ein vorübergehendes Arrangement«, sagte Ethan, obgleich er die Vorstellung, dass sein Bruder eine Schürze tragen und mit einem Staubwedel auf Spinnwebenjagd gehen würde, genoss. »Wir werden uns abwechseln. Seth sollte ebenfalls regelmäßig im Haushalt helfen. Das war bei uns auch so. Aber in den nächsten Tagen wirst du schon allein damit fertigwerden müssen, wenn Phillip sich um den rechtlichen Aspekt kümmert und ich mir überlege, wie ich meine Zeit einteilen kann.«

»Ich muss auch noch meine Angelegenheiten regeln. Meine Sachen sind über ganz Europa verstreut.«

»Nun, Seth ist ja den ganzen Tag in der Schule, oder?« Zerstreut streichelte Ethan den Hund, der neben seinem Stuhl lag und schnarchte.

»Fein. Großartig.« Cam gab sich geschlagen. »Aber du«, sagte er und zeigte mit dem Finger auf Phillip, »bringst gefälligst Lebensmittel aus der Stadt mit. Uns fehlt es hier an fast allem. Und Ethan kann dann daraus eine Mahlzeit zubereiten. Jeder macht sein eigenes Bett. Ich bin schließlich kein Dienstmädchen.«

»Was ist denn mit dem Frühstück?«, fragte Phillip trocken. »Du schickst deine Männer doch wohl nicht in die feindliche Welt, ohne dass sie morgens eine warme Mahlzeit kriegen, oder?«

Cam musterte ihn niedergeschlagen. »Du genießt das wohl noch, wie?«

»Warum denn nicht?« Er ließ sich neben Cam auf den Stufen nieder. »Einer von uns sollte Seth mal ins Gewissen reden, dass er auf seine Sprache achten muss.«

»O ja.« Cam lachte auf. »Klingt vielversprechend.«

»Wenn er vor den Nachbarn, der Sozialarbeiterin und seinen Lehrern weiter mit Kraftausdrücken um sich wirft, wird das einen schlechten Eindruck machen. Wie steht es überhaupt mit seinen Leistungen in der Schule?«

»Woher soll ich das wissen?«

»Also, Mutter …«, sagte Phillip und lachte, als Cam ihm den Ellbogen in die Rippen bohrte.

»Mach nur weiter so, und ich ruiniere noch einen deiner Anzüge, Sportsfreund.«

»Ich zieh' mich eben nur schnell um, dann können wir uns fetzen. Oder besser noch …« Phillip hob eine Braue, sah zu Ethan hinüber und dann wieder Cam. Dieser fand den Plan gut. Er kratzte sich am Kinn und stellte seine leere Tasse ab. Sie sprangen beide so schnell auf, dass Ethan kaum Zeit hatte zu blinzeln. Er holte aus, sein Schlag wurde aber abgewehrt, und dann wurde er trotz seiner deftigen Flüche an Armen und Füßen vom Schaukelstuhl gezerrt. Simon bellte fröhlich und sprang um die Männer herum, die sein sich heftig wehrendes Herrchen von der Veranda trugen.

In der Küche spielte inzwischen der Welpe verrückt. Er lief auf und ab und kläffte laut. Um ihn zu beruhigen, nahm Seth ein Stück von dem Hähnchen, das er hatte stibitzen wollen, und warf es auf den Boden. Während Foolish gierig fraß, sah Seth verblüfft zu, wie die drei Männer sich dem Anlegesteg näherten.

Er war nach unten gekommen, um seinen leeren Magen zu füllen. Er war daran gewöhnt, sich leise zu bewegen. In der Küche hatte er sich mit Hähnchen vollgestopft und den Männern zugehört.

Sie benahmen sich so, als wollten sie ihn wirklich hierbehalten. Sie redeten so, als wäre es eine beschlossene Sache. Zumindest im Augenblick, dachte Seth, bis sie ihr Versprechen vergessen oder das Interesse verloren hatten.

Er wusste, dass Versprechen rein gar nichts bedeuteten. Ausgenommen die von Ray. Er hatte an Ray geglaubt. Aber dann war er einfach gestorben und hatte alles kaputtgemacht. Und doch war jede Nacht, die er in diesem Haus verbrachte, in der er auf sauberen Laken schlief, der Welpe neben ihm im Bett, ein Sieg. Wenn sie eines Tages beschlossen, ihn auf die Straße zu setzen, würde er durchbrennen.

Denn er würde lieber sterben, bevor er dahin zurückkehrte, wo er früher gelebt hatte.

Der Welpe schnüffelte an der Tür, angelockt von dem Lachen, dem Gebell und den Rufen. Seth gab ihm noch etwas von dem Hähnchen, um ihn abzulenken. Er wollte auch rausgehen, über den Rasen laufen und mitlachen, sich an dem Spaß beteiligen … zur Familie gehören. Aber er wusste, dass er nicht willkommen sein würde. Sie würden sofort aufhören und ihm sagen, er solle wieder ins Bett gehen. O Gott, wie gern wollte er bleiben. Er wollte einfach nur hier sein. Seth drückte das Gesicht an die Fliegentür und wünschte sich von ganzem Herzen dazuzugehören.

Als er Ethans lachend hervorgestoßene Schimpftirade hörte, das laute Platschen, das darauf folgte, und das Gebrüll fröhlicher Männerstimmen, grinste er. Und so blieb er dort stehen und lächelte, während gleichzeitig eine Träne über seine Wange lief.

5. Kapitel

Anna fuhr früh zur Arbeit. Vermutlich würde ihre Supervisorin bereits an ihrem Schreibtisch sitzen. Sie konnte sich stets darauf verlassen, dass Marilou Johnston dort zu finden oder zumindest in Hörweite oder Reichweite war.

Marilou war eine Frau, die Anna bewunderte und respektierte. Wenn sie Rat brauchte, gab es niemanden, dessen Meinung ihr mehr bedeutete.

Als sie den Kopf durch die offen stehende Tür des Büros steckte, lächelte Anna. Wie erwartet, hatte Marilou sich hinter Akten und Papieren verschanzt, die sich auf ihrem vollen Schreibtisch stapelten. Sie war klein, gerade mal eins fünfzig. Ihr Haar trug sie sowohl aus praktischen als auch aus modischen Gründen kurz geschnitten. Sie hatte ein glattes Gesicht wie aus poliertem Ebenholz, und ihre Miene blieb selbst in der schlimmsten Krisensituation beherrscht. Für Anna war Marilou der ruhige Mittelpunkt in ihrer Behörde. Es war ihr schleierhaft, wie diese Frau es schaffte, ruhig zu bleiben, da zu ihrem Leben außer einem kräftezehrenden Beruf auch zwei Jungen im Teenageralter gehörten und ihr Haus ständig voller Leute war. Anna wünschte sich, wie Marilou Johnston zu sein.

»Hast du eine Minute Zeit?«

»Na klar.« Marilou sprach schnell und lebhaft, mit dem teils schleppenden, teils näselnden Akzent des südlichen Küstengebiets. Mit einer Hand bot sie Anna einen Stuhl an, die andere spielte gleichzeitig mit dem kleinen runden Stecker in ihrem linken Ohr. »Der Quinn-DeLauter-Fall?«

»Auf Anhieb richtig geraten. Gestern haben hier mehrere Faxe vom Anwalt der Quinns auf mich gewartet. Eine Kanzlei in Baltimore.«

»Was hatte dir dieser Anwalt aus Baltimore zu sagen?«

»Im Großen und Ganzen geht es darum, dass sie die Vormundschaft anstreben. Er will einen Antrag bei Gericht einreichen. Es ist ihnen sehr ernst damit, Seth DeLauter bei sich aufzunehmen.«

»Und?«

»Es ist eine sehr ungewöhnliche Situation, Marilou. Bisher habe ich leider nur mit einem der drei Brüder gesprochen, nämlich dem, der bis vor Kurzem noch in Europa gelebt hat.«

»Cameron? Und dein Eindruck?«

»Beeindruckend ist er auf jeden Fall.« Und da Marilou auch ihre Freundin war, grinste Anna und verdrehte die Augen. »Eine Augenweide. Ich bin über ihn gestolpert, als er gerade die Stufen an seiner Veranda reparierte. Ich kann nicht behaupten, dass er glücklich aussah, aber entschlossen ist er auf jeden Fall. Er strahlt viel Wut und großen Kummer aus. Was mich am meisten beeindruckt hat …«

»Außer seinem Aussehen?«

»Außer seinem Aussehen«, gab Anna lachend zu, »war die Tatsache, dass er nicht ein einziges Mal infrage gestellt hat, dass sie Seth aufnehmen. Das ist entschieden. Er hat Seth seinen Bruder genannt, und das meint er auch so. Ich weiß allerdings nicht, was er für ihn empfindet.«

Marilou hörte aufmerksam zu, ohne einen Kommentar abzugeben, als Anna ausführlich das Gespräch wiedergab, von Cams Bereitschaft berichtete, seinen Lebensstil zu ändern, und von seiner Befürchtung, dass Seth ausreißen würde, wenn man ihn von dort fortbrächte.

»Und nachdem ich mit Seth gesprochen habe«, fügte sie hinzu, »teile ich diese Einschätzung.«

»Du glaubst, der Junge ist ein Ausreißer?«

»Als ich ihm die Unterbringung in einer Pflegefamilie vorschlug, wurde er stinkwütend. Und ängstlich. Wenn er sich bedroht fühlt, wird er weglaufen.« Sie dachte an all die Kinder, die auf den Straßen der Städte landeten, obdachlos, verzweifelt. Sie dachte daran, was sie taten, um zu überleben, und wie viele von ihnen es nicht schafften. Ihre Aufgabe war es, dieses eine Kind, diesen einen Jungen, zu beschützen.

»Er will dort bleiben, Marilou. Vielleicht soll es so sein. Seine Gefühle für seine Mutter sind sehr extrem, sehr negativ. Ich tippe auf Kindesmisshandlung, aber er ist nicht bereit, darüber zu reden. Zumindest nicht mit mir.«

»Ist irgendetwas über den Aufenthaltsort der Mutter bekannt?«

»Nein. Wir haben keine Ahnung, wo sie ist oder was sie tun wird. Sie hat die Papiere unterzeichnet, die es Ray Quinn ermöglichten, einen Adoptionsantrag zu stellen. Doch er starb, bevor diesem Antrag stattgegeben wurde. Wenn sie zurückkommt und ihren Sohn zurückhaben will …« Anna schüttelte den Kopf. »Die Quinns hätten einen Rechtsstreit am Hals.«

»Das hört sich an, als stündest du auf ihrer Seite.«

»Ich stehe auf Seths Seite«, sagte Anna fest. »Und das wird auch so bleiben. Ich habe mit seinen Lehrern gesprochen.« Während sie dies sagte, holte sie eine Akte heraus.

»Ich habe meinen Bericht darüber hier. Ich fahre heute hin, um mit einigen Nachbarn zu reden und hoffentlich alle drei Quinns anzutreffen. Ich halte es nicht für ratsam, den Antrag auf vorläufige Vormundschaft auszusetzen, bis ich die einleitende Untersuchung abgeschlossen habe. Der Junge braucht Stabilität. Er braucht das Gefühl, erwünscht zu sein. Und selbst wenn die Quinns ihn nur wegen eines Versprechens ihrem Vater gegenüber behalten wollen, so ist das wohl mehr, als er früher hatte.«

Marilou nahm die Akte entgegen und legte sie beiseite. »Ich habe dir diesen Fall übertragen, weil du hinter die Fassade blickst. Und ich habe dich nicht näher informiert, weil ich deinen unvoreingenommenen Eindruck hören wollte. Jetzt werde ich dir erzählen, was ich über die Quinns weiß.«

»Du kennst sie?«

»Anna, ich bin an der Küste zur Welt gekommen und aufgewachsen.« Sie lächelte strahlend, und sie schien stolz darauf zu sein. »Ray Quinn war einer meiner Professoren am College. Ich habe ihn ungeheuer bewundert. Als ich meine beiden Jungen bekam, war Stella Quinn ihre Ärztin, bis wir nach Princess Anne zogen. Wir haben sie abgöttisch geliebt.«

»Ich wünschte, ich hätte sie auch gekannt.«

»Sie waren außergewöhnliche Menschen«, sagte Marilou schlicht. »Normal, in mancher Hinsicht sogar einfach. Und doch außergewöhnlich. Ich gebe dir ein Beispiel«, fügte sie hinzu und lehnte sich in ihrem Stuhl zurück. »Ich habe vor sechzehn Jahren das College abgeschlossen. Die drei Quinns waren Teenager. Es gab hin und wieder Klatsch. Vielleicht waren sie ein wenig wild, und die Leute fragten sich, warum Ray und Stella gerade diese halbwüchsigen Jungen mit schlechten Manieren und Gewohnheiten bei sich aufgenommen hatten. Ich war schwanger mit Johnny, meinem ersten Sohn, und arbeitete mir die Finger wund, um meinen Abschluss machen zu können und Ben, meinem Mann, zu helfen, die Miete aufzubringen. Er hatte zwei Jobs angenommen. Wir wollten uns ein besseres Leben aufbauen, und vor allem wollten wir ein besseres Leben für das zu erwartende Baby.«

Sie hielt inne und rückte den Doppelrahmen auf ihrem Schreibtisch zurecht, damit sie die beiden jungen Männer darauf sehen konnte. »Ich habe mich auch oft gefragt, was sie dazu veranlasst hatte, sie wollten einfach die barmherzigen Samariter spielen. Eines Tages ließ Professor Quinn mich in sein Büro rufen. Ich hatte ein paar Vorlesungen versäumt und die schlimmsten Anfälle von Morgenübelkeit, unter denen eine Frau jemals zu leiden hatte.«

Sie schnitt eine Grimasse. »Ich muss sagen, ich kann nicht begreifen, warum sich manche Frauen in Erinnerungen an diese Dinge ergehen. Jedenfalls dachte ich, er würde mir raten, sein Seminar abzuschreiben, was bedeutet hätte, dass ich die nötigen Leistungsnachweise für die Prüfung nicht hätte erbringen können. Und dabei stand ich ganz dicht davor, und ich wäre die erste aus meiner Familie mit einem Collegeabschluss. Ich war auf Kampf eingestellt, er dagegen bot mir seine Hilfe an. Mir fehlten die Worte.«

Sie lächelte in sich hinein. »Du weißt ja, wie unpersönlich es am College zugehen kann, die riesigen Hörsäle, in denen der einzelne Student in der Menge untergeht. Aber ihm war ich aufgefallen. Und er hatte sich die Zeit genommen, sich nach mir zu erkundigen. Ich brach in Tränen aus.

Hormone«, sagte sie und lächelte. »Tja, er tätschelte meine Hand, gab mir ein Taschentuch und wartete, bis ich mich ausgeweint hatte. Ich hatte ein Stipendium, und hätten sich meine Zensuren verschlechtert oder hätte ich ein Seminar verbockt, dann hätte ich es verlieren können. Mir fehlte nur noch ein Semester. Er meinte, ich solle mir keine Sorgen machen, er würde alles regeln, und ich würde meinen akademischen Grad kriegen. Er fing an, über dies und jenes zu reden, um mich zu beruhigen. Er erzählte irgendeine Geschichte darüber, wie er seinem Sohn das Fahren beigebracht hatte und brachte mich damit zum Lachen. Erst später ging mir auf, dass er den Jungen seinen Sohn genannt hatte. Für ihn waren die drei seine Söhne.«

Anna, die Happyends über alles liebte, seufzte. »Und du hast deinen Abschluss bekommen?«

»Er hat dafür gesorgt. Dafür stehe ich in seiner Schuld. Und das ist auch der Grund, warum ich dir vorher nichts davon gesagt habe. Du solltest dir deine eigene Meinung bilden. Was die drei Quinns betrifft, so kenne ich sie kaum. Ich bin ihnen auf zwei Beerdigungen begegnet. Und ich habe Seth DeLauter auf Professor Quinns Beerdigung gesehen. Aus persönlichen Gründen wünsche ich mir, dass sie die Chance bekommen, eine Familie zu werden. Aber …« Sie legte die Hände aufeinander. »Das Wohl des Jungen steht an erster Stelle. Du bist gründlich, Anna, und du glaubst an das, was du tust. Professor Quinn hätte für Seth das Beste gewollt. Und um diese alte Schuld zu begleichen, habe ich dir den Fall gegeben.«

Anna atmete hörbar aus. »Kein Druck, wie?«

»Druck haben wir hier doch immer.« Im selben Moment läutete ihr Telefon. »Und die Uhr läuft.«

Anna stand auf. »Dann mache ich mich lieber an die Arbeit. Sieht so aus, als wäre ich heute vor allem unterwegs.«

Es war fast ein Uhr, als Anna bei den Quinns ankam. Sie hatte drei der fünf Personen befragen können, die Cam ihr gestern genannt hatte, und sie hoffte, in Kürze mit der Befragung fortfahren zu können.

Ihr Anruf bei Phillip Quinns Firma in Baltimore hatte ergeben, dass er sich die nächsten zwei Wochen freigenommen hatte. Sie hoffte, ihn jetzt anzutreffen, denn sie wollte sich einen Eindruck von diesem Quinn verschaffen.

Aber es war der Welpe, der sie an der Tür empfing. Er bellte wie wild, wich jedoch schnell vor ihr zurück. Anna sah belustigt, wie er sich vor lauter Angst nassmachte. Lachend ging sie in die Hocke und streckte die Hand aus.

»Komm schon, Kleiner, ich tu' dir nichts. Nein, wie süß du doch bist, wie hübsch.« Sie sprach leise auf ihn ein, bis er sich auf den Bauch legte, um an ihrer Hand zu schnuppern. Als sie ihn kraulte, drehte er sich verzückt auf den Rücken.

»Woher wissen Sie, ob er nicht Flöhe oder die Tollwut hat.«

Anna blickte auf und sah Cam in der Eingangstür stehen. »Oder Sie.«

Leise lachend, die Hände in den Hosentaschen, trat er auf die Veranda. Heute trug sie ein braunes Kostüm, bemerkte er. Er konnte sich beim besten Willen nicht vorstellen, warum sie eine so triste Farbe ausgesucht hatte. »Ich schätze mal, Sie sind bereit, das Risiko mit uns einzugehen, da Sie wiedergekommen sind. Ich habe nicht so schnell mit Ihnen gerechnet.«

»Das Wohlergehen eines Jungen steht auf dem Spiel, Mr. Quinn. Unter diesen Umständen denke ich nicht daran, mir Zeit zu lassen.«

Offenbar bezaubert von ihrer Stimme, sprang der Welpe auf und schleckte ihr das Gesicht ab. Gegen ihren Willen kicherte sie, und um sich der zudringlichen Zunge des Welpen zu entziehen, stand sie auf. Sie rückte ihr Kostüm zurecht und wandte sich Cam zu.

»Darf ich reinkommen?«

»Warum nicht?« Dieses Mal wartete er auf sie, öffnete sogar die Tür und ließ ihr den Vortritt.

Sie sah einen großen, recht ordentlichen Wohnraum vor sich. Die Möbel waren ein wenig abgenutzt, wirkten jedoch bequem und farbenfroh. Ihr Blick fiel auf das Spinett in der Ecke. »Können Sie darauf spielen?«

»Nicht gut.« Cam fuhr mit der Hand über das Holz und bemerkte nicht, dass seine Finger Streifen in der Staubschicht zurückließen. »Meine Mutter konnte es, und Phillip hat ein ausgezeichnetes Gehör.«

»Heute Morgen habe ich versucht, Ihren Bruder Phillip an seinem Arbeitsplatz zu erreichen.«

»Er ist unterwegs, um Lebensmittel zu besorgen. Er wird hier wohnen … auf absehbare Zeit. Ethan auch.«

»Sie arbeiten schnell.«

»Das Wohlergehen eines Jungen steht auf dem Spiel«, wiederholte er ihre Worte.

Anna nickte. Als in der Ferne Donnergrollen zu hören war, blickte sie nach draußen und runzelte die Stirn. Der Himmel hatte sich zugezogen, und der Wind frischte auf. »Ich möchte mit Ihnen über Seth reden.«

»Wird das lange dauern?«

»Das kann ich nicht sagen.«

»Dann gehen wir doch in die Küche. Ich brauche Kaffee.«

»In Ordnung.«

Sie folgte ihm und nutzte die Gelegenheit, sich weiter im Haus umzusehen. Es wirkte aufgeräumt, und sie fragte sich, ob Cam sie wohl erwartet hatte. Sie kamen an einem Arbeitszimmer vorbei, in dem eine dicke Staubschicht auf den Tischen lag, sich Zeitungen auf dem Sofa stapelten und Schuhe auf dem Boden herumlagen.

Das hast du wohl übersehen, wie?, dachte sie süffisant. Aber sie fand es eher sympathisch.

Dann hörte sie ihn kurz, aber heftig fluchen und wäre beinahe über ihre Schuhe gestolpert.

»Verdammter Mist. Was zum Teufel ist das?« Er watete bereits durch das Seifenwasser, das über den Küchenboden floss und gegen den Geschirrspüler schwappte.

Anna wich der Überschwemmung aus. »Ich an Ihrer Stelle würde ihn lieber ausschalten.«

»Ja, ja, ja. Jetzt muss ich das ganze blöde Ding auseinandernehmen.« Er zog die Tür auf. Ein Ozean aus schneeweißer Seifenlauge spritzte heraus.

Anna räusperte sich. »Hm, was für ein Spülmittel haben Sie denn benutzt?«

»Geschirrspülmittel.« Zitternd vor Ärger zerrte er einen Eimer unter der Spüle hervor.

»Ein Mittel für Geschirrspüler oder ein Geschirrspülmittel?«

»Was soll denn da der Unterschied sein?« Wütend fing er an, Wasser zu schöpfen. Draußen begann es, in Strömen zu regnen.

»Das da.« Mit bewundernswert ernstem Gesicht wies sie auf den Bach, der über den Boden floss. »Das da ist der Unterschied. Wenn Sie für einen Geschirrspüler ein einfaches Spülmittel benutzen, ist dies das unvermeidliche Ergebnis.«

Er richtete sich auf, den Eimer in der Hand, und auf sein Gesicht trat ein so gequälter Ausdruck, dass sie schließlich doch lachen musste. »Tut mir leid, tut mir leid. Drehen Sie sich mal um.«

»Warum?«

»Weil ich nicht bereit bin, meine Schuhe oder meine Strumpfhose zu ruinieren. Also drehen Sie sich um, damit ich sie ausziehen und Ihnen helfen kann.«

»Ja.« Unendlich dankbar wandte er ihr den Rücken zu und versuchte, sich nicht vorzustellen, wie sie ihre Strumpfhose auszog. Es gelang ihm nicht ganz. »Als wir noch Kinder waren, hat Ethan meistens die Küchenpflichten übernommen. Ich habe zwar auch meinen Anteil beigetragen, aber es scheint nichts davon hängengeblieben zu sein.«

»Sie scheinen hier nicht gerade in Ihrem Element zu sein.« Sie steckte ihre Strumpfhose ordentlich in ihre Schuhe und stellte sie beiseite. »Holen Sie mir einen Schrubber und ein Wischtuch. Ich wische auf, und Sie machen den Kaffee.«

Er öffnete einen länglichen, schmalen Schrank und reichte ihr die gewünschten Sachen. »Dafür wäre ich Ihnen sehr dankbar.«

Ihre Beine, stellte er fest, als er durch die Küche watete, um Tassen zu holen, hatten keine Strumpfhose nötig. Sie waren von faszinierender blassgoldener Farbe und glatt wie

Seide. Als sie sich bückte, fuhr er sich mit der Zunge über die Lippen. Er hatte ja keine Ahnung gehabt, dass eine Frau mit einem Schrubber so ... attraktiv aussehen konnte.

Im Augenblick war es erstaunlich angenehm, hier zu sein, dachte er – der prasselnde Regen, der pfeifende Wind, und eine hübsche, barfüßige Frau, die ihm Gesellschaft leistete. »Aber Sie scheinen durchaus in Ihrem Element zu sein«, bemerkte er, dann grinste er, als sie den Kopf wandte und ihn vorwurfsvoll ansah. »Ich sage nicht, dass es Frauenarbeit ist. Meine Mutter hätte mir für solche Gedanken den Kopf abgerissen. Ich sage nur, dass Sie anscheinend wissen, was Sie tun.«

Da sie sich das College damit verdient hatte, die Häuser anderer Leute zu putzen, wusste sie es nur zu gut. »Ich kann mit Schrubbern umgehen, Mr. Quinn.«

»Da Sie meinen Küchenfußboden aufwischen, sollten Sie lieber Cam sagen.«

»Apropos Seth ...«

»Ja, apropos Seth. Macht es Ihnen was aus, wenn ich mich setze?«

»Nur zu.« Sie musste sich zusammennehmen, um nicht zu summen. Die monotone Arbeit und der Regen draußen waren einfach eine Spur zu entspannend. »Sie wissen ja sicher, dass ich gestern mit ihm gesprochen habe.«

»Ja, und ich weiß, dass er Ihnen gesagt hat, dass er hierbleiben will.«

»Richtig. Das steht auch in meinem Bericht. Ich habe auch mit seinen Lehrern gesprochen. Was wissen Sie über seine schulischen Leistungen?«

Cam rutschte hin und her. »Ich hatte noch nicht genug Zeit, um mich darum zu kümmern.«

»Hmmm. Als er dort anfing, hatte er ein paar Probleme mit anderen Schülern. Faustkämpfe. Einem Jungen hat er die Nase gebrochen.«

Alle Achtung, dachte Cam mit einem überraschenden Anflug von Stolz, aber er gab sich alle Mühe, ein missbilligendes Gesicht aufzusetzen. »Wer hat angefangen?«

»Darum geht es nicht. Jedenfalls hat Ihr Vater die Sache geregelt. Im Augenblick, so hat man mir gesagt, bleibt Seth meistens für sich. Ein weiteres Problem ist, dass er sich nicht am Unterricht beteiligt. Er gibt nur selten Referate ab, und wenn er sich schon dazu herablässt, dann sind sie zumeist nachlässig hingeschmiert.«

Cam spürte, dass sich neue Kopfschmerzen ankündigten. »Also ist der Kleine kein Gelehrter …«

»Ganz im Gegenteil.« Anna richtete sich auf. »Wenn er sich nur hin und wieder am Unterricht beteiligen würde, und wenn er die Referate pünktlich abgeben würde, dann hätte er lauter Einser. So hat er einen Durchschnitt von einer guten Zwei.«

»Also wo liegt das Problem?«

Anna schloss kurz die Augen. »Das Problem ist, dass Seths Intelligenzquotient hoch und seine Testwerte unglaublich gut sind. Der Junge ist hochbegabt.«

Obgleich er da seine Zweifel hatte, nickte Cam. »Na, das hört sich ja gut an. Obendrein hat er anständige Zensuren und hält sich aus Schwierigkeiten raus.«

»Na schön.« Sie musste es mit einer anderen Taktik probieren. »Stellen Sie sich vor, Sie nehmen an einem Formel-Eins-Rennen teil …«

»Ist bereits geschehen«, sagte er in wehmütiger Erinnerung.

»Gut, und Sie haben den tollsten, schnellsten, heißesten Wagen des Rennens.«

»Ja.« Er seufzte. »Den hatte ich.«

»Aber Sie haben nie sein gesamtes Potenzial ausgeschöpft, Sie haben nie voll aufgedreht, Sie haben nie in den Kurven Gas gegeben oder in den fünften Gang geschaltet und auf den Geraden alles aus ihm herausgeholt.«

Er hob die Brauen. »Interessieren Sie sich überhaupt für Rennen?«

»Nein, aber ich habe einen Wagen.«

»Und einen hübschen dazu. Wie schnell sind Sie schon damit gefahren?«

Hundertdreißig, dachte sie insgeheim erfreut, doch das würde sie niemals zugeben. »Autos sind für mich Fortbewegungsmittel«, log sie skrupellos, »kein Spielzeug.«

»Es gibt keinen Grund, warum Sie nicht beides sein können. Wie wär's, wenn ich Sie mal in dem Corvette spazieren fahre? Das ist ein tolles, amüsantes Fortbewegungsmittel.«

Sie wollte sich nicht der Fantasie hingeben, am Steuer dieses schnittigen weißen Flitzers zu sitzen, sie wollte auf etwas Bestimmtes hinaus. »Bleiben Sie doch bitte mal bei dem Bild. Sie nehmen in einer Supermaschine an einem Rennen teil. Wenn Sie den Wagen nicht so fahren, wie er gefahren werden sollte, dann verschwenden Sie sein Potenzial. Vielleicht würden Sie trotzdem viel Geld kriegen, aber Sie würden nicht gewinnen.«

Er verstand, was sie meinte, musste jedoch grinsen. »Normalerweise habe ich immer gewonnen.«

Anna schüttelte den Kopf. »Seth«, sagte sie mit bewundernswerter Geduld. »Wir sprechen von Seth. Er ist sozial unterentwickelt, und er erkennt keine Autorität an. Er wird regelmäßig vom Unterricht ausgeschlossen. Deshalb muss er zu Hause beaufsichtigt werden, was die Hausaufgaben betrifft. Sie werden eine aktive Rolle bezüglich seiner schulischen Leistungen und seines Verhaltens übernehmen müssen.«

»Mir scheint, man sollte einen Jungen in Ruhe lassen, der lauter Zweier bekommt.« Er hob die Hand, bevor sie etwas dazu sagen konnte. »Potenzial. Die allerbesten Menschen haben mein Potenzial entwickelt. Wir werden daran arbeiten.«

»Gut.« Sie fing wieder an zu wischen. »Ihr Anwalt hat sich wegen der Vormundschaft mit mir in Verbindung gesetzt. Man wird sie Ihnen wahrscheinlich übertragen, zumindest vorläufig. Aber Sie müssen mit regelmäßigen Kontrollen rechnen.«

»Das heißt, mit Ihnen.«

»Das heißt, mit mir.«

Cam hielt kurz inne. »Können Sie auch Fenster putzen?«

Sie konnte nicht anders, sie musste lachen, als sie Seifenwasser in die Spüle goss. »Ich habe auch mit einigen Ihrer Nachbarn geredet und werde mich noch mit anderen unterhalten.« Sie wandte sich ihm wieder zu. »Von nun an wird Ihr Leben ein offenes Buch für mich sein.«

Er stand auf, nahm den Schrubber, näherte sich ihr mehr, als es die Höflichkeit zuließ. »Lassen Sie es mich wissen, wenn Sie zu einem Kapitel kommen, das Sie persönlich interessiert.«

Ihr Herz begann heftig zu schlagen. Ein in persönlicher Hinsicht gefährlicher Mann, dachte sie. »Ich habe keine Zeit für Romane.«

Sie wollte zurücktreten, doch er nahm ihre Hand. »Ich

mag Sie, Ms. Spinelli. Ich bin mir noch nicht im Klaren darüber, warum, aber es ist so.«

»Das sollte uns den Umgang miteinander erleichtern.«

»Falsch.« Er fuhr mit dem Daumen über ihren Handrücken. »Es wird alles komplizieren. Aber vor Komplikationen habe ich keine Angst. und es wird allmählich Zeit, dass es mit meinem Glück wieder aufwärtsgeht. Mögen Sie italienisches Essen?«

»Mit einem Namen wie Spinelli?«

Er grinste. »Stimmt. Ich könnte ein geruhsames Essen in einem anständigen Restaurant in Gesellschaft einer hübschen Frau gut brauchen. Wie wär's mit heute Abend?«

»Ich wüsste keinen Grund, warum Sie sich heute Abend nicht ein geruhsames Essen in einem anständigen Restaurant in Gesellschaft einer hübschen Frau gönnen sollten.« Sie befreite ihre Hand. »Aber wenn Sie mich einladen wollen, lautet die Antwort nein. Erstens wäre es nicht klug, zweitens bin ich bereits vergeben.«

»Verdammt, Cam, hast du mich nicht hupen hören?«

Anna drehte sich um und sah sich einem völlig durchnässten, ungehaltenen Mann gegenüber, der zwei prallvolle Tüten mit Lebensmitteln hereintrug. Er war groß, gebräunt und beinahe schön. Und zudem außer sich vor Wut.

Phillip schüttelte sich das Haar aus den Augen und konzentrierte sich auf Anna. Seine Miene veränderte sich blitzschnell – von erbost zu charmant.

»Hallo. Tut mir leid.« Er stellte die Tüten auf dem Tisch ab und lächelte ihr zu. »Ich wusste nicht, dass Cam Gesellschaft hat.« Dann entdeckte er den Eimer und den Schrubber, der zwischen ihnen lehnte, und zog die falsche Schlussfolgerung. »Ich wusste gar nicht, dass er eine Haushaltshilfe engagieren wollte. Aber Gott sei Dank.« Phillip nahm ihre Hand und küsste sie. »Ich bete Sie jetzt schon an.«

»Mein Bruder Phillip«, erklärte Cam trocken. »Dies ist Anna Spinelli von der Fürsorge. Du kannst dir das Süßholzgeraspel sparen, Phil.«

Der Charme blieb. »Ms. Spinelli. Wie nett, Sie kennenzulernen. Ich glaube, unser Anwalt hat sich mit Ihnen in Verbindung gesetzt.«

»Ja, richtig. Mr. Quinn hat mir gesagt, dass Sie jetzt hier wohnen werden.«

»Ich sagte doch, Sie sollen mich Cam nennen.« Er ging zum Herd, um sich Kaffee nachzuschenken. »Es wird verwirrend sein, wenn Sie uns alle mit Quinn anreden.« Cam hörte das Klappern an der Hintertür und holte eine weitere Tasse heraus. »Vor allem jetzt«, sagte er, als die Tür aufsprang und ein tropfnasser Mann, gefolgt von einem Hund, hereinkam.

»Jesus, dieses Mistwetter ist aber schnell aufgezogen.« Während Ethan seine Regenjacke auszog, stellte der Hund sich breitbeinig hin und schüttelte sich heftig. Anna zuckte nur zusammen, als Wasser auf ihr Kostüm spritzte. »Hat gerade gewittert, da …«

Er entdeckte Anna und nahm automatisch seine nasse Mütze ab, dann fuhr er sich mit der Hand durch sein feuchtes Haar. Beim Anblick von Frau, Eimer und Schrubber dachte er schuldbewusst an seine schlammigen Stiefel. »Ma'am.«

»Mein zweiter Bruder, Ethan.« Cam reichte Ethan eine Tasse mit dampfendem Kaffee. »Diese Frau, die dein Hund gerade von Kopf bis Fuß mit Wasser bespritzt und mit Hundehaaren bestäubt hat, ist die Sozialarbeiterin.«

»Tut mir leid. Simon, sitz!«

»Ist schon gut«, fuhr Cam fort. »Foolish hat sie schon vollgesabbert, und Phillip hat gerade erst aufgehört, sie anzubaggern.«

Anna lächelte verbindlich. »Ich dachte, Sie hätten mich angebaggert.«

»Ich habe Sie zum Abendessen eingeladen«, stellte Cam richtig. »Hätte ich Sie angebaggert, dann wäre ich nicht so zurückhaltend vorgegangen.« Cam trank von seinem Kaffee. »Also, jetzt kennen Sie alle Familienmitglieder.«

Sie fühlte sich unterlegen und kam sich wenig seriös vor, wie sie hier mit nackten Füßen in der matt beleuchteten Küche drei kräftigen, unverschämt gut aussehenden Männern gegenüberstand. Zu ihrer Ehrenrettung kratzte sie das letzte bisschen Würde zusammen, das sie noch besaß, und nahm sich einen Stuhl.

»Meine Herren, sollten wir nicht Platz nehmen? Dies scheint ein günstiger Zeitpunkt zu sein, um über Seth zu sprechen.«

»Also«, meinte Phillip eine Stunde später, »ich glaube, das hätten wir hingekriegt.«

Cam stand an der Haustür und sah zu, wie der hübsche kleine Sportwagen in dem nachlassenden Regen davonfuhr. »Sie hat uns durchschaut«, murmelte Cam. »Ihr entgeht nichts.«

»Sie hat mir gefallen.« Ethan streckte sich in dem großen Ohrensessel aus und ließ es zu, dass der Welpe auf seinen Schoß kletterte. »Du kannst dir die dreckigen Fantasien gleich wieder abschminken«, sagte er, als Cam leise lachte. »Ich meine es, wie ich es sage. Sie ist gescheit, und sie ist ein Profi, aber nicht kalt. Scheint eine Frau mit Herz zu sein.«

»Und sie hat tolle Beine«, fügte Phillip hinzu. »Aber trotz alledem wird sie es sich jedes Mal notieren, wenn wir Mist bauen. Im Augenblick sind wir vermutlich im Vorteil. Wir haben den Jungen, und er will bleiben. Seine Mutter ist weiß Gott wohin verschwunden und gibt kein Lebenszeichen von sich – noch. Aber wenn die hübsche Anna Spinelli mit zu vielen Leuten aus St. Chris spricht, wird sie von den Gerüchten hören.«

Er steckte die Hände in die Taschen und begann auf und ab zu gehen. »Ich weiß nicht, ob das für oder gegen uns spricht.«

»Es sind bloß Gerüchte«, sagte Ethan.

»Ja, aber hässliche Gerüchte. Wir haben eine gute Chance, Seth wegen Dads gutem Ruf zu behalten. Wird dieser Ruf befleckt, werden wir an mehreren Fronten kämpfen müssen.«

»Jeder, der Dads Ruf zu beflecken versucht, wird auf mehr als einen Kampf gefasst sein müssen.«

Phillip wandte sich an Cam. »Genau das müssen wir vermeiden. Wenn wir überall anecken, wird alles nur noch schlimmer werden.«

»Dann spiel du nur den Diplomaten.« Cam zuckte die Achseln und setzte sich auf die Armlehne des Sofas. »Ich ecke lieber an.«

»Ich würde sagen, wir halten uns besser an die Tatsachen als an Dinge, die eintreten könnten.« Nachdenklich streichelte Ethan den Welpen. »Ich habe über die Situation nachgedacht. Es wird für Phillip schwer sein, hier zu wohnen und täglich nach Baltimore zu pendeln. Und früher oder später wird Cam es leid sein, Hausfrau zu spielen.«

»Früher ist wahrscheinlicher.«

»Ich hab' mir gedacht, dass wir Grace bitten könnten, gegen Bezahlung einen Teil der Hausarbeit zu übernehmen. Vielleicht an zwei Tagen in der Woche.«

»Na, das ist mal eine Idee, der ich hundertprozentig zustimmen kann.« Cam ließ sich auf das Sofa fallen.

»Das Problem ist nur, dass dir dadurch nicht mehr viel zu tun bleibt. Die Idee ist ja, dass wir alle drei hier leben und uns die Verantwortung für Seth teilen.«

»Ich sagte doch, dass ich mir eine Arbeit suche.«

»Was willst du denn machen?«, fragte Phillip. »Tankwart spielen? Austern sortieren? Das würdest du höchstens zwei Tage durchhalten.«

Cam beugte sich vor. »Ich kann hartnäckig sein. Du auch? Wie die Chancen stehen, wirst du nach der ersten Woche als Pendler aus Baltimore anrufen und uns irgendwelche Ausreden auftischen, warum du nicht zurückfahren kannst. Warum bleibst du nicht hier und versuchst es mal eine Weile als Tankwart oder mit den Austern?«

Der Streit war unvermeidlich. Im Nu waren sie beide aufgestanden und standen einander gegenüber. Ethan musste sich mehrmals wiederholen, bis sie seine Stimme hörten. Cam wich als Erster zurück und drehte sich verwirrt um. »Was ist?«

»Ich sagte, wir sollten versuchen, Boote zu bauen.«

»Boote bauen?« Cam schüttelte den Kopf. »Wozu?«

»Um Geld zu verdienen.« Ethan holte eine Zigarre heraus, zündete sie jedoch nicht an, sondern ließ sie nur durch seine Finger gleiten. Seine Mutter hatte nicht erlaubt, dass im Haus geraucht wurde. »In den letzten Jahren sind viele Touristen in unsere Gegend gekommen. Und noch mehr Leute sind aus der Stadt hierhergezogen. Sie mieten gern mal ein Boot, sie kaufen auch gern Boote. Voriges Jahre habe ich in meiner Freizeit ein Boot für diesen Typen aus Washington gebaut. Einen kleinen, etwa vier Meter langen Einer. Vor ein paar Monaten hat er mich angerufen, ob ich nicht Interesse hätte, noch eines zu bauen. Er will ein größeres Boot mit Schlafkabine und Kombüse.«

Ethan steckte die Zigarre wieder in seine Tasche. »Ich habe darüber nachgedacht. Es würde Monate dauern, wenn ich auf mich allein gestellt wäre und in meiner Freizeit daran arbeiten würde.«

»Du willst, dass wir dir helfen, ein Boot zu bauen?« Phillip presste die Finger auf seine Augen.

»Nicht nur ein Boot. Ich rede davon, dass wir ein Geschäft aufmachen sollten.«

»Ich habe bereits einen Job«, murmelte Phillip. »Ich bin in der Werbebranche tätig.«

»Der Bootsbau hat Tradition in dieser Gegend, und trotzdem gibt es in St. Chris keine Bootsbauer mehr.«

Phillip setzte sich. »Ist dir mal der Gedanke gekommen, dass es dafür einen triftigen Grund geben könnte?«

»Ja, der Gedanke ist mir durchaus gekommen. Ich denke, es liegt daran, dass niemand mehr das Risiko eingehen will. Ich rede von Holzbooten, Segelbooten. Das ist eine Marktnische. Und einen Kunden haben wir schon.«

Cam rieb sich das Kinn. »Mann, Ethan, das habe ich nicht mehr gemacht, seit wir damals deinen Kutter gebaut haben. Das ist – Gott – fast zehn Jahre her.«

»Und er hat sich bewährt, richtig? Also haben wir gute

Arbeit geleistet. Es ist ein Glücksspiel«, fügte er hinzu und wusste, dass dieses eine Wort der Schlüssel zu Cams Herz war.

»Geld für die Anfangsinvestitionen hätten wir«, murmelte Cam, der sich allmählich für die Idee erwärmte.

»Woher weißt du das?«, wollte Phillip wissen. »Du hast doch nicht die geringste Ahnung, wie viel Geld man in der Startphase braucht.«

»Das wirst du schon herausfinden.« Eine Würfelpartie, dachte Cam. Nichts gefiel ihm besser. »Ich würde weiß Gott viel lieber einen Hammer schwingen als einen blöden Staubsauger. Ich bin dabei.«

»Einfach so?« Phillip hob die Hände. »Ohne einen Gedanken an Betriebskosten, Gewinn und Verlust, Konzessionen, Steuern, Versicherung zu verschwenden? Wo um alles in der Welt wollt ihr das Geschäft denn aufmachen? Wie wollt ihr mit dem geschäftlichen Teil zurechtkommen?«

»Das ist nicht mein Problem«, sagte Cam und grinste. »Das wäre deine Aufgabe.«

»Ich habe schon einen Job. In Baltimore.«

»Ich hatte auch ein Leben«, sagte Cam nur. »In Europa.«

Phillip ging unruhig hin und her. Er saß in der Falle, dachte er immer wieder. »Ich werde tun, was ich kann, um euch in der Anlaufphase zu helfen. Vielleicht machen wir einen großen Fehler, der viel Geld verschlingen wird. Außerdem solltet ihr beide bedenken, dass die Sozialarbeiterin es vielleicht nicht so gut finden könnte, wenn wir zu diesem Zeitpunkt ein riskantes Geschäft aufziehen. Ich gebe meinen Job nicht auf, denn so haben wir wenigstens ein festes Einkommen.«

»Ich werde mit ihr darüber reden.« Cam hatte sich spontan dazu entschlossen. »Mal sehen, wie sie reagiert. Und du sprichst mit Grace darüber, ob sie hier im Haus einspringt?«, fragte er Ethan.

»Ja, ich fahre zum Pub und rede mit ihr.«

»Prima. Damit bist du, Phillip, heute Abend für Seth zuständig.« Er lächelte seinem Bruder spöttisch zu. »Achte darauf, dass er seine Hausaufgaben macht.«

»O Gott.«

»Da dies geklärt ist«, Cam lehnte sich zurück, »bleibt nur noch die Frage: Wer macht das Abendessen?«

6. Kapitel

Sein notwendig gewordener Besuch bei Anna Spinelli gab ihm Gelegenheit, dem gewohnten abendlichen Chaos in ihrem Haushalt zu entgehen. Es bedeutete, dass der Abwasch von einem seiner Brüder gemacht würde, und dass er nicht in den Streit über die Hausaufgaben hineingezogen werden würde, der zwischen Phillip und Seth schon entbrannt war.

Ja, für Cam war die Fahrt nach Princess Anne an diesem regnerischen Abend allerbeste Unterhaltung. Und das war ziemlich jämmerlich für einen Mann, der daran gewöhnt war, jederzeit von Paris nach Rom zu jetten. Er versuchte nicht weiter daran zu denken.

Cam hatte veranlasst, dass sein Tragflügelboot eingelagert und seine Kleidung ihm nachgeschickt wurde. Seinen Wagen musste er allerdings noch verschiffen lassen. Er war eine Verpflichtung eingegangen, die ihn zu seinem Unbehagen auf lange Sicht an diesen Ort band. Doch wenn er nicht gerade Stufen ausbesserte oder Wäsche wusch, konnte er wenigstens an dem heißgeliebten Wagen seiner Mutter herumbasteln und ihn in Schuss halten. Es bereitete ihm großes Vergnügen, ihn zu fahren – so großes Vergnügen, dass er ohne Murren den Strafzettel hinnahm, den er kurz vor Princess Anne bekam.

In der Stadt ging es nicht mehr so lebhaft zu wie im achtzehnten und neunzehnten Jahrhundert, als noch König Tabak regierte und die Gegend zu Wohlstand gekommen war.

Aber hübsch war sie allemal, dachte Cam, unter anderem wegen der alten restaurierten, gut erhaltenen Häuser und der sauberen, ruhigen Wohnstraßen. Jetzt, da sich der Tourismus zum neuen Gott des Küstengebiets entwickelte, waren der Charme und die Anmut geschichtsträchtiger Orte ein großer ökonomischer Pluspunkt.

Annas Apartment lag knapp einen Kilometer von ihrer Arbeitsstätte entfernt. Es war ein bequemer Fußweg dorthin und auch zum Gericht. Außerdem konnte sie bequem einkaufen. Er verstand, warum sie in das alte viktorianische Haus gezogen war.

Das Gebäude lag hinter hohen Bäumen versteckt, deren Zweige schon neue Blätter trugen. Der rissige Gehweg war von Narzissen eingefasst, die bald in sonnigem Gelb erblühen würden. Stufen führten zu einer überdachten Veranda hinauf. Ein Schild neben der Tür wies darauf hin, dass das Haus unter Denkmalschutz stand.

Die Tür war nicht verschlossen, sodass Cam hineingehen konnte. Der Holzfußboden war zwar ein wenig abgenutzt, doch mithilfe einer Politur hatte er immer noch einen matten Glanz. Die Briefkastenschlitze an der Wand waren aus poliertem Messing und ließen erkennen, dass das Haus in vier Wohnungen unterteilt war. A. Spinelli wohnte in 2B.

Cam marschierte die knarrenden Stufen zur zweiten Etage hinauf. Hier war der Flur enger, die Beleuchtung schwächer. Das einzige Geräusch kam aus dem Fernseher von 2A.

Er klopfte an Annas Tür und wartete. Er klopfte noch einmal, steckte dann die Hände in die Taschen und machte ein finsteres Gesicht. Er hatte damit gerechnet, sie zu Hause anzutreffen. Es war fast neun Uhr abends und ein Wochentag.

Sie hätte ruhig zu Hause sitzen, ein Buch lesen, Formulare ausfüllen oder Berichte schreiben können. So verbrachten Karrierefrauen doch ihre Abende – obgleich er hoffte, ihr irgendwann einmal einen unterhaltsameren Zeitvertreib zeigen zu können.

Vermutlich ist sie auf einem Treffen der zahlreichen Frauenklubs, dachte er verärgert. In den Taschen seiner Bomberjacke aus schwarzem Leder kramte er vergeblich nach einem Stück Papier, und er wollte gerade 2A stören, um sich Schreibzeug zu leihen, als er das schnelle, rhythmische Klappern hörte, in dem ein erfahrener Mann die Stiletto-Absätze einer Frau auf Holz erkannte. Er sah ihr entgegen, erfreut, dass sich sein Glück gewendet hatte, und staunte. Die Frau, die auf ihn zukam, erfüllte die geheimsten Männerfantasien. Sie stellte ihren umwerfenden Körper freigebig in einem eng anliegenden neonblauen Kleid zur Schau, das viel von ihren Brüsten und ihren Oberschenkeln enthüllte. Es überließ nichts – und alles der männlichen Vorstellungskraft. Ihre Schuhe hatten dieselbe Farbe und ließen ihre faszinierenden Beine endlos lang erscheinen.

Ihr Haar, feucht vom Regen, ringelte sich wild auf ihre Schultern herab – eine dichte, ebenholzschwarze Mähne, die Bilder von Zigeunern und Sex am Lagerfeuer hervorriefen. Ihr Mund war rot und feucht, ihre Augen groß und dunkel. Ihr Duft hüllte ihn schon ein, bevor sie ihn erreichte, und versetzte ihm einen mörderischen Schlag direkt in die Leistengegend.

Sie sagte nichts, kniff nur diese erstaunlichen Augen zusammen, wobei sie eine ihrer herrlichen Hüften vorschob und wartete.

»Tja.« Er musste sich anstrengen, um wieder Luft zu bekommen. »Sie haben wohl noch nie von dem Sprichwort gehört, dass man sein Licht nicht unter den Scheffel stellen soll.«

»Das kenne ich.« Es ärgerte sie, ihn vor ihrer Tür zu finden. Und noch mehr ärgerte es sie, dass er ihr an diesem Abend nicht aus dem Kopf gegangen war. »Was wollen Sie, Mr. Quinn?«

Jetzt grinste er. »Das ist in dieser Situation eine verfängliche Frage, Ms. Spinelli.«

»Seien Sie nicht so gewöhnlich, Quinn. Bisher haben Sie das erfolgreich vermieden.«

»Ich versichere Ihnen, ich habe keinen einzigen gewöhnlichen Gedanken im Kopf.« Er konnte nicht widerstehen und streckte die Hand aus, um mit ihrem Haar zu spielen. »Wo waren Sie, Anna?«

»Hören Sie, meine Arbeitszeit ist lange vorbei, und mein Privatleben geht Sie ...« Sie brach ab und unterdrückte ein Aufstöhnen, als sich die Tür gegenüber öffnete.

»Sie sind von Ihrer Verabredung zurück, Anna?«

»Ja, Mrs. Hardelman.«

Die alte Frau trug einen rosaroten Bademantel aus Chenille und spähte über den Rand der Brille, die auf ihrer Nase saß. Sie strahlte Cam an, und das Lächeln erhellte ihr angenehmes Gesicht. »Oh, der sieht viel besser aus als der Letzte.«

»Danke.« Cam trat näher und erwiderte ihr Lächeln. »Hat sie denn viele?«

»Oh, sie kommen und gehen.« Mrs. Hardelman lachte leise und bauschte ihr dünnes weißes Haar auf. »Sie behält sie nie lange.«

Cam lehnte sich freundschaftlich an den Türpfosten und genoss die unmutigen Laute, die von Anna kamen. »Vermutlich hat sie noch keinen gefunden, den zu behalten sich lohnte. Hübsch ist sie jedenfalls.«

»Und so ein nettes Mädchen. Sie kauft auf dem Markt für uns ein, wenn meine Schwester und ich nicht ausgehen wollen. Bietet uns immer an, uns am Sonntag zur Kirche zu fahren. Und als mein Petie starb, hat Anna sich höchstpersönlich um das Begräbnis gekümmert.«

Mrs. Hardelman schaute Anna mit solcher Zuneigung und Freundlichkeit an, dass diese nur seufzen konnte. »Sie verpassen Ihre Sendung, Mrs. Hardelman.«

»Oh, ja. Ich liebe meine Komödien über alles. Also kommen Sie mal wieder«, sagte sie zu Cam und schloss leise ihre Tür.

Und da Anna genau wusste, dass ihre Nachbarin durch das Guckloch spähen würde, in der Hoffnung, einen romantischen Gutenachtkuss mit anzusehen, holte sie ihre Schlüssel heraus. »Da Sie schon mal hier sind, können Sie ebenso gut mit reinkommen.«

»Danke. Sie haben den Mann Ihrer Nachbarin begraben?«

»Ihren Kanarienvogel«, stellte Anna richtig. »Petie war ein Vogel. Sie und ihre Schwester sind seit etwa zwanzig Jahren Witwen. Und ich habe lediglich einen Schuhkarton geholt und draußen hinter dem Haus neben einem Rosenstrauch ein Loch gegraben.«

Er fuhr ihr wieder mit der Hand übers Haar, als sie die Tür aufschob. »Es hat ihnen etwas bedeutet.«

»Passen Sie auf Ihre Hände auf, Quinn«, sagte sie warnend und schaltete das Licht ein.

Um zu zeigen, dass er bereit war, ihr zu gehorchen, steckte er sie in die Taschen, während er sich im Zimmer umsah. Weiche, tiefe Polster, helle, kräftige Farben. Die Einrichtung deutete auf ein ausgeprägt sinnliches Wesen hin.

Der Gedanke gefiel ihm.

Das Zimmer war geräumig, und sie hatte es sparsam eingerichtet. Das Sofa war groß genug, um darauf zu schlafen, aber nur ein breiter Polstersessel und zwei Tische leisteten ihm Gesellschaft.

Ihre Wände hatte sie mit Kunst geschmückt, mit Drucken, Postern, Tuschezeichnungen. Zumeist waren Orte abgebildet, keine Menschen, und so manchen der Schauplätze erkannte er wieder: die verwinkelten Straßen Roms, die wilden Klippen Westirlands, die eleganten kleinen Cafés von Paris.

»Da bin ich gewesen.« Er tippte auf die Zeichnung eines Pariser Cafés.

»Wie schön für Sie.« Sie sagte es in trockenem Ton und versuchte sich nicht darüber zu ärgern, dass sie sich bisher nur durch die Betrachtung ihrer Bilder eine Vorstellung vom Ausland hatte machen können. »Also, was wollen Sie hier?«

»Ich möchte mit Ihnen reden, über ...« Er beging den Fehler, sich umzudrehen und sie anzusehen. Offenbar war sie sehr aufgebracht, aber das machte sie nur noch attraktiver. Ihr Blick und ihr Mund waren abweisend, und ihr Körper wirkte angespannt. »Himmel, sind Sie eine Schönheit, Anna. Ich fühlte mich von Anfang an von Ihnen angezogen – ich vermute, das haben Sie bemerkt –, aber ... wer hätte das ahnen können?«

Sie wollte sich nicht geschmeichelt fühlen, wollte nicht,

dass ihr Herzschlag sich beschleunigte. Aber es war schwierig für sie, sich unter Kontrolle zu halten, wenn ein Mann wie Cameron Quinn vor ihr stand und sie ansah, als wollte er sie verschlingen.

Sie holte vorsichtig Luft. »Sie wollten mit mir reden, worüber?«

»Über den Kleinen und über andere Dinge. Wie wär's mit einem Kaffee? Das ist doch erlaubt, oder?« Er beschloss, sie beide auf die Probe zu stellen, und so ging er zu ihr. »Ich glaube, Sie erwarten von mir, dass ich mich zivilisiert verhalte. Ich bin bereit, es zu versuchen.«

Sie dachte kurz nach, dann drehte sie sich auf ihren sexy blauen Stilettos um. Cam bewunderte die Rückenansicht und verdrehte die Augen zum Himmel, dann folgte er ihr zum Büfett, das Wohnzimmer und Küche trennte. Er stützte sich darauf, froh, dass dieser Standort ihm einen perfekten Blick auf ihre Beine gewährte.

Dann hörte er das elektrische Surren und roch den Duft frischen Kaffees. »Sie mahlen die Bohnen selbst?«

»Wenn man schon Kaffee macht, dann sollte man richtig guten Kaffee machen.«

»Ja.« Er schloss die Augen und sog den aromatischen Duft ein. »Oh, ja. Muss ich Sie heiraten, um Sie dazu zu bringen, jeden Tag Kaffee für mich zu kochen, oder reicht es, wenn wir zusammenleben?«

Sie blickte über ihre Schulter und hob ihre Brauen angesichts seines strahlenden, gewinnenden Lächelns, dann wandte sie sich wieder der Kaffeemühle zu.

»Ich wette, diesen Blick haben Sie schon oft mit großem Erfolg angewendet, um Männer zum Schweigen zu bringen. Aber mir gefällt er. Also, wo waren Sie heute Abend?«

»Ich hatte eine Verabredung.«

Er umrundete das Büfett. Der Küchenbereich war klein, nicht mehr als ein schmaler Durchgang. Es gefiel ihm, ihr so nahe zu sein, es gefiel ihm, dass ihr Duft sich mit dem Geruch des gemahlenen Kaffees vermischte. »Ein kurzer Abend«, bemerkte er.

»So war es geplant.« Sie spürte, wie sich die Härchen in ihrem Nacken aufrichteten. Er war viel zu nahe. Sie tat das, was sie immer Männern gegenüber anwandte, die sie körperlich einengten – sie rammte ihm den Ellbogen in den Bauch.

»Geübter Stoß«, murmelte er, rieb sich die schmerzende Stelle und wich dann ein paar Zentimeter zurück. »Müssen Sie in Ihrem Beruf oft darauf zurückgreifen?«

»Eher selten. Wie trinken Sie Ihren Kaffee?«

»Stark und schwarz.«

Sie brühte den Kaffee auf, drehte sich dann um und prallte gegen ihn. Ihr Radar hatte definitiv versagt, dachte sie, als seine Hände nach ihren Armen griffen. Oder aber, so musste sie sich eingestehen, sie hatte ihn ignoriert, weil sie sich gerade die Frage gestellt hatte, ob sie körperlich zusammenpassen würden.

Nun, jetzt wusste sie es.

Er schaute ihr ins Gesicht, ließ es nicht zu, dass sein Blick zu dem kleinen goldenen Kreuz zwischen ihren Brüsten wanderte. Er war zwar nicht besonders fromm, befürchtete jedoch, dass er in der Hölle würde schmoren müssen, wenn er sich lasziven Gedanken über das spezielle Umfeld dieses religiösen Symbols hingab. Außerdem gefiel ihm ihr Gesicht.

»Quinn«, sagte sie und stieß einen lang gezogenen, gereizten Seufzer aus. »Lassen Sie das.«

»Sie haben das *Mister* weggelassen. Bedeutet das, dass wir jetzt Freunde sind?« Da er lächelte, als er dies sagte, und tatsächlich zurücktrat, kicherte sie. »Die Geschworenen beraten noch.«

»Ich mag Ihren Duft, Anna. Lustvoll, provozierend. Herausfordernd. Natürlich mag ich auch Ms. Spinellis Duft. Ruhig, praktisch und unaufdringlich.«

»Na gut … Cam.« Sie drehte sich um und holte zwei hübsche tiefe Tassen aus dem Schrank. »Hören wir auf mit dem Eiertanz und geben wir offen zu, dass wir uns gegenseitig anziehen.«

»Ich hatte gehofft, dass der Tanz erst richtig beginnt, wenn wir uns dieses Geständnis gemacht haben.«

»Irrtum.« Sie warf ihr Haar zurück und goss den fertigen Kaffee ein. »Ich bin Seths Betreuerin. Sie wollen sein Vormund werden. Es wäre äußerst unklug, wenn wir unseren körperlichen Empfindungen nachgeben würden.«

Er nahm seine Tasse und lehnte sich gegen das Büfett. »Ich weiß nicht, wie es um Sie steht, aber ich liebe es, unkluge Dinge zu tun. Vor allem, wenn sie sich gut anfühlen.« Er führte die Tasse an die Lippen, dann lächelte er träge. »Und ich wette, es würde sich verdammt gut anfühlen, diesen körperlichen Empfindungen nachzugeben.«

»Ein Glück, dass ich zufällig sehr klug bin. Also, Sie wollten über Seth sprechen – und andere Dinge, wie Sie es ausgedrückt haben, glaube ich.«

Seth, seine Brüder, ihre Lage – all das war völlig in den Hintergrund getreten. Vermutlich hatte er es nur als Vorwand benutzt, um sie zu besuchen. Aber darüber würde er später nachdenken. »Ich muss zugeben, die Fahrt nach Princess Anne war ein fantastischer Vorwand, um der häuslichen Atmosphäre mal zu entkommen. Beinahe wäre nämlich der Abwasch an mir hängengeblieben, und Phil und der Kleine waren bereits in Runde eins im Kampf um die Hausaufgaben.«

»Ich freue mich, dass sich jemand um seine schulischen Belange kümmert. Warum sprechen Sie Seth eigentlich nie mit seinem Namen an?«

»Das tue ich. Wirklich.«

»Nein, in der Regel eben nicht. Machen Sie das immer so bei Menschen, mit denen Sie keine tiefe oder dauerhafte Beziehung wünschen?«

Ein Punkt für sie, musste er zugeben. »Sie rede ich mit Ihrem Namen an.«

Er sah, dass sie blinzelte, hörte ihren Seufzer, dann winkte sie ab. »Was ist mit Seth?«

»Eigentlich geht es nicht direkt um ihn. Außer dass ich finde, dass wir die verschiedenen Aufgaben allmählich gerechter verteilen. Phil ist am besten geeignet, ihn zu überwachen – Seth zu überwachen«, verbesserte er sich nachdrücklich, »wenn es um die Schule geht, weil Phil aus irgendeinem Grund tatsächlich gern zur Schule gegangen ist. Und wir haben beschlossen, eine Frau anzustellen, die sich an zwei Tagen in der Woche um den Haushalt kümmert.«

Sie hatte immer noch das Bild vor Augen, wie er völlig perplex und erbost in einem See aus Seifenlauge stand. Ihre Lippen zuckten, und sie hätte zu gern gelacht. »Da werden Sie aber froh sein.«

»Ich hoffe, nie wieder einen Staubsaugerbeutel von Nahem zu sehen. Ist Ihnen schon mal einer zerrissen?« Er schüttelte sich und brachte sie dadurch zum Lachen. »Jedenfalls hatte Ethan einen Geistesblitz. Ich sitze hier fest und Phillip braucht eine Beschäftigung, wenn er hierbleiben soll – obgleich er vorläufig noch nach Baltimore pendeln will. Deshalb haben wir beschlossen, uns selbstständig zu machen.«

»Selbstständig? Womit?«

»Mit Bootsbau.«

Sie ließ ihre Tasse sinken. »Sie wollen Boote bauen?«

»Ich habe schon viele gebaut und Ethan auch. Und obwohl Phil sich dem Leben in Anzug und Krawatte verschrieben hat, ist er ebenfalls kein Anfänger. Wir drei haben zusammen an dem Kutter gearbeitet, mit dem Ethan heute noch rausfährt.«

»Das ist ja schön und gut als Zeitvertreib, zu privaten Zwecken, als Hobby. Aber ein Geschäft zu gründen, das obendrein riskant ist, und gleichzeitig für einen minderjährigen Jungen zu sorgen …«

»Er wird keinen Hunger leiden. Um Himmels willen, Ethan bringt sich als Fischer durch, und Phil hat ja immer noch seinen Schreibtischjob in Baltimore. Ich könnte mir Aushilfsjobs suchen, aber was soll das bringen?«

»Ich weise lediglich darauf hin, dass ein solches Vorhaben viel Geld und Zeit verschlingen würde, vor allem in den ersten Monaten. Stabilität …«

»Ist nicht alles.« Verärgert stellte er seine Tasse ab und begann auf- und abzugehen. »Sollte der Junge nicht lernen, dass das Leben aus mehr besteht als nur aus Bürojobs von neun bis fünf? Dass es viele Möglichkeiten gibt, dass man verschiedene Chancen ergreifen kann? Was soll es ihm nützen, wenn ich im Haus klebe, die Möbel abstaube und es jede Minute von ganzem Herzen hasse? Ethan hat bereits einen Kunden, und wenn Ethan eine Idee hat, können Sie sicher sein, dass er sie von jedem erdenklichen Blickwinkel aus abgeklopft hat. Niemand denkt so gründlich nach wie er.«

»Und da Sie das Gefühl hatten, mit mir darüber reden zu müssen, versuche ich nur, das Gleiche zu tun, Ihr Vorhaben von jedem erdenklichen Blickwinkel aus abzuwägen.«

»Und Sie glauben, es wäre besser, wenn ich hinginge und mir einen netten, festen Stechuhr-Job suchen würde, der wöchentlich einen netten, festen, Stechuhr-Scheck einbringt?« Er blieb vor ihr stehen. »Ist das der Typ Mann, der Sie reizt? Ein Mann, der täglich pünktlich um neun zur Arbeit geht, der Sie an einem regnerischen Abend zum Essen ausführt und Sie zu einer vernünftigen Zeit ziehen lässt, ohne auch nur zu versuchen, Sie dazu zu bringen, dieses Fähnchen auszuziehen?«

Sie ließ sich Zeit, um sich ins Gedächtnis zu rufen, dass es nichts bringen würde, wenn sie beide die Beherrschung verlören. »Was mich reizt, was ich anziehe und wie ich meine Abende zu verbringen wünsche, steht hier nicht zur Debatte. Als Seths Betreuerin muss ich dafür sorgen, dass seine häusliche Umgebung so stabil und glücklich ist wie nur möglich.«

»Wieso sollte es ihn unglücklich machen, wenn ich Boote baue?«

»Meine Frage bezüglich dieser Idee lautet, ob Ihre Aufmerksamkeit nicht von ihm abgezogen wird und stattdessen dem Geschäft zugutekommt. Einem Geschäft, das Sie, wie ich mir vorstellen kann, als aufregend, herausfordernd und interessant empfinden würden, zumindest eine Zeit lang.«

»Sie glauben einfach nicht, dass ich über Durchhaltevermögen verfüge, nicht wahr?«

»Das muss sich erst noch herausstellen. Aber ich glaube durchaus, dass Sie es ernsthaft versuchen. Was mich beunruhigt, ist, dass Sie es nicht für Seth versuchen, nein, Sie tun es für Ihren Vater. Für Ihre Eltern. Ich denke nicht, dass dies gegen Sie spricht, Cam«, sagte sie ein wenig sanfter, »aber es spricht auch nicht für Seth.«

Wie zum Kuckuck sollte er mit einer Frau streiten, die auf jedem I-Tüpfelchen herumritt?, fragte er sich. »Also glauben Sie, dass er bei Fremden besser aufgehoben wäre?«

»Nein, ich glaube, dass er mit Ihnen und Ihren Brüdern besser fährt.« Sie lächelte, befriedigt darüber, dass sie ihn vorerst zum Schweigen gebracht hatte. »Und das habe ich auch in meinem Bericht geschrieben. Diese Idee, Boote zu bauen, ist ein neuer Aspekt, über den man nachdenken muss, und ich kann nur hoffen, dass Sie nichts überstürzen.«

»Segeln Sie?«

»Nein, das habe ich noch nie ausprobiert. Warum?«

»Ich war noch nie auf einem Boot gewesen, bis Raymond Quinn mich mitnahm.«

Da er wusste, wie warmherzig ihr Blick werden konnte, wenn sie Mitgefühl empfand, beschloss er, ihr davon zu erzählen. »Ich hatte Todesangst, wollte es aber um keinen Preis zugeben. Ich war erst wenige Tage bei ihnen und dachte nicht, dass ich bleiben würde. Er fuhr mit mir auf der kleinen Sunfish raus, die er damals besaß. Sagte, die Luft würde mir guttun.«

Cam stand das Bild jenes Morgens klar vor Augen. »Mein Vater war ein kräftiger Mann. Der Große Quinn. Gebaut wie ein Stier. Ich war sicher, dass das kleine Boot kentern und ich vermutlich ertrinken würde, aber er schaffte es immer irgendwie, mich zu überzeugen.«

Liebe, dachte Anna. Aus seiner Stimme sprach die reine, unverfälschte Liebe. Das gefiel ihr, gefiel ihr ebenso sehr wie dieses auf raue Art anziehende Gesicht. »Konnten Sie schwimmen?«

»Nein, aber es störte mich trotzdem, dass er mir befahl, eine Schwimmweste zu tragen. Ich fand, das sei nur etwas für Weichlinge.«

»Sie wären lieber ertrunken?«

»Unsinn, nein, aber ich musste ihn zumindest in dem Glauben lassen. Wie dem auch sei, ich saß am Heck, und mir drehte sich der Magen um. Ich trug die Sonnenbrille, die meine Mutter – Stella«, verbesserte er sich, da er sie zu dem Zeitpunkt noch Stella genannte hatte, »irgendwo ausgegraben hatte, weil mein Auge ziemlich zerschlagen war und mir das helle Licht Schmerzen verursachte.«

Man hatte ihn geschlagen, misshandelt, vernachlässigt, erinnerte sie sich, bevor die Quinns ihn zu sich nahmen. Sie hatte tiefes Mitgefühl mit dem kleinen Jungen. »Sie müssen sehr verängstigt gewesen sein.«

»Verängstigt bis ins Mark, aber ich hätte eher meine Zunge verschluckt, als dass ich es zugegeben hätte. Das muss er gewusst haben«, sagte Cam leise. »Er wusste immer, was in meinem Kopf vorging. Es war heiß und schwül. Er sagte, es würde kühler werden, wenn wir erst draußen auf dem Fluss wären, aber ich glaubte ihm nicht. Ich dachte, wir würden nicht vom Fleck kommen und hilflos in der Sonne brutzeln. Das Boot hatte nicht mal einen Motor. Gott, wie er lachte, als ich das sagte. Er versicherte mir, dass wir etwas viel Besseres hätten als einen Motor.«

Er hatte seinen Kaffee vergessen, und die Pointe der Geschichte entglitt ihm, als er sich in seinen Erinnerungen verlor. »Wir fuhren aufs Wasser hinaus, zuerst langsam und mühelos, doch bald schon fing das Boot heftig zu schaukeln an, und ich dachte, das wäre das Ende. Schluss, aus. Ein Reiher stieg aus den Bäumen empor. Ich hatte ihn schon einmal gesehen. Ich möchte glauben, dass es ein und derselbe war. Er schwebte direkt über dem Boot, mit ausgebreiteten Flügeln. Und dann fingen wir den Wind ein, und das kleine Segel blähte sich. Wir flogen förmlich dahin. Er drehte sich um und lächelte mir zu. Ich merkte nicht mal, dass auch ich lächelte, bis meine Lippe wieder aufplatzte. Ich hatte mich noch nie im Leben so gefühlt. Kein einziges Mal.« Ohne nachzudenken, hob er die Hand und schob ihr das Haar hinter die Ohren. »Noch nie im Leben.«

»Es hat Sie verändert.« Sie wusste, dass ein einziger Moment einen Menschen für immer in eine andere Richtung führen konnte.

»Es war ein Anfang, ein Boot auf dem Wasser und Menschen, die mir eine Chance gaben. Es war nichts Außergewöhnliches. Bei uns braucht es auch nicht außergewöhnlich zu sein. Wir drücken dem Kleinen einen Hammer in die Hand, lassen ihn mitbauen, ein bisschen schwitzen und arbeiten. Wenn es ein Quinn-Unternehmen sein soll, dann ist er mit von der Partie.«

Ihr Lächeln kam schnell, vorbehaltlos, und zu seiner Überraschung streichelte sie seine Wange. »Diese letzte Bemerkung sagt doch alles. Es ist ein Glücksspiel. Ich bin nicht sicher, ob es der rechte Zeitpunkt oder der rechte Ort dafür ist, aber … es müsste interessant werden, es zu beobachten.«

»Ist es das, was Sie tun werden?« Er näherte sich ihr. »Mich beobachten?«

»Ich habe nicht vor, Sie aus den Augen zu lassen – auf beruflicher Ebene –, bis ich sicher bin, dass Sie und Ihre Brüder Seth ein angemessenes Heim und eine angemessene Erziehung bieten können.«

»Das ist nur recht und billig.« Er kam noch eine Spur näher, nur ein paar Millimeter, bis sich ihre Körper berührten. »Und was ist mit der persönlichen Ebene?«

Sie gab nach und ließ ihren Blick nach unten wandern. Sein Mund war definitiv verlockend – und gefährlich nahe. »Sie auf persönlicher Ebene im Auge zu behalten wäre keine unangenehme Vorstellung. Ein Fehler vielleicht, aber nicht unangenehm.«

»Ich sage immer, wenn man schon einen Fehler macht ...« Er legte die Hände auf das Büfett und versperrte ihr den Weg. »... dann sollte man ihn in großem Stil machen. Was sagen Sie dazu, Anna?« Er senkte den Kopf, wartete.

Sie versuchte nachzudenken, die Konsequenzen abzuschätzen. Aber es gab Zeiten, da waren Bedürfnisse, Verlangen und Begierde einfach stärker als Logik. »Was soll's«, murmelte sie, umfasste seinen Nacken und zog ihn an sich.

Der Kuss war genau das, was sie wollte. Hungrig, entschlossen, sinnlich. Sein Mund war heiß, hart, fast wild, als er gierig ihre Lippen umschloss. Sie überließ sich ihm, legte alles hinein in diesen Augenblick der Raserei, in dem der Körper über den Verstand herrschte und das Rauschen des Blutes alle Vernunft übertönte. Die Erregung durchzuckte sie wie ein Peitschenhieb – scharf, schmerzhaft, ein plötzlich aufflackerndes, erschreckendes Feuer.

»Gott.« Er konnte nicht mehr atmen, und in seinem Kopf war ein Durcheinander. Er klammerte sich am Büfett fest, bevor er die Hände wieder hob, um nach ihr zu greifen.

Was immer er erwartet oder sich vorgestellt haben mochte, es reichte nicht im Mindesten an den Vulkan heran, der so plötzlich in seinen Armen ausgebrochen war. Er fuhr mit der Hand durch ihr Haar, ihre wilde Lockenmähne, ballte sie zur Faust, dann küsste er sie erneut, als hinge sein Leben davon ab.

»Ich kann nicht«, stieß sie hervor, schlang dennoch die Arme um ihn, drückte ihn an sich, bis es schien, dass sie ein und denselben Herzschlag hatten. Ihr Stöhnen verriet verzweifelte, ekstatische Lust, und er spürte die Schwingungen an ihrem Hals, den er liebkoste. Ihre Finger gruben sich in seine Hüften, als sie ihn noch näher an sich zog. O Gott, sie wollte ihn spüren, sich an ihm reiben. Sie suchte wieder seinen Mund und stürzte sich blindlings in den nächsten Kuss. Nur noch einen, gelobte sie sich und erfüllte, ja übertraf seine kühnsten Erwartungen.

Ihr Duft verwirrte seine Sinne. Er murmelte ihren Namen, der endlos in seinem Kopf widerhallte. Ihr Körper, ein herrliches Festmahl, verschmolz mit seinem. Keine Frau hatte ihn jemals so schnell, so ganz und gar erfüllt, dass alles andere unwichtig war.

»Lass mich.« Es war eine Bitte, und er hatte noch nie in seinem Leben um eine Frau gebettelt. »Um Himmels willen, Anna, lass mich dich besitzen.« Seine Hände glitten an ihren Beinen empor, den schier endlosen Schenkeln. »Jetzt.«

Sie wollte es auch. Es wäre so einfach, zu nehmen und

genommen zu werden. Aber was einfach war, so wusste sie, war selten richtig.

»Nein. Nicht jetzt.« Bedauern überwältigte sie, noch während sie die Hände hob, um sein Gesicht zu umschließen. Ihr Mund lag noch einen kurzen Augenblick an seinem. »Noch nicht. Nicht so.«

Ihre Augen waren dunkel. Er glaubte genug über die Sehnsüchte von Frauen zu wissen und war sich seiner eigenen Geschicklichkeit so sicher, dass er hoffte, sie umstimmen zu können. »So ist es doch vollkommen.«

»Der Zeitpunkt ist falsch, die Umstände. Warte.« Sie musste handeln, den Kontakt brechen. Sie trat zur Seite und atmete zitternd aus. Dann schloss sie die Augen und hob eine Hand, um ihn aufzuhalten. »Das war sehr unvernünftig«, brachte sie heraus.

Er nahm ihre erhobene Hand, führte sie an seine Lippen und knabberte an ihrem Zeigefinger. »Wer will denn vernünftig sein?«

»Ich.« Sie brachte beinahe ein echtes Lächeln zustande, als sie ihre Hand befreite. »Nicht, dass ich es jetzt nicht zutiefst bedauern würde, aber ich muss vernünftig sein. Wow.« Sie holte noch einmal tief Luft und fuhr sich mit beiden Händen durchs Haar. »Cameron. Du bist genauso potent, wie ich es mir vorgestellt hatte.«

»Ich habe ja nicht mal richtig angefangen.«

Ihr Lächeln wurde strahlender. »Das glaube ich dir sogar.« Sie wich noch weiter zurück und griff zu ihrem lauwarmen Kaffee. »Ich weiß nicht, ob einer von uns nach diesem Zwischenspiel heute Nacht richtig schlafen kann, aber so musste es ja kommen.« Sie legte den Kopf auf die Seite, als seine Augen schmal wurden. »Was ist?«

»Die meisten Frauen, vor allem Frauen in deiner Position, würden Ausreden erfinden.«

»Wofür?« Sie hob die Schulter und beruhigte sich mit dem Gedanken, dass ihr Kreislauf mit der Zeit wieder normal werden würde. »Das war genauso mein Wunsch wie es deiner war. Ich habe mich vom ersten Moment an gefragt, wie es wäre, dich zu berühren.«

Cam kam zu dem Schluss, dass er nie wieder derselbe sein würde. »Ich glaube, ich bin verrückt nach dir.«

»Nein, das bist du nicht.« Sie lachte. »Du bist fasziniert, du fühlst dich angezogen, es ist gesunde körperliche Lust. Und du kennst mich nicht mal.«

»Ich möchte dich kennenlernen.« Er lachte auf. »Und das ist eine große Überraschung für mich. Normalerweise ist mir das völlig egal.«

»Ich fühle mich geschmeichelt. Ich weiß nicht, ob das ein Tribut an deinen Charme oder an meine Dummheit ist, aber ich fühle mich geschmeichelt. Doch ...«

»Mist, ich wusste, dass das kommen würde.«

»Doch«, wiederholte sie und stellte ihre Tasse in die Spüle, »Seth ist wichtiger. Und das muss so bleiben.« Die Wärme, die Mitgefühl und Verständnis ausdrückte, trat wieder in ihre Augen, und sie berührte etwas in ihm, das unter seiner körperlichen Lust verborgen war. »Und das sollte er auch für dich sein.«

»Ich tue alles, was mir nur einfällt.«

»Ich weiß. Und du tust mehr, als die meisten tun würden.« Sie berührte flüchtig seinen Arm, dann entfernte sie sich von ihm. »Ich habe so eine Ahnung, dass noch viel mehr in dir steckt. Aber ...«

»Da ist es schon wieder.«

»Du solltest jetzt lieber gehen.«

Er wollte bleiben, wenn auch nur, um mit ihr zu reden, bei ihr zu sein. »Ich habe meinen Kaffee noch nicht ausgetrunken.«

»Er ist kalt geworden. Und es wird spät.« Sie warf einen Blick zum Fenster, an dem Regentropfen herabrannen. »Und der Regen lässt mich an Dinge denken, an die ich lieber nicht denken sollte.«

Er zuckte zusammen. »Ich nehme an, das hast du nicht gesagt, um mich leiden zu lassen.«

»Doch, sicher.« Sie lachte wieder, ging zur Tür und zog sie weit auf, um ihre Worte zu unterstreichen. »Wenn ich schon leide, warum sollte es dir anders gehen?«

»Oh, ich mag dich, Anna Spinelli. Du bist eine Frau nach meinem Herzen.«

»Du bist nicht an einer Frau interessiert, die es auf dein Herz abgesehen hat«, sagte sie, als er den Raum durchquerte. »Du willst eine, die hinter deinem Körper her ist.«

»Siehst du, wir lernen einander bereits kennen.«

»Gute Nacht.« Sie wich nicht aus, als er sie an sich zog und ihr noch einen Kuss gab, bevor er hinausging. Auszuweichen wäre nicht ehrlich gewesen, und sie machte sich nichts vor. Daher erwiderte sie seinen Kuss, neckend, aber auch mit echtem Gefühl. Dann machte sie schnell die Tür zu und lehnte sich ermattet von innen dagegen.

Potent? Das war noch längst nicht alles. Ihr Puls würde noch stundenlang verrückt spielen. Vielleicht sogar tagelang.

Sie wünschte nur, dass dieser Gedanke sie nicht so unverschämt glücklich machen würde.

7. Kapitel

Als das Telefon läutete, blickte Cam gerade finster in einen Korb mit rosaroten Socken und Jockey-Unterhosen. Er wusste ganz genau, dass Socken und Unterwäsche weiß oder fast weiß gewesen waren, als er sie in die Maschine gesteckt hatte. Jetzt hingegen waren sie bonbonrosa. Vielleicht sahen sie ja auch nur so aus, weil sie noch nass waren. Er holte sie heraus, um alles in den Trockner zu stopfen, und entdeckte die rote Socke zwischen den rosaroten. Er knirschte mit den Zähnen. Phillip war ein toter Mann.

»Mist.« Er warf die Wäsche hinein und setzte den Trockner in Betrieb, dann ging er ans Telefon.

Gerade noch rechtzeitig dachte er daran, den kleinen tragbaren Fernseher leiserzustellen, der auf einer Ecke des Büfetts stand. Es war nicht so, dass er sich das Programm wirklich ansah und sich in Leidenschaft und Verrat der vormittäglichen Seifenoper vertiefte. Er hatte ihn nur der Geräuschkulisse wegen eingeschaltet.

»Quinn. Ja?«

»Hey, Cam. Hat viel Mühe gekostet, dich zu finden, Mann. Tod Bardette hier.«

Cam griff in eine offene Kekstüte, die auf dem Büfett stand, und nahm eine Handvoll heraus. »Wie läuft's denn so, Tod?«

»Na ja, ich muss sagen, es läuft ziemlich gut. Ich hab' 'ne Weile vor dem Great Barrier Riff vor Anker gelegen.«

»Hübsches Fleckchen«, murmelte Cam, während er den

Keks kaute. Dann sah er genauer hin, als auf dem winzigen Bildschirm eine überirdisch schöne Frau mit einem lächerlich attraktiven Mann ins Bett fiel. Vielleicht hatte das Vormittagsprogramm ja doch was für sich.

»Ja, nicht wahr? Ich hab' gehört, dass du vor ein paar Wochen am Mittelmeer abgesahnt hast.«

Ein paar Wochen?, dachte Cam, während er den nächsten Keks hineinschob. Es war doch bestimmt schon Jahre her, seit er in seinem Tragflügelboot über eine Ziellinie geflogen war. Blaues Wasser, Geschwindigkeit, eine jubelnde Menge und Geld, das er mit vollen Händen ausgeben konnte.

Jetzt hingegen hatte er schon Glück, wenn er genug Milch im Kühlschrank fand, um einen altbackenen Keks hinunterzuspülen. »Ja, das hab' ich auch gehört.«

Tod lachte vergnügt. »Tja, das Angebot, dir dieses Spielzeug abzukaufen, steht noch. Aber ich habe dir noch einen anderen Vorschlag zu unterbreiten.«

Tod Bardette hatte stets irgendwelche Vorschläge zu unterbreiten. Er war der reiche Sohn eines reichen Vaters aus dem östlichen Texas, der die ganze Welt als seinen Spielplatz betrachtete. Und er liebte Boote. Er nahm an Rennen teil, sponserte sie, kaufte und verkaufte Boote. Außerdem sammelte er mit schöner Regelmäßigkeit Ehefrauen, Trophäen und seinen Anteil am Preisgeld.

Cam fand, dass Tod seit seiner Geburt förmlich in Glück badete. Da es nicht wehtat, ihn sich zumindest anzuhören, und da die Bettszene gerade von einem Werbespot abgelöst wurde, in dem eine gigantische Klobürste vorkam, schaltete er das Fernsehgerät aus. »Ich habe immer ein offenes Ohr.«

»Ich stelle eine Crew für *La Coupe Internationale* zusammen.«

»Den Eintonner-Cup?« Cam spürte, wie das Feuer in ihm erwachte, er verlor jegliches Interesse an Keksen und Milch. Dieses internationale Rennen war ein Großereignis in der Welt des Segelsports. Fünf Etappen, dachte er, die letzte ein Rennen über dreihundert zermürbende Meilen auf dem Ozean.

»Genau. Du weißt ja, im letzten Jahr haben die Australier sich den Cup geholt. Ich will ihnen eins auf die Nase geben, und ich habe einen Schatz von einem Boot. Es ist so schnell, Mann. Mit der richtigen Crew wird es den Cup wieder nach Amerika holen. Ich brauche einen Skipper. Ich will den allerbesten. Ich will dich. Wie schnell kannst du hier unten sein?«

Gib mir fünf Minuten. Das wollte er am liebsten sagen. In kürzester Zeit konnte er seine Tasche gepackt haben und in ein Flugzeug springen. Dies war eine Chance, wie er sie nur selten im Leben bekam. Als er den Mund öffnete, um zu antworten, fiel sein Blick auf den Schaukelstuhl draußen vor dem Küchenfenster. Er schloss die Augen und horchte verärgert auf die Geräusche des Trockners.

»Ich muss passen, Tod. Ich kann mich jetzt nicht freimachen.«

»Hör zu, du kannst dir ruhig ein wenig Zeit lassen, um deine Affären zu regeln. Ich gebe dir zwei Wochen. Falls du ein anderes Angebot hast, überbiete ich es.«

Ich kann nicht mitmachen. Ich muss … Wäsche waschen? Für einen Jungen sorgen. Auf gar keinen Fall würde er sich freiwillig demütigen, indem er solche Informationen preisgab. »Meine Brüder und ich sind dabei, ein Geschäft zu gründen«, sagte er spontan. »Ich muss zu meinem Wort stehen.«

»Ein Geschäft?« Diesmal lachte Tod noch lauter. »Du? Erzähl mir nicht so was, das tut ja richtig weh.«

Cam zweifelte nicht daran, dass seine übrigen Freunde und Bekannten in das Lachen von Tod Bardette aus Osttexas einstimmen würden – man stelle sich nur vor, Cameron Quinn und Geschäftsmann!

»Wir bauen Boote«, sagte er. »Hier an der Ostküste. Holzboote. Spezialanfertigungen«, fügte er hinzu, um das Ganze auf die Spitze zu treiben. »Einzelstücke. In einem halben Jahr wird man für ein von den Quinns entworfenes und gebautes Boot Höchstpreise bezahlen. Da wir alte Freunde sind, kann ich dich vielleicht einschieben.«

»Boote?« Tods Stimme klang interessiert. »Nun ja, du weißt, wie man damit segelt, also weißt du vermutlich auch, wie man sie baut.«

»Von ›vermutlich‹ kann keine Rede sein.«

»Ein interessantes Projekt, aber jetzt komm schon, Cam, du bist kein Geschäftsmann. Du wirst nicht in einer hübschen kleinen Bucht in Maryland kleben bleiben, Krebse essen und Holzplanken zusammennageln. Du weißt, dass ich dich für dieses Rennen reichlich belohnen werde. Mit Geld, Ruhm und Glück.« Er lachte leise. »Nach unserem Sieg kannst du dann ja dorthin zurückgehen und ein paar kleine Schlups zusammenbasteln.«

Er konnte damit umgehen, beruhigte Cam sich. Er konnte mit den Beleidigungen umgehen, mit der Enttäuschung, nicht packen und hingehen zu können, wohin er wollte. Was er auf gar keinen Fall tun würde, war, Bardette zu zeigen, dass er ihn aus der Ruhe gebracht hatte. »Du wirst dir einen anderen Skipper suchen müssen. Aber falls du mal ein Boot kaufen willst, ruf mich an.«

»Falls du tatsächlich eins zustande kriegst, ruf mich an.« In der Leitung war ein Seufzer zu hören. »Du verpasst die Chance deines Lebens. Solltest du es dir in den kommenden zwei Stunden noch anders überlegen, melde dich. Aber ich muss meine Crew noch diese Woche zusammengestellt haben. Wir sprechen uns später.«

Cam hörte nur noch das Freizeichen.

Er schleuderte den Hörer nicht durchs Fenster. Er wollte es tun, doch der Gedanke, dass er in diesem Fall die Glasscherben würde selbst auffegen müssen, hielt ihn davon ab. Daher legte er den Hörer besonders sorgfältig auf die Gabel. Er holte sogar tief Luft. Und hätte der Trockner sich nicht ausgerechnet diesen Moment ausgesucht, um verrückt zu spielen und auf und ab zu hüpfen, hätte er auch nicht mit der Faust gegen die Wand geschlagen.

»Ich dachte schon, dass du darauf eingehen würdest.«

Er wirbelte herum und sah seinen Vater am Küchentisch sitzen, der leise lachte.

»O Gott, das setzt allem die Krone auf.«

»Warum holst du nicht ein paar Eiswürfel für deine Knöchel?«

»Ist schon gut.« Cam schaute auf seine Finger. Nur ein paar Kratzer. Und der scharfe Schmerz ließ ihn die Wirklichkeit nicht vergessen. »Ich habe darüber nachgedacht, Dad. Intensiv nachgedacht. Ich glaube einfach nicht, dass du da bist.«

Ray lächelte. »Du bist da, Cam. Nur das zählt. Es ist hart, so ein Rennen auszuschlagen. Ich bin dir dankbar. Ich bin stolz auf dich.«

»Bardette sagte, er habe einen Schatz von Boot. Mit seinem Geld im Rücken …« Cam starrte durch das Fenster auf das stille Wasser. »Ich könnte dieses Mistding gewinnen. Vor fünf Jahren habe ich im Little America's Cup eine Crew auf den zweiten Platz gebracht, und voriges Jahr habe ich das Chicago-MacKinac gewonnen.«

»Du bist ein erstklassiger Segler, Cam.«

»Ja.« Er ballte die Hände zu Fäusten. »Was zum Teufel mache ich hier? Wenn das so weitergeht, werde ich noch süchtig nach Seifenopern. Ich werde allmählich denken, dass Lilac und Lance nicht nur reale Personen, sondern enge Freunde von mir sind. Ich werde einen Komplex entwickeln, dass meine Weißwäsche nicht weiß genug ist. Ich werde Coupons ausschneiden und Rezepte sammeln und schließlich vollends den Verstand verlieren.«

»Ich muss mich wundern, dass du so über euer Heim sprichst.« Rays Stimme klang jetzt scharf, fast enttäuscht. »Ein Nest zu bauen, für eine Familie zu sorgen, ist eine wichtige Aufgabe. Die wichtigste Aufgabe, die es gibt.«

»Es ist nicht meine Aufgabe.«

»Jetzt scheinbar doch. Es tut mir aufrichtig leid.«

Cam drehte sich zu ihm um. Wenn er schon mit einer Halluzination sprach, konnte er sie ebenso gut dabei ansehen. »Was denn? Dass du gestorben bist?«

»Tja, das kam in jeder Hinsicht äußerst ungelegen.«

Er hätte gelacht, denn diese Bemerkung und der ironische Ton waren so typisch für Ray Quinn. Aber er musste aussprechen, was ihm auf der Seele lag. »Manche behaupten, du seist absichtlich gegen den Mast gefahren.«

Rays Lächeln verblasste, seine Augen wurden ernst und traurig. »Glaubst du das auch?«

»Nein.« Cam atmete tief aus. »Nein, ich glaube es nicht.«

»Das Leben ist ein Geschenk. Es ist nicht immer bequem, aber es ist kostbar. Ich hätte es dir und deinen Brüdern niemals antun können, meines einfach wegzuwerfen.«

»Das weiß ich«, murmelte Cam. »Es hilft, dich das sagen zu hören.«

»Vielleicht hätte ich es aufhalten können. Vielleicht hätte ich es anders machen können.« Er seufzte und drehte den goldenen Trauring an seinem Finger hin und her. »Aber ich habe es nicht getan. Jetzt liegt es an euch, an dir, Ethan und Phillip. Es gab einen Grund, warum ihr drei zu mir und Stella gekommen seid, einen Grund, warum ihr drei zusammengefunden habt. Daran habe ich immer geglaubt. Jetzt weiß ich es.«

»Und was ist mit dem Kleinen?«

»Seths Platz ist hier. Er braucht euch. Er steckt momentan in Schwierigkeiten, und er ist darauf angewiesen, dass ihr euch erinnert, wie es war, als ihr in seiner Situation gewesen seid.«

»Wie meinst du das, er steckt in Schwierigkeiten?«

Ray lächelte schwach. »Geh ans Telefon«, schlug er vor, noch bevor es läutete.

Dann war er verschwunden.

»Ich brauche unbedingt mehr Schlaf«, sagte Cam, dann riss er den Hörer von der Gabel. »Ja ja.«

»Hallo? Mr. Quinn?«

»Richtig. Hier spricht Cameron Quinn.«

»Mr. Quinn, hier ist Abigail Moorefield, stellvertretende Direktorin der St. Christopher Middle School.«

Cam war plötzlich eiskalt. »Mhm.«

»Hier hat es leider Ärger gegeben. Seth DeLauter sitzt bei mir im Büro.«

»Inwiefern Ärger?«

»Seth hat sich mit einem anderen Schüler geprügelt. Er wurde vom Unterricht ausgeschlossen. Mr. Quinn, ich wäre Ihnen sehr verbunden, wenn Sie zu mir ins Büro kommen könnten, damit ich Ihnen alles erklären kann und Sie Seth gleich mit nach Hause nehmen können.«

»Toll. Großartig.« Ratlos fuhr Cam sich mit der Hand durchs Haar. »Bin schon unterwegs.«

Die Schule hatte sich kaum verändert, dachte er, seit er dort seine Zeit abgesessen hatte. Am ersten Schultag hatte Stella Quinn ihn fast gewaltsam durch die massiven Eingangstüren schleifen müssen. Jetzt war er fast achtzehn Jahre älter und seine Einstellung ihr gegenüber hatte sich nicht verändert.

Die Fußböden bestanden aus verschossenem Linoleum, und durch die breiten Fenster fiel helles Licht herein. Es roch nach einer Mischung aus eingeschmuggelten Süßigkeiten und Kinderschweiß.

Cam steckte die Hände in die Taschen und ging zum Verwaltungstrakt. Er kannte den Weg. Schließlich war er während seines Aufenthalts an der St. Chris Middle School unzählige Male dorthin gepilgert.

Im Vorzimmer saß allerdings nicht mehr dieselbe Sekretärin mit dem Adlerblick. Diese war jünger, munterer und lächelte ihn strahlend an. »Kann ich Ihnen behilflich sein?«, fragte sie mit lebhafter Stimme.

»Ich bin wegen Seth DeLauter hier.«

Sie blinzelte, und ihr Lächeln wirkte verwirrt. »Wie war das bitte?«

»Cameron Quinn. Ich möchte die stellvertretende Direktorin sprechen.«

»Oh, Sie meinen Mrs. Moorefield. Ja, sie erwartet Sie. Die zweite Tür in dem kleinen Flur da drüben. Auf der rechten Seite.« Ihr Telefon läutete, und sie nahm ab. »Guten Morgen«, trällerte sie, »St. Christopher Middle School. Hier spricht Kathy.«

Cam gelangte zu dem Schluss, dass er dieser unheilbar munteren Neuerwerbung den Drachen vorzog, der zu seiner Zeit die Büros bewacht hatte. Als er auf die Tür zuging, richtete er sich gerade auf, er biss die Zähne zusammen, und seine Handflächen wurden feucht.

Manche Dinge änderten sich wohl nie.

Mrs. Moorefield saß an ihrem Schreibtisch und gab seelenruhig Daten in einen Computer ein. Cam hielt die Art, wie sie ihre Finger bewegte, für äußerst effizient. Und diese Bewegungen passten zu ihr. Sie war ordentlich und adrett gekleidet, vermutlich Anfang fünfzig. Ihr hellbraunes Haar war kurz geschnitten und glatt, ihr Gesicht beherrscht und auf unaufdringliche Art anziehend. Sie trug einen goldenen Trauring und schlichte muschelförmige Goldohrringe.

Ihr gegenüber saß Seth zusammengesunken auf einem Stuhl und starrte an die Decke. Er gab sich Mühe, gelangweilt auszusehen, wirkte jedoch beleidigt. Der Kleine brauchte einen Haarschnitt, bemerkte Cam und fragte sich, wer sich darum kümmern sollte. Er trug völlig zerfranste Jeans, einen Pullover, der zwei Nummern zu groß war, und unglaublich schmutzige Turnschuhe. Auf Cam wirkte dieser Aufzug völlig normal.

Er klopfte an den Türrahmen. Sowohl die Direktorin als auch Seth blickten auf, beide jedoch mit völlig unterschiedlichen Mienen. Mrs. Moorefield empfing ihn mit einem höflichen Lächeln. Seth grinste höhnisch.

»Mr. Quinn?«

»Ja.« Ihm fiel ein, dass er hier die Rolle des Vormunds zu spielen hatte. »Ich hoffe, wir können die Angelegenheit in Ordnung bringen, Mrs. Moorefield.« Er setzte seinerseits ein höfliches Lächeln auf, als er an ihren Schreibtisch trat und ihr die Hand gab.

»Ich freue mich, dass Sie so rasch kommen konnten. Wenn wir so bedauerliche disziplinarische Maßnahmen wie diese gegen einen Schüler ergreifen müssen, möchten wir den Eltern oder den verantwortlichen Personen die Gelegenheit geben, die Situation zu verstehen. Bitte nehmen Sie doch Platz, Mr. Quinn.«

»Wie sieht die Situation denn aus?«

»Leider hat Seth heute Morgen in der Pause einen anderen Schüler tätlich angegriffen. Der andere Junge wird von der Schulschwester verarztet, und wir haben seine Eltern informiert.«

Cam hob eine Braue. »Und wo sind sie?«

»Roberts Eltern sind berufstätig. Aber wie dem auch sei ...«

»Wieso?«

Ihr Lächeln war wieder da, zögernd, aufmerksam, fragend. »Wieso, Mr. Quinn?«

»Wieso hat Seth sich mit Robert geprügelt?«

Mrs. Moorefield seufzte. »Wie ich höre, sind Sie erst seit Kurzem Seths Vormund, daher ist Ihnen vielleicht nicht bekannt, dass es sich hier nicht um seine erste Prügelei mit einem Mitschüler handelt.«

»Ich weiß Bescheid. Ich habe nach diesem speziellen Vorfall gefragt.«

»Na schön.« Sie faltete die Hände. »Laut Roberts Aussage hat Seth von ihm einen Dollar verlangt, und als der Junge sich weigerte, hat Seth ihn angegriffen. Bisher hat Seth dies weder bestätigt noch abgestritten«, fügte sie hinzu und heftete den Blick auf den Jungen. »Die Schulordnung schreibt vor, dass Schüler für drei Tage vom Unterricht ausgeschlossen werden, wenn sie sich an einer Rauferei auf dem Schulgelände beteiligen.«

»In Ordnung.« Cam erhob sich, doch als Seth ebenfalls aufstehen wollte, befahl er ihm sitzen zu bleiben. Stattdessen ging Cam in die Hocke, bis er sich in Augenhöhe mit Seth befand. »Du wolltest den Jungen ausnehmen?«

Seth hob ruckartig eine Schulter. »Das behauptet er.«

»Du hast ihn geschlagen?«

»Ja, ich hab' ihm eine geknallt. Ich habe auf seine Nase gezielt«, fügte er hinzu, lächelte etwas und schob sich das strohblonde Haar aus den Augen. »Das tut so richtig schön weh.«

»Warum hast du das getan?«

»Vielleicht hat mir sein fettes Gesicht nicht gefallen.«

Cam, dem allmählich die Geduld ausging, packte ihn bei den Schultern. Als Seth zusammenzuckte und zischend Luft holte, schrillten Alarmglocken in seinem Kopf. Bevor der Junge sich ihm entwinden konnte, zog Cam den Ärmel des zu großen Pullovers herunter. Böse kleine Blutergüsse in der Größe von Fingerabdrücken zogen sich von Seths Schulter bis zu seinem Ellbogen.

»Lass mich los.« Mit schamrotem Gesicht wehrte Seth sich gegen seinen Griff, aber Cam wollte seinen Rücken sehen. Dieser war von zahlreichen feuerroten Kratzern übersät.

»Halt still.« Cam ließ ihn los und legte die Hände auf die Stuhllehnen. Sein Blick hing unverwandt an dem Jungen. »Du sagst mir jetzt, was vorgefallen ist. Und wag es ja nicht, mich anzulügen.«

»Ich will nicht darüber sprechen.«

»Ich hab' dich nicht gefragt, ob du es willst. Ich sage dir, du sollst die Karten offen auf den Tisch legen.« Er senkte die Stimme, sodass nur Seth ihn hören konnte. »Oder soll diese Niete etwa ungestraft davonkommen?«

Seth öffnete den Mund, schloss ihn jedoch wieder. Er musste die Zähne zusammenbeißen, damit sein Kinn nicht zitterte. »Er war sauer. Neulich haben wir diesen Test in Geschichte geschrieben, und ich bekam eine Eins. Jeder Idiot hätte diese Note schreiben können, aber er hat den Test verbockt. Deshalb hat er mich andauernd schikaniert, mich im Flur abgefangen und mich herumgeschubst. Ich bin weggegangen, weil es mich total nervt nachzusitzen.«

Seth verdrehte die Augen. »Es ist todlangweilig. Ich wollte nicht schon wieder stundenlang allein in irgendeinem Klassenzimmer hocken, deshalb ging ich weg. Aber er hat mich weiter herumgestoßen und mich beschimpft. Eierkopf, Streber und solche Sachen. Ich hab' mich nicht provozieren lassen. Aber dann hat er mich gegen die Schließfächer geschubst und gesagt, ich sei ja doch bloß der Sohn einer Hure, das wisse doch jeder, und da hab' ich ihm eine verpasst.«

Beschämt und niedergeschlagen zog er die Schulter hoch. »Also habe ich jetzt drei Tage Ferien. Wen juckt's.«

Cam nickte und stand auf. Als er sich umdrehte, waren seine Augen fast schwarz vor Zorn. »Sie werden den Jungen nicht ausschließen, weil er sich gegen einen primitiven Rabauken zur Wehr gesetzt hat. Sollten Sie es trotz allem versuchen, wende ich mich an die Schulbehörde.«

Völlig schockiert starrte Seth ihn an. Noch nie hatte jemand seine Partei ergriffen. Er hätte nie damit gerechnet, dass jemand für ihn eintreten würde.

»Mr. Quinn …«

»Niemand bezeichnet meinen Bruder als den Sohn einer Hure, Mrs. Moorefield. Und wenn Ihre Schulordnung keine Maßnahmen gegen wüste Beschimpfungen und Schikanen ergreift, dann sollten Sie das möglichst schnell ändern. Ich fordere Sie auf, die Situation noch einmal gründlich zu überprüfen. Und Sie sollten lieber noch einmal überdenken, wer hier vom Unterricht ausgeschlossen wird. Außerdem können Sie den Eltern des lieben Robert ausrichten, sie sollen ihm Manieren beibringen, wenn sie vermeiden wollen, dass ihr Sprössling mit einer blutigen Nase herumläuft.«

Sie ließ sich Zeit, bevor sie antwortete. Seit nahezu dreißig Jahren unterrichtete und betreute sie Schüler. Was sie in diesem Augenblick in Seths Gesicht sah, war Hoffnung, zwar auch Staunen und Argwohn, aber dennoch Hoffnung. Und diese wollte sie nicht zerstören.

»Mr. Quinn, Sie können sich darauf verlassen, dass ich die Angelegenheit noch einmal überprüfen werde. Ich wusste nicht, dass Seth verletzt ist. Wenn Sie ihn eben zur Schulschwester bringen würden, während ich mit Robert spreche – und anderen …«

»Ich kümmere mich schon um ihn.«

»Wie Sie wünschen. Ich lasse die Strafe vorläufig ruhen, bis ich den Vorfall geklärt habe.«

»Tun Sie das, Mrs. Moorefield. Ich persönlich kenne den Hergang. Jetzt nehme ich Seth erst mal mit nach Hause. Er hat für heute genug.«

»Da stimme ich Ihnen zu.«

Der Junge hatte nicht elend ausgesehen, als er ihr Büro betreten hatte, dachte sie. Er hatte sich arrogant gegeben. Er hatte auch nicht elend ausgesehen, als sie ihn aufforderte, sich zu setzen, während sie bei ihm zu Hause anrief. Daraufhin hatte er ein feindseliges Gesicht gemacht. Doch jetzt sah er elend aus, endlich. Er hatte die staunenden Augen weit aufgerissen und hielt sich an der Stuhllehne fest. Der dünne, harte Schutzschild, den er rings um sich errichtet hatte, ein Schild, den weder sie noch einer seiner Lehrer auch nur hatte ankratzen können, schien brüchig geworden zu sein.

Jetzt, so entschied sie, würden sie etwas für ihn tun können.

»Wenn Sie Seth morgen früh zur Schule bringen und mich bitte hier aufsuchen wollen, werden wir gemeinsam eine Lösung finden.«

»Wir werden da sein. Gehen wir«, sagte er zu Seth, und sie verließen das Büro.

Als sie den Korridor hinunter zum Ausgang gingen, erzeugten ihre Schritte ein dumpfes Echo. Cam blickte den Jungen von der Seite her an und sah, dass Seth auf seine Schuhe starrte. »Ist mir immer noch unheimlich«, meinte er.

Seth öffnete die Tür. »Was?«

»Wie es sich anhört, wenn man den langen Gang zum Direktor antritt.«

Seth prustete los, ließ die Schultern hängen und ging weiter. Sein Magen fühlte sich an, als ob dort tausend Schmetterlinge miteinander kämpften.

Die amerikanische Flagge am Fahnenmast in der Nähe

des Parkplatzes flatterte im Wind. Aus einem geöffneten Fenster hinter ihnen drang eine quälend falsch gespielte Melodie. Die Grundschule war nur durch einen schmalen Grasstreifen und einige kümmerliche Immergrünsträucher von der Mittelschule getrennt.

Auf der anderen Seite der Aschenbahn erhob sich das braune Ziegelgebäude, in dem die Highschool untergebracht war. Es wirkte jetzt kleiner, stellte Cam fest, beinahe malerisch, ganz und gar nicht wie das Gefängnis, für das er es einmal gehalten hatte.

Er erinnerte sich, wie er träge an der Motorhaube seines ersten Gebrauchtwagens gelehnt auf dem Parkplatz Mädchen beobachtet hatte. Wie er während den Pausen durch die lauten Flure gegangen war und Mädchen beobachtet hatte. Wie er in Stunden, die ihn gelangweilt hatten, Mädchen beobachtet hatte.

Der Umstand, dass er seine Zeit an der Highschool als eine Kette verschiedenster Mädchen erinnerte, versetzte ihn beinahe in sentimentale Stimmung.

Dann läutete schrill eine Glocke, und der Lärmpegel hinter den geöffneten Fenstern explodierte. Sofort wurden seine sentimentalen Regungen im Keim erstickt. Gott sei Dank war dieses Kapitel seines Lebens schon lange vorüber, dachte er. Aber für den Jungen war es noch nicht vorbei. Und da er nun schon einmal da war, konnte er ihm durch diese Zeit hindurchhelfen. Sie öffneten die Türen der Corvette, und Cam blieb stehen und wartete, bis ihre Blicke sich begegneten. »Also, was meinst du, hast du dem Arschloch die Nase gebrochen?«

Der Schimmer eines Lächelns umspielte Seths Lippen. »Kann sein.«

»Gut.« Cam stieg ein und schlug die Tür zu. »Auf die Nase zu zielen ist gut, aber wenn dich das viele Blut stört, nimm lieber den Bauch. Ein schöner, kräftiger Schlag in die Magengrube aus geringer Distanz hinterlässt nicht so viele Spuren.«

Seth dachte über den Tipp nach. »Ich wollte aber Blut sehen.«

»Tja, man trifft im Leben seine Entscheidungen. Ein guter Tag für einen Segeltörn«, meinte Cam, als er den Motor anließ. »Wäre vielleicht keine schlechte Idee.«

»Ja, klar.« Seth zupfte an den Knien seiner Jeans. Cam hatte sich für ihn eingesetzt, dachte er verwirrt, hatte ihm geglaubt, ihn verteidigt und sich auf seine Seite gestellt. Sein Arm tat weh, seine Schultern schmerzten, aber Cam hatte sich auf seine Seite gestellt. »Danke«, murmelte er.

»Kein Problem. Wenn man sich mit einem Quinn anlegt, legt man sich mit allen Quinns an.« Er warf ihm einen Blick zu, als er vom Parkplatz fuhr, und sah, dass Seth ihn anstarrte. »So sieht's nun mal aus. Wir sollten uns ein paar Hamburger holen, um sie aufs Boot mitzunehmen.«

»Ja, ich könnte auch was essen.« Seth fuhr sich über die Nase. »Hast du mal 'nen Dollar?«

Als Cam lachend Gas gab, war dies einer der schönsten Momente in Seths Leben.

Der Wind kam gleichmäßig aus Südwesten, und der Himmel war klar und von munterem Blau. Ein vollkommener Rahmen für den Reiher, der sich aus dem wogenden Gras über das glitzernde Wasser emporschwang und dann wie ein strahlend weißer Drache herabstürzte, um ein frühes Mittagessen zu sich zu nehmen.

Spontan hatte Cam die Angelausrüstung ins Boot geworfen. Mit ein wenig Glück würden sie zum Abendessen gebratenen Fisch essen.

Seth wusste bereits mehr übers Segeln, als Cam erwartet hatte. Er hätte es sich denken können. Anna hatte ihm gesagt, dass der Junge über eine rasche Auffassungsgabe verfügte, und Ethan hatte ihn sicherlich mit der üblichen Geduld und Gründlichkeit unterwiesen.

Als er sah, wie mühelos Seth mit den Leinen umging, überließ er es ihm, sich um den Klüver zu kümmern. Die Segel blähten sich im Wind, und Cam legte ein zügiges Tempo vor.

Gott, hatte ihm das gefehlt. Das schnelle Dahineilen, die Kraft, die Kontrolle. Es durchströmte ihn, reinigte seinen Kopf von Sorgen, Verpflichtungen, Enttäuschungen, sogar Kummer. Unten Wasser, oben der Himmel, und seine Hände am Steuer, die den Wind lockten, ihn herausforderten, ihn dazu brachten, mehr zu geben.

Hinter ihm grinste Seth und unterdrückte gerade noch einen Freudenschrei. So schnell war er noch nie dahingeflogen. Ray war immer langsam und gleichmäßig gesegelt, bei Ethan kam er nicht aus der Arbeit und dem Staunen heraus. Aber dies war das reine, wilde Abenteuer, sie hoben und senkten sich mit den Wellen, schossen wie eine lange, weiße Kanone dahin. Der Wind riss ihm fast die Mütze vom Kopf, deshalb drehte er den Schirm nach hinten, damit die Brise ihm kein Schnippchen schlagen konnte.

Sie glitten an der Küste entlang, passierten den Hafen, das Herz von St. Chris, bevor sie schließlich an Tempo verloren. Im Hafen lag ein alter Kutter vor Anker, der nicht mehr benutzt wurde, ein Symbol des Lebens für die Küstenbewohner.

Die Männer und Frauen, die in der Bucht arbeiteten, brachten den täglichen Fang ein. Zu dieser Jahreszeit Flundern und Meeresforellen, und …

»Welches Datum haben wir?«, wollte Cam wissen und blickte über seine Schulter nach hinten.

»Muss der 31. sein.« Seth schob seine große Sonnenbrille nach oben und starrte zum Hafen hinüber. Er hoffte, Grace zu sehen. Er wollte jemandem zuwinken, den er kannte.

»Morgen beginnt die Krebssaison. Verdammt heiß. Ich garantiere dir, dass Ethan einen Schwung der schönsten Exemplare mitbringen wird. Wir werden tafeln wie die Könige. Du magst doch Krebse, oder?«

»Weiß nicht.«

»Wie meinst du das?« Cam riss die Lasche von einer Coladose und trank. »Hast du noch nie Krebs gegessen?«

»Nein.«

»Dann solltest du dich aber schleunigst auf ungeahnte Gaumenfreuden vorbereiten, Kleiner, denn morgen werden sie auf unserem Speisezettel stehen.«

Seth machte es Cam nach und nahm sich ebenfalls eine Dose. »Nichts, was du kochst, ist eine Gaumenfreude.«

Er sagte es mit einem Lächeln, das erwidert wurde. »Krebse kann ich gut zubereiten. Ist nichts dabei. Kochendes Wasser, Gewürze, dann wirft man die scherenklappernden Ungeheuer in den Kochtopf …«

»Lebendig?«

»Es geht nicht anders.«

»Das ist krank.«

Cam veränderte nur seine Körperhaltung. »Lange leben sie nicht mehr. Dann sind sie Abendessen. Nimm einen

Sechserpack Bier hinzu, und du hast ein Festmahl. Noch ein paar Wochen, dann gibt's Weichschalenkrebse. Du klatschst sie zwischen zwei Brotscheiben und beißt rein.«

Seth war flau im Magen. »Ich nicht.«

»Zu zartbesaitet?«

»Zu zivilisiert.«

»Mist. Manchmal haben Mum und Dad uns im Sommer zum Hafen mitgenommen. Wir haben uns Sandwiches mit Weichkrebsen geholt, einen Bottich in Erdnussöl gebackener Fritten und dann zugesehen, wie die Touristen sich das Hirn zermarterten, was sie essen sollten. Wir haben uns kaputtgelacht.«

Die Erinnerung machte ihn plötzlich traurig, und er versuchte diese Stimmung abzuschütteln. »Manchmal segelten wir auch, so wie wir jetzt. Oder wir fuhren zum Fluss und angelten. Mom war keine große Anglerin, deshalb ging sie schwimmen. Anschließend setzte sie sich auf eine Bank und las.«

»Warum ist sie nicht einfach zu Hause geblieben?«

»Sie segelte gern«, sagte Cam leise. »Und sie war gern am Fluss.«

»Ray hat gesagt, dass sie krank geworden ist.«

»Ja, sie wurde krank.« Cam atmete tief ein und aus. Sie war die einzige Frau gewesen, die er jemals geliebt hatte, die einzige Frau, die er jemals verloren hatte. Die Sehnsucht nach ihr konnte ihn immer noch überfallen.

»Na los«, sagte er. »Fahren wir runter nach Annemessex. Mal sehen, ob dort welche anbeißen.«

Beiden fiel nicht auf, dass die drei Stunden, die sie auf dem Wasser verbrachten, die friedlichste Zeit war, die sie seit Wochen miteinander erlebten. Und als sie nach Hause zurückkehrten, sechs dicke gestreifte Barsche in der Kühltasche, herrschte zum ersten Mal völlige Harmonie zwischen ihnen.

»Weißt du, wie man die ausnimmt?«, fragte Cam.

»Schon möglich.« Ray hatte es ihm gezeigt, aber Seth war nicht auf den Kopf gefallen. »Von den sechs habe ich vier gefangen, das heißt, dass du sie ausnehmen musst.«

»Das ist der Vorteil, wenn man der Boss ist«, begann Cam, dann blieb er plötzlich stehen, als er Laken an der alten Wäscheleine flattern sah. Er hatte nichts an dieser Leine hängen sehen, seit seine Mutter damals krank geworden war. Hatte er schon wieder eine Halluzination? Sein Mund wurde trocken.

Dann ging die Hintertür auf, und Grace Monroe trat auf die Veranda.

»Hey, Grace!«

Es war das erste Mal, dass Cam pures Glück und reine kindliche Freude in Seths Stimme hörte. Dies überraschte ihn derart, dass um ein Haar die Kühltasche auf seinen Fuß gefallen wäre, weil Seth sein Ende losließ und davonrannte.

»Hallo, du.« Sie hatte eine warme Stimme, die einen Kontrast zu ihrem kühlen Aussehen bildete. Außerdem war sie groß und schlank und hatte lange Arme und Beine. Früher einmal war ihr Traum gewesen, Tänzerin zu werden. Aber Grace hatte gelernt, die meisten ihrer Träume zu begraben.

Ihr Haar war aus praktischen Gründen jungenhaft kurz geschnitten. Sie hatte weder die Zeit noch die Energie, sich Gedanken über modisches Aussehen zu machen. Ihr Haar war honigblond und im Sommer häufig von helleren Strähnen durchzogen, ihre Augen von sanftem Grün, die allerdings viel zu oft von dunklen Ringen umgeben waren. Ihr unverfälschtes, heiteres Lächeln brachte jedoch stets ihr Gesicht zum Leuchten und zeigte das Grübchen an ihrem Mund.

Eine hübsche Frau, dachte Cam, mit dem Gesicht einer Elfe und der Stimme einer Sirene. Es erstaunte ihn, dass die Männer sich ihr nicht reihenweise zu Füßen warfen. Das Herz des Jungen hatte sie auf jeden Fall erobert, stellte Cam überrascht fest, als er sah, wie Seth sich in ihre ausgebreiteten Arme warf. Er umarmte sie und ließ sich umarmen – dieses empfindliche Kind, das nicht angefasst werden wollte. Dann wurde Seth rot, und er trat zurück und begann mit dem Welpen zu spielen, der hinter Grace aus dem Haus gekommen war.

»Tag, Cam.« Grace schützte mit der flachen Hand ihre Augen vor der Sonne. »Ethan ist gestern Abend in den Pub gekommen. Er sagte, ihr könntet Hilfe gebrauchen.«

»Du übernimmst die Hausarbeit.«

»Tja, ich kann euch pro Woche zweimal drei Stunden anbieten, bis …«

Weiter kam sie nicht, denn Cam ließ die Kühltasche fallen, sprang die Stufen hinauf, packte sie und gab ihr aus lauter Begeisterung einen schallenden Kuss. Seth biss die Zähne zusammen, als er es sah, während Grace nach Luft schnappte und lachte.

»Ist ja sehr nett«, brachte sie heraus, »aber ihr müsst mich trotzdem bezahlen.«

»Nenn mir deinen Preis. Ich bete dich an.« Er nahm ihre Hände und bedeckte sie mit Küssen. »Mein Leben gehört dir.«

»Ich sehe schon, wie gut man mich hier behandeln wird – und wie sehr man mich braucht. Die rosaroten Socken habe ich in verdünntes Bleichmittel eingeweicht. Könnte den ärgsten Schaden beheben.«

»Die rote Socke gehört Phil. Er ist der Schuldige. Ich meine, welcher vernünftige Mensch kauft sich rote Socken?«

»Wir reden später noch darüber, wie man Wäsche sortiert und dass man die Taschen ausleert. Bei der letzten Wäsche ist ein schwarzes Notizbuch draufgegangen.«

»Scheiße.« Er registrierte ihren ostentativen Blick auf den Jungen und räusperte sich. »Pardon. Ich glaube, das war meins.«

»Ich habe Limonade gemacht und wollte einen Auflauf zubereiten, aber es sieht so aus, als hättet ihr euer Abendessen schon gefangen.«

»Für heute Abend, ja, aber einen Auflauf können wir immer gebrauchen.«

»Na schön. Ethan hat sich nicht klar ausgedrückt, was ihr alles braucht oder erledigt haben wollt. Vielleicht sollten wir das noch mal durchsprechen.«

»Liebling, tu, was immer du für richtig hältst, und wir stehen auf ewig in deiner Schuld.«

Davon hatte sie sich bereits selbst überzeugen können. Rosarote Unterwäsche, dachte sie, zentimeterdicker Staub auf dem einen und nicht erkennbare Substanzen auf einem anderen Tisch. Und der Herd? Nur Gott allein wusste, wann er das letzte Mal geputzt worden war.

Es tat gut, gebraucht zu werden, überlegte sie. Genau zu wissen, was erledigt werden musste. »Dann nehmen wir es, wie es kommt. Manchmal werde ich vielleicht die Kleine mitbringen müssen. Julie passt abends auf sie auf, wenn ich im Pub arbeite, aber sonst finde ich nicht immer jemanden, der sie nimmt. Sie ist ein liebes Mädchen.«

»Ich kann dir helfen, auf sie aufzupassen«, bot Seth an. »Um halb vier komme ich aus der Schule.«

»Seit wann?«, wollte Cam wissen, und Seth zuckte die Achseln.

»Wenn ich nicht nachsitzen muss.«

»Aubrey spielt sehr gern mit dir. Ich habe hier heute noch eine Stunde zu tun«, sagte sie, da sie stets gezwungen war, mit ihrer Zeit hauszuhalten. »Also mache ich jetzt mal den Auflauf und stelle ihn in den Kühlschrank. Wenn ihr ihn essen wollt, braucht ihr ihn später nur aufzuwärmen. Ich lasse euch eine Liste mit Putzmitteln da, die euch ausgegangen sind, oder, wenn ihr wollt, kann ich sie auch für euch besorgen.«

»Sie für uns besorgen?« Cam hätte niederknien mögen. »Willst du eine Lohnerhöhung?«

Sie lachte und ging wieder hinein. »Seth, achte darauf, dass der Hund sich von den Innereien der Fische fernhält. Sonst stinkt er eine Woche lang.«

»Gut, mach' ich. In ein paar Minuten bin ich so weit, dann komme ich auch rein.« Er stand auf, dann trat er ein Stück zurück, damit Grace ihn nicht durch die Fliegentür hören konnte. Mutig ging er auf Cam zu. »Du willst bei ihr doch nicht ran, oder?«

»Bei ihr ran?« Einen Augenblick lang war Cam ratlos, dann schüttelte er den Kopf. »Um Himmels willen.« Er hievte die Kühltasche hoch und ging seitlich ums Haus herum zu dem Tisch, auf dem die Fische ausgenommen wurden. »Ich kenne Grace schon mein halbes Leben lang, und ich will nicht bei jeder Frau ran, die mir über den Weg läuft.«

»Dann ist es ja gut.«

Der Ton des Jungen stimmte Cam nachdenklich, als er die Kühltasche auf den Boden stellte – besitzergreifend und befriedigt. »Also … hast du wohl selber ein Auge auf sie geworfen, wie?«

Seths Gesicht verfärbte sich leicht, und er zog die Schublade auf. »Ich passe bloß auf sie auf, mehr nicht.«

»Hübsch ist sie allemal«, sagte Cam leichthin und sah zu seinem Vergnügen, wie Eifersucht in Seths Blick aufflammte. »Aber ganz zufällig will ich im Moment bei einer anderen Frau ran, und es wird brenzlig, wenn man es bei mehr als einer zugleich versucht. Und bei dieser speziellen Frau wird viel Überzeugungsarbeit nötig sein.«

8. Kapitel

Cam beschloss, den nächsten Schritt zu tun, um bei Anna ›rangelassen‹ zu werden. Da sie ihm nicht aus dem Kopf ging, überließ er es Seth, die letzten beiden Fische allein vorzubereiten. Er schlenderte ins Haus und schnupperte anerkennend, als er sah, was Grace drüben am Herd zusammenbraute. Dann ging er nach oben. Von seinem Zimmer aus konnte er ungestörter telefonieren. Und Annas Visitenkarte steckte in seiner Tasche.

An der Tür blieb er stehen und hätte vor Dankbarkeit heulen können. Da sein Bett frisch gemacht, die schlichte grüne Tagesdecke profimäßig glattgezogen und die Kissen aufgeschüttelt waren, wusste er, dass ein paar von den Laken, die draußen an der Leine hingen, seine waren.

Heute Nacht würde er auf frischen, sauberen Laken schlafen, die er nicht einmal selbst hatte waschen müssen. Dadurch wurde die Aussicht, allein zu schlafen, ein wenig erträglicher.

Die Oberfläche seiner alten Eichenkommode war nicht nur staubfrei, sie funkelte. Die Bücherregale, auf denen immer noch die meisten seiner Pokale und einige seiner Lieblingsromane standen, waren aufgeräumt, und der Polstersessel, den er als Zwischenlager für alles Mögliche benutzt hatte, war jetzt leer. Er hatte zwar keine Ahnung, wo sie seine Sachen im Einzelnen verstaut hatte, konnte sich jedoch denken, dass sie sich dort befanden, wo sie hingehörten.

Vermutlich war er nur verwöhnt, weil er in den letzten Jahren größtenteils in Hotels gelebt hatte. Doch es tat ihm gut, in sein Zimmer zu kommen und nicht auf den ersten Blick ein halbes Dutzend lästiger Pflichten wahrzunehmen, die noch erledigt werden mussten.

Es ging entschieden aufwärts. Cam ließ sich aufs Bett fallen und griff nach dem Telefon.

»Anna Spinelli.« Ihre Stimme klang gedämpft, geschäftsmäßig nüchtern. Er schloss die Augen, um sie besser vor sich sehen zu können. Es gefiel ihm, sie sich an ihrem Schreibtisch sitzend vorzustellen, in dem engen, knappen blauen Fähnchen, das sie gestern Abend getragen hatte.

»Ms. Spinelli. Was halten Sie von Krebsen?«

»Hmm …«

»Lassen Sie es mich anders ausdrücken.« Er machte es sich auf seinem Bett bequem und spürte, dass er ohne große Mühe innerhalb von fünf Minuten einschlafen könnte. »Was halten Sie von gedünsteten Krebsen?«

»Sehr viel.«

»Gut. Wie wär's dann morgen mit einem Abendessen?«

»Cameron …«

»Hier«, führte er aus. »In unserem Haus. Dem Haus, in dem man nie allein ist. Morgen beginnt die Krebssaison. Ethan wird einen Schwung mit nach Hause bringen, und wir kochen sie. Sie können mit eigenen Augen ansehen, wie die Quinns – wie würden Sie es nennen? – miteinander umgehen. Sie können sich ein Bild davon machen, wie Seth zurechtkommt, sich in seinem häuslichen Umfeld einlebt.«

»Hört sich sehr gut an.«

»Hey, ich hatte schon früher mit Sozialarbeitern zu tun. Natürlich nie mit einem Exemplar, das blaue High Heels trug, aber …«

»Ich hatte eine private Verabredung«, rief sie ihm in Erinnerung. »Jedenfalls halte ich diese Idee für ausführbar. Wann?«

»Halb sieben oder um den Dreh.« Er hörte Papierrascheln und ärgerte sich, dass sie in ihrem Terminkalender nachschlug.

»In Ordnung, das geht. Halb sieben.«

Ihre Stimme klang immer noch sehr geschäftsmäßig. »Sind Sie allein?«

»In meinem Büro? Im Augenblick schon. Warum?«

»Nur so. Ich habe den ganzen Tag an Sie denken müssen. Warum erlauben Sie mir nicht, morgen in die Stadt zu kommen und Sie abzuholen. Später könnte ich Sie auch nach Hause bringen. Wir könnten zwischendurch anhalten und – ich würde gern sagen, auf den Rücksitz klettern, aber der Corvette hat keinen. Trotzdem denke ich, dass wir es schaffen könnten.«

»Davon bin ich überzeugt. Und genau deshalb werde ich selbst fahren.«

»Ich muss dich unbedingt spüren.«

»Ich zweifle nicht daran, dass es dazu kommen wird. Irgendwann. In der Zwischenzeit …«

»Ich will dich.«

»Ich weiß.«

Da ihre Stimme jetzt längst nicht mehr so kühl klang, lächelte er. »Wie wär's, wenn ich dir erzähle, was genau ich gern mit dir tun würde? Ich kann Schritt für Schritt vorgehen. Du kannst dir sogar Notizen in deinem kleinen Buch machen, um sie später zu überprüfen.«

»Ich … glaube, das verschieben wir besser. Zu einem späteren Zeitpunkt komme ich gern darauf zurück. Leider habe ich in wenigen Minuten einen Termin. Ich sehe Sie und Ihre Familie ja dann morgen Abend.«

»Gib mir zehn Minuten mit dir allein, Anna.« Er flüsterte jetzt. »Zehn Minuten, um dich zu berühren.«

»Ich – wir können ja morgen versuchen, es einzuschieben. Ich muss Schluss machen. Auf Wiedersehen.«

»Tschüss.« Zufrieden, weil er sie aus dem Konzept gebracht hatte, legte er den Hörer auf die Gabel und hielt ein wohlverdientes Nickerchen.

Gut eine Stunde später wurde er vom Krachen der Haustür und Phillips lauter, ungehaltener Stimme geweckt.

»Trautes Heim«, murmelte Cam und rollte vom Bett. Er wankte zur Tür und von dort aus zur Treppe. Nickerchen bekamen ihm nicht, er wachte jedes Mal benommen und gereizt auf und brauchte dann dringend einen Kaffee.

Er ging in die Küche und traf dort Phillip, der eine Weinflasche entkorkte. »Wo sind denn die anderen?«, wollte er wissen. »Keine Ahnung. Geh mir aus dem Weg.« Cam fuhr sich mit der Hand übers Gesicht, goss den Rest Kaffee in einen Becher, stellte ihn dann in die Mikrowelle und drückte wahllos auf die Tasten.

»Die Versicherung hat mir mitgeteilt, dass sämtliche Ansprüche zurückgehalten werden, bis die Ermittlungen abgeschlossen sind.«

Cam starrte auf die Mikrowelle und wünschte, die schier endlosen zwei Minuten wären bereits vorüber, damit er sich endlich das Koffein einflößen konnte. Sein müdes Hirn registrierte zwar die Worte Versicherung, Ansprüche und Ermittlungen, konnte jedoch keinen Zusammenhang zwischen den Begriffen herstellen. »Hm?«

»Reiß dich doch endlich zusammen.« Phillip gab ihm einen Schubs. »Dads Police soll nicht eingelöst werden, weil Verdacht auf Selbstmord besteht.«

»Das ist doch Schwachsinn. Er hat mir selbst gesagt, dass er sich nicht umgebracht hat.«

»Ach, wirklich?« Phillip stellte diese Frage äußerst ironisch. »Hast du vor oder nach seinem Tod mit ihm darüber geredet?«

Cam fing sich noch rechtzeitig, wäre jedoch um ein Haar rot geworden. Stattdessen stieß er einen Fluch aus und riss die Tür der Mikrowelle auf. »Ich meine, so was hätte er doch nie getan. Die wollen uns nur hinhalten, um nicht zahlen zu müssen.«

»Der entscheidende Punkt ist, dass es vorerst noch kein Geld gibt. Der Ermittler hat mit den Leuten hier geredet, und einige haben ihm offenbar nur zu gern von dem Klatsch berichtet. Die Nachbarn wissen von dem Brief, den Seths Mutter geschrieben hat, von den Zahlungen, die Dad an sie geleistet hat.«

»Soso.« Er trank seinen Kaffee, verbrannte sich den Gaumen und fluchte. »Zum Teufel damit. Sollen sie ihr blödes Geld doch behalten.«

»So einfach ist das nicht. Wenn sie nicht zahlen, werden alle glauben, Dad hätte sich umgebracht. Ist es das, was du willst?«

»Nein.« Cam rieb seinen Nasenrücken, um gegen den Druck anzukämpfen, der sich allmählich im Kopf aufbaute. Früher hatte er Kopfschmerzen nur vom Hörensagen gekannt, und jetzt plagten sie ihn unaufhörlich.

»Was bedeutet, dass wir ihre Schlussfolgerungen akzeptieren oder aber vor Gericht ziehen müssen, um das Gegenteil zu beweisen, und das würde ein unglaubliches Aufsehen erregen.« Phillip kämpfte seine Nervosität nieder und trank von seinem Wein. »So oder so wird sein Name beschmutzt werden. Ich denke, wir werden diese Frau finden müssen – Gloria DeLauter, meine ich. Wir müssen die Sache klären.«

»Wie kommst du auf die Idee, dass es uns etwas nützen würde, wenn wir sie finden und mit ihr reden?«

»Wir müssen die Wahrheit aus ihr herauskriegen.«

»Wie denn, durch Folter?« Dabei hatte diese Vorstellung durchaus ihren Reiz. »Außerdem hat der Kleine Angst vor ihr«, fügte Cam hinzu. »Ihr Auftauchen könnte die Adoption gefährden.«

»Und wenn sie nicht auftaucht, werden wir vielleicht nie die Wahrheit erfahren, die ganze Wahrheit.« Und er musste sie kennen, dachte Phillip, damit er es endlich akzeptieren konnte.

»Hier ist die Wahrheit, wie ich sie sehe.« Cam knallte seinen Becher auf den Tisch. »Diese Frau war auf der Suche nach einer Geldquelle und dachte, sie hätte sie gefunden. Dad hat sich in den Kleinen verguckt und wollte ihm helfen. Also hat er für ihn bezahlt, so wie er es für uns getan hatte, doch sie wollte immer mehr. Ich denke, an jenem Tag war er außer sich, als er nach Hause fuhr, besorgt, abgelenkt. Er fuhr zu schnell, schätzte die Entfernung falsch ein und verlor die Kontrolle über den Wagen. Das ist alles.«

»Das Leben ist längst nicht so einfach, wie du es dir vormachst, Cam. Man startet nicht einfach an einem Punkt und braust von dort so schnell wie möglich ins Ziel. Da gibt es Kurven, Umwege, Straßensperren. Du solltest lieber mal anfangen, darüber nachzudenken.«

»Warum? Du denkst an nichts anderes, und doch scheint mir, wir sind beide an demselben Punkt gelandet.«

Phillip stieß einen Seufzer aus. Es war schwer, dagegen etwas einzuwenden. Er entschied, sich noch ein zweites Glas Wein zu gönnen. »Wie dem auch sei, wir stehen vor einem Dilemma, und wir müssen es irgendwie lösen. Wo ist Seth?«

»Ich weiß nicht, wo er steckt. Irgendwo in der Nähe.«

»Himmel, Cam, wo in der Nähe? Du solltest ihn doch im Auge behalten.«

»Ich habe ihn den ganzen Tag im Auge behalten. Er ist irgendwo in der Nähe.« Er ging zur Hintertür, blickte in den Hof und machte ein finsteres Gesicht, als er Seth nicht entdeckte. »Vermutlich draußen vor dem Haus, oder er geht spazieren, was weiß ich. Ich kann den Kleinen doch nicht anbinden.«

»Zu dieser Tageszeit sollte er seine Hausaufgaben machen. Du brauchst dich nur ein paar Stunden allein um ihn zu kümmern, wenn er aus der Schule kommt.«

»Heute ist es anders gelaufen. Er hatte außerplanmäßige Schulferien.«

»Er hat blaugemacht? Du hast zugelassen, dass er blaumacht, während die Behörden bei uns herumschnüffeln?«

»Nein, er hat nicht die Schule geschwänzt.« Ärgerlich drehte Cam sich zu ihm um. »Irgend so ein kleiner Idiot in der Schule hat ihn ständig schikaniert, ihm am ganzen Körper Blutergüsse beigebracht und ihn als Sohn einer Hure beschimpft.«

Phillips Haltung änderte sich sofort. Sein Ärger schlug in gerechten Zorn um. Seine goldbraunen Augen sprühten Funken, er verkniff seinen Mund. »Welcher Idiot? Wer zum Teufel war das?«

»Irgend so ein fetter kleiner Kerl namens Robert. Seth hat ihm eine runtergehauen, und dafür sollte er vom Unterricht ausgeschlossen werden.«

»Nichts da! Wer ist denn jetzt dort Direktor? So ein kleiner Napoleon?«

Cam lächelte. Wenn es hart auf hart kam, konnte man sich auf Phillip immer verlassen. »Es ist eine Frau. Als ich zu ihr ins Büro ging und die ganze Geschichte aus Seth herausholte, hat sie ein Stück weit nachgegeben. Ich gehe morgen noch mal mit ihm hin, um mich mit ihr zu beraten.«

Jetzt grinste Phillip, ein breites, boshaftes Grinsen. »Du? Cameron Großmaul Quinn geht zu einem Elterngespräch in die Schule. Oh, wenn ich doch Mäuschen spielen könnte!«

»Das brauchst du gar nicht, weil du nämlich mitkommen wirst.«

Phillip trank überhastet von seinem Wein und verschluckte sich. »Wie meinst du das, ich komme mit?«

»Und Ethan genauso«, beschloss Cam spontan. »Wir gehen alle, gemeinsam.«

»Ich habe einen Termin ...«

»Sag ihn ab. Da ist der Kleine ja.« Er sah Seth mit Foolish aus dem Wald kommen. »Er hat bloß mit dem Hund herumgetobt. Ethan müsste ebenfalls jeden Augenblick kommen, dann werde ich ihn informieren.«

Phillip blickte finster. »Ich kann es nicht leiden, wenn du recht hast. Wir gehen alle.«

»Müsste ein lustiger Morgen werden.« Zufrieden boxte Cam seinen Bruder gegen den Arm. »Diesmal sind wir die großen Jungs. Und wenn wir diesen kleinen Krieg gegen die Behörden gewinnen, können wir morgen Abend feiern – mit einem Festmahl aus Krebsen.«

Phillips Laune hob sich. »Der erste April. Die Krebssaison beginnt. Oh, ja.«

»Heute Abend essen wir frischen Fisch. Ich habe ihn gefangen, du kochst ihn, und jetzt muss ich duschen.« Cam entspannte seine Schultern. »Ms. Spinelli kommt morgen zum Abendessen.«

»Gut, du ... Was?« Phillip wirbelte herum, als Cam hinausgehen wollte. »Du hast die Sozialarbeiterin zum Essen eingeladen? Hierher?«

»Richtig. Ich sagte dir doch, sie gefällt mir.«

Phillip konnte nur die Augen schließen. »Um Himmels willen, du baggerst die Sozialarbeiterin an.«

»Sie baggert mich auch an.« Cam grinste. »Mir gefällt's.«

»Cam, ich will ja nichts gegen deinen verdrehten Sinn für Romantik sagen, aber benutz bitte mal deinen Verstand. Wir haben dieses Problem mit der Versicherung. Und wir haben ein Problem mit Seth in der Schule. Wie wird das wohl bei der Fürsorge ankommen?«

»Von der Versicherung sagen wir nichts, und über die Schule schenken wir ihr reinen Wein ein. Ich glaube, das wird bei Ms. Spinelli positiv ankommen. Sie wird begeistert sein, wenn wir uns alle für Seth einsetzen.«

Phillip öffnete den Mund, überlegte es sich anders und nickte. »Du hast recht. Das ist gut.« Ihm kam ein neuer Gedanke. »Vielleicht könntest du deinen ... Einfluss auf sie nutzen, damit sie die Untersuchung vorantreibt und uns die Behörde vom Hals hält.«

Cam antwortete zunächst nicht. Er war überrascht, wie wütend ihn dieser Vorschlag machte. »Ich nutze gar nichts«, sagte er dann leise, »und so wird es auch bleiben. Das eine hat nichts mit dem anderen zu tun.«

Als Cam mit großen Schritten hinausging, spitzte Philip die Lippen. Na, ist das nicht hochinteressant?, dachte er.

Als Ethan sein Boot zum Anlegesteg lenkte, entdeckte er Seth auf dem Hof. Simon, der neben ihm saß, ließ ein hohes, ausgelassenes Bellen vernehmen. Ethan kraulte sein Fell. »Ja, Kumpel, wir sind gleich zu Hause.«

Während er sich an den Segeln zu schaffen machte, beobachtete Ethan, wie der Junge für den Welpen Stöckchen warf. Auf diesem Hof hatte es immer einen Hund gegeben, der Stöckchen oder Bällen nachjagte oder mit dem man sich im Gras wälzen konnte. Er erinnerte sich noch gut an Dumbo, den niedlichen Retriever, in den er sich Hals über Kopf verliebt hatte, als er zu den Quinns gekommen war.

Er war der erste Hund in Ethans Leben gewesen, mit dem er spielen, von dem er sich trösten lassen konnte. Von Dumbo hatte er gelernt, was bedingungslose Liebe bedeutete. Er hatte dem Hund viel eher sein Vertrauen geschenkt als Ray und Stella Quinn oder den Jungen, die seine Brüder werden sollten.

Er konnte sich vorstellen, dass Seth ähnlich empfand. Auf seinen Hund konnte man sich immer verlassen.

Als er vor vielen Jahren zu den Quinns gekommen war, an Leib und Seele beschädigt, hatte er keinerlei Hoffnung, dass sein Leben sich wesentlich ändern würde. Versprechungen, Beteuerungen, anständige Mahlzeiten und anständige Leute hatten keine Bedeutung für ihn. Stattdessen hatte er mit dem Gedanken gespielt, seinem Leben ein Ende zu setzen.

Schon damals hatte das Wasser ihn angezogen, und so stellte er sich vor, wie er hineinwaten, sich treiben lassen würde, bis es ihm über dem Kopf zusammenschlüge. Damals konnte er noch nicht schwimmen, es wäre also nicht schwer gewesen.

Aber in der Nacht, als er aus dem Haus schlich, um sein Vorhaben durchzuführen, begleitete ihn der Hund. Er leckte seine Hand, presste seinen warmen Körper an seine Beine. Dumbo brachte ihm mit wedelndem Schwanz und hoffnungsvollen großen braunen Augen ein Stöckchen. Beim ersten Mal schleuderte Ethan ihn voller Wut hoch und weit von sich. Aber Dumbo lief ihm fröhlich nach und brachte ihn schwanzwedelnd zurück. Er warf ihn noch mal, dann ein drittes Mal, Dutzende von Malen. Danach setzte Ethan sich ins Gras und weinte sich im Mondlicht die Augen aus, klammerte sich an dem Hund fest wie an einer Rettungsleine.

Das Bedürfnis, ein Ende zu machen, war vergangen.

Ein Hund konnte so wundervoll sein, dachte Ethan, als er Simon über den Kopf fuhr.

Er sah, dass Seth sich umdrehte und das Boot entdeckte. Der Junge zögerte nur kurz, dann hob er zum Gruß die Hand und rannte zusammen mit dem Welpen zum Steg.

»Leinen sichern.«

»Aye, aye.« Seth fing geschickt die Leinen auf, die Ethan ihm zuwarf, und band sie am Pfosten fest. »Cam sagt, morgen bringst du Krebse mit.«

»Ach ja?« Ethan lächelte und schob seine Baseballmütze zurück. Das dichte braune Haar fiel auf den Kragen seines fleckigen Arbeitshemds. »Na, geh schon, Alter«, sagte er leise zu dem Hund, der gespannt dasaß und auf das Kommando wartete. Fröhlich bellend sprang Simon ins Wasser und schwamm an Land. »Ja, Cam hat tatsächlich recht.

Der Winter war diesmal nicht allzu hart, und das Wasser erwärmt sich bereits. Wir werden einen üppigen Fang machen. Müsste ein guter Tag werden.«

Er beugte sich seitlich aus dem Boot und holte eine Krebsfalle ein, die am Steg baumelte. »Kein Winterfell.«

»Fell? Wieso sollten einem alten Krebskäfig aus Hühnerdraht Haare wachsen?«

»Einer Falle. Das ist eine Krebsfalle. Wenn sie beim Heraufholen voller Haare wäre – voll hellem Seetang –, hieße das, dass das Wasser für Krebse noch zu kalt ist. Das habe ich nach einem schlechtem Winter selbst erlebt. Es war schon fast Mai. In solch einem Frühjahr ist es für Krebse hart, sich hier im Wasser zu ernähren.«

»Aber nicht in diesem Frühjahr, weil das Wasser warm genug ist.«

»Scheint so. Du kannst später Köder in die Falle legen – Hühnerhälse oder Fischreste sind ganz gut –, und morgen früh finden wir vielleicht schon ein paar beleidigte Krebse vor. Sie fallen jedes Mal darauf herein.«

Seth ging in die Knie, um genauer hinzusehen. »Wie blöd. Sie sehen aus wie große, hässliche Käfer, also sind sie wohl auch so dumm.«

»Mehr hungrig als schlau, würde ich sagen.«

»Cam sagt, dass man sie bei lebendigem Leibe kocht. So was esse ich auf gar keinen Fall.«

»Wie du willst. Ich persönlich werde mir morgen Abend mindestens zwanzig Stück einverleiben.« Er ließ die Falle ins Wasser zurückgleiten, dann sprang er leichtfüßig vom Boot auf den Steg.

»Grace war hier. Sie hat das Haus saubergemacht und so.«

»Ja?« Er stellte sich vor, dass es im Haus schwach nach Zitrone duften würde. Das Haus von Grace roch immer so.

»Cam hat sie geküsst, auf den Mund.«

Ethan blieb stehen und sah ihm ins Gesicht. »Was?«

»Ein richtiger Schmatzer. Sie hat gelacht. Es sollte wohl ein Scherz sein.«

»Ein Scherz, klar.« Er zuckte die Achseln und ignorierte den harten Druck in seinem Magen. Es ging ihn nichts an, wen Grace küsste. Das war ihre Sache. Und doch biss er die Zähne zusammen, als Cam mit nassem Haar auf die hintere Veranda trat.

»Wie sieht's an der Krebsfront aus?«

»Wird schon gehen«, sagte Ethan kurz angebunden.

Cam hob die Brauen. »Was ist los, ist einer von ihnen frühzeitig aus der Falle gekrochen und hat dich in den Hintern gezwickt?«

»Ich will unter die Dusche und dann ein Bier.« Ethan ging an ihm vorbei ins Haus.

»Eine Frau kommt morgen zum Abendessen.«

Ethan blieb stehen und drehte sich um. »Wer ist sie?«

»Anna Spinelli.«

»Scheiße.« Mehr sagte er nicht, bevor er verschwand.

»Warum kommt sie? Was will sie?« Seths Stimme verriet Panik.

»Sie kommt, weil ich sie zum Krebsessen eingeladen habe.« Cam steckte seine Daumen in die Hosentaschen und wippte auf den Fersen. Warum war immer er es, der sich mit diesem bleichen Gesicht, dieser Angst befassen musste? »Ich denke, sie will sehen, ob wir hier noch was anderes machen, als uns nur zu kratzen und zu streiten. Darauf können wir vermutlich für einen Abend verzichten.

Und wir dürfen nicht vergessen, die Klobrille runterzuklappen. Frauen können es nicht ausstehen, wenn man das nicht tut. Sie machen eine soziale und politische Frage daraus. Stell dir das mal vor.«

Seths Gesicht entspannte sich. »Also kommt sie bloß, um zu sehen, ob wir schlampig sind oder nicht. Grace hat überall saubergemacht, und du kochst nicht, also wird es schon hinhauen.«

»Hauptsache, du passt auf dein loses Mundwerk auf.«

»Deins ist genauso lose.«

»Ja, aber du bist jünger als ich. Und ich habe nicht vor, dich in ihrer Anwesenheit zu bitten, mir mal die Scheißkartoffeln rüberzureichen.«

Seth lachte auf, und seine verkrampften Schultern lockerten sich. »Wirst du ihr von der Scheiße heute in der Schule erzählen?«

Cam atmete tief durch. »Für morgen solltest du ein Ersatzwort für Scheiße finden. Ja, ich werde ihr erzählen, was in der Schule passiert ist. Und ich sage ihr auch, dass Phil, Ethan und ich mit dir hingegangen sind, um die Angelegenheit zu regeln. Das werden wir nämlich morgen tun.«

Seth blinzelte. »Ihr alle? Ihr kommt alle mit?«

»Genau. Wie ich schon sagte – legt man sich mit einem Quinn an, dann legt man sich mit allen Quinns an.«

Es schockierte, ängstigte und entsetzte sie beide, als plötzlich Tränen in Seths Augen schossen. Sofort steckten sie ihre Hände in die Hosentaschen und wandten sich ab.

»Ich muss noch was … erledigen«, sagte Cam unsicher. »Du gehst dir jetzt mal … die Hände waschen oder so. Bald gibt's Essen.«

Gerade als er den Mut gefasst hatte, Seth eine Hand auf

die Schulter zu legen und etwas zu sagen, das zweifellos dazu geführt hätte, dass sie sich beide wie Trottel vorgekommen wären, stürzte der Junge ins Haus.

Cam presste die Finger auf seine Augen, massierte seine Schläfen und ließ die Arme dann sinken. »Gott, ich muss wieder Rennen fahren. Da weiß ich genau, was ich zu tun habe.« Er wollte ins Haus gehen, entschied sich dann aber dagegen. Er wollte nicht hineingehen, wenn so viel Gefühl, so viel Bedürftigkeit in der Luft lag.

Himmel, er wollte seine Freiheit zurückhaben, aufwachen und feststellen, dass dies nur ein Traum gewesen war. Oder besser noch, in einem riesigen, anonymen Hotel in irgendeiner exotischen Stadt aufwachen, neben sich eine heiße, nackte Frau.

Doch als er es sich bildlich vorzustellen versuchte, war es sein eigenes Bett, und die Frau war Anna.

Als Ersatz kein so schlechter Tausch, aber die Wirklichkeit sah anders aus. Er blickte zu den Fenstern im zweiten Stock, als er das Haus umrundete. Der Kleine rang da oben um seine Fassung. Und ihm ging es hier draußen nicht anders.

Dieser Blick, den der Kleine ihm zugeworfen hatte, bevor sie beide rührselig geworden waren, der war ihm durch und durch gegangen. Er hatte dort Vertrauen und eine mitleiderregende, fast verzweifelte Dankbarkeit gesehen, die ihn zugleich beschämte und ängstigte.

Was zum Kuckuck sollte er damit anfangen? Und wenn sich alles beruhigt hatte und er sein eigenes Leben wiederaufnehmen konnte ... Er musste es wieder aufnehmen, redete er sich zu. Er konnte nicht ewig diese Verantwortung tragen. Es konnte nicht von ihm erwartet werden, dass er für immer dieses Leben führte. Er musste fort von hier, Rennen fahren, Risiken eingehen.

Sobald sie alles unter Kontrolle hatten, sobald alles getan war, was sie für den Kleinen tun mussten, und sobald das Geschäft lief, das Ethan vorschwebte, wäre er wieder frei, könnte nach Belieben kommen und gehen.

Noch ein paar Monate, vielleicht auch ein Jahr, beschloss er, dann würde er seine Zelte abbrechen. Mehr Einsatz konnte man unmöglich von ihm verlangen.

9. Kapitel

Mrs. Moorefield betrachtete die drei Männer, die in ihrem Büro vor ihr standen. Sie unterschieden sich in ihrer Kleidung sehr voneinander. Einer trug einen eleganten grauen Anzug und einen perfekt gebundenen Schlips, der zweite ein schwarzes Shirt und Jeans, und der dritte eine verschossene Khakihose und ein zerknittertes Arbeitshemd aus Jeansstoff. Alle drei wirkten sehr entschlossen auf sie. »Ich kann mir denken, dass Sie viel zu tun haben. Ich bin Ihnen dankbar, dass Sie heute Morgen alle drei gekommen sind.«

»Wir wollen die Sache regeln, Mrs. Moorefield.« Phillip lächelte, um Verhandlungsbereitschaft zu zeigen. »Seth muss zur Schule gehen können.«

»Da bin ich ganz Ihrer Meinung. Nachdem Seth uns gestern den Vorfall geschildert hatte, habe ich Nachforschungen angestellt. Es scheint so, als hätte Robert den Zwischenfall verursacht. Sein Motiv ist noch fraglich. Die Frage, ob Geld von ihm erpresst werden sollte …«

Cam hob die Hand. »Seth, hast du diesem Robert gesagt, er solle dir einen Dollar geben?«

»Nein.« Seth steckte die Daumen in die Hosentaschen, wie er es bei Cam gesehen hatte. »Ich brauche sein Geld nicht. Ich spreche ja nicht mal mit ihm, es sei denn, er nervt mich.«

Cam wandte sich wieder an Mrs. Moorefield. »Seth sagt, er hätte in dem Test eine Eins geschrieben, während Robert durchgefallen sei. Trifft das zu?«

Die Direktorin faltete die Hände auf dem Schreibtisch. »Ja. Die Tests wurden gestern kurz vor Ende der Stunde zurückgegeben, und Seth hatte die beste Arbeit abgeliefert. Also …«

»Mir scheint«, unterbrach Ethan mit ruhiger Stimme, »dass Seth Ihnen die Wahrheit gesagt hat. Verzeihen Sie, Ma'am, aber nachdem Robert in einem Punkt gelogen hat, könnte er auch in allen anderen Punkten gelogen haben. Seth sagt, der Junge habe ihn als Erster angegriffen, und das trifft zu. Er sagte ferner, es sei um den Test gegangen, also gehe ich davon aus, dass auch das zutrifft.«

»Das habe ich in Betracht gezogen, und ich teile Ihre Ansicht, Mr. Quinn. Ich habe mit Roberts Mutter gesprochen. Ihr ist der Vorfall nicht weniger unangenehm als Ihnen, ebenso wie die Tatsache, dass beide Jungen vom Unterricht ausgeschlossen werden sollen.«

»Sie werden Seth nicht ausschließen.« Cam baute sich breitbeinig vor ihr auf. »Nicht wegen dieser Sache. Es gibt sonst Ärger.«

»Ich verstehe, wie Ihnen zumute ist. Es gab aber eine Schlägerei. Physische Gewalt kann hier nicht geduldet werden.«

»Ich bin ganz Ihrer Meinung, Mrs. Moorefield.« Phillip legte eine Hand auf Cams Arm, um ihn zurückzuhalten. »Doch Seth wurde körperlich und verbal angegriffen. Er hat sich verteidigt. Während der Pause hätte ein Lehrer im Korridor Aufsicht führen müssen. Ihn hätte er um Schutz bitten können. Warum war niemand da, der ihm zur Seite gestanden wäre?«

Mrs. Moorefield war diese Frage unangenehm. »Ein berechtigter Einwand, Mr. Quinn. Ich werde Ihnen nichts von Etatkürzungen vorjammern, aber da wir zu wenig Lehrer haben, ist es unmöglich, die Kinder umfassend zu beaufsichtigen.«

»Ich verstehe Ihr Problem, aber Seth sollte nicht dafür bezahlen müssen.«

»Wir haben in jüngster Vergangenheit eine harte Zeit durchgemacht«, warf Ethan ein. »Ich glaube nicht, dass es dem Jungen hilft, wenn Sie ihn für ein paar Tage vom Unterricht ausschließen. Bildung soll doch mehr sein, als nur das Pauken von Lehrstoff. So hat man es uns zumindest beigebracht. Sie soll dazu beitragen, den Charakter zu festigen und den Kindern Hinweise zu geben, wie sie es in der Welt zu etwas bringen können. Wenn aber Kinder hinausgeworfen werden, weil sie sich behauptet haben, dann stimmt an dem Schulsystem etwas nicht.«

»Sie erlegen ihm die gleiche Strafe auf wie dem Jungen, der ihn angegriffen hat«, sagte Cam. »Sie signalisieren ihm, dass kein großer Unterschied zwischen richtig und falsch besteht. Das ist nicht die Art Schule, auf die ich meinen kleinen Bruder schicken möchte.«

Mrs. Moorefield legte die Hände aneinander und blickte über ihre Fingerspitzen hinweg auf die drei Männer und dann auf Seth. »Deine Testergebnisse sind ausgezeichnet, und deine Noten liegen weit über dem Durchschnitt. Aber deine Lehrer sagen, dass du selten Referate abgibst und dich noch seltener an der Diskussion im Unterricht beteiligst.«

»Wir kümmern uns um die Hausaufgaben.« Cam versetzte Seth einen sanften Stups. »Richtig?«

»Ja, schätzungsweise. Ich verstehe nicht, warum …«

»Du brauchst es nicht zu verstehen.« Cam schnitt ihm mit einem finsteren Blick das Wort ab. »Du hast es einfach zu tun. Wir können nicht neben ihm im Klassenzimmer sitzen und ihn zwingen, den Mund aufzumachen. Aber seine Hausaufgaben wird er in Zukunft pünktlich abliefern.«

»Das kann ich mir vorstellen«, murmelte sie. »Ich erkläre mich zu Folgendem bereit: Seth, weil ich dir Glauben schenke, werde ich dich nicht ausschließen. Aber du bekommst eine dreißigtägige Probezeit. Wenn es keinen störenden Zwischenfall mehr gibt und deine Lehrer mir berichten, dass du dich in der Frage der Hausaufgaben gebessert hast, lassen wir die Angelegenheit auf sich beruhen. Deine erste Hausaufgabe bekommst du jetzt allerdings von mir. Du hast eine Woche Zeit, einen langen Aufsatz über die Gewalt in unserer Gesellschaft und die Notwendigkeit friedlicher Problemlösungen zu schreiben. Er soll fünfhundert Wörter umfassen.«

»O Mann …«

»Halt die Klappe«, befahl Cam nachsichtig. »Das ist fair«, sagte er zu Mrs. Moorefield. »Wir danken Ihnen.«

»So schlimm war es gar nicht.« Phillip trat ins Sonnenlicht und lockerte seine Schultermuskeln.

»Das sagst du.« Ethan setzte seine Mütze wieder auf. »Ich habe Blut und Wasser geschwitzt. Ich will das in diesem Leben kein zweites Mal durchmachen müssen. Lasst mich am Hafen raus. Ich kann zu meinem Boot trampen. Jim passt auf, er müsste inzwischen schon einen schönen Batzen Krebse raufgeholt haben.«

»Vergiss bloß nicht, unseren Anteil mit nach Hause zu bringen.« Cam stieg in Phillips glänzend marineblauen Landrover. »Und denk daran, dass wir heute Besuch bekommen.«

»Werde ich nicht vergessen«, murmelte Ethan. »Schulleiter am Morgen, Sozialarbeiter am Abend. Jesus Christus. Jedes Mal, wenn ich mich umdrehe, muss ich mit jemand anderem sprechen.«

»Ich habe die Absicht, Ms. Spinelli von ihrer Arbeit abzulenken.«

Ethan drehte sich um und sah Cam an. »Du kannst einfach nicht die Finger von Frauen lassen, wie?«

»Wozu sollte das gut sein? Dazu sind sie doch da.«

Ethan seufzte nur. »Ihr solltet lieber noch Bier besorgen.«

Cam erklärte sich am späteren Nachmittag bereit, das Bier zu holen. Es war ein nicht ganz selbstloses Angebot. Er konnte Phillips Gefasel keine weiteren fünf Minuten ertragen. Die Fahrt zum Supermarkt ermöglichte es ihm, aus dem Haus zu kommen und der gespannten Stimmung zu entgehen, die Phillip geschaffen hatte, indem er auf seinem flotten kleinen Laptop einen Brief an die Versicherungsgesellschaft entwarf und immer wieder umschrieb.

»Bring auch was für den Salat mit, wenn du schon fährst«, rief Phillip ihm nach, woraufhin Cam stehen blieb und den Kopf in die Küche steckte, wo Phillip noch immer munter vor sich hintippte.

»Was soll das heißen ›was für den Salat‹?«

»Frische Lebensmittel, um Himmels willen, komm bloß nicht mit einem Eisbergsalat und geschmacklosen Tomaten aus dem Gewächshaus an. Ich habe gestern eine leckere Vinaigrette zubereitet, aber hier gibt's nichts, womit ich sie verfeinern könnte. Nimm Cocktailtomaten, wenn sie einigermaßen passabel aussehen.«

»Wozu brauchen wir das alles?«

Sein Bruder seufzte und unterbrach seine Arbeit. »Erstens, weil wir ein langes, gesundes Leben führen wollen, und zweitens, weil du einen Gast zum Abendessen eingeladen hast, eine Frau, die sich ansehen will, wie wir es mit Seths Ernährung halten.«

»Dann fahr doch selbst zum Supermarkt.«

»Gut. Und du schreibst diesen Brief.«

Er würde lieber lebendig auf den Scheiterhaufen steigen. »Frische Sachen, du lieber Gott.«

»Und bring Sauerteigbrot mit. Außerdem geht uns bald die Milch aus. Da ich das nächste Mal, wenn ich nach Baltimore fahre, meinen Entsafter mitbringe, schau mal nach frischem Obst, Karotten und Zucchini. Ich schreibe dir eine Liste.«

»Moment, Moment.« Cam spürte, wie ihm die Kontrolle entglitt, und kämpfte dagegen an. »Ich hole nur das Bier.«

»Vollkornbagel«, murmelte Phillip, während er eifrig weiterschrieb.

Dreißig Minuten später stand Cam nachdenklich in der Gemüseabteilung des Lebensmittelgeschäfts. Was zum Kuckuck war der Unterschied zwischen grünem Blattsalat und Römersalat, und warum sollte er das wissen? Trotzig lud er wahllos Waren in den Einkaufswagen. Da er dies für ein praktikables Vorgehen hielt, ging er in sämtlichen Abteilungen so vor. Als er zur Kasse kam, schob er zwei Wagen, die von Dosen, Schachteln, Flaschen und Tüten überquollen.

»Du meine Güte, Sie geben wohl eine Party.«

»Hungrige Gäste«, erklärte er der Kassiererin, und nachdem er kurz in seinem Gedächtnis gekramt hatte, konnte er sie einordnen. »Wie geht es Ihnen, Mrs. Wilson?«

»Oh, ganz gut.« Geschickt hielt sie die einzelnen Artikel über das Lesegerät und steckte sie dann in Tüten. Ihre flinken Finger mit den roten Nägeln bewegten sich blitzschnell. »Ein viel zu schöner Tag, um hier drin zu hocken, das kann ich Ihnen sagen. In einer Stunde habe ich frei, dann gehe ich mit meinem Enkelsohn Hühnerhälse auslegen.«

»Bei uns steht heute Abend auch Krebs auf dem Speiseplan. Ich hätte vielleicht auch Hühnerhälse für unsere Falle besorgen sollen.«

»Ethan hat bestimmt genug für euch alle gefangen. Das mit Ray tut mir furchtbar leid«, fügte sie hinzu. »Nach dem Begräbnis bin ich nicht dazu gekommen, es Ihnen zu sagen. Wir vermissen ihn sehr. Nach Stellas Tod kam er ein- oder zweimal die Woche her und kaufte Gerichte für die Mikrowelle. Ich hab' zu ihm gesagt, ›Ray, Sie sollten sich besser ernähren. Ein Mann braucht hin und wieder ein ordentliches Stück Fleisch auf dem Tisch.‹ Aber es ist schwierig, nur für eine Person zu kochen, wenn man an eine ganze Familie gewöhnt war.«

»Ja.« Mehr wusste Cam nicht zu sagen. Er gehörte zur Familie, und er war nicht da gewesen.

»Er hatte immer irgendeine Geschichte über einen von euch Jungs auf Lager. Hat mir Bilder von Ihnen und Artikel in ausländischen Zeitungen gezeigt. Rennen hier, Rennen da. Und ich sagte, ›Ray, woher wissen Sie, ob der Junge gewonnen hat oder nicht, wenn es in Italienisch oder Französisch geschrieben ist?‹ Dann haben wir nur gelacht.«

Sie überprüfte das Gewicht einer Tüte mit Äpfeln und gab den Preis ein. »Wie geht's dem Kleinen? Wie heißt er noch gleich? Sam?«

»Seth«, murmelte Cam. »Es geht ihm gut.«

»Hübscher Junge. Als Ray ihn mit nach Hause brachte, habe ich zu Mr. Wilson gesagt, ›Typisch Ray Quinn, hat immer eine offene Tür für andere‹. Ich weiß nicht, wie ein Mann in seinem Alter daran denken konnte, einen Jungen bei sich aufzunehmen. Doch wenn es jemand schaffen konnte, dann Ray Quinn. Er und Stella sind ja auch mit euch dreien zurechtgekommen.«

Da sie lächelte und ihm zuzwinkerte, lächelte er ebenfalls. »Ja, und wir haben uns alle Mühe gegeben, es ihnen schwerzumachen.«

»Ich denke, sie haben jede Minute genossen. Und ich denke, der Junge, Seth, war ein Trost für Ray, nachdem ihr alle erwachsen geworden und ausgeflogen wart. Sie sollen wissen, dass ich nicht glaube, was manche sagen. O nein.«

Sie presste die Lippen aufeinander, als sie drei Jumboschachteln mit Frühstücksflocken registrierte. Dann schnalzte sie mit der Zunge und schüttelte den Kopf, bevor sie fortfuhr. »Denen, die in meiner Gegenwart diesen gemeinen Klatsch erzählen, sage ich offen ins Gesicht, dass sie ihre Zunge hüten sollen, wenn sie sich Christen nennen.« Ihre Augen blickten zornig. »Geben Sie bloß nichts auf das Gerede, Cameron, gar nichts. Diese Idee, dass Ray ein Techtelmechtel mit dieser Frau gehabt haben soll, und dass der Junge sein eigen Fleisch und Blut sei, das glaubt doch keiner, der seine fünf Sinne beisammenhat. Oder dass er mit Absicht gegen den Mast gefahren sein soll. Es macht mich krank, wenn ich es nur höre.«

Cam machte es ebenfalls krank. Er wünschte bei Gott, er wäre niemals in diesen Laden gegangen. »Manche Leute glauben jede Lüge, Mrs. Wilson.«

»O ja, und ob.« Sie nickte zweimal ruckartig mit dem Kopf. »Und dann reden sie auch noch gern darüber. Sie sollen wissen, dass Mr. Wilson und ich Ray und Stella als unsere Freunde betrachtet haben, und wir hielten sie für gute Menschen. Jeder, der in meiner Gegenwart etwas über sie sagt, das mir nicht gefällt, kriegt die Ohren langgezogen.«

Er musste lächeln. »Ich erinnere mich noch gut – das war Ihre Spezialität.«

Jetzt lachte sie, es klang wie ein fröhliches Wiehern. »Ihnen hab' ich sie auch langgezogen, als Sie damals um meine Caroline herumgestrichen sind. Glauben Sie, ich hätte nicht gewusst, was Sie im Sinn hatten, mein Junge?«

»Caroline war das hübscheste Mädchen in der Klasse.«

»Sie ist immer noch bildschön. Es ist ihr Junge, mit dem ich heute losziehe. In diesem Sommer wird er vier. Und mit ihrem zweiten ist sie jetzt im sechsten Monat schwanger. wie schnell die Zeit doch vergeht.«

Cam dachte noch an das Gespräch mit Mrs. Wilson, als er wieder zu Hause war und die Tüten mit Lebensmitteln hineinschleppte. Ihm war klar, dass sie es im Grunde nur gut gemeint hatte, aber es war ihr gelungen, ihn zu deprimieren.

Wenn schon treue Freunde seiner Eltern solch dreiste Lügen zu hören bekamen, dann machten sie schneller die Runde und zogen weitere Kreise, als er gedacht hatte. Wie lange konnten sie dies alles ignorieren, bevor sie öffentlich dementieren mussten? Jetzt, fürchtete er, hatten sie keine andere Wahl, als Phillips Rat zu befolgen und nach Seths Mutter zu suchen.

Dem Kleinen würde das ganz und gar nicht gefallen. Und was wurde aus dem Vertrauen, das er in Seths tränennassen Augen gesehen hatte?

»Ich schätze, du brauchst Hilfe mit dem Zeug.« Phillip kam in die Küche. »Ich war am Telefon. Der Anwalt. Die vorläufige Vormundschaft ist durch. Das wäre schon mal der erste Schritt.«

»Toll.« Er wollte das Gespräch im Lebensmittelgeschäft wiedergeben, entschied sich jedoch, es an diesem Tag nicht noch mal aufzuwärmen. Verdammt, heute hatten sie zwei Schlachten gewonnen. Er würde sich den Rest des Abends nicht durch hirnlose Klatschbasen verderben lassen.

»Im Wagen ist noch mehr«, sagte er zu Phillip.

»Mehr wovon?«

»Tüten.«

»Noch mehr?« Phillip starrte auf die sechs vollgestopften braunen Papiertaschen. »Himmel, Cam, ich habe nicht mehr als zwanzig Artikel auf die Liste geschrieben.«

»Ich hab' sie eben ergänzt.« Er holte eine Schachtel heraus und warf sie auf den Küchentisch. »Hier wird vorerst niemand mehr unter Hunger leiden.«

»Du hast Twinkies gekauft? *Twinkies?* Gehörst du etwa zu den Leuten, die glauben, das weiße Zeug, mit dem sie gefüllt sind, sei eines der vier Grundnahrungsmittel?«

»Der Junge isst sie bestimmt gern.«

»Na klar. Dann kannst du auch seine nächste Zahnarztrechnung bezahlen.«

Cam wirbelte herum. Er stand dicht vor der Explosion. »Hör zu, Kumpel: Wer ins Geschäft geht, kauft ein, was ihm gefällt. Diese Regel gilt ab jetzt. Also, willst du das Zeug jetzt aus dem Wagen holen oder soll es dort verrotten?«

Phillip hob nur eine Braue. »Da Einkaufen dich offensichtlich in fröhliche Stimmung versetzt, werde ich diese Aufgabe von heute an lieber selbst übernehmen. Und wir sollten eine Haushaltskasse einrichten.«

»Fein.« Cam scheuchte ihn weg. »Mach das.«

Als Phillip hinausging, fing Cam an, Schachteln und Dosen zu verstauen, wo gerade Platz war. Sollten sich über Ordnung doch die anderen den Kopf zerbrechen. Ja, ihm war egal, wer sich darum kümmerte. Er hatte vorerst genug.

Er wollte nach draußen gehen, doch als er zur Haustür kam, sah er, dass Seth nach Hause gekommen war. Phillip reichte ihm Tüten, und die beiden unterhielten sich, als hätten sie keine einzige Sorge auf der Welt. Also würde er den Hinterausgang nehmen, beschloss er, und die beiden allein den Laden schmeißen lassen. Als er sich umdrehte, kläffte der Welpe, um gleich darauf den Teppich nasszumachen.

»Du erwartest wohl von mir, dass ich das saubermache.« Als Foolish mit dem Schwanz wedelte und die Zunge aus dem Maul hängen ließ, konnte Cam nur die Augen schließen.

»Ich finde trotzdem, dass der Aufsatz ein schlechter Tausch war«, beschwerte sich Seth, als er das Haus betrat. »So was ist doch Schwachsinn. Und ich verstehe nicht, warum ...«

»Du wirst ihn schreiben.« Cam nahm ihm die Tüten ab. »Und ich will kein Gemecker mehr hören. Du kannst gleich anfangen, nachdem du den Dreck weggemacht hast, den dein Hund auf dem Teppich hinterlassen hat.«

»Mein Hund? Er gehört nicht mir.«

»Von nun an gehört er dir, und du sorgst gefälligst dafür, dass er stubenrein ist, oder er bleibt in Zukunft draußen.«

Cam ging in die Küche, gefolgt von Phillip, der sich alle Mühe gab, nicht zu lachen. Seth dagegen blieb stehen und starrte Foolish an. »Blöder Köter«, murmelte er. Als er in die Hocke ging, sprang der Welpe an ihm hoch und wurde mit einer festen Umarmung belohnt. »Du bist jetzt mein Hund.«

Anna sagte sich, dass die Einladung zum Abendessen geschäftlich war. Sie hatte den informellen Besuch mit Marilou abgeklärt, um ihm einen offiziellen Anstrich zu geben. Die Wahrheit war, dass sie Seth und Cam gern wiedersehen wollte, beide jedoch aus verschiedenen Gründen. Sie wusste, sie konnte Herz und Verstand trennen. Es war ihr bisher immer gelungen, die verschiedenen Bereiche ihres Lebens zu trennen und einen befriedigenden Kompromiss zu finden. Diesmal würde es nicht anders sein.

Sie hatte ihr Autoradio angestellt und hörte Musik von Verdi. Sie drehte ihr Fenster nur so weit herunter, dass der Wind ihr nicht das Haar zerzauste. Anna hoffte, dass die Quinns sie eine Zeit lang mit Seth allein lassen würden, damit sie sich, ohne äußere Beeinflussung, ein Urteil über sein Befinden bilden konnte. Und sie hoffte, auch kurz mit Cam allein sein zu können, um herauszufinden, wie sie sich dabei fühlte. Sie war nervös und voller Sehnsucht.

Aber es war nicht immer ratsam, seinen Gefühlen zu folgen, wie stark sie auch sein mochten. Wenn sie es nach dem Wiedersehen mit ihm für richtig hielt, einen großen Schritt zurückzugehen, dann würde sie das tun. Sie zweifelte nicht daran, dass dieser Mann über einen eisernen Willen verfügte. Aber Anna Spinelli war ihm ebenbürtig. In diesem Punkt konnte sie Cameron Quinn jederzeit das Wasser reichen und sogar als Siegerin vom Platz gehen.

Noch während sie sich das versprach, lenkte Anna ihren hübschen kleinen Wagen in die Einfahrt. Und Cam kam nach draußen auf die Veranda.

Sie sahen sich einen Moment lang nur an. Als er dann von der Veranda auf den Gehweg trat – dieser gut aussehende Mann mit dem widerspenstigen dunklen Haar und den undurchdringlichen rauchblauen Augen –, begann ihr Herz wie wild zu rasen. Sie wollte diesen harten Mund auf ihren Lippen spüren, ebenso wie seine rauen Hände. Sie wollte mit diesem so männlichen Körper schlafen, ihn auf sich spüren. Es wäre dumm, das zu leugnen. Aber sie würde ihn schon in den Griff kriegen, und sie hoffte, dass sie auch sich selbst unter Kontrolle halten konnte.

Anna stieg aus. Sie trug ein brav geschnittenes Kostüm. Ihr Haar war aufgesteckt und radikal gebändigt. Auf ihren ungeschminkten Lippen lag ein höfliches, ein wenig distanziertes Lächeln, unter dem Arm hielt sie ihre Aktenmappe.

Zu seiner Verblüffung reagierte Cam auf ihren Anblick genauso wie an jenem regnerischen Abend, als sie in High Heels auf ihre Wohnung zugeeilt war. Mit einem Ansturm rasender Lust. Als er auf sie zuging, legte sie den Kopf auf die Seite, nur ein wenig, gerade genug, um ein Warnsignal auszusenden. Die Botschaft ›Hände weg‹ war so unmissverständlich, als hätte sie sie laut ausgesprochen.

Doch als er bei ihr anlangte, beugte er sich vor und schnupperte an ihrem Haar. »Das haben Sie mit Absicht gemacht.«

»Was denn?«

»Das Rühr-mich-nicht-an-Kostüm mit dem Sexgöttinnen-Parfüm zu kombinieren, um mich um den Verstand zu bringen.«

»Hören Sie auf das Kostüm, Quinn. Träumen Sie von dem Parfüm.« Sie wollte an ihm vorbeigehen und blickte kühl, als sich seine Hand um ihren Arm schloss. »Sie hören mir nicht zu.«

»Ich spiele ebenso gern Spielchen wie jeder andere Mann, Anna.« Er drehte sie herum, bis sie einander gegenüberstanden. »Aber vielleicht haben Sie für dieses hier den falschen Zeitpunkt gewählt.«

Da war etwas in seinen Augen, bemerkte sie, etwas anderes als nur Verlangen und Ärger. Schmerz. »Ist etwas passiert? Was ist schiefgelaufen?«, fragte sie nachgiebiger.

»Was ist überhaupt gut gelaufen?«, gab er zurück.

Sie berührte seine Hand, die noch ihren Arm gepackt hielt, und drückte sie sanft. »Schlimmer Tag?«

»Ja. Nein. Mist.« Er gab auf, ließ sie los und lehnte sich gegen die Motorhaube ihres Wagens. Es war ein Beweis für ihr Mitgefühl, dass sie nicht zusammenzuckte. Sie hatte ihn gerade erst waschen und wachsen lassen. »Da war diese Sache heute Morgen in der Schule.«

»Diese Sache?«

»Sie werden vermutlich einen offiziellen Bericht bekommen, deshalb möchte ich es Ihnen aus unserer Perspektive schildern.«

»Oje, Perspektiven. Na schön, lassen Sie hören.«

Also erzählte er ihr die Geschichte und merkte, dass er wieder in Fahrt kam, als es um die Blutergüsse an Seths Arm ging. Schließlich stieß er sich vom Wagen ab und ging um ihn herum, während er berichtete, welche Lösung gefunden worden war. »Das haben Sie sehr gut gemacht«, sagte Anna leise und musste fast lachen, als er stehen blieb und sie misstrauisch anstarrte. »Natürlich war es nicht die richtige Antwort, den anderen Jungen zu schlagen, aber ...«

»Ich finde, es war eine verdammt gute Antwort.«

»Das weiß ich, aber lassen wir das mal dahingestellt sein. Was ich meine, ist, dass Sie sich verantwortungsbewusst verhalten und Seth unterstützt haben. Sie sind hingegangen, Sie haben zugehört, Sie haben Seth dazu überredet, die Wahrheit zu sagen, und dann sind Sie für ihn eingetreten. Ich bezweifle, dass er damit gerechnet hat.«

»Wieso sollte ich nicht? Er war im Recht.«

»Glauben Sie mir, nicht jeder setzt sich so für seine Kinder ein.«

»Er ist nicht mein Kind. Er ist mein Bruder.«

»Nicht jeder setzt sich so für seinen Bruder ein«, berichtigte sie sich. »Dass Sie heute Morgen alle drei hingegangen sind, war genau das Richtige, und wiederum mehr, als andere tun würden. Sie alle haben eine Schallmauer durchbrochen, und ich vermute, das wissen Sie. Ist es das, was Ihnen zu schaffen macht?«

»Nein, das ist Kleinkram. Es sind andere Dinge. Ach, was soll's.« Er konnte ihr ja kaum von den Nachforschungen, die den Tod seines Vaters betrafen, oder von dem Dorfklatsch erzählen. Und ganz gewiss würde es nicht für ihn und seine Brüder sprechen, wenn er gestand, dass er sich eingesperrt fühlte und von Flucht träumte.

»Wie nimmt Seth es auf?«

»Er geht ganz cool damit um. Wir waren gestern segeln, haben geangelt. Wir haben den Tag verbummelt.«

Sie lächelte wieder, und diesmal war sie mit dem Herzen dabei. »Ich hatte ja gehofft, dass ich es miterleben würde. Sie verlieben sich allmählich in ihn.«

»Wovon reden Sie da?«

»Sie fangen an, sich für ihn zu interessieren. Persönlich. Er wird langsam mehr als nur eine reine Verpflichtung, ein Versprechen, das Sie halten müssen. Er bedeutet Ihnen etwas.«

»Ich sagte doch, dass ich mich um ihn kümmern würde.«

»Er bedeutet Ihnen etwas«, wiederholte sie, »und das bereitet Ihnen solches Kopfzerbrechen, Cam. Weil Sie dieses Gefühl kennen, wenn Sie an einem Menschen hängen, und weil Sie es verhindern wollen.«

Er sah in ihre Augen, die warm und dunkel in seine blickten. Ja, vielleicht machte er sich Sorgen, und nicht etwa nur wegen seiner Gefühle für Seth. »Ich bringe immer zu Ende, was ich einmal angefangen habe, Anna. Und ich lasse meine Familie nicht im Stich. Sieht so aus, als gehörte der Kleine jetzt dazu. Aber ich bin ein selbstsüchtiger Mistkerl. Fragen Sie, wen Sie wollen.«

»Manchen Dingen gehe ich lieber selbst auf den Grund. Also, bekomme ich jetzt Krebse zum Abendessen oder nicht?«

»Ethan müsste den Topf schon aufgesetzt haben.« Er trat vor, doch anstatt ins Haus voranzugehen, riss er sie in seine Arme und gab ihr einen heißen Kuss, der ihr Herz rasen ließ.

»Sehen Sie, das war nur für mich«, murmelte er, als sie sich atemlos und zitternd voneinander lösten. »Was ich will, nehme ich mir. Ich habe Sie ja vor meiner Selbstsucht gewarnt.«

Anna wich zurück, brachte ihre zerknitterte Jacke in Ordnung und betastete ihr Haar, um sicherzugehen, dass es noch richtig saß. »Tut mir leid, aber ich fürchte, das habe ich ebenso genossen wie Sie. Also lässt sich das wohl schwerlich als rein egoistische Handlung auslegen.«

Er lachte, und sein Puls ging schneller. »Lassen Sie es mich noch mal versuchen. Diesmal schaffe ich es.«

»Den Rest verschieben wir auf ein anderes Mal. Ich will mein Abendessen.« Damit schlenderte sie die Stufen hoch, klopfte kurz und schlüpfte ins Haus.

Cam blieb draußen stehen und grinste. Er wusste, dass er diese Frau nicht vergessen würde. Als er ihr folgte und die Küche betrat, plauderte Anna bereits mit Phillip, der ihr ein Glas Wein reichte.

»Zu Krebsen trinkt man Bier«, erklärte Cam und holte sich eine Flasche aus dem Kühlschrank.

»Im Augenblick esse ich ja noch keine. Und Phillip hat mir versichert, dass dies ein vorzüglicher Wein ist.« Sie trank einen Schluck, überlegte und lächelte dann. »Er hat völlig recht.«

»Es ist eine meiner Lieblingssorten.« Da sie sich anerkennend geäußert hatte, schenkte Phillip ihr nach. »Weich, und nicht zu schwer.«

»Phil ist ein Snob, was Weine betrifft.« Cam öffnete die Bierflasche und führte sie an die Lippen. »Aber wir lassen ihn trotzdem bei uns wohnen.«

»Und wie lässt sich hier alles an?« Sie überlegte, ob ihnen bewusst war, wie männlich dieser Haushalt wirkte. Blitzsauber, ja, aber ohne den kleinsten weiblichen Akzent. »Es muss für Sie eigenartig sein, alle wieder im selben Haus zu wohnen.«

»Na ja, umgebracht haben wir uns noch nicht.« Cam lächelte seinem Bruder grimmig zu. »Bis jetzt.«

Lachend ging sie zum Fenster hinüber. »Und wo ist Seth?«

»Er ist bei Ethan«, sagte Phillip. »Sie bereiten auf dem heißen Stein die Krebse zu.«

»Dem heißen Stein?«

»Neben dem Haus.« Cam nahm ihre Hand und zog sie zur Tür. »Mom ließ nicht zu, dass wir Krebse im Haus kochten. Sie war zwar Ärztin, aber sie konnte sehr empfindlich sein. Sie sah ungern dabei zu.« Er zog sie die Stufen hinunter, während er sprach. »Dad baute seitlich vom Haus eine Kochstelle aus Backstein. In meinem ersten Sommer stürzte die Umrandung ein, weil er nicht wusste, wie man richtig mauerte. Aber wir haben sie wieder aufgebaut.«

Als Anna und Cam um die Ecke bogen, sahen sie Ethan und Seth vor einem riesigen Kessel stehen, der über einem offenen Feuer in einer von windschiefen Backsteinen eingefassten Senke hing. Rauch stieg auf, und aus einem großen Stahlfass, das auf dem Boden stand, ertönte das Schaben und Klappern von Scheren.

Anna blickte vom Fass zum Kessel. »Wissen Sie was, ich glaube, ich bin auch empfindlich.«

Sie trat zurück und drehte sich zum Wasser um. Es machte ihr nichts aus, dass Cam über sie lachte. Dann hörte sie die aufgeregte Stimme von Seth, die sich fast überschlug.

»Werft ihr sie jetzt rein? O Mann, Scheiße, ist das *eklig.*«

»Ich hab' ihm gesagt, er soll heute Abend auf seine Sprache achten, aber er weiß noch nicht, dass Sie da sind.«

Sie schüttelte nur den Kopf. »Er klingt ganz normal.«

Sie zuckte leicht zusammen, als sie ein Klappern und Seths wilde Freuden- und Entsetzensschreie hörte. »Und ich denke, was da hinter der Hausecke passiert, ist barbarisch genug, um ihn in wildes Entzücken zu versetzen.« Schnell hob sie die Hand, um ihr Haar zu schützen, als sie ein Ziehen spürte.

»Ich mag es offen.« Cam warf die Haarklammer weg, die er herausgezogen hatte.

»Ich will es hochgesteckt haben«, sagte sie sanft und ging aufs Wasser zu.

»Wetten, dass wir uns wegen allem Möglichen in die Haare kriegen werden?« Er trank von seinem Bier und warf ihr im Gehen einen Seitenblick zu. »Müsste eigentlich interessant werden.«

»Ich bezweifle, dass einer von uns sich langweilen wird. Aber Seth steht an erster Stelle, Cam. Das ist mein Ernst.« Sie hielt inne und horchte auf das melodische Plätschern des Wassers, das gegen die Boote und das abfallende Ufer schwappte. Auf einem der Pfosten thronte ein Vogelnest. Bojen schaukelten in der Strömung.

»Ich kann ihm helfen, und es ist unwahrscheinlich, dass wir uns immer einig darüber sein werden, was das Beste für ihn ist. Es ist wichtig, dass wir dies haarscharf voneinander trennen können, wenn wir eines Tages im Bett landen.«

Er war froh, dass er nicht noch einen Zug aus der Flasche genommen hatte. Zweifellos hätte er sich verschluckt. »Das kann ich schaffen.«

Sie hob den Kopf, als ein Reiher vorbeiflog, und fragte sich, ob das Nest wohl ihm gehörte. »Wenn ich weiß, dass auch ich es schaffen kann, nehmen wir mein Bett. In meiner Wohnung wären wir ungestörter als in Ihrem Haus.«

Er presste die Hand auf seinen Magen, um sich zu beruhigen. Vergeblich. »Lady, Sie sind ganz schön direkt, wie?«

»Was hätte es für einen Zweck, verschämt zu tun? Wir sind beide erwachsen und ungebunden.« Sie warf ihm einen Blick zu – ein Wimpernschlag, eine hochgezogene Braue. »Aber falls Sie der Typ Mann sind, der es liebt, wenn ich mich ziere, bis Sie mich verführen, pardon.«

»Nein, ich finde es so in Ordnung. Keine Spielchen, keine Heuchelei, keine Versprechungen ... Woher kommen Sie eigentlich?«, schloss er fasziniert.

»Aus Pittsburgh«, sagte sie leichthin und steuerte wieder auf das Haus zu.

»Das habe ich nicht gemeint.«

»Ich weiß. Aber wenn Sie mit mir schlafen wollen, sollten Sie sich für ein paar wichtige Fakten interessieren: keine Spielchen, keine Heuchelei, keine Versprechungen. Geht in Ordnung. Aber ich mag keinen Sex mit Fremden.«

Er legte die Hand auf ihren Arm, bevor sie das Haus betreten konnte. Er wollte noch einen Augenblick mit ihr allein sein. »Na gut, was sind die wichtigen Fakten?«

»Ich bin achtundzwanzig, Single, italienischer Herkunft. Meine Mutter ... starb, als ich zwölf war, und ich wurde überwiegend von meinen Großeltern aufgezogen.«

»In Pittsburgh.«

»Genau. Sie sind wunderbar – altmodisch, energiegeladen, liebevoll. Ich kann eine tolle rote Sauce zaubern, das Rezept wurde in meiner Familie von einer Generation zur anderen weitergereicht. Gleich nach dem College zog ich nach Washington, arbeitete dort und absolvierte dann ein Aufbaustudium. Aber Washington passte nicht zu mir.«

»Zu politisch?«

»Ja, und zu großstädtisch. Ich stellte mir etwas anderes vor, also landete ich hier.«

Cam schaute auf den kleinen Hinterhof, auf das ruhige Wasser. »Anders als Washington ist es auf jeden Fall.«

»Mir gefällt's. Außerdem mag ich Gruselromane, Kitschfilme und alle Arten von Musik, ausgenommen Jazz. Ich lese Zeitschriften von hinten nach vorn und weiß nicht warum, und obgleich ich mit fast jedem gut auskomme, mag ich große gesellschaftliche Ereignisse nicht besonders.«

Sie hielt inne und dachte nach. Sie würde ja sehen, wie viel er später noch wissen wollte. »Ich glaube, das reicht erst mal, und mein Glas ist fast leer.«

»Dies alles entspricht nicht im Geringsten meinem ersten Eindruck von Ihnen.«

»Nein? Ich finde, Sie entsprechen dem meinen vollkommen.«

»Sprechen Sie italienisch?«

»Fließend.«

Er beugte sich vor und flüsterte ihr leise einen heißen, eindeutig sexuellen Antrag ins Ohr. Manche Frauen hätten ihm eine schallende Ohrfeige gegeben, andere hätten gekichert, manch eine wäre sicherlich rot geworden. Anna summte nur.

»Ihre Aussprache ist mittelprächtig, aber Ihre Fantasie außergewöhnlich.« Sie gab ihm einen leichten Klaps auf den Arm. »Fragen Sie mich später noch mal danach, aber nicht vergessen.«

»Das werde ich ganz bestimmt tun«, murmelte Cam und sah ihr ungezwungenes, offenes Lächeln, als Seth um die Hausecke geflitzt kam.

»Hallo, Seth.«

Er blieb abrupt stehen. Der argwöhnische, distanzierte Ausdruck trat wieder in seine Augen. Er ließ die Schultern hängen. »Ja, hi. Ethan sagt, wir können jetzt essen.«

»Gut, ich bin halb verhungert.« Obwohl sie wusste, dass er sich vor ihr fürchtete, ging sie auf ihn zu. »Ich hab' gehört, du warst gestern segeln.«

Seths Blick ging an ihr vorbei und heftete sich vorwurfsvoll auf Cam. »Ja. Und?«

»Ich hab' das noch nie gemacht.« Sie sprach schnell, da sie spürte, dass Cams scharfes Luftholen als Warnung für Seth gedacht war. Seth sollte auf seine Manieren achten. »Cam hat mir angeboten, mich euch irgendwann mal anzuschließen.«

»Es ist sein Boot.« Als er Cams finstere Miene sah, zuckte Seth die Schultern. »Klar, das wäre cool. Ich soll einen Stapel Zeitungen holen und sie auf der Veranda ausbreiten. So isst man nämlich Krebse.«

»Gut.« Bevor er davonstürzen konnte, bückte sie sich und flüsterte ihm ins Ohr: »Nur gut, dass Cam sie nicht gekocht hat.«

Das entlockte ihm ein Kichern und ein flüchtiges Grinsen, bevor er sich umdrehte und ins Haus lief.

10. Kapitel

Eigentlich war sie gar nicht so übel für eine Sozialarbeiterin. Zu dieser wohlüberlegten Meinung über Anna gelangte Seth, nachdem er sich in sein Zimmer zurückgezogen hatte, um angeblich seinen Aufsatz zu schreiben. Stattdessen zeichnete er rasch hingeworfene kleine Skizzen von Gesichtern. Er hatte eine blöde Woche Zeit, um das blöde Ding niederzuschreiben, oder? Würde nicht länger als zwei Stunden dauern, wenn er sich ernsthaft an die Arbeit machte. Was ein durch und durch schlechtes Geschäft war, aber immer noch besser, als wegen Schwabbelgesicht Robert ausgeschlossen zu werden.

Wenn er die Augen schloss, gelang es ihm, sich die drei Quinns im Büro der Direktorin vorzustellen. Alle drei standen neben ihm und nahmen es mit der übermächtigen Moorefield auf. Es war so ... so cool, dachte er und begann, den Augenblick in seinem Notizheft festzuhalten.

So ... da war Phillip in seinem feinen Anzug mit der tadellosen Frisur und seinem eher schmalen Gesicht. Er sah wie ein Mann aus einer Zeitschriftenreklame aus, dachte Seth, eine Reklame, die für Dinge warb, die sich nur reiche Leute kaufen konnten.

Als Nächstes zeichnete er Ethan mit ernstem Gesicht. Sein Haar war ein wenig zottelig, obwohl Seth sich daran erinnerte, wie er sich gekämmt hatte, bevor sie zur Schule gefahren waren. Er sah genau danach aus, was er war. Ein Mann, der im Freien lebte und dort seinen Lebensunterhalt verdiente.

Und da war Cam, rau und zäh, mit diesem boshaften Funkeln in den Augen, die Daumen in die Taschen seiner Jeans gehakt. Ja, genau, dachte Seth. Das machte er fast immer so, wenn er genervt war. Selbst auf dieser groben Skizze wirkte er wie ein Mensch, der schon sehr viel erlebt hatte, aber noch viel mehr erleben wollte.

Zuletzt zeichnete er sich selbst und versuchte sich dabei mit den Augen der anderen zu sehen. Seine Schultern waren zu schmal und zu knochig, dachte er ein wenig enttäuscht. Aber es würde nicht immer so bleiben. Sein Gesicht war zu hager für seine Augen, doch auch das würde später noch voller werden. Eines Tages würde er größer und stärker sein, er würde nicht mehr aussehen wie ein schwächliches Kind.

Aber er hatte den Kopf hochgehalten, oder? Er hatte vor gar nichts Angst gehabt. Und er sah nicht so aus, als wäre er nur zufällig auf das Bild geraten. Er sah – fast – so aus, als ob er dazugehörte.

Legst du dich mit einem Quinn an, dann legst du dich mit allen an. So hatte Cam gesagt – und er musste es ernst gemeint haben. Aber er war kein Quinn, dachte Seth und runzelte die Stirn, als er die Zeichnung in die Höhe hielt, um sie genau zu betrachten. Oder vielleicht doch, er wusste es einfach nicht. Ihm war nicht wichtig gewesen, ob Ray Quinn sein Vater war, wie manche Leute behaupteten. Das Einzige, was für ihn zählte, war, dass er ihr entkommen war.

Damals hatte es keine Rolle gespielt, wer sein Vater war. Spielte es immer noch nicht, versicherte er sich schnell. Es war ihm piepegal. Er wollte nur hierbleiben, genau hier. Seit Monaten hatte ihn niemand mehr mit dem Handrücken oder den Fäusten traktiert. Niemand war k.o. von Drogen und lag still da, dass man ihn für tot hielt. Keine speckigen Kerle mit Schweißhänden mehr, die ihn anfassen wollten.

Er wollte nicht mehr daran denken.

Die Krebse zu essen war ziemlich cool gewesen. Sie hatten sich richtig schön dreckig gemacht, dachte er grinsend. Man musste sie mit den Händen essen. Und die Sozialarbeiterin hatte auch nicht etepetete getan und sich geziert. Sie hatte bloß ihre Jacke ausgezogen und sich die Ärmel aufgekrempelt. Sie schien nicht darauf zu achten, ob er rülpste oder sich am Hintern kratzte. Sie hatte viel gelacht, erinnerte er sich. Er war es nicht gewöhnt, dass Frauen lachten, wenn sie nicht gerade Koks genommen hatten, und das war eine ganz andere Art von Lachen. Spinellis Lachen war nicht wild, hart und verzweifelt. Es war leise und, na ja, weich wie Seide, überlegte er.

Und es hatte auch niemand gesagt, er könne keinen Nachschlag bekommen. Mann, er hatte bestimmt hundert dieser hässlichen Viecher vertilgt. Es hatte ihm nicht mal was ausgemacht, von dem Salat zu essen, obwohl er so getan hatte, als fiele es ihm schwer.

Schon lange hatte er dieses nagende, flaue Gefühl im Bauch nicht mehr gespürt, das von verzweifeltem Hunger kam, so lange, dass er es fast hätte vergessen können. Aber er hatte es nicht vergessen. Er hatte gar nichts vergessen.

Er hatte sich Sorgen gemacht, dass die Sozialarbeiterin ihn wieder dorthin zurückbringen wollte, doch sie schien ganz in Ordnung zu sein. Außerdem hatte er gesehen, wie sie Foolish heimlich kleine Brocken von dem Krebsfleisch und Brot zugesteckt hatte, deshalb konnte sie so übel nicht sein. Dennoch hätte sie ihm besser gefallen, wäre sie Kellnerin gewesen, so wie Grace.

Als es leise an die Tür klopfte, klappte Seth schnell das Skizzenheft zu. Dafür schlug er ein anderes auf, in das er bereits die ersten zehn Wörter seines Aufsatzes gekritzelt hatte.

»Ja?«

Anna steckte den Kopf herein. »Hallo. Darf ich kurz reinkommen?«

Es war komisch, gefragt zu werden, und er überlegte, ob sie wohl einfach kehrtmachen und wieder gehen würde, wenn er Nein sagte. Aber er zuckte die Achseln. »Sicher.«

»Ich muss bald fahren«, begann sie und sah sich flüchtig im Zimmer um. Sie erblickte ein Doppelbett, ungeschickt gemacht, eine stabile Kommode und einen Schreibtisch, ein Wandregal, auf dem einige wenige Bücher standen, einen tragbaren Stereorekorder, der wie neu aussah sowie ein altes Fernglas. Vor den Fenstern waren weiße Rollos angebracht, und die Wände waren blassgrün gestrichen.

Hier fehlte der Krimskram, dachte sie, der zu einem Jungen gehörte, wie altes Spielzeug und Poster an den Wänden. Aber der Welpe, der in einer Ecke schnarchte, war schon mal ein guter Anfang.

»Wie hübsch.« Sie ging langsam zum Fenster hinüber. »Du hast eine gute Aussicht auf Wasser und Bäume. Du kannst die Vögel beobachten. Als ich von Washington herzog, habe ich mir ein Buch über Wasservögel gekauft, um sie unterscheiden zu lernen. Es muss schön sein, jeden Tag die Reiher zu sehen.«

»Schätzungsweise.«

»Es gefällt mir hier. Das ist nicht schwer, hm?«

Er zuckte die Achseln, entschied sich für den Weg der Vorsicht. »Es ist in Ordnung. Ich hab' keine Probleme damit.«

Sie drehte sich und warf einen Blick auf sein Notizheft. »Der gefürchtete Aufsatz?«

»Ich hab' damit angefangen.« Trotzig zog er das Notizheft näher zu sich heran, dabei fegte er das andere auf den Boden. Ehe er es an sich nehmen konnte, ging Anna in die Knie und hob es auf.

»Oh, schau sich das einer an!« Es hatte sich geöffnet, und sie sah eine Skizze des Welpen, nur seinen Kopf, von vorn, und sie fand, dass der Künstler den lieben und albernen Ausdruck perfekt eingefangen hatte. »Hast du das gezeichnet?«

»Ist doch nichts dabei.«

Seine Antwort hätte ihr vielleicht einen Seufzer entlockt, aber sie war zu hingerissen von der Skizze. »Wunderschön. Er ist hundertprozentig getroffen.« Sie hatte große Lust weiterzublättern, um zu sehen, wen Seth sonst noch gezeichnet haben mochte. Aber sie gab der Versuchung nicht nach und legte das Notizheft aus der Hand. »Ich kann nicht mal ein halbwegs anständiges Strichmännchen malen.«

»Es ist nichts. Bloß so hingekritzelt.«

»Wenn du es nicht willst, kann ich es dann vielleicht haben?«

Zuerst hielt er es für einen Trick. Schließlich trug sie wieder ihre Jacke und hatte ihre Aktenmappe unter dem Arm. Sie sah wieder wie eine Sozialarbeiterin aus, nicht wie die Frau, die er kurz vorher ganz anders erlebt hatte. »Wozu?«

»Ich darf in meiner Wohnung keine Haustiere halten, was eigentlich auch nicht schlimm ist«, fügte sie hinzu. »Es wäre nicht fair, ein Tier den ganzen Tag einzuschließen, während ich arbeite, aber …« Dann lächelte sie und warf einen Blick auf den schlafenden Welpen. »Ich mag Hunde sehr gern. Sobald ich mir ein Haus mit Garten leisten kann, werde ich mindestens zwei Hunde haben. Aber bis dahin muss ich mit den Lieblingen anderer Leute spielen.«

Das erschien ihm merkwürdig. In Seths Vorstellung nahmen Erwachsene oftmals keine Rücksicht, taten, was sie wollten, und wann sie es wollten. »Warum ziehen Sie nicht einfach um?«

»Meine Wohnung liegt in der Nähe meines Arbeitsplatzes, und die Miete ist erschwinglich.« Sie schaute wieder aus dem Fenster. »Ich werde mich damit abfinden müssen, bis ich mir das Haus mit Garten leisten kann.« Sie sah den ersten Stern am Himmel und hätte sich beinahe etwas gewünscht. »Irgendwo in der Nähe des Wassers. So wie das hier. Wie dem auch sei …«

Sie drehte sich um und setzte sich aufs Bett. »Ich wollte nur kurz vorbeikommen, bevor ich gehe, um dich zu fragen, ob du irgendetwas auf dem Herzen hast, worüber du dich aussprechen möchtest, oder ob du eine Frage an mich hast.«

»Nein. Nichts.«

»Na schön.« Sie hatte nicht damit gerechnet, dass er sich ihr öffnen würde. Noch nicht. »Vielleicht möchtest du ja wissen, was ich hier sehe, was ich denke.« Sie legte sein Schulterzucken als Zustimmung aus. »Ich sehe ein Haus voller Männer, die einen Weg suchen, wie sie zusammenleben können, und die daran arbeiten, dass es funktioniert. Vier grundverschiedene Männer, die sich oft in die Quere kommen. Und ich glaube, sie werden so einige Fehler machen, es wird oftmals Missverständnisse geben, und sie werden sich gegenseitig auf die Nerven fallen. Aber ich glaube auch, dass sie es schaffen werden – mit der Zeit.

Weil sie es alle wollen«, fügte sie lächelnd hinzu. »Jeder verfolgt auf seine Art dasselbe Ziel.«

Sie stand auf und holte eine Visitenkarte aus ihrer Aktenmappe. »Du kannst mich jederzeit anrufen. Ich schreibe meine Privatnummer auf die Rückseite. Ich wüsste keinen Grund, warum ich in der nächsten Zeit wiederkommen sollte – in offizieller Funktion. Aber vielleicht komme ich ja mal den Welpen besuchen. Viel Glück mit dem Aufsatz.«

Als sie zur Tür ging, riss Seth spontan die Skizze aus seinem Notizheft. »Sie können sie haben, wenn Sie wollen.«

»Wirklich?« Sie nahm das Blatt und schaute es strahlend an. »Gott, er ist so niedlich. Danke.« Seth fuhr zurück, als sie sich bückte, um ihm einen Kuss auf die Wange zu geben, doch sie streifte ihn nur leicht mit den Lippen. Dann richtete sie sich wieder auf. »Sag Foolish für mich gute Nacht.«

Anna schob die Zeichnung in ihre Aktenmappe, als sie nach unten ging. Phillip saß am Klavier und klimperte nachlässig einen Blues. Um diese Fähigkeit beneidete sie ihn. Ihr fehlte das musikalische Talent. Ethan war nirgends zu sehen, und Cam ging unruhig im Wohnzimmer auf und ab.

Diese Szene warf ein bezeichnendes Licht auf die drei Männer. Phillip vertrieb sich auf vornehme Art die Zeit, Ethan ging allein irgendeiner Beschäftigung nach, und Cam reagierte seine überschüssige Energie ab. Und der Junge saß oben in seinem Zimmer, malte seine Bilder und hing seinen Gedanken nach.

Cam schaute auf, und als ihre Blicke sich begegneten, durchfuhr sie ein flammend heißer Strahl.

»Meine Herren, vielen Dank für das wunderbare Essen.«

Phillip stand auf und ergriff ihre Hand. »Wir haben

Ihnen zu danken. Es ist lange her, dass eine schöne Frau bei uns zu Gast war. Ich hoffe, Sie kommen mal wieder.«

Oh, der ist aber aalglatt, dachte sie. »Gern. Sagen Sie Ethan, er ist ein Genie im Zubereiten von Krebsen. Gute Nacht, Cam.«

»Ich begleite Sie zu Ihrem Wagen.«

Damit hatte sie gerechnet. »Zunächst Folgendes«, sagte sie draußen zu ihm. »Soweit ich sehen kann, ist Seth hier gut aufgehoben. Er wird angemessen beaufsichtigt, ist ordentlich untergebracht und erhält die nötige Unterstützung, was die Schule betrifft. Er könnte durchaus mal neue Schuhe gebrauchen.«

»Schuhe? Was stimmt denn nicht mit seinen Schuhen?«

»Dennoch«, fuhr sie fort und wandte sich ihm zu, als sie ihren Wagen erreichten, »müssen Sie sich alle erst noch an die neue Situation gewöhnen. Es steht fest, dass Seth ein sehr verstörtes Kind ist. Ich vermute, er wurde misshandelt und sexuell missbraucht.«

»Das habe ich mir auch schon gedacht«, sagte Cam kurz angebunden. »Hier wird ihm nichts geschehen.«

»Ich weiß.« Sie legte eine Hand auf seinen Arm. »Hätte ich in dieser Hinsicht auch nur den geringsten Zweifel, dann wäre er nicht mehr hier. Cam, er braucht therapeutische Hilfe. Sie alle brauchen sie.«

»Einen Psychologen? Unsinn. Wir brauchen uns nicht bei irgendeinem unterbezahlten Bezirkspsycho auszuheulen.«

»Viele unterbezahlte Bezirkspsychos leisten hervorragende Arbeit«, erklärte sie trocken. »Da ich selbst Psychologie studiert habe, könnte man auch mich als unterbezahlten Bezirkspsycho bezeichnen, und ich leiste gute Arbeit.«

»Fein. Sie sprechen mit ihm, Sie sprechen mit mir. Wir haben uns bereits helfen lassen.«

»Stellen Sie sich doch nicht stur.« Sie sprach bewusst mit sanfter Stimme zu ihm, weil sie wusste, wie schnell er ärgerlich werden konnte.

»Ich stelle mich nicht stur. Ich habe von Anfang an mit Ihnen kooperiert.«

Mehr oder weniger, dachte sie, musste jedoch fairerweise zugeben, dass es mehr war, als sie erwartet hatte. »Sie haben hier einen soliden Anfang gemacht, aber ein Profi würde Ihnen allen helfen, die Probleme an der Wurzel anzupacken.«

»Wir haben keine Probleme.«

Mit solch erbittertem Widerstand gegen diesen wichtigen nächsten Schritt hatte sie nicht gerechnet. »Aber sicher haben Sie welche. Seth fürchtet sich vor Berührungen.«

»Er hat keine Angst, sich von Grace berühren zu lassen.«

»Grace?« Anna schürzte nachdenklich die Lippen. »Grace Monroe, deren Name auf Ihrer Liste steht?«

»Ja, sie macht jetzt hier den Haushalt, und der Kleine ist verrückt nach ihr. Vielleicht sogar ein bisschen verknallt.«

»Das ist gut, ein gutes Zeichen. Aber es ist bloß ein Anfang. Wenn ein Kind misshandelt wird, hinterlässt das Narben.«

Warum sprachen sie eigentlich über diese Dinge?, dachte er ungeduldig. Warum redeten sie über Seelenklempner und rissen alte Wunden auf, wenn er doch nur ein paar Minuten lang locker mit ihr flirten wollte?

»Mein alter Herr hat mich mit schöner Regelmäßigkeit zusammengeschlagen. Na und? Ich hab's überlebt.« Er hasste es, sich zu erinnern, hasste es, im Schatten des Hauses zu stehen, das seine Zuflucht geworden war, und sich zu erinnern. »Die Mutter des Kleinen hat ihn herumgestoßen. Tja, sie wird keine weitere Gelegenheit bekommen, es noch einmal zu tun. Dieses Kapitel ist abgeschlossen.«

»Es ist niemals abgeschlossen«, sagte Anna geduldig. »Jedes neue Kapitel, das Sie aufschlagen, hat etwas mit dem vorhergehenden zu tun. Ich empfehle Ihnen, sich professionelle Hilfe zu suchen, und ich werde es auch in meinem Bericht empfehlen.«

»Tun Sie sich keinen Zwang an.« Er konnte sich nicht erklären, warum ihn allein schon der Gedanke daran in solche Wut versetzte. Er wusste nur, dass er nie freiwillig von sich oder einem seiner Brüder verlangen würde, diese seit langer Zeit versperrten Türen wieder aufzureißen. »Empfehlen Sie, was immer Sie wollen. Das heißt nicht, dass wir es tun müssen.«

»Sie müssen tun, was für Seth das Beste ist.«

»Und woher zum Kuckuck wissen Sie, was für ihn das Beste ist?«

»Das ist mein Job«, sagte sie kühl, und ihr Blut fing allmählich an zu kochen.

»Ihr Job? Sie haben einen Collegeabschluss und ein paar Dokumente. Wir sind es, die das alles erlebt haben, die damit leben müssen. Sie waren nicht dabei. Sie haben keine Ahnung, wie es ist, wenn einem das Gesicht zerschlagen wird, und man nichts dagegen tun kann. Wir sind es, die es mit Provinzbürokraten zu tun haben, die nicht die leiseste Ahnung haben, aber über unser Leben entscheiden.«

Keine Ahnung? Sie dachte an die dunkle, verlassene Straße, an die Todesangst, an den Schmerz und an die Schreie. Es ist nicht persönlich gemeint, sagte sie sich schnell, während sich ihr Magen zusammenzog. »Was Sie von meinem Berufsstand halten, ist mir seit unserer ersten Begegnung klar.«

»Genau, aber ich habe dennoch kooperiert. Ich habe Sie informiert, und wir alle haben uns bemüht, dass es klappt. Aber es ist nie genug. Immer kommt noch was anderes.«

»Wenn da nichts anderes wäre«, entgegnete sie, »dann wären Sie nicht so sauer.«

»Selbstverständlich bin ich sauer. Wir haben uns hier die Finger wund gearbeitet. Ich habe gerade das größte Rennen meiner Karriere ausgeschlagen. Ich habe einen Jungen am Hals, der mich in der einen Minute ansieht, als ob ich sein Feind und in der nächsten, als ob ich seine einzige Rettung wäre. Gott.«

»Und es ist schwerer, seine einzige Rettung zu sein als sein Feind.«

Volltreffer, dachte er mit wachsendem Ärger. Woher wusste sie so viel? »Ich sag Ihnen jetzt mal was. Das Beste für den Jungen, für uns alle, ist es, in Ruhe gelassen zu werden. Er braucht Schuhe, also besorge ich ihm welche.«

»Und was werden Sie unternehmen, damit er seine Angst vor Berührungen verliert, sogar vor den beiläufigsten Berührungen von Ihnen und Ihren Brüdern? Wollen Sie seine Ängste auch mit Geld beseitigen?«

»Er wird darüber hinwegkommen.« Cam hatte jetzt zugemacht und ließ nicht zu, dass sie ihn hervorlockte.

»Darüber hinwegkommen?« Ihr plötzlich aufwallender rasender Zorn ließ sie beinahe stammeln. Dann brachen die Worte in einem heftigen Schwall aus ihr hervor, wobei sich der Schmerz in ihren Augen vertiefte. »Weil Sie es so wollen? Weil Sie es ihm sagen? Wissen Sie, wie das ist, mit dieser Todesangst leben zu müssen? Mit dieser Scham? Sie in sich zu verschließen? Und jedes Mal, wenn ein Mensch, den Sie lieben, Sie im Arm halten will, kleine Tropfen dieses Gifts entweichen?«

Sie riss die Wagentür auf und warf ihre Aktenmappe auf den Beifahrersitz. »Ich schon. Ich weiß es genau.« Er packte sie am Arm, noch bevor sie einsteigen konnte.

»Nehmen Sie Ihre Hände weg!«

Da sie am ganzen Leib zitterte, gehorchte er. An irgendeinem Punkt des Streits war ihr beruflicher Unwille in persönliche Wut umgeschlagen. Er hatte den Übergang nicht mitbekommen.

»Anna, ich lasse Sie nicht ans Steuer dieses Wagens, solange Sie derart außer sich sind. Vor Kurzem habe ich einen Menschen verloren, der mir viel bedeutete, und ich will das Gleiche nicht noch mal durchmachen.«

»Mir geht's bestens.« Nachdem sie diese Worte hervorgestoßen hatte, atmete sie tief durch, um sich zu beruhigen. »Ich bin durchaus imstande, nach Hause zu fahren. Falls Sie irgendwann daran interessiert sein sollten, rational über die Inanspruchnahme professioneller Hilfe zu diskutieren, können Sie mich in meinem Büro anrufen und einen Termin mit mir vereinbaren.«

»Warum machen wir nicht einen kleinen Spaziergang? Dann können wir uns beide abkühlen.«

»Ich bin abgekühlt.« Sie stieg in ihr Auto und klemmte ihm beinahe die Finger ein, als sie die Tür zuschlug. »Aber Sie können ja einen machen, direkt von der Kaimauer hinunter ins Wasser.«

Er fluchte, als sie davonfuhr, dachte flüchtig daran, ihr zu folgen, sie aus dem Wagen zu zerren und zu verlangen, dass sie diesen blöden Streit beilegten. Sein nächster Gedanke war, ins Haus zurückzugehen und das Ganze zu vergessen. Sie zu vergessen.

Aber er erinnerte sich an den verletzten Ausdruck in ihren Augen, an den Klang ihrer Stimme, als sie sagte, sie wisse, wie es sei, Angst zu haben, sich zu schämen. Sie war zutiefst verletzt worden, erkannte er. Und in diesem Augenblick trat alles andere in den Hintergrund.

Anna knallte ihre Wohnungstür hinter sich zu und schleuderte die Schuhe von den Füßen. Es entsprach nicht ihrem Temperament, schnell aufzubrausen. Es köchelte erst lange, dann schäumte und sprudelte es, um schließlich überzukochen. Die Heimfahrt hatte sie kein bisschen beruhigt; sie hatte den aufsteigenden Gefühlen nur genügend Zeit gegeben, ihren Höhepunkt zu erreichen.

Sie warf ihre Aktenmappe aufs Sofa, zog ihre Kostümjacke aus und ließ sie achtlos fallen. Dieser ignorante, starrsinnige, bornierte Mensch. Sie ballte die Hände zu Fäusten und schlug sich an die Schläfen. Wie hatte sie nur glauben können, dass sie sich ihm begreiflich machen konnte?

Als sie das Klopfen an der Tür hörte, biss sie die Zähne zusammen. Sicherlich wollte ihre Nachbarin mit ihr plaudern, den neusten Klatsch austauschen. Dazu war sie nicht in der Stimmung. Entschlossen, es zu ignorieren, bis sie sich wieder einigermaßen zivilisiert verhalten konnte, begann sie, die Klammern aus ihrem Haar zu zerren. Es klopfte erneut, diesmal lauter. »Kommen Sie schon, Anna. Öffnen Sie die Tür.«

Sie starrte zur Tür hinüber. Er war ihr bis nach Hause gefolgt. Er besaß die Stirn, hier vor ihrer Tür aufzutauchen, vielleicht erwartete er, dass sie ihn mit offenen Armen empfing. Wahrscheinlich nahm er an, sie sei derart von Begierde überwältigt, dass sie sich auf ihn stürzen und auf dem Fußboden des Wohnzimmers zügellosen Sex mit ihm haben würde. Nun, er würde sein blaues Wunder erleben. Sie ging mit großen Schritte zur Tür und riss sie auf. »Sie Mistkerl.«

Cam warf einen Blick auf ihr gerötetes, zorniges Gesicht, sah das offene, herabfallende Haar, die Augen, die vor Rachsucht funkelten, und dachte, dass es pervers war, diesen Anblick erregend zu finden.

Aber was sollte er dagegen tun?

Er blickte auf ihre geballten Fäuste hinunter. »Nur zu«, forderte er sie auf. »Aber wenn Sie mich schlagen, werden Sie einen Aufsatz mit fünfhundert Wörtern über die Gewalt in unserer Gesellschaft schreiben müssen.«

Sie stöhnte laut auf und wollte ihm die Tür vor der Nase zuschlagen. Schnell hob er die Hand und stemmte sich mit seinem ganzen Gewicht dagegen. »Ich wollte mich nur überzeugen, dass Sie wohlbehalten nach Hause gekommen sind«, begann er, als sie um die Tür kämpften.

»Ich will, dass Sie gehen. Ganz weit weg. Ja, ich will sogar, dass Sie zur Hölle gehen.«

»Das ist angekommen. Aber bevor ich diese Reise antrete, geben Sie mir noch fünf Minuten.«

»Ich habe Ihnen schon viel zu viel von meiner Zeit geopfert, das sehe ich jetzt ein.«

»Was bedeuten dann noch fünf weitere Minuten?« Er drückte die Tür schließlich auf und kam herein, was sie empörend fand.

»Wenn Seth nicht wäre, würde ich sofort die Cops anrufen und Sie einbuchten lassen.«

Er nickte. Er hatte schon öfter mit aufgebrachten Frauen zu tun gehabt und wusste, wann es galt, vorsichtig zu sein. »Das ist ebenfalls angekommen. Hören Sie zu …«

»Ich brauche Ihnen nicht zuzuhören.« Mit der flachen Hand gab sie ihm einen kräftigen Stoß gegen die Brust. »Sie sind ebenso beleidigend wie starrsinnig, und Sie haben unrecht, deshalb brauche ich Ihnen nicht zuzuhören.«

»Ich habe recht«, konterte er. »*Sie* haben unrecht. Ich weiß …«

»Einfach alles«, unterbrach sie. »Sie tauchen hier auf, nachdem Sie sich in der Welt herumgetrieben und überall den Supermacho gespielt haben, der vor nichts Angst hat. Und plötzlich wissen Sie genau, was das Beste für einen zehnjährigen Jungen ist, den Sie noch nicht mal vier Wochen kennen.«

»Ich habe nicht den furchtlosen Supermacho gespielt. Rennen zu fahren ist mein Beruf!«, explodierte er. Seine Absicht, sich mit ihr zu versöhnen und Frieden zu schließen, war vergessen. »Und ich bin darin sehr gut. Und ich weiß in der Tat, was das Beste für den Kleinen ist. Ich bin es, der Tag und Nacht für ihn da ist. Sie verbringen ein paar Stunden mit ihm und glauben, dass Sie die Weisheit gepachtet haben. Das ist doch völliger Schwachsinn.«

»Es ist mein Job, es zu wissen.«

»Dann sollten Sie auch wissen, dass jeder Fall anders gelagert ist. Vielleicht nützt es manchen Menschen, sich bei einem Fremden auszusprechen und die Träume analysieren zu lassen.« Während der Fahrt hierher hatte er sich alles sorgfältig zurechtgelegt und eine logische Argumentation aufgebaut. Er war entschlossen, völlig sachlich zu bleiben. »Ich habe nichts dagegen, wenn es Ihnen etwas genützt hat.

Aber Sie können nicht alle über einen Kamm scheren. Sie müssen sich die näheren Umstände und die jeweiligen Personen ansehen und erst danach vorgehen.«

Anna bekam ihre Atmung nicht unter Kontrolle und gab schließlich jeden Versuch auf. »Ich schere die Menschen, denen ich helfen soll, nicht über einen Kamm. Ich beobachte und bilde mir eine Meinung, denn sie bedeuten mir etwas. Ich bin kein Provinzbürokrat, der null Ahnung hat. Ich bin ausgebildete Sozialarbeiterin mit über sechs Jahren Berufserfahrung, und diese Ausbildung und Erfahrung habe ich mir erworben, weil ich genau weiß, wie es ist, auf der anderen Seite zu stehen, verletzt und ängstlich zu sein, allein und ohnmächtig. Und niemand, dessen Fall mir übertragen wird, ist für mir einfach nur ein Name auf einem Formular.«

Ihre Stimme brach, worauf sie schockiert verstummte. Rasch trat sie zurück, hielt die Hand vor den Mund und hob die andere, um ihn von sich fernzuhalten. Sie spürte es hochkommen und wusste, dass sie es nicht aufhalten konnte. »Gehen Sie«, brachte sie heraus. »Verschwinden Sie von hier.«

»Tun Sie das nicht.« Panik schnürte ihm die Kehle zu, als ihr die ersten heißen Tränen übers Gesicht liefen. Mit aufgebrachten Frauen konnte er umgehen, er konnte sie verstehen. Aber gegen weibliche Tränen war er machtlos. »Auszeit. Foul. Gott, tun Sie das nicht.«

»Lassen Sie mich einfach in Frieden.« Sie wandte sich ab, dachte nur noch an Flucht, doch er legte die Arme um sie und vergrub sein Gesicht in ihrem Haar.

»Tut mir leid, tut mir leid, tut mir leid.« Er hätte sich für einfach alles entschuldigt, wenn sie dadurch nur wieder zu ebenbürtigen Gegnern werden konnten. »Ich hatte unrecht. Ich habe Mist gebaut. Wein doch nicht, Kleines.« Er drehte sie zu sich herum und hielt sie. Dann drückte er seine Lippen auf ihre Stirn, ihre Schläfen. Seine Hände streichelten ihr Haar, ihren Rücken. Schließlich umschloss er ihren Mund mit seinen Lippen, zuerst sanft, um zu trösten und zu lindern, sinnlose Bitten und Versprechen flüsternd. Doch sie hob die Arme, schlang sie um seinen Nacken, presste ihren Körper an den seinen und öffnete sehnsüchtig die Lippen.

Die Veränderung kam plötzlich, und er verlor sich in ihr, ertrank in ihr. Die Hand, die ihr sanft übers Haar gestreichelt hatte, griff zu, als der Kuss sie beide erregte.

Bring mich fort, konnte sie nur denken. Lass mich nicht vernünftig sein, nicht nachdenken. Nimm mich einfach. Sie wollte seine Hände auf sich spüren, seinen Mund, sie wollte, dass ihr Körper unter seinen Fingern vor Verlangen erbebte. Erfüllt von seinem intensiven, wildherben Geschmack, würde sie alles andere loslassen können.

Sie erschauerte in seinen Armen, und der Laut, den sie ausstieß, hätte auch ein Wimmern sein können. Er fuhr zurück, und obwohl seine Hände zitterten, hielt er sie fest.

»Das war nicht …« Er musste innehalten und sich erst fangen. Er würde bestimmt nicht klar denken können, wenn sie ihn weiter mit diesem leidenschaftlichen Blick ansah. »Ich kann selbst nicht glauben, dass ich es bin, der das jetzt sagt, aber das ist keine gute Idee.« Er streichelte ihre Arme, während er um Selbstbeherrschung kämpfte. »Sie sind durcheinander, können nicht nachdenken …« Er konnte sie noch schmecken, ihre Zunge hatte wildes Verlangen in seinem Körper aufsteigen lassen. »Gott, ich brauche was zu trinken.«

Verärgert über sich und ihn, fuhr sie sich mit dem Handrücken über die Wange, um die Tränen abzuwischen. »Ich mache Kaffee.«

»Ich habe nicht von Kaffee gesprochen.«

»Ich weiß, aber wenn wir vernünftig sein wollen, bleiben wir lieber dabei.«

Sie ging in die Kochnische und lenkte sich mit den vertrauten Handgriffen wie Bohnen zu mahlen und Kaffee aufzubrühen ab. Jeder Nerv ihres Körpers prickelte. Jedes Bedürfnis, das sie jemals gekannt oder sich vorgestellt hatte, war brutal geweckt worden.

»Hätten wir es beendet, Anna, dann hätten Sie vielleicht gedacht, dass ich die Situation ausnutze.«

Sie nickte, machte sich jedoch weiter mit dem Kaffee zu schaffen. »Oder ich hätte mich das zumindest gefragt. Es ist besser so. Für mich ist es wichtig, Sex niemals mit Schuldgefühlen zu vermischen.« Dann sah sie ihn ruhig und gelassen an. »Es ist lebenswichtig für mich.«

Und er verstand. Und weil er es verstand, empfand er sowohl ohnmächtige Wut als auch hilfloses Mitgefühl. »Mein Gott, Anna. Wann?«

»Als ich zwölf war.«

»Es tut mir so leid.« Ihr Geständnis berührte ihn tief. »Es tut mir leid«, wiederholte er. »Sie brauchen nicht darüber zu reden.«

»In diesem Punkt gehen unsere Meinungen auseinander. Darüber zu reden hat mich schließlich gerettet.« Und er würde zuhören, dachte sie, und sie verstehen. »Meine Mutter und ich besuchten Philadelphia. Ich wollte die Liberty Bell sehen, weil wir in der Schule den Unabhängigkeitskrieg durchnahmen. Unser Wagen war eine alte Schrottmühle. Wir fuhren also hin und besichtigten alles. Dann aßen wir ein Eis und kauften Souvenirs.«

»Anna …« Ihr Kopf schnellte herum. »Haben Sie Angst, es zu hören?«

»Schon möglich.« Ja, vielleicht hatte er Angst davor, es zu hören, Angst davor, was sich dadurch zwischen ihnen ändern würde. Wieder mal ein Glücksspiel, dachte er. Dann sah er sie an und wartete geduldig. Er begriff, dass er es wissen musste. »Erzählen Sie weiter.«

Sie holte Tassen aus dem Schrank. »Wir waren nur zu zweit. Immer schon gewesen. Sie war mit sechzehn Jahren schwanger geworden und wollte nie verraten, wer mein Vater war. Ihr Leben wurde durch mich ungeheuer kompliziert, sie musste viele Demütigungen ertragen und Opfer bringen. Meine Großeltern sind sehr religiös, sehr altmodisch«, Anna lachte leise, »sehr italienisch. Sie verstießen meine Mutter zwar nicht, aber ich hatte das Gefühl, dass es ihr Unbehagen bereitete, von ihnen ständig bevormundet zu werden. Daher wohnten wir in einem Apartment, das nicht einmal halb so groß war wie dieses hier.«

Sie brachte die Kanne zum Tisch und goss den aromatischen, dunklen Kaffee ein. »Es war April, ein Samstag. Sie hatte sich freigenommen, damit wir wegfahren konnten. Es war ein wunderbarer Tag, und wir blieben länger als geplant, weil wir so viel Spaß hatten. Auf der Heimfahrt schlief ich immer wieder ein, und sie muss dann irgendwo falsch abgebogen sein. Wir hatten uns verfahren, aber sie machte sich darüber nur lustig. Plötzlich blieb der Wagen stehen. Rauch quoll aus der Motorhaube. Sie fuhr rechts ran, wir stiegen aus und fingen an zu kichern. Was für ein Chaos, was für eine blöde Situation.«

Er wusste, was jetzt kam. »Vielleicht sollten Sie sich lieber setzen.«

»Nein, es geht mir gut. Sie dachte, der Kühler hätte zu wenig Wasser«, fuhr Anna fort. Sie erinnerte sich, wie warm es gewesen war, wie still, und wie der Mond sich immer wieder hinter Wolken versteckt hatte. »Wir wollten zur nächsten Ortschaft trampen und dort um Hilfe bitten. Dann kam ein Auto und hielt an. Zwei Männer saßen darin, und einer von ihnen lehnte sich aus dem Fenster und fragte uns, ob wir Probleme hätten.«

Sie nahm ihre Kaffeetasse und trank einen Schluck. Ihre Hände zitterten jetzt nicht mehr. Sie war imstande, ihre Geschichte zu erzählen und noch einmal zu durchleben. »Ich weiß noch, wie sie meine Hand drückte, so fest umklammerte, dass es wehtat. Später begriff ich, dass sie Angst gehabt hatte. Die Männer waren betrunken. Meine Mutter erklärte, sie sei auf dem Weg zum Haus ihres Bruders, es sei alles bestens, aber die beiden stiegen aus. Sie schob mich hinter sich. Als der erste sie packte, schrie sie, ich solle weglaufen. Aber ich konnte nicht. Ich konnte mich nicht rühren. Der Mann lachte und begrapschte sie, und sie wehrte sich. Und als er sie von der Straße zerrte und auf den Boden drückte, lief ich zu ihnen und versuchte ihn wegzuziehen. Aber das konnte ich natürlich nicht schaffen. Der andere Mann riss mich zurück und zerfetzte mein Shirt.«

Eine wehrlose Frau und ein hilfloses Kind. Cam ballte die Hände zu Fäusten, als Wut in ihm aufstieg. Er wünschte sich, er hätte ihnen in jener Nacht helfen können, es ihren Peinigern heimzahlen können.

»Die ganze Zeit lachte er«, sagte Anna leise. »Für einen Moment sah ich deutlich sein Gesicht. Ich hörte meine

Mutter immer wieder schreien, sie flehte sie an, mir nichts zu tun. Er vergewaltigte sie, ich konnte hören, wie er sie vergewaltigte, aber sie bat ihn immer wieder, mich in Ruhe zu lassen. Ich konnte hören, wie der Mann sie schlug und sie anbrüllte, sie solle den Mund halten. Es kam mir alles so unwirklich vor. Als er mich dann vergewaltigte, war es wie ein furchtbarer Albtraum, der einfach nicht aufhören wollte. Als sie fertig waren, wankten sie zu ihrem Wagen und fuhren weg. Sie ließen uns einfach dort liegen. Meine Mutter war bewusstlos. Er hatte sie übel zusammengeschlagen. Ich wusste nicht, was ich tun sollte. Später sagte man mir, ich hätte einen Schock gehabt. Meine Erinnerung setzte erst wieder im Krankenhaus ein. Meine Mutter erlangte das Bewusstsein nicht wieder. Sie lag zwei Tage im Koma, dann starb sie.«

»Anna, ich weiß nicht, was ich sagen soll.«

»Ich habe es Ihnen nicht erzählt, um Ihr Mitgefühl zu wecken«, sagte sie. »Sie war siebenundzwanzig, ein Jahr jünger, als ich es jetzt bin. All das ist schon sehr lange her, aber man vergisst nie. Und ich erinnere mich noch an alles, was in jener Nacht geschah, an alles, was danach kam, als ich bei meinen Großeltern lebte. Ich tat, was in meinen Kräften stand, um ihnen und mir wehzutun. Das war meine Art, mit der Tragödie fertigzuwerden. Ich weigerte mich, eine Therapie zu machen«, sagte sie kühl. »Ich wollte nicht mit irgend so einem verbissenen, vertrockneten Seelenklempner reden. Stattdessen fing ich Streit an, suchte Ärger und fand ihn. Ich hatte wahllosen Sex, nahm Drogen, brannte durch und lief Sturm gegen alle, die mir helfen wollten.«

Anna nahm die Jacke, die sie vorhin ausgezogen hatte, und faltete sie jetzt ordentlich zusammen. »Ich hasste jeden, und mich selbst am meisten. Es war mein Wunsch gewesen, nach Philadelphia zu fahren, wegen mir hatten wir die Reise gemacht. Ohne mich wäre das alles nicht geschehen.«

»Nein.« Er wollte sie berühren, wagte es jedoch nicht. Nicht, weil sie so zerbrechlich schien, das war es nicht. Sie wirkte unbeschreiblich stark. »Nein, Sie tragen an all dem keine Schuld.«

»Ich fühlte mich aber schuldig. Und deshalb schlug ich auf jeden ein, mit dem ich in Berührung kam.«

»Manchmal kann man nicht anders«, murmelte er. »Zurückschlagen, Amok laufen, bis man alles rausgelassen hat.«

»Manchmal gibt es aber gar keinen Grund, um sich zu schlagen, und keinen Ort, wohin man gehen könnte. Drei Jahre lang benutzte ich die Ereignisse in jener Nacht als Vorwand, um zu tun, was immer ich wollte. Und das, was ich wollte, war falsch. Ich hielt mich für ungeheuer ausgebufft, als ich im Jugendknast landete. Aber meine Betreuerin war ausgebuffter. Sie setzte mich unter Druck, forderte mich heraus und ließ nicht locker. Und weil sie sich weigerte, mich aufzugeben, erreichte sie ihr Ziel schließlich. Und weil auch meine Großeltern sich weigerten, mich aufzugeben, schaffte ich es.«

Behutsam legte sie die Jacke über die Armlehne des Sofas. »Es hätte anders kommen können. Ich hätte eine von vielen verkrachten Existenzen werden können.«

Er fand es erstaunlich, dass sie diese grausame Erfahrung in Stärke umgewandelt hatte, dass sie einen Beruf gewählt hatte, der sie tagtäglich daran erinnern musste, was ihr Leben beinahe zerstört hätte. »Und Sie beschlossen, anderen zu helfen. Die Art Arbeit zu leisten, die Sie auf den richtigen Weg gebracht hatte.«

»Ich wusste, dass ich helfen konnte. Und ich hatte eine Schuld abzutragen, so wie Sie das Gefühl haben, dass Sie in der Schuld Ihres Vaters stehen. Ich habe überlebt«, sagte sie und blickte ihm wieder offen in die Augen, »aber zu überleben ist nicht genug. Es war nicht genug für mich, es ist nicht genug für Sie, und es wird für Seth nicht genug sein.«

»Eins nach dem andern«, murmelte er. »Ich will wissen, ob sie die Mistkerle gefasst haben.«

»Nein.« Sie hatte schon vor langer Zeit gelernt, das zu akzeptieren. »Es hat Wochen gedauert, bis ich zusammenhängend darüber reden und eine Aussage machen konnte. Man hat die beiden nie gefasst. Was meine Arbeit angeht, so glaube ich, dass wir keine bessere Alternative anzubieten haben.«

Er streckte die Hand nach ihr aus, zögerte und steckte sie dann in seine Tasche. »Es tut mir leid, wenn ich Sie verletzt habe, wenn ich Dinge gesagt habe, die Sie an dieses schlimme Erlebnis erinnert haben.«

»Es ist immer da. Aber ich komme damit zurecht und kann es über lange Phasen beiseiteschieben. Doch vergessen werde ich es nie.«

»Haben Sie eine Therapie gemacht?«

»Am Schluss, ja. Ich …« Sie brach ab und seufzte. »Also schön, ich behaupte nicht, dass Therapien Wunder bewirken, Cam. Ich will nur sagen, dass sie hilfreich sein, einen Heilungsprozess einleiten können. Ich brauchte sie, und nachdem ich schließlich bereit war, diese Hilfe in Anspruch zu nehmen, ging es mir auch besser.«

»Lassen Sie uns Folgendes tun.« Jetzt berührte er sie doch, legte eine Hand auf ihre. »Wir lassen diese Frage erst einmal offen. Warten wir ab, wie die Dinge sich entwickeln ... in jeder Beziehung.«

»Abwarten, wie die Dinge sich entwickeln.« Sie seufzte, war zu müde, um zu streiten. Ihr Kopf schmerzte, und ihr Körper fühlte sich zerbrechlich und leer an. »In Ordnung, aber in meinem Bericht werde ich trotzdem therapeutische Hilfe empfehlen.«

»Vergessen Sie die Schuhe nicht«, sagte er trocken und war ungeheuer erleichtert, als sie lachte.

»Die brauche ich nicht zu erwähnen, da ich weiß, dass Sie ihn bis zum Wochenende durch sämtliche Geschäfte geschleift haben werden.«

»Wir könnten einen Kompromiss schließen. In letzter Zeit scheint mir das immer besser zu gelingen.«

»Dann müssen Sie vorher unvorstellbar stur gewesen sein.«

»Ich glaube, das Wort, das meine Eltern benutzten, war ›dickköpfig‹.«

»Es tut gut, verstanden zu werden.« Sie blickte auf seine Hand, die noch auf ihrer lag. »Wenn Sie mich bitten würden, bleiben zu dürfen, könnte ich nicht Nein sagen.«

»Ich möchte gern bleiben. Ich will dich. Aber heute Abend kann ich nicht darum bitten. Es ist ein in jeder Hinsicht ungünstiger Zeitpunkt.«

Sie wusste, wie manche Männer einer Frau gegenüber empfanden, die Opfer eines Sexualdelikts geworden waren. Ihr Magen zog sich schmerzhaft zusammen. Aber es war besser, Bescheid zu wissen. »Liegt es daran, dass ich vergewaltigt wurde?«

Das durfte er so nicht stehen lassen. Er durfte nicht zulassen, dass das, was ihr zugestoßen war, zwischen ihnen stand. »Es liegt daran, dass Sie heute Abend nicht Nein sagen können, Sie es aber morgen vielleicht bereuen würden.«

Überrascht blickte sie zu ihm auf. »Sie verhalten sich immer anders, als ich es erwarte.«

Auch Cam wunderte sich über seine Reaktionen in letzter Zeit. »Diese Sache zwischen uns, wie auch immer sie sich entwickelt, ist anders als sonst. Wie wär's mit einer Verabredung Samstagabend?«

»Am Samstag bin ich schon verabredet.« Sie lächelte. »Aber ich werde absagen.«

»Sieben Uhr.« Er beugte sich zu ihr hinüber und küsste sie. Einmal, zweimal. »Ich will das hier zu Ende bringen.«

»Ich auch.«

»Nun ja.« Er stieß einen Seufzer aus und ging zur Tür. »Das wird mir die Heimfahrt erleichtern.« Er drehte sich noch einmal zu ihr um. »Sie sagten, Sie hätten überlebt, Anna, aber das stimmt nicht ganz. Sie haben gesiegt. Alles an Ihnen zeugt von Mut und Kraft.« Als sie ihn verblüfft ansah, lächelte er. »Diese Eigenschaften haben weder der Sozialarbeiter noch der Therapeut Ihnen geschenkt. Die haben Ihnen lediglich geholfen, Ihre Stärken zu entwickeln. Ich denke, diese Eigenschaften haben Sie von Ihrer Mutter. Sie muss eine tolle Frau gewesen sein.«

»Ja, das war sie«, murmelte Anna, erneut den Tränen nahe.

»So wie Sie.« Leise schloss Cam die Tür hinter sich.

Für die Heimfahrt ließ er sich Zeit. Er musste über vieles nachdenken.

11. Kapitel

Ein schöner Samstagmorgen im Frühling war nicht dazu gemacht, im Haus zu hocken oder sich auf überfüllten Straßen herumzutreiben. Für Ethan gab es nur eins: aufs Meer rauszufahren. Die Vorstellung, einen Einkaufsbummel zu machen ja, einen Einkaufsbummel –, jagte ihm beinahe Angst ein.

»Ich begreife nicht, warum wir alle dabei sein müssen.«

Da Cam als Erster am Jeep angelangt war, nahm er vorn Platz. Er wandte den Kopf, um seinem Bruder einen bösen Blick zuzuwerfen. »Weil wir alle in einem Boot sitzen. Die alte Claremont-Scheune ist zu vermieten, ja? Wir brauchen Platz, wenn wir Boote bauen wollen.«

»Irrsinn«, sagte Phillip nur, als er in die Market Street von St. Chris einbog. »Man kann ja wohl schlecht eine Werkstatt einrichten, wenn man keine geeigneten Räumlichkeiten hat«, erwiderte Cam. Diesem Gedanken schien in seinen Augen eine unumstößliche Logik innezuwohnen. »Also sehen wir uns das Gebäude gemeinsam an, einigen uns mit Claremont und legen los.«

»Konzessionen, Steuern, Materialbeschaffung. Bestellungen, um Himmels willen«, begann Phillip aufzuzählen, »Werkzeug, Reklame, Telefonleitungen, Faxanschlüsse, Buchführung.«

»Dann kümmere dich darum.« Cam zuckte gleichgültig mit den Schultern. »Sobald wir den Mietvertrag unterschrieben und Schuhe für den Kleinen besorgt haben, kannst du tun, was immer als Nächstes auf dem Plan steht.«

»*Ich* soll das machen?«, beschwerte sich Phillip, während Seth gleichzeitig murmelte, dass er keine blöden neuen Schuhe brauche.

»Ethan hat unseren ersten Auftrag an Land gezogen, und ich habe die Scheune aufgetan. Nun kannst du dich um den Papierkram kümmern. Und du kriegst die blöden Schuhe«, drohte er Seth.

»Ich weiß gar nicht, warum du hier den Boss spielst.«

Cam lachte grimmig auf. »Ich auch nicht.«

Das Claremont-Gebäude war im Grunde keine Scheune, konnte aber von der Größe her als solche gelten. Mitte des 18. Jahrhunderts war dort ein Tabaklager untergebracht worden. Nach dem Unabhängigkeitskrieg hatten die britischen Schiffe mit ihrem breiten Warensortiment St. Chris nicht mehr angelaufen, sodass die florierenden Geschäfte bald der Vergangenheit angehörten.

Der Aufschwung am Ende des 19. Jahrhunderts war direkt von der Bucht ausgegangen. Mit den verbesserten Konservierungs- und Verpackungsmethoden war ein Markt für Austern entstanden, und in St. Chris kehrte neuer Wohlstand ein. Im alten Tabaklager wurden die Austern verpackt.

Nachdem die Austernbänke nicht mehr genug hergaben, wurde das Gebäude zu einem großen Lagerschuppen umgebaut. Im Laufe der nächsten fünfzig Jahre hatte es dann fast die Hälfte der Zeit leergestanden.

Von außen machte das Gebäude nicht viel her: von Sonne und Regen verschossener Backstein, daumengroße Löcher im Mörtel, ein durchhängendes altes Dach, das dringend neu gedeckt werden musste. Die wenigen Fenster, die es gab, waren klein und schäbig, die meisten Scheiben zerbrochen.

»Oh, sieht ja vielversprechend aus.« Angewidert parkte Phillip den Wagen seitlich des Gebäudes.

»Wir brauchen Raum«, rief Cam ihm ins Gedächtnis. »Schön muss es nicht sein.«

»Gott sei Dank, denn das hier lässt sich wirklich nicht als schön bezeichnen.«

Ethan, dessen Interesse geweckt war, stieg aus. Er ging zum nächstliegenden Fenster und benutzte das Halstuch, das in seiner Gesäßtasche steckte, um den Schmutz abzuwischen, sodass er hineinsehen konnte. »Es ist kein schlechtes Haus. Es hat hinten eine Laderampe und einen Anlegesteg. Wir müssen nur ein bisschen Arbeit reinstecken.«

»Ein bisschen?« Phillip spähte über seine Schulter hinweg ebenfalls hinein. »Der Fußboden ist verfault. Da muss es nur so wimmeln vor Ungeziefer, vermutlich Termiten und Nagetiere.«

»Wäre vielleicht nicht schlecht, das Claremont gegenüber zu erwähnen«, bemerkte Ethan, »um die Miete zu drücken.« Als er Glas splittern hörte, sah er, dass Cam mit dem Ellbogen eine bereits gesprungene Scheibe eingedrückt hatte. »Wir gehen wohl besser rein.«

»Einbruch.« Phillip schüttelte nur den Kopf. »Ist ja ein guter Anfang.«

Cam knackte das jämmerliche Fensterschloss und schob es hoch. »Es war schon zerbrochen. Wartet hier auf mich.« Er kletterte hinein und verschwand.

»Cool«, sagte Seth, und ehe jemand ein Wort sagen konnte, folgte er Cam auf demselben Weg.

»Wir bieten ihm ja ein schönes Beispiel.« Phillip fuhr sich mit der Hand übers Gesicht und wünschte von ganzem Herzen, er hätte nie das Rauchen aufgegeben.

»Na ja, sieh es mal so. Du hättest die Schlösser aufbrechen können. Aber du hast es nicht getan.«

»Richtig. Hör zu, Ethan, wir müssen darüber in Ruhe nachdenken. Es spricht doch nichts dagegen, dass ihr – dass wir – das erste Boot bei dir bauen. Sobald wir ein Gebäude mieten und eine Steuernummer beantragen, haben wir uns festgelegt.«

»Was kann denn schlimmstenfalls passieren? Wir verschwenden Zeit und Geld. Ich denke, von beidem habe ich genug.« Er hörte Cam und Seth lachen. »Und vielleicht bringt es uns ja auch Spaß.«

Er ging zur Vordertür, in der Gewissheit, dass Phillip zwar murren, ihm jedoch folgen würde.

»Ich habe eine Ratte gesehen«, sagte Seth fröhlich, als Cam die Tür aufschob. »Die war riesig.«

»Ratten.« Phillip musterte den schwach beleuchteten Raum grimmig, bevor er eintrat. »Entzückend.«

»Wir müssen uns ein paar Katzen besorgen«, beschloss Ethan, »die sind hinterhältiger als Kater.«

Er blickte zu der hohen Decke hinauf. Im offenen Gebälk waren deutlich Wasserschäden zu sehen. Es gab auch einen Heuboden, aber die Stufen, die hinaufführten, waren zerbrochen. Fäulnis und höchstwahrscheinlich Ratten hatten den Holzboden zerfressen. Es würde einiges an Arbeit kosten, hier sauberzumachen und auszubessern, aber Platz war im Überfluss vorhanden. Er überließ sich seinen Tagträumen: der Holzgeruch unter einer Säge, der scharfe Geruch von Maschinenöl, das Geräusch von Hammerschlägen, das Glitzern von Messing, das Knarren der Takelage. Er sah bereits vor sich, wie die Sonne schräg durch neue, saubere Fenster auf das Skelett einer Schlup fiel.

»Wir müssen wohl ein paar Wände für ein Büro hochziehen«, sagte Cam. Seth lief hierhin und dorthin, erkundete und schwärmte. »Wir müssen Pläne zeichnen.«

»Dieses Gebäude ist eine Müllkippe«, bemerkte Phillip.

»Ja, deswegen werden wir es billig kriegen. Wir stecken ein paar Tausend Dollar in die Reparatur ...«

»Besser, wir lassen es abreißen und fangen von vorn an.«

»Phil, jetzt versuch mal, deinen wilden Optimismus zu dämpfen.« Cam wandte sich an Ethan. »Was meinst du?«

»Könnte gehen.«

»Was wird dieses Monstrum von Gebäude tun?« Entnervt hob Phillip die Hände. »Einstürzen und uns unter sich begraben.« In diesem Augenblick krabbelte eine Spinne – ungefähr so groß wie ein Chihuahua, schätzte Phillip – über seine Schuhspitze. »Gebt mir einen Revolver«, murmelte er.

Cam lachte nur und schlug ihm auf den Rücken. »Fahren wir zu Claremont.«

Stuart Claremont war ein kleiner Mann mit harten Augen und einem verkniffenen Mund. Die Häuser, die ihm in St. Christopher gehörten, waren zumeist völlig verwahrlost. Wenn seine Mieter sich laut genug beschwerten, ließ er sich hin und wieder widerwillig dazu herab, die Sanitäranlagen oder die Heizungen instandzusetzen oder ein Dach zu flicken.

Er glaubte daran, sein Geld für schlechte Zeiten zusammenhalten zu müssen. Und in Claremonts Augen waren die Zeiten nie gut genug, um sich ohne Not von einem einzigen Cent zu trennen.

Dennoch war sein Haus in der Oyster Shell Lane eine

wahre Sehenswürdigkeit. Jeder in St. Chris wusste, dass Nancy, seine Frau, mit ihrem Genörgel alles erreichte. Sie hatte die Hosen an.

Der Teppichboden war dick und weich, die Wände hübsch tapeziert. Die Rüschenvorhänge waren auf die verspielten Polstermöbel abgestimmt. In militärischer Ordnung lagen Zeitschriften auf einem glänzenden Kirschholztisch, der zu den entsprechenden Beistell- und Klapptischen passte.

Im Haus der Claremonts ergänzte sich alles. Jedes Zimmer wirkte wie ein Bild aus einer Zeitschrift. Wie ein Bild, dachte Cam, aber nicht lebendig.

»Also, Sie sind an der Scheune interessiert.« Mit einem Grinsen, das seine Zähne verbarg, führte Claremont sie in sein Arbeitszimmer. Es war im englischen Landhausstil eingerichtet. Die dunkle Holztäfelung war mit Jagddrucken dekoriert. Es gab tiefe Polstersessel aus weinrotem Leder, einen Schreibtisch mit Messingbeschlägen und einen in einen Gasofen umgewandelten Backsteinkamin. Der Großbildfernseher wirkte fehl am Platz, war aber typisch für seine Besitzer.

»Gewissermaßen«, antwortete Phillip. Auf der Fahrt war beschlossen worden, dass er die Verhandlungen führen sollte. »Wir sehen uns gerade nach einem Gebäude um.«

»Ein großartiger alter Bau.« Claremont ließ sich an seinem Schreibtisch nieder und bat sie, sich zu setzen. »Sehr geschichtsträchtig.«

»Ja, sicher, aber in diesem Falle sind wir nicht an der Geschichte interessiert. Das Gebäude scheint zu einem großen Teil verfallen.«

»Ein wenig, ein wenig.« Claremont winkte mit seinen

Stummelfingern ab. »Sie leben doch hier, was haben Sie denn anderes erwartet? Habt ihr Jungs vor, irgendein Geschäft zu eröffnen?«

»Wir denken darüber nach. Wir sind noch in der Planungsphase.«

»Aha.« Claremont glaubte ihm nicht, denn dann würden die drei ihm jetzt nicht gegenübersitzen. Während er überlegte, welche Miete er für dieses Objekt herausschlagen konnte, das für ihn nur ein ärgerlicher Ballast war, musterte er Seth. »Na schön, reden wir darüber. Vielleicht will der Junge ja so lange nach draußen gehen.«

»Nein«, sagte Cam, ohne zu lächeln. »Wir reden alle gemeinsam darüber.«

»Wenn Sie es so haben wollen.« So war das also, dachte Claremont. Er konnte es kaum erwarten, Nancy davon zu erzählen. Na, er hatte jetzt Gelegenheit, den Jungen ganz in Ruhe und von Nahem zu betrachten. Selbst ein halbblinder Idiot konnte in diesen Augen Ray Quinn wiedererkennen. Den heiligen Ray, dachte er säuerlich. Es sah so aus, als wäre der Große Quinn gestrauchelt, o ja, Sir. Und es würde ihm großen Genuss bereiten, die Leute darüber aufzuklären, wie es stand.

»Ich habe an einen Fünfjahresvertrag gedacht«, sagte er zu Phillip und schätzte damit richtig ein, wer die Geschäftsführung übernehmen würde.

»Im Augenblick denken wir erst einmal an ein Jahr, mit einer Option auf sieben Jahre. Natürlich gehen wir davon aus, dass gewisse Reparaturen durchgeführt werden, bevor wir dort einziehen.«

»Reparaturen.« Claremont lehnte sich zurück. »Ha. Das Gebäude steht fest wie ein Fels.«

»Wir verlangen, dass das Haus auf Termiten hin untersucht wird. Sollte die Untersuchung positiv ausfallen, müssten sie beseitigt werden. Die laufenden Instandsetzungen wäre selbstverständlich unsere Aufgabe.«

»In dem Gebäude gibt's kein Ungeziefer.«

»Na dann«, Phillip lächelte verbindlich, »brauchen Sie ja die Überprüfung nicht zu fürchten. Wie hoch soll die Miete sein?«

Da er sich ärgerte und Ray Quinn nie hatte ausstehen können, blähte Claremont sich auf. »Zweitausend im Monat.«

»Zwei ...«, Bevor Cam einen Kraftausdruck loslassen konnte, stand Phillip auf.

»Dann hat es keinen Sinn, Ihre Zeit noch länger in Anspruch zu nehmen. Vielen Dank, dass Sie uns empfangen haben.«

»Warten Sie, warten Sie.« Claremont kicherte und kämpfte gegen den kleinen Panikanfall an, der ihn ergriff, weil ihm das Geschäft so rasch durch die gierigen Finger zu gleiten drohte. »Ich hab' nicht gesagt, dass wir nicht noch darüber verhandeln können. Immerhin kannte ich Ihren Daddy ...« Er richtete sein schmallippiges Lächeln direkt an Seth. »Hab' ihn mehr als fünfundzwanzig Jahre gekannt. Es käme mir nicht richtig vor, wenn ich seinem ... seinen Jungs nicht einen kleinen Nachlass gewähren würde.«

»In Ordnung.« Phillip setzte sich wieder und unterdrückte den Impuls, sich die Hände zu reiben. Er vergaß all seine Vorbehalte gegen den Plan, denn er freute sich auf das Verhandeln, eine Kunst, die er beherrschte. »Sprechen wir also darüber.«

»Was zum Teufel habe ich da gemacht?« Dreißig Minuten später saß Phillip in seinem Jeep und stieß immer wieder seinen Kopf gegen das Lenkrad.

»Einen verdammt günstigen Vertrag ausgehandelt, würde ich sagen.« Ethan klopfte ihm auf die Schulter. Diesmal hatte er den Jeep vor Cam erreicht und deshalb den Platz auf dem Beifahrersitz eingenommen. »Du hast seinen Einstiegspreis um die Hälfte heruntergehandelt, ihn dazu gebracht, die meisten Reparaturen zu bezahlen, wenn wir sie selbst durchführen, und ihn so kirre gemacht, dass er sich auf diese, wie hieß es noch gleich, Mietkontrollklausel einlassen musste, wenn wir einem Siebenjahresvertrag zustimmen.«

»Dieser Bau ist eine Müllkippe. Wir werden zwölftausend Dollar pro Jahr bezahlen zuzüglich Strom und Instandsetzung, und das für das allerletzte Loch.«

»Ja, aber jetzt ist es unser allerletztes Loch.« Zufrieden streckte Cam die Beine von sich oder versuchte es zumindest. »Rutsch mal ein Stück mit deinem Sitz nach vorn, Ethan, ich bin hier hinten richtig eingeklemmt.«

»Nein. Vielleicht sollte ich mir das Gebäude in Ruhe noch einmal ansehen. Dann kann ich mir schon mal ein paar Gedanken machen. Später lasse ich mich dann von irgendjemandem nach Hause mitnehmen.«

»Wir gehen noch einkaufen«, rief Cam ihm ins Gedächtnis.

»Ich brauche keine blöden Schuhe«, sagte Seth wieder, aber das klang schon weniger überzeugend.

»Du kriegst Schuhe, und da wir schon mal dabei sind, lässt du dir auch die Haare schneiden. Und wir gehen alle zusammen ins Einkaufszentrum.«

»Ich würde lieber einen Ziegelstein auf den Kopf kriegen, als an einem Samstag ins Einkaufszentrum zu gehen.« Ethan rutschte tiefer in seinen Sitz und zog sich die Mütze tief in die Stirn. Schon der Gedanke daran machte ihn nervös.

»Wenn du erst anfängst, in dieser Todesfalle zu arbeiten«, sagte Phillip zu ihm, »kriegst du eine ganze Tonne davon auf den Kopf.«

»Wenn ich mir die Haare schneiden lassen muss, dann lassen sich alle die Haare schneiden.«

Cam warf einen kurzen Blick auf Seths rebellisches Gesicht. »Du denkst wohl, gleiches Recht für alle, wie? Irrtum. Mach die Augen auf, Kleiner. Du bist erst zehn.«

»Du könntest aber einen Haarschnitt gebrauchen.« Phillip fing im Rückspiegel Cams Blick auf, als er in nördlicher Richtung aus St. Chris hinausfuhr. »Dein Haar ist länger als seins.«

»Halt die Klappe, Phil. Ethan, verdammt noch mal, rutsch mit deinem Sitz nach vorn.«

»Ich hasse das Einkaufszentrum.« Trotzig streckte Ethan ebenfalls die Beine aus und rutschte mit seinem Sitz noch ein kleines Stück weiter nach hinten. »Da wimmelt es von Menschen. Pete, der Friseur, hat noch seinen Laden an der Market Street.«

»Ja, und jeder, der da rauskommt, hat den gleichen Bürstenschnitt.« Frustriert gab Cam dem Sitz einen Tritt.

»Nimm deine Füße von meinen Polstern«, sagte Phillip warnend. »Oder du gehst zu Fuß zum Einkaufszentrum.«

»Dann sag ihm, er soll Platz machen.«

»Wenn ich Schuhe kriegen soll, dann suche ich sie mir selbst aus. Ihr habt kein Mitspracherecht.«

»Wenn ich für die Schuhe bezahlen soll, ziehst du an, was ich dir sage, und zwar ohne Murren.«

»Ich kaufe mir die mistigen Schuhe selbst. Ich habe zwanzig Dollar.«

Cam prustete los. »Hör endlich auf zu träumen, Kumpel. Heutzutage kann man sich mit zwanzig Dollar nicht mal anständige Socken kaufen.«

»Das kann man schon, wenn nicht unbedingt ein vornehmes Designerlabel drankleben muss«, warf Ethan ein. »Wir leben nicht in Paris.«

»Du hast seit zehn Jahren keine anständigen Schuhe gekauft«, gab Cam zurück. »Und wenn du diesen verflixten Sitz nicht bald nach vorn schiebst, dann werde ich ...«

»Schluss jetzt!«, explodierte Phillip. »Hört sofort damit auf, oder ich halte an und stoße eure Köpfe zusammen, das schwöre ich. Oh, mein Gott.« Er nahm eine Hand vom Lenkrad und fuhr sich übers Gesicht. »Ich rede schon wie Mom. Vergesst es. Vergesst es einfach. Bringt euch gegenseitig um. Dann werfe ich eure Leichen auf den Parkplatz des Einkaufszentrums und fahre nach Mexiko. Ich lerne, wie man Matten webt, und verkaufe sie bei Cozumel am Strand. Dort wird es ruhig und friedlich sein. Ich werde meinen Namen in Raoul umändern, und niemand wird wissen, dass ich jemals mit einem Haufen Dumpfbacken verwandt war.«

Seth kratzte sich am Bauch und wandte sich an Cam. »Redet der immer so?«

»Ja, meistens. Manchmal will er sich auch Pierre nennen und in einer Dachkammer in Paris leben, aber es läuft im Prinzip auf dasselbe hinaus.«

Seths Kommentar war eindeutig. »Abartig.« Er holte einen Streifen Kaugummi aus seiner Tasche und schob ihn sich in den Mund. Der Kauf der neuen Schuhe entwickelte sich allmählich zu einem Abenteuer.

Es wäre bei Schuhen geblieben, hätte Cam nicht bemerkt, dass der Hosenboden von Seths Jeans beinahe durchgescheuert war. Nicht, dass er es für besonders wichtig hielt, aber da sie schon mal hier waren, konnten sie auch gleich zwei neue Hosen mitnehmen. Er hätte sich bestimmt nicht genötigt gesehen, diese Käufe noch durch Hemden, Shorts und eine Windjacke zu ergänzen, wenn Seth sich nicht so lange gesträubt hätte, die Jeans anzuprobieren. Und irgendwie kamen dann auch noch drei Baseballmützen, ein Orioles-Sweatshirt und eine Frisbee-Scheibe hinzu, die im Dunkeln leuchtete.

Die Hunde empfingen sie mit wildem, begeistertem Gebell, als sie in die Einfahrt bogen. Das wäre ja rührend gewesen, hätten die beiden nicht meilenweit nach totem Fisch gestunken.

Unter viel Geschubse und Drohungen erreichten die vier endlich das Haus, die Hunde mussten allerdings draußen bleiben. Kurz darauf läutete das Telefon.

»Geht mal einer von euch ran?«, bat Cam. »Seth, bring den Krempel nach oben, und dann badest du die beiden Hunde.«

»Beide?« Der Gedanke gefiel ihm, aber er hielt es für angebracht, sich dennoch zu beschweren. »Wieso muss ich das tun?«

»Weil ich es so will.« Oh, wie Cam es hasste, auf diese lahmen Erwachsenensprüche zurückzugreifen. »Der Gartenschlauch liegt hinter dem Haus. Mann, brauche ich jetzt ein Bier.«

Doch da ihm sogar dafür die Energie fehlte, ließ er sich auf den nächstbesten Stuhl fallen und starrte mit glasigen Augen vor sich hin. Wenn er noch ein einziges Mal in diesem Leben das Einkaufszentrum betreten musste, so schwor er sich, würde er sich eine Kugel durch den Kopf schießen.

»Das war Anna«, sagte Phillip zu ihm, als er ins Wohnzimmer zurückkam.

»Anna? Samstagabend.« Er konnte ein Stöhnen nicht unterdrücken. »Ich brauche eine Transfusion.«

»Sie sagte, sie würde sich um das Essen kümmern.«

»Gut, prima. Ich muss mich jetzt zusammenreißen. Der Kleine gehört heute Abend dir und Ethan.«

»Er gehört Ethan«, stellte Phillip klar. »Ich bin auch verabredet.« Er sank auf den nächsten Stuhl und schloss die Augen. »Es ist nicht mal fünf, und ich möchte nur noch ins Bett kriechen und alles vergessen. Wie schaffen andere Leute das nur?«

»Er hat jetzt genug Klamotten für ein ganzes Jahr. Wenn wir uns dem nur einmal jährlich unterziehen müssen, kann es ja nicht so schlimm sein.«

Phillip öffnete ein Auge. »Er hat Klamotten für Frühjahr und Sommer. Was ist, wenn der Herbst kommt? Pullover, Mäntel, Stiefel. Und bald wird er aus allem, was wir ihm heute gekauft haben, herausgewachsen sein.«

»So weit dürfen wir es nicht kommen lassen. Es muss doch eine Pille oder etwas Ähnliches geben, die wir ihm einflößen können. Und vielleicht hat er ja schon einen Mantel.«

»Das, was er am Leib trug, ist so ziemlich alles, was er besitzt. Dad hat auch diesmal kein Sonderangebot bekommen.«

»Na schön, darüber denken wir später nach. Viel später.« Cam presste die Finger auf die Augen. »Du hast doch gesehen, wie Claremont ihn angesehen hat, oder? Dieses gemeine Funkeln in seinen kleinen Schweinsäuglein?«

»Ja. Er wird reden, und er wird sagen, was er sagen will. Wir können ihn nicht daran hindern.«

»Glaubst du, der Kleine weiß Bescheid?«

»Ich hab' keine Ahnung, was Seth weiß und was nicht. Ich habe keinen Draht zu ihm. Aber Montag werde ich mich nach guten Privatdetektiven umhören. Mal sehen, ob man die Mutter aufspüren kann.«

»Das wird Ärger geben.«

»Wir haben bereits Ärger. Wir können nur Informationen sammeln. Sollte sich herausstellen, dass Seth ein Quinn ist, werden wir uns darauf einstellen.«

»Dad hätte Mom nie so verletzt. Ihre Ehe war für beide wichtig. Sie war das Zentrum ihres Lebens. Und beide waren bodenständig.«

»Wenn er einen Fehltritt begangen hätte, dann hätte er es ihr gesagt.« Daran glaubte Phillip fest. »Und sie hätten es ausdiskutiert. Dieser Teil ihres Lebens ging uns nichts an, und es ginge uns auch jetzt nichts an, wenn Seth nicht wäre.«

»Er ist nicht fremdgegangen«, murmelte Cam, entschlossen, es zu glauben. »Ich sag' dir, was ich von ihnen gelernt habe. Wenn man heiratet, gibt man sich ein festes Versprechen, und damit basta. Das ist wohl auch der Grund, warum wir alle drei noch Singles sind.«

»Schon möglich. Aber wir können das Gerede und die Verdächtigungen nicht ignorieren. Und wenn die Versicherung sich weigert, Dads Police auszuzahlen, sitzen wir alle vier in der Klemme. Vor allem, nachdem wir gerade den Mietvertrag für dieses Dreckloch unterschrieben haben.«

»Wir werden's schon schaffen. Wir haben im Augenblick eine Glückssträhne.«

»Ach?«, sagte Phillip, als Cam aufstand. »Und woher weißt du das?«

»Weil ich den Abend mit einer der erotischsten Frauen dieses Planeten verbringen werde. Und ich habe vor, sehr glücklich zu werden.« Er schaute sich noch einmal um, als er die Treppe hochging. »Warte nicht auf mich, Bruderherz.«

Als er sein Zimmer betrat, hörte Cam das Spektakel im Hof. Er ging zum Fenster und schaute zu Seth und den Hunden hinunter. Simon saß unbeweglich da, während Seth ihn einseifte. Foolish rannte wie verrückt im Kreis herum und bellte aufgeregt und ängstlich den Gartenschlauch an, der achtlos auf den Rasen geworfen worden war und dort Wasser ausspie. Natürlich hatte der Kleine seine brandneuen Schuhen an, die jetzt völlig durchnässt und schmutzig waren. Er lachte wie ein Wahnsinniger. Cam hatte den Jungen noch nie so lachen hören. Er wusste auch nicht, dass Seth so rückhaltlos glücklich, jung und albern sein konnte.

Simon stand auf und schüttelte sich so kräftig, dass Wasser und Seifenschaum durch die Luft flogen. Daraufhin wich Seth zurück, glitt auf dem nassen Gras aus und fiel auf den Rücken. Er brüllte vor Lachen, als beide Hunde sich auf ihn stürzten. Cam musste ebenfalls grinsen.

An dieses Bild erinnerte er sich plötzlich wieder, als er auf Annas Wohnung zuging. Er wollte ihr beim Abendessen davon erzählen. Er wollte diese Begebenheit mit ihr teilen, und er dachte, dass es sie bestimmt ebenso weich stimmen würde wie eine intime Mahlzeit bei Kerzenschein in einem Restaurant. Die Rosen, die er auf dem Weg zu ihr besorgt hatte, konnten auch nicht schaden. Er roch daran. Wenn er von Frauen auch nur das Geringste verstand, dann hatte Anna eine Schwäche für gelbe Rosen. Darauf würde er jede Wette abschließen.

Bevor er bei ihr anklopfen konnte, sprang die Tür gegenüber auf. »Hallo, Sie da, Sie müssen der neue Freund sein.«

»Hallo, Mrs. Hardelman. Wir sind uns schon vor ein paar Tagen begegnet.«

»Nein, das war meine Schwester.«

»Oh.« Er lächelte zurückhaltend. Sie sah haargenau so aus wie die Frau, die neulich in dieser Tür erschienen war, bis hin zu dem rosa Morgenmantel aus Chenille. »Na ... wie geht's?«

»Sie haben ihr Blumen mitgebracht. Das wird ihr gefallen. Meine Verehrer haben mir früher auch immer Blumen mitgebracht, und mein Henry, Gott sei seiner Seele gnädig, brachte mir im Mai immer Flieder mit. Denken Sie nächsten Monat an Flieder, junger Mann, wenn Anna Sie dann noch kommen lässt. Die meisten schickt sie wieder weg, aber vielleicht behält sie Sie ja.«

»Ja.« Er brachte ein Lächeln zustande, obwohl sein Herzschlag bei dem Wort ›behalten‹ aussetzte. »Vielleicht.« Spontan löste er eine Rose aus dem Strauß und reichte sie ihr mit schwungvoller Gebärde.

»Oh!« Eine mädchenhafte Röte überzog ihr faltiges Gesicht. »Ach, du liebe Zeit.« Ihre Augen leuchteten vor Vergnügen, als sie an der Rose roch. »Wie hübsch. Wie lieb von Ihnen. Wenn ich vierzig Jahre jünger wäre, dann würde ich mit Anna um Sie kämpfen.« Kokett zwinkerte sie ihm zu. »Und ich würde gewinnen.«

»Keine Frage.« Er zwinkerte ihr ebenfalls zu und grinste. »Und grüßen Sie Ihre … Schwester.«

»Viel Spaß heute Abend. Gehen Sie mit ihr tanzen«, fügte sie hinzu, als sie die Tür schloss.

»Gute Idee.« Leise lachend klopfte Cam bei Anna an.

Als sie öffnete und so sexy aussah, dass er sie mit Haut und Haaren hätte verschlingen mögen, dachte Cam, dass der Tanz genauso gut sofort beginnen konnte. Er hob sie in die Höhe und wirbelte sie herum. Als er sie wieder absetzte, lachte sie und schwankte leicht.

»Na, hallo.« Sie genoss den leichten Drehschwindel und kicherte. »Lass mich los. Ich kann das Gleichgewicht nicht mehr halten.«

»Das ist genau der Punkt, an dem ich dich haben will. Du sollst dich nicht mehr halten können.« Er näherte sich ihrem Mund und gab ihr einen glühenden Kuss, der sie dahinschmelzen ließ.

»Die Tür ist noch offen«, stieß sie hervor und streckte die Hand aus, um sie ins Schloss zu werfen.

»Gute Idee.« Er hob sie langsam hoch, Zentimeter für Zentimeter, und knabberte dabei an ihren Lippen. »Deine Nachbarin sagte, ich solle mit dir tanzen.«

»Oh. Das war es also.«

»Das war nur eine erste Kostprobe.« Er umschloss ihre Unterlippe mit den Zähnen, saugte daran und gab sie wieder frei. »Willst du Tango tanzen, Anna?«

»Ich glaube, diesen Tanz lassen wir lieber aus.« Aber sie presste die Hand auf ihr Herz, wie um es festzuhalten, als sie sich aus seinen Armen löste. »Du hast mir Blumen mitgebracht.« Als sie den Strauß entgegennahm, vergrub sie das Gesicht in den Blüten. »Du hast wohl gedacht, du kannst mich mit Rosen beeindrucken, wie?«

»Ja.«

»Du hast recht.« Sie lachte. »Ich stelle sie eben ins Wasser und du kannst uns schon mal Wein eingießen. Gläser sind da drüben.«

»Na schön. Ich …« Er blickte sich um und sah einen dampfenden Topf auf dem Herd stehen, und auf dem Büfett eine Platte mit Vorspeisen. »Was ist das alles?«

»Unser Abendessen.« Sie ging vor einem der Küchenschränke in die Hocke, um eine Vase zu suchen. »Hat Phillip meine Nachricht nicht an dich weitergegeben?«

»Ich dachte, du würdest in einem bestimmten Restaurant einen Tisch bestellen.« Er nahm einen gefüllten Pilz von der Platte, kostete ihn und seufzte in sinnlichem Vergnügen auf. »Ich wusste nicht, dass du für mich kochen würdest.«

»Ich koche gern«, meinte sie leichthin, während sie eine blassrosa Vase mit Wasser füllte. »Und ich wollte mit dir allein sein.«

Er schluckte schnell. »Schwierig, dagegen etwas einzuwenden. Was gibt es denn?«

»Linguini mit der berühmten roten Sauce der Spinellis.« Sie drehte sich um und nahm das Glas Merlot, das er ihr reichte. Ihr Gesicht war vom Kochen ein wenig gerötet. Das Kleid, das sie trug, hatte die Farbe von reifen Pfirsichen. Es schmiegte sich an ihren Körper wie die Hände eines Liebhabers. Ihr offenes Haar war wild gelockt, und ihre geschminkten Lippen hatte die gleiche Farbe wie der Wein, von dem sie trank.

Cam beschloss, lieber auf der anderen Seite des Büfetts zu bleiben, wenn sie sich etwas länger unterhalten wollten.

»Riecht fantastisch.«

»Es schmeckt auch so.«

Ihr Puls raste. Der Blick, den er ihr zugeworfen hatte, dieser lange, intensive, abschätzende Blick, bevor er lächelte, hatte ihr Verlangen geweckt. Spontan schaltete sie die Herdplatte aus. Ohne den Blick von Cam abzuwenden, ging sie zu ihm.

»Ebenso wie ich«, sagte sie zu ihm. Sie stellte ihr Glas ab, ließ sich seins geben und stellte es daneben. Sie schüttelte ihr Haar zurück und hob ihm lächelnd das Gesicht entgegen. »Probier doch mal.«

12. Kapitel

Cam spürte sein Herz klopfen, als er einen Schritt vortrat. Er schaute ihr in die Augen, wollte jede kleinste Veränderung in ihnen wahrnehmen. »Ich will aber mehr als nur probieren. Also überleg's dir gut.«

Manchmal sollte man einfach seinem Instinkt, seinem Verlangen folgen, dachte Anna. Und in diesem Augenblick war alles in ihr auf ihn konzentriert. »Du wärst heute Abend nicht hier, wenn ich es nicht bereits getan hätte.« Leise lächelnd wickelte sie sein Haar um ihren Finger. Sie konnte mit ihm umgehen. Davon war sie überzeugt.

Cam legte die Hände an ihre Hüften. Dies war kein bleistiftdünnes Model mit dem Körper eines Jungen, sondern eine Frau. Und er wollte sie. Er lächelte ebenfalls. O ja, er konnte mit ihr umgehen. Davon war er überzeugt. »Magst du Glücksspiele, Anna?«

»Hin und wieder.«

»Dann lass uns alles auf eine Karte setzen.«

Mit einem unsanften Ruck zog er sie an sich. Sie hielt den Atem an und ließ ihn erst wieder los, als er sich ihrem Mund näherte und ihn dann in Besitz nahm. Der Kuss war geradezu verzweifelt, heißhungrig, ihre Zungen vereinten sich, ihre Zähne stießen gegeneinander. Die katzenhaften Laute, die tief aus ihrer Kehle kamen, stiegen ihm zu Kopf wie Whisky.

Sie zog sein Hemd aus seinem Hosenbund und schob dann ihre Hände darunter. Haut und Muskeln – sie wollte ihn fühlen. Lustvoll stöhnend, knetete sie, kratzte und streichelte, bis sein Fleisch unter ihren Fingern zu glühen schien und seine Muskeln hart wurden. Sie wollte diese Muskeln, diese Kraft an ihrem Körper spüren. Er tastete hinten an ihrem Kleid nach einem Reißverschluss, und sie lachte atemlos an seinem Hals. »Es hat keinen Verschluss.« Sie biss ihm in die Wange und dachte nicht daran, sanft zu sein. »Du musst es mir … abstreifen.«

»Himmel.« Er schob ihr den enganliegenden Stretchstoff von der Schulter und liebkoste sie mit den Zähnen, als die Begierde, von ihrer Haut zu kosten, ihn überwältigte.

Sie bewegten sich wie Tänzer, obwohl ihr Rhythmus nicht zu den verträumten Klängen von Chopin passte, dessen Musik sie gerade hörten. Er streifte seine Schuhe ab. Sie öffnete hastig die Knöpfe an seinem Hemd. Ihm war schwindelig, als sie gegen die Schlafzimmertür stießen. Anna lachte, aber das Lachen verwandelte sich in Stöhnen, als er ihr das Kleid bis zur Taille herunterriss, als seine Augen aufblitzten und er den Kopf beugte, um das zarte Fleisch über der schwarzen Spitze ihres BHs zu liebkosen. Seine Zunge schlüpfte unter den Stoff, lockte sie und kostete von ihr, bis ihr die Knie weich wurden und in ihrem Kopf ein Meer von Lichtern und Farben aufblitzte. Sie hatte gewusst, dass er sie bis an die Grenze von Verstand und Gefühl treiben konnte. Und sie wollte ihn dorthin mitnehmen.

Ihr Verlangen war gewaltig, schmerzhaft, kopflos, primitiv. Doch in diesem Moment war es für sie beide alles, was zählte. Leise murmelnd zog sie ihm das Hemd aus und grub ihre Nägel in die festen Wölbungen seiner Schultern. Seine Brust war breit und straff, sein Fleisch unter ihren forschenden Händen heiß und glatt. Da waren Narben, unter der Schulter und an den Rippen. Es war der Körper eines Mannes, der gefährlich lebte, dachte sie, der spielte, um zu gewinnen.

Mit einer raschen, geschickten Handbewegung öffnete sie den Haken vorn an ihrem BH und schmiegte ihre Brüste in seine begierigen Hände. Sie war herrlich anzusehen. Goldbraune Haut und üppige Rundungen. Er fand ihren Körper vollkommen. Anna war erotisch, weich und fest, glatt und duftig. Er wollte sich in ihr vergraben, doch als sie seine Hose öffnen wollte, schüttelte er den Kopf.

»Nein. Ich will dich im Bett besitzen.« Er hob die Hände und umfasste ihren Hals. Sein Kuss war wild und betäubend. »Ich will dich unter mir, auf mir, ich will, dass wir eins werden.«

Sie schleuderte einen Schuh von sich und kämpfte um ihr Gleichgewicht, als sie schwankend zu ihrem Bett gingen. »Ich will dich in mir spüren.« Dann streifte sie den zweiten Schuh ab, und sie fielen auf das Laken.

Anna lag zuerst oben, dann setzte sie sich rittlings auf ihn. Das Tageslicht war nahezu geschwunden. Nur ein schwacher Abglanz der untergehenden Sonne drang noch durch die Fenster herein. Ihre Schatten bewegten sich. Annas Lippen waren hungrig, ruhelos, glitten über sein Gesicht, seinen Hals. Obwohl sie schon vor ihm Männer begehrt hatte, war sie jetzt von einer wilden, primitiven Begierde erfüllt, die sie nicht kannte. Sie würde ihn nehmen, sich nehmen, was sie wollte, um dieses beinahe unerträgliche Verlangen zu stillen.

Als sie sich aufbäumte, und er ihren Oberkörper im Licht der Dämmerung sah, stockte ihm der Atem. Er wollte sie mit einer Intensität, die er in diesem Ausmaß noch bei keiner anderen Frau empfunden hatte. Der Wunsch zu nehmen, zu besitzen, kreiste durch sein bereits erhitztes Blut. Er richtete sich auf, packte mit einer Hand ihr Haar und riss ihren Kopf zurück, sodass sich ihr schlanker Hals seinem Mund darbot. Er konnte alles von ihr haben, würde sich alles nehmen. Rücksichtsloser als beabsichtigt stieß er sie aufs Bett. Annas Augen waren dunkel und funkelten, es waren Augen, in denen ein Mann sich verlieren konnte. Ihr wirres Haar hob sich wie schwarze Seide von dem bronzefarbenen Überwurf ab. Und ihr Duft war mehr als eine aufreizende Einladung, er war eine Herausforderung.

Nimm mich, schien er zu sagen, wenn du es wagst.

»Ich könnte dich bei lebendigem Leibe verschlingen«, murmelte er und presste erneut den Mund auf ihre Lippen.

Er hielt sie fest, da er wusste, dass es zu schnell vorüber sein würde, wenn es ihr gelang, sich zu befreien. Schnell, o Gott, ja, er wollte es schnell, aber er wollte nicht, dass es zu Ende war. Er dachte, dass er hier, in diesem Bett, sein Leben verbringen könnte, wenn Annas bebender Körper nur unter ihm lag.

Ihre Hände zuckten in den seinen, ihr Körper bäumte sich auf, als er ihre Brustwarze in den Mund nahm. Er spürte ihren stockenden Herzschlag, als er Zähne, Zunge und Lippen benutzte, um zu schmecken und ihnen beiden Lust zu bereiten.

Als er sich an ihr gesättigt hatte, gab er ihre Hände frei, um sie zu berühren und von ihr berührt zu werden. Sie wälzten sich auf dem Bett, tasteten nacheinander, zogen an den Kleidern, die noch zwischen ihnen waren. Sie atmeten schnell und mühsam, keuchten und stießen leise Seufzer aus, die von wildem Entzücken und geheimen Freuden kündeten. Die Empfindungen überschlugen sich, ließen sie immer wieder erzittern, bis sie sich dem Höhepunkt näherten. Sie erschauerte unter seinen Händen, brach beinahe in Tränen aus, als eine Welle der Lust sie überrollte. Sie kämpfte, um ihm den gleichen scharfen, erregenden Schmerz zu bereiten. Seine Hand schloss sich um sie. Anna war heiß, nass und bereit. Erneut bäumte sie sich auf, und ihre Nägel gruben sich in seinen Rücken, als sie zum ersten Höhepunkt kam.

Hinterher erinnerte sie sich nur noch an einen Kampf um mehr. Immer mehr. Wilder, animalischer Sex, der Zwang, sich zu vereinen. Suchende Hände glitten ab von feuchtem Fleisch, ein hungriger Mund suchte den anderen hungrigen Mund. Sie kam erneut, und ihr Befreiungsschrei war zugleich ein Schluchzer des Triumphes und der Ohnmacht.

Cam konnte das Glitzern in ihren dunklen Augen sehen, die Konturen ihres vollen, wunderschönen Mundes. Das Blut rauschte in seinen Ohren, seinem Herzen, seinen Lenden. Er dachte nur noch *jetzt* und drang dann fest und tief in sie ein. Einen bebenden Moment lang verharrten sie bewegungslos, vereint, verschmolzen. Er bemerkte nicht einmal, dass seine Hände die ihren suchten und ihrer beider Finger sich zu Fäusten schlossen.

Dann begann sie sich zu bewegen, zielstrebig und schnell. Feuchtes Fleisch rieb sich an feuchtem Fleisch. Ihre Blicke trafen sich und hielten einander fest. Er sah, wie ihre Augen sich verschleierten, als sie sich dem Gipfel näherte. Dann hörte er ein tiefes Stöhnen in ihrer Kehle aufsteigen, bevor er ihren Mund mit dem seinen umschloss, um diesen Laut in sich einzusaugen.

Ihre Hüften bewegten sich wie rasend, spornten ihn an und trieben ihn unaufhaltsam an seine Grenzen. Er drang immer tiefer in sie ein, hielt sich nur mühsam zurück und betrachtete sie, während sich das Verlangen nach Erlösung schmerzhaft in seinen Lenden ausbreitete. Dann wurde ihr Körper zu einem straffen Bogen aus Lust, und er saugte ihren Schrei ein, als er sich endlich fallen ließ.

Cam konnte sich nicht rühren. Er war überzeugt, dass er, falls ihm jemand einen Revolver an die Schläfe gesetzt hätte, er sich in sein Schicksal ergeben hätte, ohne sich zu wehren. Zumindest wäre er als befriedigter Mann gestorben.

Er konnte sich keinen schöneren Ruheplatz vorstellen. Er lag ausgestreckt auf Annas biegsamem Körper, das Gesicht in ihrem Haar vergraben. Und wenn er lang genug so liegen blieb, konnte er vielleicht sogar noch mal von vorn anfangen.

Die Musik war eine andere geworden. Als er wieder klar genug denken konnte, erkannte er Paul Simons kluge Texte und Melodien. Er schlief fast darüber ein.

»Wenn du auf mir einschläfst, werde ich dir wehtun müssen.«

Er lächelte träge. »Ich werde nicht schlafen. Ich habe vor, dich noch ein zweites Mal zu lieben.«

»Oh.« Sie streichelte seinen Rücken und seine Hüften. »Ist das wahr?«

»Ja. Lass mir nur noch ein paar Minuten Zeit.«

»Würde ich gern tun, wenn ich nur Luft kriegen könnte.«

Träge stützte er sich auf die Ellbogen und blickte zu ihr hinunter. »Tut mir leid.«

Sie lächelte. »Nein, das stimmt nicht. Du bist selbstgefällig. Aber ich auch, deshalb stört es mich nicht.«

»Das war großartiger Sex.«

»Ja, großartiger Sex«, bestätigte sie. »Und jetzt werde ich das Essen zu Ende kochen. Wir brauchen Treibstoff, wenn wir es noch mal versuchen wollen.«

Erfreut und verblüfft schüttelte er den Kopf. »Du bist eine faszinierende Frau, Anna. Keine Spielchen, keine Heuchelei. So wie du aussiehst, könntest du die Männer dazu bringen, durch brennende Reifen zu springen.«

Sie gab ihm einen kleinen Schubs, um sich zu befreien. »Wieso denkst du, dass ich das noch nicht getan habe? Du hast mir doch gegeben, was ich wollte, oder nicht?« Lächelnd stand sie auf und ging nackt zum Kleiderschrank.

»Sie haben einen Wahnsinnskörper, Ms. Spinelli.«

Anna schaute über ihre Schulter, während sie sich in einen kurzen roten Morgenmantel hüllte. »Gleichfalls, Quinn.«

Sie ging in die Küche und summte vor sich hin, als sie die Kochplatte unter der Sauce wieder anstellte und einen Topf mit Wasser für die Pasta füllte. Gott, war das toll, sich so locker, so entspannt und befreit zu fühlen. So tollkühn es auch von ihr war, sich Cameron Quinn zum Liebsten zu erwählen, der Genuss war jedes Risiko wert.

Er hatte ihr jeden Zentimeter ihres Körpers und seines Körpers bewusst gemacht. Sie fühlte sich schmerzhaft lebendig. Und was das beste von allem war, so überlegte sie, als sie das Brot herausholte, das sie rösten wollte, dass er sie zu verstehen schien.

Es war eine schöne Sache, von einem Mann begehrt und befriedigt zu werden. Aber es wärmte ihr das Herz, von dem Mann, der sie begehrte, auch gemocht zu werden.

Sie drehte sich um und griff nach ihrem Wein, als Cam aus dem Schlafzimmer kam. Er hatte zwar seine Hose angezogen, sie jedoch nicht zugeknöpft. Anna trank langsam, während sie ihn über den Rand ihres Glases hinweg musterte. Breite Schultern, feste Brust, eine Taille, die zu schmalen Hüften wurde, und lange Beine.

Und vorläufig gehörte all das ihr.

Sie nahm eine Pfefferschote vom Tablett und hielt sie ihm an die Lippen. »Die ist scharf«, sagte Cam, als sich die Hitze in seinem Mund ausbreitete.

»Mhm. Ich mag es … scharf.« Sie nahm sein Weinglas und reichte es ihm. »Hungrig?«

»Zufällig ja.«

»Es dauert nicht lang.« Und da sie den Ausdruck in seinen Augen erkannte, ging sie wieder an den Herd, um die Sauce umzurühren. »Das Wasser kocht gleich.«

»Du weißt doch, was man über Töpfe sagt, die man nicht aus den Augen lässt«, begann er und wollte ihr folgen. Die Skizze am Kühlschrank lenkte ihn jedoch von seinem Plan ab, gleich jetzt über sie herzufallen. »Hey, der sieht ja aus wie Foolish.«

»Es ist Foolish. Seth hat ihn gezeichnet.«

»Sag bloß!« Er sah genauer hin. »Wirklich? Das ist unglaublich gut, nicht wahr? Ich wusste gar nicht, dass der Junge zeichnen kann.«

»Du wüsstest es, wenn du mehr Zeit mit ihm verbringen würdest.«

»Ich verbringe jeden Tag Zeit mit ihm«, murmelte Cam. »Er erzählt mir überhaupt nichts.« Cam wusste nicht, woher der plötzliche Ärger kam, und es war ihm auch egal. »Wie hast du das aus ihm rausgekriegt?«

»Ich habe gefragt«, sagte sie schlicht und ließ die Linguini in das kochende Wasser gleiten.

Cam verlagerte sein Gewicht. »Hör zu, ich tue für den Kleinen, was ich kann.«

»Das habe ich auch nicht bestritten. Ich denke lediglich, dass du es noch besser machen kannst, mit ein wenig mehr Übung und ein wenig mehr Entschlossenheit.«

Sie schob ihr Haar zurück. Anna hatte nicht vorgehabt, über Seth zu sprechen. Sie wollte Beruf und Privatleben strikt trennen. »Du machst deine Sache gut. Das ist mein Ernst. Aber du hast noch einen weiten Weg vor dir, wenn du sein Vertrauen und seine Zuneigung erringen willst, Cam. Auch du solltest ihm diese Gefühle entgegenbringen. Deine Verpflichtung erfüllst du voll und ganz, und das ist bewundernswert. Aber er ist auch ein kleiner Junge, der Liebe braucht. Und du hast diese Gefühle für ihn. Das habe ich selbst gesehen.« Sie lächelte ihn an. »Du weißt nur noch nicht, was du mit ihnen anfangen sollst.«

Cam blickte finster auf die Skizze. »Also jetzt soll ich mit ihm über Hundeskizzen reden?«

Anna seufzte, dann drehte sie sich um und nahm Cams Gesicht in ihre Hände. »Sprich einfach mit ihm. Du bist ein guter Mann mit einem guten Herzen. Der Rest findet sich von allein.«

Verärgert packte er sie an den Handgelenken. Er hätte nicht sagen können, warum ihn ihr Verständnis, ihr belustigter, mitfühlender Blick nervös machten. »Ich bin kein guter Mann.« Sein Griff verstärkte sich. »Ich bin egoistisch, ungeduldig. Ich suche den Nervenkitzel, weil er zu mir passt. Meine Schulden zu begleichen hat nichts mit einem guten Herzen zu tun. Ich bin ein Mistkerl, und es gefällt mir so.«

»Es ist immer klug, sich selbst zu kennen«, stellte sie fest.

Cam spürte einen Anflug von Panik und versuchte ihn zu ignorieren. »Ich werde dich vermutlich verletzen, noch bevor wir miteinander fertig sind.«

Anna legte den Kopf auf die Seite. »Vielleicht werde ich dir zuerst wehtun. Willst du das Risiko eingehen?«

Er wusste nicht, ob er lachen oder fluchen sollte. Er zog sie schließlich in einem glühenden Kuss in seine Arme. »Essen wir doch im Bett.«

»Das war mein Plan«, sagte sie.

Die Pasta war bereits kalt, als sie endlich dazu kamen. Doch das hielt sie nicht davon ab, heißhungrig zu essen. Sie saßen im Schneidersitz auf ihrem Bett und aßen im Schein eines halben Dutzends brennender Kerzen. Cam schob sich Linguini in den Mund und schloss in sinnlichem Vergnügen die Augen. »Mann, schmeckt das gut.«

Anna wickelte die Nudeln geschickt um ihre Gabel. »Du solltest erst mal meine Lasagne probieren.«

»Ich bestehe darauf.« Entspannt und träge brach er ein Stück von dem knusprigen Brot ab, das sie in einen Korb gelegt hatte, und reichte ihr die zweite Hälfte.

Ihr Schlafzimmer war anders eingerichtet, als der Rest ihrer Wohnung, stellte er fest. Hier hatte sie ihr Augenmerk nicht auf Nützlichkeit oder Stromlinienform gerichtet. Das Bett selbst glich einer breiten Insel, war mit rosenfarbenen Laken und einer glatten Satindecke in dekorativem Bronze bedeckt. Das Kopfteil bildete ein romantischer Bogen aus Schmiedeeisen, geschwungen, frivol, und mit einem Dutzend dicker, bunter Kissen verziert.

Die Kommode hatte er bereits als antik erkannt, ein massives altes Stück aus Mahagoni. Sie hatte sie mit hübschen kleinen Fläschchen, Schalen und einer silbernen Bürste geschmückt. Der Spiegel hatte eine länglich-ovale Form.

Außerdem sah er noch einen Frisiertisch aus Mahagoni, der mit funkelnden Messinggriffen verziert war. Davor stand ein mit Stoff bezogener Hocker. Aus irgendeinem Grund hatte er solche Möbel immer schon als unglaublich sexy empfunden.

In einer kupfernen Vase standen hohe, edle Blumen, die Wände waren mit Bildern bedeckt und die Fensterrahmen waren bronzefarben gestrichen wie der Überwurf.

Dies war Annas Zimmer, dachte er träge. Der Rest des Apartments gehörte zu Ms. Spinelli. Die Praktische und die Sinnliche. Beide gefielen ihm.

Er griff nach der Weinflasche, die er neben dem Bett auf den Fußboden gestellt hatte, und schenkte ihr nach.

»Willst du mich betrunken machen?«

Er grinste. Ihr Haar hing wirr herunter, und der lose Morgenmantel bedeckte nur eine ihrer gerundeten Schultern. Ihre großen dunklen Augen schienen über sie beide zu lachen. »Das brauche ich nicht, aber interessant könnte es schon sein.«

Sie lächelte, zuckte die Achseln und trank. »Warum erzählst du mir nicht von deinem Tag?«

»Heute?« Er schüttelte sich zum Spaß. »Der reine Albtraum.«

»Ach, wirklich?« Sie wickelte Linguini um ihre Gabel und fütterte ihn damit. »Einzelheiten.«

»Einkaufen. Schuhe. Grässlich.« Als sie lachte, lächelte auch er. Ihm gefiel ihr Lachen. »Ich habe Ethan und Phillip gezwungen mitzufahren. Das konnte ich auf gar keinen Fall allein durchstehen. Wir mussten dem Kleinen praktisch Handschellen anlegen, um ihn ins Auto zu kriegen. Man hätte meinen können, dass ich ihm eine Zwangsjacke verpassen wollte statt neuer Turnschuhe.«

»Die meisten Männer wissen die Freuden, Herausforderungen und feineren Nuancen des Einkaufens nicht zu würdigen.«

»Das nächste Mal fährst du. Außerdem hatte ich ein Auge auf dieses Gebäude am Wasser geworfen. Wir haben es uns angesehen, bevor wir zum Einkaufszentrum fuhren. Es wird seinen Zweck erfüllen.«

»Welchen Zweck?«

»Das Geschäft. Bootsbau.«

Anna legte ihre Gabel hin. »Es ist dir ernst damit?«

»Völlig ernst. Und das Haus ist richtig. Wir müssen ein bisschen Arbeit reinstecken, aber die Miete ist erschwinglich. Wir haben den Vermieter dazu gebracht, die meisten notwendigen Reparaturen zu bezahlen.«

»Ihr wollt Boote bauen?«

»So komme ich aus dem Haus und treibe mich nicht auf den Straßen herum.« Als sie sein Lächeln nicht erwiderte, zuckte er mit einer Schulter. »Ja, ich glaube, da könnte ich mich reinknien. Vorläufig jedenfalls. Den ersten Kunden haben wir bereits, Ethan hat das organisiert.« »Ich nehme an, ihr habt den Mietvertrag schon unterschrieben.«

»Richtig. Warum es auf die lange Bank schieben?«

»Andere würden mit mehr Vorsicht, mit mehr Überlegung an so ein Vorhaben rangehen, sich mehr Zeit für die Details nehmen.«

»Vorsicht und Überlegungen überlasse ich Ethan, die Details Phillip. Sollte es nicht klappen, haben wir nur ein paar Dollar und ein wenig Zeit verloren.«

Eigenartig, wie gut dieses empfindliche Temperament zu seinem dunklen, abweisenden Äußeren passte, dachte sie. »Und falls es doch klappt?«, fragte sie. »Hast du mal daran gedacht?«

»Wie meinst du das?«

»Falls es klappen sollte, hast du noch eine weitere Verpflichtung übernommen. Es wird langsam zur Gewohnheit.« Sie lachte über seine ärgerliche und überraschte Miene. »Es wird lustig sein, dich in sechs Monaten mal danach zu fragen.« Sie beugte sich vor und gab ihm einen flüchtigen Kuss. »Wie wär's mit Nachtisch?«

Das Unbehagen, das er bei dem Wort ›Verpflichtung‹ spürte, verflog, als ihre Lippen seine streiften. »Was hast du denn da?«

»Cannoli«, sagte sie, als sie ihren Teller auf den Boden stellte.

»Klingt gut.«

»Oder …« Ohne ihn aus den Augen zu lassen, streifte sie ihren Morgenmantel von den Schultern. »Mich.«

»Klingt noch besser«, meinte er und ließ es zu, dass sie ihn an sich zog.

Es war kurz nach drei, als Seth den Wagen in der Einfahrt hörte. Er hatte zwar geschlafen, aber heftig geträumt. Schlimme Träume, in denen er sich wieder in einem dieser stinkenden Zimmer befand, deren Wände fleckig waren und dünner als Zeichenpapier und durch die jeder Laut drang.

Sexgeräusche – Ächzen, Grunzen und knarrende Matratzen –, das gemeine Lachen seiner Mutter, wenn sie mit Koks zugedröhnt war. Ihm brach jedes Mal der Schweiß aus, wenn er diese Träume hatte. Manchmal war sie zu ihm gekommen, wenn er auf dem muffigen Sofa Trost und Schlaf gesucht hatte. Wenn sie in guter Stimmung gewesen war, hatte sie gelacht und ihn fest an sich gedrückt, bis er keine Luft mehr bekommen hatte. Sie hatte ihn aus einem unruhigen Schlaf zu den Gerüchen und Geräuschen der Welt zurückgeholt, in die sie ihn geschleppt hatte.

Hatte sie schlechte Laune, dann hatte sie geschimpft, hatte ihn geschlagen und sich schließlich auf den Fußboden gesetzt und hysterisch geweint.

Beides hatte für eine weitere elende Nacht gesorgt.

Aber schlimmer noch, hundertmal schlimmer war es gewesen, wenn einer der Männer, mit denen sie ins Bett gegangen war, sich ins Zimmer gestohlen und ihn berührt hatte.

Es war nicht oft passiert, und wenn er dann schreiend und um sich schlagend erwacht war, hatte sie das vertrieben. Aber die Furcht in ihm war ständig gegenwärtig gewesen. Er hatte sich angewöhnt, hinter dem Sofa auf dem Fußboden zu schlafen, wenn sie einen Mann bei sich gehabt hatte.

Aber dieses Mal war Seth nicht aus einem Albtraum erwacht, um noch Schlimmeres vorzufinden. Er schüttelte ihn ab und fand sich auf sauberen Laken wieder, neben sich ein zusammengerollter, schnarchender Welpe. Er weinte ein bisschen, weil er allein war. Dann schmiegte er sich noch enger an Foolish, war getröstet von dessen weichem Fell und gleichmäßigem Herzschlag. Das Geräusch des herankommenden Wagens hielt ihn jedoch davon ab, wieder einzuschlafen.

Sein erster Gedanke war: *Cops!* Sie waren gekommen, um ihn abzuholen, ihn gewaltsam fortzubringen. Dann sagte er sich, dass er sich wie ein Kleinkind verhielt, obwohl ihm das Herz bis zum Hals schlug. Trotzdem stieg er aus dem Bett und tappte geräuschlos zum Fenster, um hinauszusehen. Er hatte sich schon ein Versteck ausgesucht, falls er es einmal brauchen sollte.

Es war die Corvette. Seth wusste, dass er den Wagen erkannt hätte, wenn er nicht im Halbschlaf gewesen wäre. Er sah Cam aussteigen und hörte sein leises, fröhliches Pfeifen.

Er war weggefahren, um an eine Frau ranzukommen, dachte Seth und lächelte höhnisch. Erwachsene waren ja so leicht zu durchschauen. Ihm fiel ein, dass Cam eine Verabredung zum Essen mit der Sozialarbeiterin gehabt hatte. Mannomann, dachte er. Cam trieb es mit Ms. Spinelli. Das war so ... abartig. So abartig, erkannte er, dass er nicht wusste, was er davon halten sollte. Eines stand jedenfalls fest, dachte Seth, als Cam pfeifend zur Tür ging – er war allerbester Laune.

Als er die Haustür ins Schloss fallen hörte, schlich er zur Tür. Er wollte nur einen kurzen Blick in den Flur werfen, doch als er Schritte auf der Treppe hörte, sprang er schleunigst wieder ins Bett. Vorsichtshalber.

Der Welpe wimmerte und regte sich, und Seth kniff schnell die Augen zu, als die Tür geöffnet wurde. Sein Herz klopfte zum Zerspringen, als die Schritte sich langsam und leise dem Bett näherten. Was sollte er tun?, dachte er von Panik erfüllt. Gott, was konnte er tun? Foolishs Schwanz schlug aufs Bett, während Seth sich verkrampfte und auf das Schlimmste gefasst machte.

»Du denkst wohl, das es eine ziemlich gute Sache ist, den halben Tag zu faulenzen, sich den Bauch vollzuschlagen und nachts in einem weichen Bett zu schlafen«, murmelte Cam.

Seine Stimme war ein wenig undeutlich, doch Seth brachte das sofort mit Drogen oder Alkohol in Verbindung. Er gab sich alle Mühe, langsam und gleichmäßig zu atmen, während sein Herz wie ein Presslufthammer gegen seine Rippen schlug.

»Ja, du bist in einem Rosengarten gelandet, wie? Und du brauchtest gar nichts zu tun, um es dir zu verdienen. Alberner Hund, du.« Seth erkannte, dass Cam mit Foolish sprach und nicht mit ihm. »Er wird ein Problem kriegen, wenn du ausgewachsen bist und mehr Platz im Bett beanspruchst.«

Neugierig öffnete Seth die Augen nur so weit, dass er etwas sehen konnte. Er sah, wie Cam die Hand ausstreckte, um Foolish kurz über den Kopf zu streicheln. Dann wurde die Bettdecke hochgezogen und über Seths Schultern glattgestrichen. Dieselbe Hand streichelte auch ihm kurz über den Kopf.

Als die Tür sich wieder schloss, wartete Seth etwas, ehe er die Augen zu öffnen wagte. Er blickte Foolish an, der zu grinsen schien, so als wären sie gerade mit einem Streich durchgekommen. Seth grinste ebenfalls und schlang seinen Arm um den molligen Körper des Welpen.

»Ich finde, dass es ein ganz gutes Geschäft ist, oder Junge?«, flüsterte er.

Zustimmend leckte Foolish ihm übers Gesicht, dann gähnte er herzhaft und legte sich wieder schlafen.

Als Seth einschlief, quälten ihn keine schweißtreibenden Träume mehr.

13. Kapitel

»Du bist neuerdings aber glänzender Laune.«

Cam reagierte mit einem Achselzucken auf Phillips Bemerkung und arbeitete pfeifend weiter. Sie machten große Fortschritte mit ihrer – wie Cam es scherzhaft getauft hatte – Schiffswerkstatt. Und jedes Mal, wenn Cam diese Arbeit mit der großen Wäsche verglich, dankte er dem Himmel.

Obgleich alle intakten Fenster weit offen standen, lag immer noch der schwache Geruch von Chemikalien in der Luft. Auf Phillips Drängen hin hatten sie den Raum desinfiziert und danach gesäubert.

Die bestellten Ersatzfenster sollten heute geliefert werden. Claremont hatte sich bitter über die Kosten beschwert, obwohl er sie von seinem Schwager, der eine Holzhandlung in Cambridge leitete, zum Selbstkostenpreis bezogen hatte. Es hatte ihn nur wenig besänftigt, dass die Brüder die Fenster selbst einsetzen wollten, sodass er die Kosten für die Handwerker sparen konnte.

Falls ihm der Umstand Vergnügen bereitete, dass der Wert des Gebäudes durch die Reparaturen stieg, so behielt er dies für sich.

Die Brüder hatten die verfaulten Dielenbretter herausgerissen und sie draußen auf den anwachsenden Schutthaufen gelegt. Das Metallgeländer der Stufen, die nach oben zum Heuboden führten, war durchgerostet und musste ebenfalls erneuert werden. Es mussten Wände hochgezogen werden, z. B. für die Toilette, und Claremont hatte die nötigen Baugenehmigungen bekommen.

Die Tatsache, dass Cam diese Arbeit Spaß bereitete, dass er abends zumeist in ein sauberes Haus zurückkehrte, dass er eine hübsche Frau hatte, die bereit war, einen Tango mit ihm zu tanzen, wann immer die Zeit und die Umstände es erlaubten, machten ihn zu einem glücklichen Menschen.

Mann, der Junge hatte in letzter Zeit sogar seine Hausaufgaben gemacht – meistens jedenfalls. Er hatte den verhassten Aufsatz eingereicht und hatte ohne Zwischenfall die Hälfte seiner Probezeit hinter sich gebracht.

Cam fand, dass ihn sein Glück in den letzten beiden Wochen verwöhnt hatte.

Was Phillip betraf, so waren dies die schlimmsten zwei Wochen seines Lebens gewesen. Er hatte sich kaum in seiner Wohnung aufgehalten, hatte sein liebstes Paar Schuhe von Magli eingebüßt, weil Foolish sich ihrer angenommen hatte, hatte kein einziges Vier-Sterne-Restaurant von innen gesehen und nicht mal von fern den Duft einer Frau gerochen. Es sei denn, er zählte Mrs. Wilson aus dem Supermarkt dazu, doch das fiel ihm nicht im Traum ein.

Stattdessen regelte er Angelegenheiten, an die sonst keiner dachte, schwang den Hammer, bis er Blasen an den Händen bekam, und verbrachte seine Abende mit Nachdenken darüber, was aus seinem Leben geworden war. Und die Tatsache, dass Cam ein aufregendes Sexleben hatte, brachte ihn zusätzlich auf die Palme.

Als ihn das Dielenbrett, das er gerade hochhob, mit einem dicken Splitter im Daumen beglückte, stieß er einen deftigen Fluch aus. »Wieso haben wir bloß keine Zimmerleute angeheuert?«

»Weil du, als Hüter unserer Geldmittel, darauf hingewiesen hast, dass es so billiger würde. Und Claremont hat uns die erste Monatsmiete erlassen, wenn wir es selbst machen.« Cam nahm ihm das Brett ab, legte es auf den Boden und schlug den nächsten Nagel ein. »Du sagtest selbst, es sei ein gutes Geschäft.«

Mit zusammengebissenen Zähnen zog Phillip den Splitter heraus und lutschte an seinem schmerzenden Daumen. »Ich muss damals wahnsinnig gewesen sein.«

Er trat zurück, stemmte die Hände in die Hüften und schaute sich um. Er sah Schmutz, Dreck, Sägespäne, Abfallhaufen, Holzstapel und Plastikhüllen. Dies war nicht sein Leben, dachte Phillip erneut, als Cams Hammerschläge in den Takt des erdigen Rockbeat von Pete Seger einfielen, dessen Musik aus dem Radio dröhnte.

»Ich muss ja wahnsinnig gewesen sein. Dieser Bau ist eine Müllkippe.«

»Ja.«

»Dieses idiotische Geschäft wird unser gesamtes Kapital verschlingen.«

»Zweifellos.«

»In spätestens sechs Monaten sind wir pleite.«

»Schon möglich.«

Phillip griff mit finsterer Miene nach dem Krug mit dem Eistee. »Dir macht das überhaupt nichts aus.«

»Was kommt, das kommt.« Cam steckte seinen Hammer wieder an den Gürtel und holte sein Maßband heraus. »Dann stehen wir auch nicht schlechter da. Aber wenn wir es schaffen, wenn es nur eine Zeit lang gut läuft, haben wir, was wir brauchen.«

»Und das wäre?«

Cam nahm das nächste Brett, musterte die Länge und legte es auf den Holzbock. »Ein Geschäft, das Ethan leiten kann. Er heuert ein paar Teilzeitkräfte an – Fischer im Ruhestand – und baut drei oder vier Boote im Jahr.«

Cam hielt inne, um das Brett zu markieren und die Säge in Gang zu setzen. Späne flogen, und es herrschte fürchterlicher Lärm. Danach verfrachtete er das Brett an seinen Platz. »Ich helfe ihm von Zeit zu Zeit, und du regelst die geschäftliche Seite. Ich könnte pro Jahr ein paar Rennen einschieben und du die Verbraucher wieder mit flotten Spots an der Nase herumführen.« Er griff zu seinem Hammer. »Eitel Glück und Sonnenschein.«

Phillip kratzte sich am Kinn. »Du hast nachgedacht.«

»Richtig.«

»Und wann wird diese Rückkehr ins normale Leben deiner Meinung nach stattfinden?«

Cam wischte sich mit dem Handrücken den Schweiß von der Stirn. »Je schneller wir die Scheune in Schuss gebracht und hergerichtet haben, umso schneller kriegen wir das erste Boot fertig.«

»Was erklärt, warum du uns so angetrieben hast. Und was dann?«

»Ich habe genug Kontakte, um einen zweiten Auftrag an Land zu ziehen, und danach einen dritten.« Cam dachte an Tod Bardette – den Mistkerl –, der jetzt gerade eine Crew für den Eintonner-Cup zusammenstellte. Ja, Bardette konnte er ein Quinn-Boot aufschwatzen. Und es gab andere, viele andere, die bezahlen würden, gut bezahlen. »Mein Hauptbeitrag zu diesem Unternehmen werden wohl Kontakte sein. Sechs Monate«, meinte er, »in sechs Monaten können wir es schaffen.«

»Montag fange ich wieder an zu arbeiten«, sagte Phillip, der auf einen Kampf gefasst war. »Es geht nicht anders.

Ich werde eine Verabredung treffen, dass ich nur von Montag bis Donnerstag in Baltimore sein muss. Mehr kann ich nicht tun.«

Cam überlegte. »Gut. Ich habe kein Problem damit. Aber an den Wochenenden wirst du herumgescheucht.«

Sechs Monate lang, dachte Phillip, vielleicht mehr oder auch weniger. Dann atmete er tief durch. »Du hast Seth bei deinen Plänen außen vor gelassen.«

»Was ist mit ihm? Er wird hierbleiben, hier leben.«

»Und wenn du weg bist, um in Monte Carlo Rekorde und Frauenherzen zu brechen?« Mit finsterer Miene schlug Cam den Hammer härter als nötig auf den Kopf eines Nagels. »Er will ja wohl nicht die ganze Zeit in meiner Tasche stecken. Ihr werdet ja hier sein, wenn ich unterwegs bin. Um den Kleinen wird sich schon jemand kümmern.«

»Und wenn die Mutter zurückkommt? Bisher hat man sie nicht finden können. Mir wäre wohler, wenn wir wüssten, wo sie ist und was sie im Schilde führt.«

»Ich denke nicht mehr an sie. Sie ist nicht mehr im Spiel.« Es darf sich nichts ändern, dachte Cam, als er sich an den ängstlichen Ausdruck auf Seths wachsbleichem Gesicht erinnerte. »Sie wird sich nicht mit uns anlegen.«

»Ich wüsste trotzdem gern, wo sie steckt«, beharrte Phillip, »und was zum Teufel sie Dad bedeutet hat.«

Cam verbannte diese Gedanken aus seinem Kopf. Es war seine Art, offene Fragen zu verdrängen. Das anstehende Problem in seinen Augen war, das Gebäude instandzusetzen, die Ausrüstung, Werkzeug und Materialien zu besorgen. Wenn das Geschäft erfolgreich sein sollte, dann mussten sie sich intensiv darum kümmern.

Mit jedem Tag, an dem er an der Scheune arbeitete, kam er seiner Freiheit einen Tag näher. Jeder Dollar, den er in Material und Ausrüstung steckte, war eine Investition in die Zukunft. Seine Zukunft.

Er hielt sein Versprechen, sagte er sich. Auf seine Art.

In der prallen Sonne löste Cam zerbrochene Schindeln vom Dach, um den Kopf hatte er sich ein verschossenes blaues Halstuch gebunden. Ethan und Phillip arbeiteten hinter ihm. Seth schien es großen Spaß zu machen, die ausgemusterten Schindeln vom Dach auf den Boden zu werfen. Unten bildete sich bereits ein ansehnlicher Haufen.

Es war cool auf dem Dach, fand Seth. Oben in der prallen Sonne zu stehen und hin und wieder eine Möwe vorbeifliegen zu sehen, das gefiel ihm. Von oben hatte er einen guten Überblick über die Stadt mit ihren geraden Straßen und viereckigen Hinterhöfen. Er sah alte Bäume und viele Blumen, die ihm allerdings von oben wie bunte Kleckse erschienen. Das Geräusch eines Rasenmähers drang zu ihm herauf wie ein fernes Summen. Seth konnte das Ufer erkennen, die Boote, die im Hafen lagen oder auf dem Wasser kreuzten. Er sah Kinder auf einem kleinen Boot mit blauen Segeln, und er beneidete sie darum. Da gingen Menschen einkaufen, spazieren oder aßen im Freien unter Sonnenschirmen zu Mittag.

Er wünschte, er hätte das Fernglas dabei, das er von Ray geschenkt bekommen hatte, um noch weiter sehen zu können. Er wünschte, er könnte irgendwann einmal hier oben mit seinem Skizzenheft sitzen.

Alles sah so … so sauber aus: das Blau des Himmels und des Wassers, das Grün der Gräser und der Blätter. Er konnte das Wasser riechen, wenn er kräftig schnupperte – und briet da nicht jemand Hot dogs?

Bei diesem Duft knurrte sein Magen vor Hunger. Er drehte sich ein wenig und schaute aus den Augenwinkeln zu Cam. Mann, er wünschte, er hätte solche Muskeln. Mit solchen Muskeln konnte man alles schaffen, niemand konnte einen aufhalten. Wenn ein Mann solche Muskeln hatte, dann brauchte er sich nie mehr zu fürchten, vor keinem Menschen, nie mehr in seinem ganzen Leben.

Als er seinen eigenen Bizeps betastete, war er alles andere als zufrieden. Wenn er erst Werkzeug benutzte, würden seine Muskel vielleicht härten, überlegte er.

»Du hast gesagt, ich könnte auch Schindeln abnehmen«, erinnerte er Cam.

»Später.«

»Das hast du vorhin auch gesagt.«

»Dann sage ich es eben noch mal.« Es war eine schweißtreibende, hässliche, lästige Arbeit, und Cam wollte sie unbedingt hinter sich bringen. Er hatte bereits sein durchgeschwitztes T-Shirt ausgezogen. Sein Rücken glänzte feucht, und seine Kehle war knochentrocken. Er stemmte die nächste Schindel los und sah zu, wie Seth sie hoch in die Luft warf. »Du wirfst sie immer auf dieselbe Stelle.«

»Das hast du mir doch so gesagt.«

Er musterte den Jungen. Seths Haar lugte wirr unter der Orioles-Mütze hervor, die Cam ihm gekauft hatte, als sie in der vergangenen Woche zu einem Spiel gefahren waren. Jetzt erst bemerkte Cam, dass er den Kleinen seitdem nie mehr ohne die Mütze gesehen hatte.

Das Baseballspiel war eine spontane Idee gewesen, bei der er sich nichts weiter gedacht hatte. Aber es hatte ihm einen schmerzhaften Stich gegeben, Seths Freude beim Anblick der Camden Yards zu sehen. Der Junge hatte sogar vergessen, seinen Hot dog zu essen, so sehr war er dem Geschehen auf dem Spielfeld gefolgt.

Cam sah zu, wie Seth die nächste Schindel wegschleuderte, und er überlegte, ob er dem Kleinen nicht beibringen sollte, wie man einen Ball platzierte. Sofort ärgerte er sich über diesen Gedanken. »Du achtest nicht darauf, wohin du sie wirfst.«

»Ich weiß, wo sie landen. Wenn's dir nicht gefällt, wie ich werfe, dann mach's doch selber. Du hast gesagt, ich könnte auch welche losmachen.«

Lohnt sich nicht, dachte Cam. Lohnt sich nicht, darüber zu streiten. »Schön, du willst also Schindeln von dem verdammten Dach abreißen. Hier, schau her, siehst du, wie ich es mache? Du nimmst den Hammer und ...«

»Ich beobachte dich seit einer Stunde. Man braucht nicht schlau zu sein, um Dachschindeln abzureißen.«

»Fein«, sagte Cam mit zusammengebissenen Zähnen. »Dann leg los.« Er legte den Hammer in Seths eifrig ausgestreckte Hand. »Ich gehe nach unten. Ich brauche was zu trinken.«

Cam kletterte wendig die Leiter hinunter und stellte fest, dass alle zehnjährigen Jungen arrogante Schnösel waren. Und je mehr Schindeln der Kleine löste, umso weniger würde er später zu tun haben. Falls er den Tag überlebte, würde er abends Anna treffen.

Das war vielleicht eine Frau, dachte er, als er nach dem Krug mit dem Eiswasser griff und einen kräftigen Schluck nahm. Beinahe die ideale Frau. Eigentlich fühlte er sich bei solchen Gedanken eher unbehaglich. Es fiel ihm schwer,

Fehler an ihr zu finden. Sie war schön, klug und sexy. Er liebte ihr tolles Lachen, liebte ihre herrlichen, warmen, verständnisvollen Augen, ihren Sinn für Abenteuer. Und sie konnte kochen.

Er lachte in sich hinein und holte ein weiteres Halstuch heraus, um sich das Gesicht abzuwischen.

Tja, wenn er der häusliche Typ wäre, dann würde er sie sich sofort schnappen, ihr einen Ring an den Finger stecken, Ja sagen und sie auf Dauer in sein Haus – in sein Bett – verfrachten.

Heiße Mahlzeiten, heißer Sex.

Gespräche. Lachen. Ein verträumtes Lächeln, das ihn morgens weckte. Blicke, die mehr sagten als alle Worte.

Als Cam merkte, dass er in die Ferne starrte und albern grinste, schüttelte er sich kräftig.

Die Sonne hatte seinem Kopf zugesetzt, entschied er. Dauerhafte Beziehungen waren nicht sein Stil, waren es nie gewesen. Und die Ehe – das Wort ließ ihn schaudern – war für andere Leute bestimmt. Gott sei Dank wollte Anna auch nicht mehr. Ihre schöne, lockere Beziehung stellte sie beide zufrieden.

Um dafür zu sorgen, dass sein Kopf nicht wieder heißlief, übergoss er sich mit eiskaltem Wasser. Sechs Monate, gelobte er sich, sechs Monate, und er würde allmählich in seine Welt zurückkehren. Wettbewerb, Geschwindigkeit, Glitzerpartys und Frauen, die nur auf schnelle Abenteuer aus waren. Er fluchte, denn die Gedanken daran berührten ihn nicht sonderlich. Aber das war es doch, was er wollte. Was er kannte. Wohin er gehörte. Er war nicht dazu geschaffen, ein Leben lang Boote zu bauen, einen Jungen großzuziehen und sich den Kopf über passende Socken zu zerbrechen.

Sicher, vielleicht würde er dem Kleinen beibringen, wie man einen Bodenball oder einen Schmetterball schlug, aber das war keine große Sache. Vielleicht war Anna Spinelli fest in seinen Gedanken verankert, aber das musste auch keine große Sache sein.

Er brauchte Raum, er brauchte Freiheit. Er brauchte Rennen.

Seine Gedanken überschlugen sich, als er wieder nach draußen ging. Er erschrak, denn die Aluminiumleiter fiel ihm beinahe auf den Kopf. Sein heftiger Fluch und der erstickte Schrei von oben überschnitten sich.

Als er aufblickte, hielt er den Atem an.

Seth hing an einem Fensterrahmen in sechs Meter Höhe. In Sekundenschnelle nahm Cam Seths Turnschuhe, baumelnde Schnürsenkel, seine hinuntergerutschten Socken wahr. Und er sah, wie Ethan und Phillip sich über den Rand des Dachs beugten und sich alle Mühe gaben, den Jungen zu erreichen.

»Halt dich gut fest«, rief Ethan. »Hörst du mich?«

»Ich kann nicht.« Vor Panik klang Seths Stimme dünn und sehr, sehr jung. »Ich rutsche.«

»Von hier aus können wir ihn nicht erreichen.« Phillips Stimme klang völlig ruhig, aber in seinen Augen stand die nackte Angst, als er Cam ansah. »Schieb die Leiter rauf. Schnell.«

Cam traf die Entscheidung in Sekunden, obgleich es ihm wie eine Ewigkeit vorkam. Er schätzte, wie lange es dauern würde, die Leiter an die richtige Stelle zu bringen und zu Seth hinaufzuklettern. Zu lange, entschied er und stellte sich direkt unter dem Jungen auf.

»Lass los, Seth. Lass einfach los. Ich fange dich auf.«

»Nein. Ich kann nicht.« Seths Finger waren wund und blutig und gaben fast nach, als er verbissen und voller Panik den Kopf schüttelte. »Das schaffst du nicht.«

»O doch, wir werden es beide schaffen. Schließ die Augen und lass einfach los. Ich bin hier.« Cam stellte sich breitbeinig auf und ignorierte sein Herzklopfen. »Ich bin hier.«

»Ich hab' Angst.«

»Ich auch. Lass los. Jetzt!«, sagte er so scharf, dass Seth instinktiv losließ.

Sein Fallen schien endlos zu sein. Schweiß strömte Cam übers Gesicht, aber er wandte den Blick nicht von dem Jungen. Er hielt sich bereit, streckte die Arme aus und mobilisierte seine ganze Kraft, als Seth in ihnen landete.

Cam dämpfte den Sturz des Jungen mit seinem Körper, als sie auf den Boden fielen. Er spürte die Erde an seinem nackten Rücken. Aber im Nu war er auf den Knien, drehte Seth herum und drückte ihn an sich.

»Gott! Oh, Gott!«

»Ist alles in Ordnung?«, rief Ethan von oben.

»Ja. Ich weiß nicht. Geht's dir gut, Seth?«

»Ich glaube schon. Ja.« Der Junge zitterte am ganzen Leib, er klapperte mit den Zähnen, und als Cam ihn losließ, um ihm ins Gesicht zu blicken, sah er in weit aufgerissene Augen. Er setzte sich auf den Boden, zog Seth auf seinen Schoß und schob den Kopf des Jungen zwischen seine Knie.

»Bloß erschrocken«, rief er seinen Brüdern zu.

»Gut aufgefangen.« Phillip setzte sich aufs Dach, fuhr sich mit den Händen über das Gesicht und überlegte, wann sich sein Herzschlag wohl wieder normalisieren würde. »Mein Gott, Ethan, was hab' ich mir bloß dabei gedacht, dem Kleinen aufzutragen, Wasser zu holen?«

»War nicht deine Schuld.« Er legte Phillip beruhigend eine Hand auf die Schulter. »Niemand war schuld. Es geht ihm und uns gut.« Er schaute wieder nach unten, denn er wollte Cam bitten, ihm die Leiter zu reichen. Doch sein Bruder hielt den Jungen noch immer fest. Er hatte seine Wange an den Kopf des Kleinen gepresst.

Die Leiter konnte warten.

»Atme einfach nur«, befahl Cam. »Lass dir Zeit. Du hast nur keine Luft mehr bekommen, das ist alles.«

»Es geht mir gut.« Seth hielt die Augen geschlossen, weil er Angst hatte, sich zu übergeben und sich ganz und gar zu blamieren. Seine Finger brannten, aber er hatte Angst, sie sich anzusehen. Als er schließlich begriff, dass er festgehalten wurde, dass Cam ihn an sich drückte, war es weder Panik noch Ekel, was ihn durchströmte.

Es war Dankbarkeit, und eine angenehme, fast verzweifelte Erleichterung.

Cam schloss ebenfalls die Augen. Und das war ein Fehler. Denn vor seinem inneren Auge sah er Seth wieder fallen, fallen, fallen, aber diesmal war er nicht schnell genug, nicht stark genug. Er war überhaupt nicht da.

Seine Angst wich plötzlich rasender Wut, und er schüttelte Seth heftig. »Was zum Teufel hast du gemacht? Was hast du dir dabei gedacht? Du Blödmann, du hättest dir das Genick brechen können.«

»Ich hab' bloß ...« Seths Stimme kiekste, was ihn in tödliche Verlegenheit versetzte. »Ich hab' nur – ich wusste es nicht. Mein Schuh war nicht zugebunden. Ich muss danebengetreten sein. Ich hab' nur ...«

Doch der Rest seiner Worte ging an Cams schweißnasser Brust unter, als er den Jungen wieder fest an sich zog, und Seth seinen schnellen Herzschlag spüren konnte. Er schloss wieder die Augen. Dann hob er langsam, ganz vorsichtig die Arme, um sich an Cam festzuhalten.

»Ist ja schon gut«, murmelte Cam und zwang sich, ruhiger zu werden. »Es war nicht deine Schuld. Du hast mir eine Wahnsinnsangst eingejagt.«

Seine Hände zitterten, und Cam hatte das Gefühl, sich zum Affen zu machen. Er schob Seth ein Stück weit von sich und lächelte ihn an. »Und, wie war der Sprung?«

Seth brachte ein mattes Lächeln zustande. »Ich schätze, es war ziemlich cool.«

»Todesmutig.« Sie waren beide verlegen. »Gut, dass du noch so eine halbe Portion bist. Wenn du mehr wiegen würdest, hättest du mich k.o. geschlagen.«

»Scheiße«, sagte Seth, weil ihm nichts anderes einfiel.

»Du hast dir die Hände verletzt.« Nachdenklich blickte Cam auf Seths blutige, aufgeplatzte Haut. »Ich schätze, wir holen mal lieber den Rest der Crew runter und verarzten dich.«

»Es ist nichts.« Tatsächlich brannte es aber wie Feuer.

»Hat keinen Sinn, dich verbluten zu lassen.« Da seine Hände immer noch leicht zitterten, beeilte Cam sich, die Leiter wieder an ihren Platz zu stellen. »Geh rein und hol den Erste-Hilfe-Koffer«, befahl er Seth. »Sieht so aus, als hätte Phillip recht getan, als er uns zwang, das blöde Ding zu kaufen. Jetzt können wir ihn gleich einweihen.«

Nachdem Seth in der Scheune verschwunden war, blieb Cam neben der Leiter stehen und beugte seinen Kopf tief hinunter. Sein Magen rebellierte immer noch, und er spürte auf einmal starke Kopfschmerzen. »Alles klar?« Ethan legte die Hand auf Cams Schulter, als er unten ankam.

»Ich hab' keinen Speichel mehr. Meine Zunge ist völlig vertrocknet. Ich hab' noch nie so eine Scheißangst gehabt.«

»Das ging uns nicht anders.« Und weil Phillip immer noch weiche Knie hatte, setzte er sich auf eine der Leitersprossen. »Wie schlimm steht es um seine Hände? Braucht er einen Arzt?«

»Seine Finger sind zum Teil übel zerschunden. Aber es ist nicht gefährlich.« Er drehte sich um, weil ein Wagen herangefahren kam. Und sein ohnehin angeschlagener Magen reagierte darauf äußerst unangenehm. »Oh, perfekt. Die sexy Sozialarbeiterin um drei Uhr nachmittags.«

»Was will die denn hier?« Ethan zog sich die Mütze tiefer ins Gesicht. Er konnte es nicht leiden, in verschwitztem Zustand Frauen gegenüberzutreten.

»Keine Ahnung. Wir sind heute Abend verabredet, aber erst um sieben. Sie wird eine typisch weibliche Moralpredigt vom Stapel lassen, weil wir den Kleinen überhaupt aufs Dach mitgenommen haben.«

»Also sagen wir ihr nichts davon«, raunte Phillip, während er Anna bereits mit einem charmanten Lächeln empfing. »Na, das ist aber eine angenehme Überraschung. Es geht doch nichts über den Anblick einer schönen Frau nach einem Morgen harter Arbeit.«

»Meine Herren.« Sie lächelte nur, als Phillip ihre Hand nahm und an seine Lippen führte. Sie amüsierte sich über Phillips glatten Willkommensgruß, Ethans leicht verlegenes Nicken und Cams gereizte Miene. Und jeder von ihnen sah umwerfend männlich und anziehend aus, so verschwitzt und in Arbeitskleidung.

»Hoffentlich störe ich nicht. Ich wollte mir mal das Haus ansehen, und ich habe auch ein Gastgeschenk mitgebracht. In meinem Wagen steht ein Picknickkorb, für jeden, der eine Pause einlegen möchte.«

»Sehr nett von Ihnen. Vielen Dank.« Ethan war unruhig. »Ich hole die Sachen.«

»Danke.« Anna musterte das Gebäude. Zum Glück hatte sie sich für diesen spontanen Besuch nicht feingemacht, sondern weite Jeans und ein T-Shirt angezogen. Es war wohl kaum möglich, in die Scheune reinzugehen und sauber wieder herauszukommen. »Das ist es also.«

»Hier werden wir Boote bauen«, begann Phillip, der sich gerade überlegt hatte, ihr das Gelände zu zeigen, um Cam so genügend Zeit zu geben, Seth zu verarzten und ihn zum Schweigen zu verpflichten. Doch da kam der Junge bereits wieder nach draußen. Er hatte zwar wieder Farbe im Gesicht, doch er war schmutzig und zeigte Blutflecken. Sein weißes ›Just do it‹-T-Shirt sah genauso aus. Er trug den Erste-Hilfe-Koffer wie ein Banner vor sich her.

Anna erschrak, als sie ihn sah. Sie lief Seth entgegen und fasste ihn sacht bei den Schultern. »Oh, Schatz, du bist ja verletzt. Was ist passiert?«

»Nichts«, begann Cam. »Er hat nur …«

»Ich bin vom Dach gefallen«, mischte sich Seth ein. Er hatte sich inzwischen beruhigt und seine Angst vergessen. Jetzt war er nur noch von unbändigem Stolz erfüllt.

»Vom Dach …?« Entsetzt untersuchte Anna ihn, um herauszufinden, ob er sich etwas gebrochen hatte. Seth wehrte sich dagegen, doch sie fuhr beharrlich fort, bis sie zufriedengestellt war. »Mein Gott. Und warum läufst du noch hier herum?« Sie wandte kurz den Kopf und warf Cam einen wütenden Blick zu. »Habt ihr einen Krankenwagen gerufen?«

»Er braucht keinen Krankenwagen. Ist mal wieder typisch Frau, gleich die Nerven zu verlieren.«

»Die Nerven zu verlieren.« Sie hielt Seth schützend an der Schulter und fuhr zu ihnen herum. »Die Nerven zu verlieren! Ihr drei steht hier herum wie ein Rudel Paviane. Der Kleine könnte innere Verletzungen haben. Er blutet.«

»Bloß meine Finger.« Seth zeigte sie vor, und sah sie bewundernd an. Mann, am Montag würde er das heißeste Thema an der Schule sein! »Ich bin von der Leiter abgerutscht, aber ich hab' mich noch an dem Fensterrahmen da oben festgehalten.« Er zeigte hinauf, und Anna wurde allein schon von der Höhe schwindelig. »Und dann hat Cam mir gesagt, ich solle loslassen, er würde mich auffangen, und ich hab's getan.«

»Meistens sagt der Kleine keine zwei Worte«, bemerkte Cam leise zu Phillip. »Wenn er aber redet, dann kann er den Mund einfach nicht wieder zukriegen. Es geht ihm gut«, fügte er dann mit erhobener Stimme hinzu. »Er war bloß benommen.«

Sie schenkte sich die Antwort und warf ihm nur einen langen, vorwurfsvollen Blick zu, bevor sie sich wieder Seth zuwandte. »Darf ich mir deine Hände mal ansehen, Schätzchen? Wir waschen sie und schauen mal, ob du genäht werden musst.« Sie hob das Kinn, und ihre Augen schleuderten Blitze. »Und dann möchte ich mit dir reden, Cam.«

»Und ob du das möchtest«, murmelte er, als sie Seth zu ihrem Wagen brachte.

Seth stellte fest, dass er sich gern ein wenig bemuttern ließ. Es war eine neue Erfahrung für ihn, dass eine Frau Theater wegen ein bisschen Blut machte. Ihre Hände waren sanft, ihre Stimme beruhigend. Und wenn seine Finger auch pochten und brannten, so war dies ein kleiner Preis, den er gern für das herrliche Abenteuer zu zahlen bereit war.

»Es war ein langer Weg bis nach unten«, erklärte er ihr.

»Ja, ich weiß.« Der Gedanke daran steigerte ihre Wut noch. »Du musst eine Todesangst ausgestanden haben.«

»Ich hatte nur eine Minute Angst.« Er biss sich in die Wange, um nicht zu wimmern, als sie vorsichtig seine Wunden versorgte. »Manche Jungs hätten gekreischt wie Mädchen und sich nassgemacht.«

Er wusste nicht mehr, ob er geschrien hatte oder nicht, aber zumindest hatte er seine Jeans untersucht und festgestellt, dass dort alles in Ordnung war. »Und Cam war richtig sauer. Man hätte denken können, ich hätte die Leiter extra weggestoßen.«

Ihr Kopf fuhr in die Höhe. »Er hat dich angebrüllt?«

Er wollte schon eine ausgeschmückte Version erzählen, doch etwas in ihren Augen hielt ihn davon ab zu lügen. »Nur ganz kurz. Eigentlich hat er sich eher komisch benommen. Man hätte denken können, dass man mir den Arm abgehackt hat, so wie er sich aufgeregt hat, mich getätschelt hat und so.«

Er zuckte die Achseln, erinnerte sich jedoch an die Wärme in seinem Bauch, als er gehalten wurde und in Sicherheit war. »Manche Typen, wissen Sie, die können kein Blut sehen.«

Ihr Lächeln wurde weicher, und sie schob ihm das Haar aus der Stirn. »Ja, ich weiß. Na ja, du bist in ziemlich guter Form für einen kleinen Kerl, der gern von Häuserdächern springt. Mach das nicht noch mal, klar?«

»Einmal hat mir gereicht.«

»Freut mich, das zu hören. Im Picknickkorb sind gebratene Hähnchen – wenn sie nicht schon alles aufgegessen haben.«

»Ja. Mann, ich könnte zehn Schenkel verdrücken.« Er wollte loslaufen, hatte dann jedoch Gewissensbisse. Er drehte sich noch einmal zu ihr um. »Cam hat gesagt, er fängt mich auf, und er hat's getan. Er war cool.«

Dann rannte er zur Scheune und rief Ethan zu, er solle ihm gefälligst was von den Hähnchen übrig lassen.

Anna seufzte nur. Sie setzte sich auf den Beifahrersitz und brachte den Erste-Hilfe-Koffer in Ordnung. Als sie einen Schatten bemerkte, räumte sie weiter auf. Sie konnte ihn riechen, den Männerschweiß und den schwachen Duft der Seife. Inzwischen kannte sie diesen Geruch so gut, dass sie ihn in einem Raum voller Männer herausfinden würde.

Es stimmte, dass sie neugierig auf das Haus gewesen war, doch eigentlich hatte sie den Besuch als Vorwand genommen, Cam zu sehen.

»Vermutlich hat es keinen Sinn, dir zu sagen, dass Jungen in Seths Alter nicht unbeaufsichtigt Leitern rauf- und runterklettern sollten.«

»Nein, vermutlich nicht.«

»Oder dass sie in seinem Alter unvorsichtig, oft ungeschickt und unbeholfen sind.«

»Er ist nicht unbeholfen«, widersprach Cam nachdrücklich. »Er ist so beweglich wie ein kleiner Affe. Und da wir ja Paviane sind«, fügte er spöttisch lächelnd hinzu, »passt es sogar.«

Sie schloss den Koffer und reichte ihn ihm. »Sieht ganz so aus«, sagte sie. »Aber Unfälle geschehen eben, ganz gleich, wie vorsichtig man ist oder wie sehr man versucht, sie zu verhindern. Deshalb nennt man sie ja Unfälle.«

Sie schaute ihm ins Gesicht. Der Ärger war noch da, stellte sie fest – Ärger auf sie, Ärger auf die Umstände. Und dieser untergründige Zorn, der scheinbar nie ganz verschwand, lag sehr, sehr dicht unter der Oberfläche.

»Und«, fragte sie leise, »wie viele Jahre deines Lebens hat dich dieser kleine Zwischenfall gekostet?«

»Ein paar Jahrzehnte. Aber der Kleine hat sich gut gehalten.«

Er drehte sich zur Scheune um. Erst jetzt sah Anna die Blutspuren auf seinem Rücken. Nach dem ersten Schreck erkannte sie, dass sie von Seths Händen stammten. Der Junge hatte in seinem Arm gelegen, er hatte Cam umarmt. Als er sich ihr wieder zuwandte, sah er ihr Lächeln. »Was ist?«

»Nichts. Tja, da ich schon mal hier bin und ihr meinen Picknickkorb leert, habe ich wohl Anspruch auf eine kleine Führung.«

»Wie viel von dieser Sache musst du in einem deiner Berichte erwähnen?«

»Ich bin nicht im Dienst«, sagte sie schärfer als beabsichtigt. »Ich dachte, ich mache Freunden einen Besuch.«

»So habe ich es nicht gemeint, Anna.«

»Wirklich?« Sie ging um die Wagentür herum und schlug sie zu. Verdammt noch mal, sie war gekommen, um ihn zu sehen, mit ihm zusammen zu sein, und nicht zu einer unangekündigten Kontrolle. »Was ich in meinem nächsten Bericht schreiben werde – es sei denn, ich sehe etwas, das mir das Gegenteil beweist – ist, dass Seth und seine Brüder meiner Ansicht nach eine Beziehung zueinander aufbauen.

Ich werde veranlassen, dass du eine Kopie davon bekommst. Die Führung verschieben wir auf ein anderes Mal, und den Korb kannst du mir ja gelegentlich zurückgeben.«

Sie fand, dass dies ein toller Abgang war, und obwohl sie wütend war, konnte sie sich beherrschen. Doch dann packte er sie, als sie die Wagentür öffnen wollte, und verdarb alles.

Anna fuhr herum und holte aus, doch ihre Faust glitt von seiner feuchten Brust ab. »Hände weg.«

»Wohin willst du? Warte doch mal.«

»Ich brauche nicht zu warten, und ich will nicht, dass du mich festhältst.« Sie schob ihn mit beiden Händen von sich. »Gott, bist du schmutzig!«

»Wenn du nur mal still sein und zuhören könntest ...«

»Wieso denn? Meinst du, ich hab' nicht verstanden? Du meinst, ich wüsste nicht, was du gedacht hast, als ich kam: ›Oh, Mist, da kommt die Sozialarbeiterin. Reißt euch zusammen, Jungs.‹« Sie machte sich los. »Ach, du kannst mich mal.«

Er könnte es abstreiten, könnte behaupten, er wüsste nicht, wovon sie spräche. Aber ihre Augen hatten auf ihn die gleiche Wirkung wie auf Seth. Sie ließen nicht zu, dass ihm eine glatte Lüge über die Lippen kam.

»Na schön, du hast recht. Es war reine Nervosität.«

»Wenigstens hast du den Anstand, ehrlich zu sein.« Sie war überrascht, wie sehr sie sich gekränkt fühlte.

»Ich weiß nicht, worüber du dich so aufregst.«

»Ach nein?« Sie warf ihr Haar zurück. »Dann werde ich es dir sagen. Ich habe den Freund begrüßt, du die Sozialarbeiterin, der du nicht traust. Und jetzt, da dies geklärt ist, geh mir aus dem Weg.«

»Es tut mir leid. Du hast recht, und es tut mir leid.«

»Mir auch.« Sie wollte die Wagentür öffnen.

»Würdest du mir vielleicht noch eine Minute geben?« Statt wieder nach ihr zu greifen, fuhr er sich mit den Händen durchs Haar. Nicht sein ungeduldiger Ton ließ sie innehalten, sondern die Erschöpfung, die in dieser Geste lag.

»Na gut.« Sie ließ den Türgriff los. »Du hast eine Minute.«

Er glaubte nicht, dass es eine zweite Frau auf diesem Planeten gab, der er sich so oft erklärt hatte wie Anna, und die ihn jetzt stirnrunzelnd ansah. »Wir waren alle noch ziemlich erschüttert. Der Zeitpunkt hätte nicht ungünstiger gewählt sein können. Mann, mir zitterten noch die Hände.«

Er hasste es, dies zuzugeben. Und so ging er ein paar Schritte hin und her. »Ich war einmal in einen Unfall verwickelt, vor etwa drei Jahren beim Grand Prix. Mein Wagen prallte gegen die Leitplanke und geriet heftig ins Schleudern. Ich hatte Angst, er würde Feuer fangen und sah mich schon zu Asche verbrennen. Nur einen Moment lang, aber das Bild war sehr intensiv. Ich sage dir, Anna, und ich schwöre es dir – den Kleinen dort oben zu sehen war schlimmer. Verdammt viel schlimmer.«

Wie konnte sie an ihrem Zorn festhalten? Und warum konnte er nicht sehen, wie viel Liebe er zu geben hatte? Dann fiel ihr ein, dass er vorausgesagt hatte, dass er sie vermutlich verletzen würde, aber sie hatte nicht geglaubt, dass es so bald sein würde. Sie hatte aber auch nicht angenommen, dass sie sich in ihn verlieben würde.

»Ich kann das nicht schaffen«, sagte sie und wärmte sich mit ihren Armen. Kälte durchdrang sie, obwohl sie in der prallen Sonne stand. Wie viele Schritte hatte sie auf die

Liebe zugemacht, und wie viele musste sie zurückgehen, um sich zu retten? »Ich weiß nicht, was ich mir dabei gedacht habe. Unsere persönliche Beziehung steht unserem gemeinsamen Interesse an Seth im Weg.«

»Zieh dich nicht von mir zurück, Anna.« Er spürte jetzt eine Furcht, die ihm unbekannt war. »Also haben wir ein paar falsche Schritte gemacht. Das bringen wie wieder ins Lot. Wir sind gut zusammen.«

»Wir sind gut im Bett«, sagte sie und blinzelte, als sie in seinen Augen einen Ausdruck aufblitzen sah, der wie Verletztheit aussah.

»Nur da?«

»Nein«, sagte sie langsam, als er auf sie zukam, »nicht nur da. Aber …«

»Ich empfinde tief für dich, Anna.« Er vergaß, dass seine Hände schmutzig waren, und legte sie auf ihre Schultern. »Und da ist noch viel mehr an Gefühl. Diese Sache mit dir – zum ersten Mal wollte ich nicht vom ersten Moment an möglichst schnell auf die Ziellinie zusteuern.«

Sie würden dennoch dorthin gelangen, wusste sie, und sie würde darauf vorbereitet sein müssen, dass er die Ziellinie vor ihr erreichte und überschritt. »Du darfst mich und meinen Beruf nicht mehr vermischen«, sagte sie leise. »Du musst ehrlich mit mir sein, oder das Übrige hat keine Bedeutung mehr.«

»Ich war offener zu dir als zu jeder anderen Frau bisher. Und ich weiß, wer du bist.«

»Na gut.« Sie legte die Hand an seine Wange, als er sich vorbeugte, um sie zu küssen. »Warten wir ab, was als Nächstes geschieht.«

14. Kapitel

Es war ein schöner, frühlingshafter Nachmittag. Laue Luft, ein frischer Wind und gerade genug Wolken, um die Sonnenstrahlen zu filtern und zu verhindern, dass es zu heiß wurde. Als Ethan sein Arbeitsboot in den Hafen schleuste, wimmelte es am Ufer von Touristen, die gekommen waren, um den Fischern bei der Arbeit zuzusehen.

Er hatte seine Quote früh erfüllt, was ihm gut in den Kram passte. Die Wassertanks unter der verschossenen gestreiften Markise seines Boots waren mit wütenden Krebsen gefüllt, die bei Einbruch der Nacht in irgendeinem Topf landen würden. Er würde seinen Fang abliefern und es seinem Partner überlassen, den Motor in Ordnung zu bringen, der eine Spur zu unregelmäßig lief. Er selbst hatte vor, zur Scheune zu gehen, um sich anzusehen, wie es mit den Klempnerarbeiten voranging.

Er brannte darauf, diese Arbeit erledigt zu sehen. Ethan Quinn war ein Mann, dem wenige Dinge wirklich wichtig waren, aber das Bauen von Booten war ein kleiner Traum, der ihn schon seit geraumer Zeit begleitete. Er fand, dass die Zeit für seine Erfüllung nun reif war.

Simon ließ ein scharfes, freudiges Wuff vernehmen, als das Boot gegen die Pfähle stieß. Als Ethan sich anschickte, die Leinen zu sichern, griffen bereits andere Hände danach. Hände, die er erkannte, bevor er den Blick hob, um in das dazugehörige Gesicht zu blicken. Längliche, hübsche Hände ohne Ringe oder Nagellack.

»Ich hab' sie, Ethan.«

Er schaute auf und lächelte Grace zu. »Danke. Was treibst du mittags am Hafen?«

»Ich sammle Krabben. Betsy fühlte sich heute Morgen nicht wohl, deshalb fehlten zwei Hände. Meine Mutter wollte Aubrey ohnehin für ein paar Stunden zu sich nehmen.«

»Du solltest dir mal Zeit für dich nehmen, Grace.«

»Ach …« Geschickt band sie die Leinen fest, dann richtete sie sich auf und fuhr sich mit der Hand durch die kurzen Haare. »Es ist einer dieser gewissen Tage. Habt ihr schon den Schinkenauflauf gegessen, den ich neulich für euch gekocht habe?«

»Um den letzten Bissen haben wir uns noch gezankt. Der war toll. Danke.« Jetzt, da ihm kein Gesprächsstoff mehr einfiel und er neben ihr auf dem Anlegesteg stand, wusste er nicht, was er mit seinen Händen anfangen sollte. Um seine Unsicherheit zu überspielen, kraulte er Simon am Kopf. »Wir haben heute einen hübschen Fang eingeholt.«

»Ich sehe es.« Doch ihr Lächeln reichte nicht bis zu ihren Augen, und sie biss sich auf die Unterlippe. Ein sicheres Zeichen, dachte Ethan, dass Grace etwas auf dem Herzen hatte.

»Gibt es irgendwelche Probleme?«

»Ich möchte dir ungern deine Zeit stehlen, wenn du beschäftigt bist, Ethan.« Ihr Blick wanderte über den Hafen. »Könnten wir ein paar Schritte gehen?«

»Klar. Ich könnte was Kaltes zu trinken gebrauchen. Jim, kannst du den Rest allein schaffen?«

»Alles klar, Cap'n.«

Der Hund trottete zwischen ihnen, und Ethan schob die Hände in seine Taschen. Er nickte, als ein Bekannter ihn grüßte, nahm kaum die flinken Bewegungen der Krabbensammler wahr, die sich bei der Arbeit so richtig in Szene setzten. Aber die Gerüche fielen ihm auf, weil er sie so gern mochte – Wasser, Fisch, die salzhaltige Luft. Und der feine Duft von ihrer Seife und Shampoo.

»Ethan, ich will dir oder deiner Familie keinen Kummer bereiten.«

»Das könntest du gar nicht, Grace.«

»Vielleicht weißt du es ja auch schon. Es liegt mir nur so schwer auf dem Magen. Ich kann es einfach nicht ertragen.« Sie sprach leise, mit einer Wut, die Ethan selten an ihr gesehen hatte. Er bemerkte, wie angespannt ihr Gesicht war, und beschloss, auf das kalte Getränk zu verzichten und sie vom Hafen wegzuführen.

»Sag's mir am besten, rede es dir von der Seele.«

»Um es dir aufzulasten«, meinte sie und seufzte. Sie tat es ungern. Ethan war immer da, wenn man Ärger hatte oder eine Schulter zum Ausweinen brauchte. Früher einmal hatte sie sich gewünscht, er würde ihr mehr anbieten als das … aber sie hatte gelernt, die Wirklichkeit zu akzeptieren.

»Es ist besser, wenn ihr informiert seid«, sagte sie mehr zu sich selbst. »Ihr könnt nur reagieren, wenn ihr Bescheid wisst. Hier ist ein Ermittler von einer Versicherungsgesellschaft unterwegs, der mit den Leuten redet und ihnen Fragen über deinen Vater und auch über Seth stellt.«

Ethan legte kurz die Hand auf ihren Arm. Sie waren jetzt weit genug vom Hafen, von den Läden und dem Verkehrslärm entfernt. Er hatte gedacht, das läge hinter ihnen. »Was für Fragen?«

»Über den Geisteszustand deines Daddys in den letzten paar Wochen vor dem Unfall. Wie er Seth mitgebracht hat.

Er war heute früh gleich als Erstes bei mir. Ich dachte, es wäre besser, mit ihm zu reden, als ihn abzuweisen.« Sie sah Ethan an und war erleichtert, als er nickte. »Ich hab' ihm gesagt, dass Ray Quinn einer der großartigsten Menschen war, die ich je gekannt habe. Und dann habe ich ihm gesagt, was ich davon halte, wenn jemand die Runde macht, um den gemeinsten Klatsch zu sammeln.«

Da Ethan lächelte, lächelte auch sie. »Na ja, er hat mich eben so in Rage gebracht. Behauptet, er tue nur seine Arbeit, und gibt sich so weich wie Butter. Aber mich hat es auf die Palme gebracht, vor allem als er fragte, ob ich etwas über Seths Mutter wisse oder woher er stamme. Ich sagte, ich wüsste nichts darüber, und es spiele auch keine Rolle. Seth sei da, wo er hingehört, und damit basta. Hoffentlich habe ich es richtig gemacht.«

»Du warst ganz prima.«

Ihre Augen hatten jetzt die Farbe eines windgepeitschten Meeres. »Ethan, ich weiß, es tut weh, dass die Leute reden, dass einige von ihnen Dinge sagen, zu denen sie kein Recht haben. Es hat überhaupt nichts zu bedeuten«, fuhr sie fort und nahm seine Hände zwischen ihre, »jedenfalls für keinen, der eure Familie kennt.«

»Wir werden es schon durchstehen.« Er drückte kurz ihre Hände, wusste nicht, ob er sie festhalten oder loslassen sollte. »Ich bin froh, dass du es mir gesagt hast.« Dann ließ er sie los, doch er schaute ihr ins Gesicht und sah sie so lange an, bis ihr das Blut in die Wangen stieg. »Du kriegst nicht genug Schlaf«, bemerkte er, »deine Augen sehen müde aus.«

»Oh.« Verlegen und ärgerlich rieb sie ihre Augen mit den Fingerspitzen. Warum fiel es diesem Mann immer nur auf, wenn etwas nicht stimmte mit ihr? »Aubrey hat gestern Nacht ein bisschen Theater gemacht. Ich muss wieder zurück«, sagte sie schnell und tätschelte den geduldigen Simon flüchtig. »Morgen komme ich und mache bei euch sauber.«

Sie eilte davon. Sie hatte wenig Hoffnung, dass Ethan, der nur bemerkte, wenn sie müde oder besorgt aussah, sie jemals als Frau wahrnehmen würde.

Aber Ethan sah ihr nach. Er fand, dass sie viel zu hübsch war, um wie ein Maulesel zu schuften.

Der Ermittler, dessen Name Mackensie war, drehte seine Runde. Bisher ergaben seine Notizen das Bild eines Mannes, der ein wahrer Heiliger gewesen sein musste. Ein selbstloser barmherziger Samariter, der nicht nur seine Nachbarn liebte, sondern sich frohen Herzens auch noch ihre Päckchen auflud, der, unterstützt von seiner treuen Frau, tatkräftig Menschlichkeit praktizierte. Doch es gab auch andere Aussagen, die Raymond Quinn als einen aufgeblasenen, sich überall einmischenden Despoten darstellten, der übel beleumundete Jungs sammelte wie andere Männer Briefmarken und sie dazu anhielt, unbezahlte Sklavenarbeit zu verrichten, sein Ego zu streicheln und ihm möglicherweise auch sexuell zu Diensten zu sein.

Obgleich Mackensie zugeben musste, dass letztere Beurteilungen die interessanteren waren, so wurde diese Ansicht doch nur von einigen wenigen vertreten. Und da er ein erfahrener, vorsichtiger Mann war, erkannte er, dass die Wahrheit vermutlich irgendwo zwischen dem Heiligen und dem Sünder zu suchen war.

Seine Aufgabe war es nicht, Raymond Quinn, Versicherungsnummer 005-678-LQ2, heiligzusprechen oder aber zu verdammen. Er wollte lediglich Fakten sammeln und diese Fakten würden darüber entscheiden, ob die Ansprüche aus der Versicherungspolice ausbezahlt oder einbehalten werden würden. So oder so wurde Mackensie nach Zeit- und Arbeitsaufwand bezahlt.

Er hatte in einem kleinen Esslokal namens Bay Side Eats haltgemacht und ein Sandwich bestellt. Seine Schwäche galt fettem Essen, schlechtem Kaffee und Kellnerinnen, die Namen wie Lulubelle trugen.

Das war auch der Grund, warum er mit achtundfünfzig Jahren zwanzig Pfund Übergewicht – fünfundzwanzig, wenn er den Zeiger ein paar Striche vor die Null setzte, bevor er auf die Waage stieg – und chronische Magenbeschwerden hatte und zweimal geschieden war. Außerdem wurde er allmählich kahl und litt unter Hammerzehen, und einer seiner Eckzähne setzte ihm außerordentlich zu. Mackensie wusste, dass er körperlich nicht gerade fit war, aber er beherrschte sein Metier, hatte zweiunddreißig Jahre bei der True Life Insurance auf dem Buckel, und seine Berichte waren so makellos wie das Herz einer Nonne.

Er lenkte seinen Ford auf den Kiesplatz neben der Scheune. Ein kleiner Wurm mit Namen Claremont hatte ihm den Weg dorthin beschrieben. Dort würde er Cameron Quinn antreffen, hatte er ihm mit einem schmallippigen Lächeln anvertraut.

Mackensie hatte schon nach fünf Minuten Gesellschaft eine Abneigung gegen den Mann gefasst. Er war aufgrund seiner Arbeit und im Laufe der vielen Jahre mit vielen Menschen zusammengekommen. Er konnte Gier, Neid und schlichte Bosheit auch dann erkennen, wenn sie unter einer äußeren Schicht von Charme verborgen waren. Claremont war in seinen Augen ein Kriecher durch und durch.

Mackensie rülpste und schmeckte noch einmal das Gurkensandwich mit Dill, das er zum Mittagessen genossen hatte. Er sah sich um und bemerkte, dass vor dem Gebäude ein Lieferwagen, ein in die Jahre gekommener Sedan und eine flotte, klassische Corvette standen. Mackensie gefiel die Corvette, obwohl er sich weder für Liebe noch für Geld hinter das Steuer einer dieser Todesfallen gesetzt hätte. O nein. Dennoch nötigte er ihm Bewunderung ab, als er sich aus seinem Auto hievte.

In diesem Moment kamen zwei Männer aus dem Haus. Der ältere trug ein rot kariertes Hemd und einen Schlips. Ein Bürokrat, entschied Mackensie. Er konnte Menschen gut einordnen. Der jüngere war zu schlank, zu hungrig, zu scharfsichtig, um viel Zeit mit Papierkram zu verschwenden. Wenn er auch nicht mit den Händen arbeitete, dachte Mackensie, so war er doch durchaus dazu imstande. Und er sah wie ein Mann aus, der wusste, was er wollte – und einen Weg fand, es zu bekommen.

Wenn dies Cameron Quinn war, dann hatte Ray Quinn zu Lebzeiten keine ruhige Minute gehabt.

Cam entdeckte Mackensie, während er den Installateur für sanitäre Anlagen nach draußen begleitete. Er war recht zufrieden mit den erzielten Fortschritten. Es würde zwar noch eine Woche dauern, bis das Bad komplett war, aber er und Ethan konnten ohne Weiteres noch eine Zeit lang ohne diese kleine Bequemlichkeit auskommen. Er wollte endlich anfangen, und da die Verkabelung abgeschlossen war, bestand kein Grund mehr zu warten.

In Mackensie vermutete er einen Schreibtischtäter. Cam konnte sich nicht erinnern, für diesen Tag noch eine Verabredung getroffen zu haben. Ein Vertreter, vermutete er, als Mackensie und der Installateur aneinander vorbeigingen.

»Sie müssen Mr. Quinn sein«, sagte Mackensie in liebenswürdigem Ton und mit abschätzendem Blick.

»Der bin ich.«

»Mein Name ist Mackensie, True Life Insurance.«

»Wir sind bereits versichert.« Er vermutete es zumindest. »Mein Bruder Phillip kümmert sich um diese Angelegenheiten.« Dann machte es klick, und Cam wurde wachsam. »True Life?«

»Genau. Ich stelle Ermittlungen für die Versicherung an. Wir müssen noch einige Fragen klären, bevor die Ansprüche aus der Police Ihres Vaters ausbezahlt werden können.«

»Er ist tot«, sagte Cam ausdruckslos. »Ist das nicht die Frage, um die es geht, Mackensie?«

»Ich bedaure Ihren Verlust.«

»Ich kann mir vorstellen, dass die Versicherung es bedauert, das Geld hinblättern zu müssen. Soweit ich weiß, hat mein Vater seine Raten bezahlt.« Es war warm in der Sonne, und das Sandwich lag ihm nach wie vor schwer im Magen. Mackensie atmete tief durch. »Es sind Fragen in Zusammenhang mit dem Unfall aufgetaucht.«

»Wagen gegen Telefonmast. Telefonmast gewinnt. Glauben Sie mir, ich kenne mich da aus. Ich fahre sehr viel.«

Mackensie nickte. Unter anderen Umständen hätte ihm Cams direkte Art vielleicht zugesagt. »Sie wissen sicher, dass der Vertrag eine Selbstmord-Klausel enthält.«

»Mein Vater hat keinen Selbstmord verübt, Mackensie. Und da Sie zu besagtem Zeitpunkt nicht bei ihm im Auto saßen, wird es Ihnen schwerfallen, das Gegenteil zu beweisen.«

»Ihr Vater stand unter großem Stress, emotionalem Druck.«

Cam schnaubte verächtlich. »Mein Vater hat drei beinharte Kerle großgezogen und einen Haufen hochnäsiger College-Studenten unterrichtet. Er stand zeitlebens unter großem Stress und emotionalem Druck.«

»Und er hatte einen vierten Jungen bei sich aufgenommen.«

»Richtig.« Cam hakte die Daumen in seine Hosentaschen, und seine Haltung wirkte herausfordernd. »Das hat nicht das Geringste mit Ihnen oder Ihrer Gesellschaft zu tun.«

»Wir müssen herausfinden, wie es zu dem tödlichen Unfall Ihres Vaters kam. Es könnte möglicherweise im Zusammenhang mit dem Jungen zu einer Erpressung gekommen sein. Auf jeden Fall stand sein Ruf auf dem Spiel. Ich habe eine Kopie des Briefes am Unfallort in seinem Wagen gefunden.«

Als Mackensie seine Aktenmappe öffnete, trat Cam einen Schritt vor. »Ich habe den Brief gesehen. Er beweist lediglich, dass es da draußen eine Frau mit dem Mutterinstinkt einer tollwütigen Straßenkatze gibt. Wenn Sie behaupten, dass Ray Quinn gegen diesen Mast fuhr, weil er vor irgendeinem hergelaufenen Miststück Angst hatte, dann mache ich Ihre Versicherung fertig.«

Die Wut, die er längst für ausgestanden geglaubt hatte, war wieder da. »Das Geld ist mir völlig egal. Wir können unser Geld selbst verdienen. Wenn True Life sich vor dem Bezahlen drücken will, dann fällt das in die Zuständigkeit meines Bruders – und die der Anwälte. Aber wenn Sie oder irgendjemand sonst den Ruf meines Vaters beschädigen, dann kriegen Sie es mit mir zu tun.«

Der Mann war gut fünfundzwanzig Jahre jünger als er, schätzte Mackensie, steinhart und von Sinnen wie ein hungriger Wolf. Er beschloss, eine andere Taktik einzuschlagen. »Mr. Quinn, ich habe weder Interesse daran noch den Wunsch, den Ruf Ihres Vaters zu ruinieren. True Life ist eine seriöse Firma, ich habe fast mein Leben lang für sie gearbeitet.« Er setzte ein gewinnendes Lächeln auf. »Es handelt sich um reine Routine.«

»Ich mag Ihre Routine nicht.«

»Das kann ich gut verstehen. Der Unfall aber gibt Rätsel auf. Aus dem medizinischen Bericht geht hervor, dass Ihr Vater in guter körperlicher Verfassung war. Es gibt kein Indiz für einen Herzanfall, einen Schlaganfall oder sonstige körperliche Gründe, die ihn dazu gebracht hätten, die Kontrolle über seinen Wagen zu verlieren. Es war ein Unfall, in den nur ein einziges Fahrzeug verwickelt war, ein leerer Straßenabschnitt an einem trockenen, klaren Tag. Die Berichte der Experten, die den Hergang des Unfalls rekonstruierten, sind unergiebig.«

»Das ist Ihr Problem.« Cam entdeckte Seth, der aus der Schule kam, und der sein Problem war. »Ich kann Ihnen dabei nicht helfen. Ich kann Ihnen aber zumindest sagen, dass mein Vater sich immer offen mit seinen Problemen auseinandersetzte. Er hat nie die einfachere Lösung gewählt. Und jetzt habe ich zu arbeiten.« Cam beließ es dabei, wandte sich ab und ging Seth entgegen.

Mackensie rieb sich die Augen, die von der Sonne tränten. Er war sich jetzt sicher, dass die Quinns bis zum bitteren Ende um ihre Ansprüche kämpfen würden. Wenn nicht um das Geld, so doch um den Ruf ihres Vaters.

»Wer ist der Typ?«, fragte Seth, als er Mackensie zu seinem Wagen gehen sah.

»Irgend so ein Versicherungsfuzzi.« Cam wies mit dem Kopf zur Straße, wo sich in einiger Entfernung zwei Jungen herumtrieben. »Wer sind die beiden?«

Seth warf einen nachlässigen Blick über seine Schulter und zuckte mit den Achseln. »Ich weiß nicht. Bloß Kids aus der Schule.«

»Ärgern sie dich?«

»Nein. Steigen wir heute aufs Dach rauf?«

»Das Dach ist fertig«, murmelte Cam und beobachtete amüsiert, wie die beiden Jungen näher kamen und vergeblich Desinteresse zu heucheln versuchten. »Hey, ihr beiden.«

»Was machst du da?«, zischte Seth entsetzt.

»Immer mit der Ruhe. Kommt mal her«, befahl Cam, als beide Jungen zu Salzsäulen erstarrten.

»Warum rufst du sie? Das sind bloß Idioten aus der Schule.«

»Ich könnte ein bisschen Hilfe gebrauchen«, sagte Cam nachsichtig. Außerdem würden Seth Gefährten in seinem Alter guttun. Er wartete, während Seth sich wand und die beiden Jungen sich schnell im Flüsterton beratschlagten. Schließlich gab sich der größere von beiden einen Ruck und stolzierte die Straße hinunter.

»Wir haben nichts getan«, meinte er. Sein angriffslustiger Ton wurde durch das von einem fehlenden Zahn herrührende Lispeln geschmälert.

»Das habe ich gesehen. Aber wollt ihr was tun?«

Der Junge blickte zu seinem kleineren Begleiter hinüber, dann zu Seth und zuletzt zu Cam. »Kann sein.«

»Hast du einen Namen?«

»Klar. Ich bin Danny. Das da ist mein kleiner Bruder, Will. Ich bin vorige Woche elf geworden. Er ist erst neun.«

»In zehn Monaten werde ich zehn«, stellte Will fest und stieß seinem Bruder den Ellbogen in die Rippen.

»Er geht noch zur Grundschule«, warf Danny mit spöttischem Lächeln ein, das er großzügig mit Seth teilte. »Zur Babyschule.«

»Ich bin kein Baby.«

Als Will eine Faust ballte und ausholen wollte, griff Cam nach ihm und drückte leicht seinen Oberarm. »Scheint mir kräftig genug zu sein.«

»Ich bin ziemlich stark«, erklärte Will und grinste dann mit dem Charme einer ganzen Engelschar.

»Das wird sich gleich erweisen. Seht ihr den Schutt, der hier herumliegt? Alte Schindeln, Teerpappe, Abfall?« Cam schaute in die Runde. »Und seht ihr den Müllcontainer da drüben? Wenn der Schutt im Container ist, kriegt ihr fünf Dollar.«

»Jeder?«, fragte Danny und seine haselnussbraunen Augen hoben sich funkelnd von seinem sommersprossigen Gesicht ab.

»Bring mich nicht zum Lachen, Kleiner. Aber ihr kriegt einen Bonus von zwei Dollar, wenn ihr die Arbeit schafft, ohne dass ich rauskommen und irgendwelche Streithähne trennen muss.« Er wies mit dem Daumen auf Seth. »Er ist der Boss.«

Kaum war Cam gegangen, wandte Danny sich an Seth.

Die beiden musterten sich schweigend. »Ich hab' gesehen, wie du Robert eine verpasst hast.«

Seth verlagerte gelassen sein Gewicht aufs andere Bein. Es stand zwei gegen einen, kalkulierte er, doch er war bereit zu kämpfen. »Na und?«

»Das war cool«, sagte Danny nur und begann, ausgemusterte Schindeln aufzuheben. Will grinste Seth an. »Robert ist ein dickes, fettes Monster, und Danny sagt, als du ihn vermöbelt hast, hat er nicht aufgehört zu bluten.«

Seth grinste ebenfalls. »Wie ein abgestochenes Schwein.«

»Oink, oink«, machte Will fröhlich. »Von dem Geld können wir uns drüben bei Crawford Eis holen.«

»Ja ... vielleicht.« Seth begann ebenfalls Abfall aufzusammeln, und Will heftete sich munter an seine Fersen.

Anna hatte keinen guten Tag. Gleich morgens entdeckte sie eine Laufmasche in ihrer letzten Strumpfhose, bevor sie zur Tür hinausging. Die Bagels waren ihr ausgegangen, der Joghurt, ja, musste sie zugeben, fast alle ihre Vorräte, weil sie zu viel Zeit mit Cam verbracht hatte und somit nicht zum Einkaufen gekommen war. Als sie einen Brief an ihre Großeltern einwerfen wollte, brach sie sich einen Nagel am Briefkasten ab. Ihr Telefon läutete bereits, als sie um halb neun ins Büro kam, und die hysterische Frau am anderen Ende wollte wissen, warum sie ihre Krankenversicherungskarte noch nicht erhalten hatte. Sie beruhigte die Anruferin und versicherte ihr, dass sie sich persönlich um die Sache kümmern würde. Dann stellte die Zentrale einen quengeligen alten Mann zu ihr durch, der darauf bestand, dass seine Nachbarn ihre Kinder misshandelten, nur weil sie jeden Abend fernsehen durften.

»Das Fernsehen«, meinte er, »ist ein Werkzeug der kommunistischen Linken. Nichts als Sex, Mord und Manipulation des Unbewussten. Ich habe alles darüber gelesen.«

»Ich werde der Sache nachgehen, Mr. Bigby«, versprach sie und zog ihre oberste Schublade auf, wo sie ihr Aspirin aufbewahrte.

»Das sollten Sie auch. Ich hab's bei der Polizei versucht, aber die legt ja die Hände in den Schoß. Diese Kinder sind verdammt. Man wird sie später umprogrammieren müssen.«

»Vielen Dank, dass Sie uns darauf aufmerksam gemacht haben.«

»Nur meine Pflicht als aufrechter Amerikaner.«

»Und ob«, murmelte Anna, als sie aufgelegt hatte.

Da sie um zwei Uhr einen Termin im Familiengericht hatte, schaltete sie ihren Computer ein und wollte die Datei aufrufen, in der sie ihre Berichte und Notizen speicherte. Als ihr Computer den Dienst aufkündigte, verzichtete sie darauf, laut zu schreien. Sie lehnte sich nur zurück, schloss die Augen und akzeptierte, dass der Tag miserabel angefangen hatte.

Es kam aber noch schlimmer.

Sie wusste, dass ihrer Aussage vor Gericht große Bedeutung zukam. Die Akte zum Fall Higgins war vor fast einem Jahr auf ihrem Schreibtisch gelandet. Drei Kinder im Alter von acht, sechs und vier Jahren, waren alle physisch und emotional misshandelt worden. Ihre Mutter, kaum fünfundzwanzig, wurde von ihrem Mann geschlagen. Im Laufe der Jahre hatte sie ihren Mann zigmal verlassen, war jedoch immer wieder zu ihm zurückgekehrt.

Vor sechs Monaten hatte Anna es geschafft, sie und ihre Kinder in einem Frauenhaus unterzubringen. Die Frau war nur knapp sechsunddreißig Stunden dort geblieben, dann hatte sie ihre Meinung geändert. Obgleich Anna tiefes Mitgefühl mit ihr hatte, ging es ihr in erster Linie um das Wohl der Kinder.

Ihre ernsten Gesichter, ihre Blutergüsse, ihre Angst, aber auch die Resignation in ihren Blicken setzten ihr zu. Sie waren bei einem Ehepaar in Pflege, das großherzig und stark genug war, um sie alle drei aufzunehmen. Und Anna wollte alles tun, um diese neue Familie nicht wieder auseinanderreißen zu müssen.

»Im Januar letzten Jahres, als ich diesen Fall übernahm, wurde den Eltern eine Therapie empfohlen«, erklärte Anna im Zeugenstand, »sowohl eine Familien- als auch Einzeltherapie. Die Empfehlung wurde nicht aufgegriffen. Auch nicht im Mai desselben Jahres, als Mrs. Higgins mit ausgerenktem Kiefer und anderen Verletzungen ins Krankenhaus eingeliefert wurde, ebenso wenig im September, als Michael Higgins, der älteste der drei Jungen, sich die Hand brach. Im November wurden Mrs. Higgins und ihre beiden ältesten Söhne in der Notaufnahme wegen verschiedener Verletzungen behandelt. Ich wurde benachrichtigt und half ihr und ihren Kindern, einen Platz in einem Frauenhaus zu bekommen. Sie blieb nicht einmal zwei volle Tage dort.«

»Sie betreuen seit mehr als einem Jahr diesen Fall«, stellte der Anwalt fest.

»Ja, seit mehr als einem Jahr.« Anna empfand ihr Versagen schmerzhaft.

»Wie ist der aktuelle Stand?«

»Am sechsten Februar dieses Jahres traf eine Polizeistreife, die ein Nachbar benachrichtigt hatte, Mr. Higgins in betrunkenem Zustand an. Laut Bericht reagierte Mrs. Higgins hysterisch und musste sich wegen Gesichtsverletzungen und Quetschungen ärztlich behandeln lassen, und Curtis, der kleinste, hatte sich den Arm gebrochen. Mr. Higgins wurde daraufhin in Gewahrsam genommen. Ich wurde kurz darauf von diesem Vorfall in Kenntnis gesetzt.«

»Haben Sie Mrs. Higgins und die Kinder an jenem Tag gesehen?«, fragte der Anwalt.

»Ja, ich fuhr zum Krankenhaus und sprach mit Mrs. Higgins. Sie behauptete, Curtis sei die Treppe hinuntergefallen. Aufgrund der Art seiner Verletzungen und der vorangegangenen Vorkommnisse glaubte ich ihr nicht. Der diensthabende Arzt in der Notaufnahme teilte meine Meinung. Daraufhin wurden die Kinder in einer Pflegefamilie untergebracht, wo sie sich bis zum heutigen Tag befinden.«

Sie fuhr fort, Fragen, die ihre Arbeit und die Kinder betrafen, zu beantworten. Einmal entlockte sie dem zweitältesten Jungen ein Lächeln, als sie von der T-Ball-Mannschaft berichtete, in die er aufgenommen worden war.

Anschließend bereitete Anna sich innerlich auf den Stress des Kreuzverhörs vor.

»Sind Sie darüber informiert, dass Mr. Higgins sich freiwillig für einen Entzug angemeldet hat?«

Anna warf dem Pflichtverteidiger einen kurzen Blick zu, dann schaute sie dem Vater der Kinder offen ins Gesicht. »Ich bin darüber informiert, dass Mr. Higgins im Laufe des vergangenen Jahres nicht weniger als dreimal behauptet hat, er habe sich für einen Entzug angemeldet.«

Sie sah, wie sich sein Gesicht vor Hass und Wut verzerrte. Soll er mich ruhig hassen, dachte sie. Sie würde schon dafür sorgen, dass er die Kinder nie wieder in die Finger bekam. »Ich weiß, dass er den Entzug immer wieder abgebrochen hat.«

»Alkoholismus ist eine Krankheit, Ms. Spinelli. Mr. Higgins bemüht sich jetzt um eine Behandlung seines Leidens. Sie pflichten mir bei, dass Mrs. Higgins das Opfer der Krankheit ihres Mannes war?«

»Ich würde Ihnen insofern beipflichten, als er sie physisch und emotional misshandelt hat.«

»Und denken Sie tatsächlich, dass sie noch mehr Leid ertragen und ihre Kinder verlieren sollte? Und die Kinder wiederum ihre Mutter?«

Die Entscheidung, wusste Anna, lag bei ihr. »Ich glaube, sie wird weiter leiden, wenn sie ihre Lebensumstände nicht verändert. Meine Meinung ist, dass Mrs. Higgins zu diesem Zeitpunkt nicht imstande ist, für sich, geschweige denn für ihre Kinder zu sorgen.«

»Sowohl Mr. als auch Mrs. Higgins haben jetzt Arbeit«, fuhr der Anwalt fort. »Mrs. Higgins hat unter Eid ausgesagt, dass sie und ihr Mann sich versöhnt haben und an der Lösung ihrer Eheprobleme arbeiten wollen. Wenn man die Familie trennt, wird dies nach ihren Worten nur zu neuen emotionalen Belastungen für alle Beteiligten führen.«

»Ich weiß, dass sie das glaubt.« Sie warf Mrs. Higgins einen mitfühlenden Blick zu, doch ihre Stimme war entschlossen. »Ich hingegen meine, dass hier das Wohlergehen und die Sicherheit von drei Kindern auf dem Spiel steht. Ich kenne die medizinischen und die psychiatrischen Berichte ebenso gut wie die Polizeiberichte. In den vergangenen fünfzehn Monaten sind diese drei Kinder insgesamt elfmal in der Notaufnahme behandelt worden.«

Sie sah den Anwalt an und fragte sich, wie er für etwas kämpfen konnte, das mit Sicherheit die Zerstörung von drei kleinen Jungen bedeuten würde. »Ich empfehle daher dringend, dass diese Kinder in der Obhut ihrer Pflegeeltern bleiben, um ihre physische und emotionale Sicherheit zu gewährleisten.«

»Gegen Mr. Higgins wurde keine Anzeige erstattet.«

»Nein, es wurde keine Anzeige erstattet.« Anna schaute zu der Mutter hinüber und ließ den Blick auf ihrem müden Gesicht ruhen. »Noch ein Verbrechen«, sagte sie leise.

Als die Verhandlung beendet war, ging Anna ohne einen Blick an den Higgins' vorbei. Doch hinter der Absperrung griff der kleine Curtis nach ihrer Hand. »Hast du einen Dauerlutscher?«, flüsterte er, und sie musste lächeln. Sie hatte es sich zur Gewohnheit gemacht, ihm welche mitzubringen. Er hatte eine besondere Schwäche für Tootsie Roll Pops mit Kirschgeschmack. »Vielleicht. Mal sehen.«

Sie griff gerade in ihre Tasche, als hinter ihr das Spektakel losbrach. »Nimm die Hände weg von dem, was mir gehört, du Miststück.«

Als sie sich umdrehte, schlug Higgins ihr mit voller Kraft ins Gesicht, sodass sie stürzte und Curtis schreiend und weinend mit sich zu Boden riss. Ihr Kopf schmerzte, und sie sah Sterne vor ihren Augen. Sie hörte Schreie und Flüche, während es ihr gelang, sich auf Hände und Knie hochzuziehen. Ihre Handflächen brannten, weil sie über den Fliesenboden gerutscht war. Und, Mist, die neue Strumpfhose, die sie gerade gekauft hatte, war zerfetzt.

»Halt still«, befahl Marilou. Sie hockte in Annas Büro und verarztete grimmig die Schrammen.

»Mir geht's gut.« Die Verletzungen waren tatsächlich geringfügig. »Das war es mir wert. Diese kleine Demonstration direkt vor Gericht stellt sicher, dass er sich den Kindern eine ganze Weile nicht nähern darf.«

»Du machst mir Sorgen, Anna.« Marilou schaute mit ihren dunklen, glänzenden Augen zu ihr auf. »Ich glaube beinahe, dass du es genossen hast, von diesem zweihundert Pfund schweren Grobian angegriffen zu werden.«

»Ich habe das Ergebnis genossen. Autsch, Marilou.« Sie atmete tief durch, als ihre Supervisorin sich aufrichtete, um den Bluterguss an Annas Wange zu untersuchen. »Ich habe es genossen, ihn wegen Körperverletzung anzuzeigen, und vor allem habe ich es genossen, die Kids mit ihren Pflegeeltern nach Hause gehen zu sehen.«

»Ein erfolgreicher Arbeitstag.« Kopfschüttelnd trat Marilou zurück. »Mir macht Sorge, dass du alles zu nah an dich heranlässt.«

»Aus der Distanz kann ich nicht helfen. So vieles von dem, was wir machen, ist nur Papierkram, Marilou, sind Formulare und Verfahren. Aber hin und wieder kann ich wirklich was tun – auch wenn ich mich von einem zweihundert Pfund schweren Grobian angreifen lassen muss. Und deswegen lohnt es sich.«

»Wenn du dich zu sehr einlässt, zahlst du unter Umständen einen höheren Preis als Blutergüsse am Knie.«

»Wer nicht mit dem Herzen dabei bist, sollte sich lieber einen anderen Beruf suchen.«

Marilou fand es schwierig, dagegen etwas einzuwenden, weil sie im Grunde genauso empfand. »Geh nach Hause, Anna.«

»Ich habe noch eine Stunde nach dem Dienstplan.«

»Geh nach Hause. Du hast es verdient.«

»Wenn du es so siehst, ja, ich könnte die Freistunde gebrauchen. Ich habe nichts zu essen im Haus. Wenn du noch mehr hörst über …« Sie brach ab und schaute auf, weil an die Tür geklopft wurde. Ihre Augen weiteten sich. »Cameron.«

»Ms. Spinelli, ich wollte fragen, ob Sie vielleicht eine Minute …« Sein Begrüßungslächeln verunglückte. »Was zum Teufel ist denn mit dir passiert?« Wie der Blitz war er im Zimmer, er rannte Marilou beinahe um, als er zu Anna eilte. »Wer hat dich geschlagen?«

»Eigentlich niemand, ich war …«

Statt ihr die Gelegenheit zu geben, den Satz zu beenden, fuhr er zu Marilou herum. Zwischen Faszination und Belustigung hin und her gerissen, wich diese einen Schritt zurück und hob abwehrend die Hände. »Nicht ich, mein Freund. Ich schinde mein Personal zwar, aber ich werde nie handgreiflich.«

»Im Gericht gab's ein Handgemenge, das ist alles.« Anna stand auf und bemühte sich, nicht allzu mitgenommen zu wirken. »Marilou, dies ist Cameron Quinn. Cameron, Marilou Johnston, meine Supervisorin.«

»Freut mich, Sie kennenzulernen, wenn auch unter diesen Umständen.« Marilou streckte ihm die Hand hin. »Vor einer Million Jahren habe ich bei Ihrem Vater studiert. Ich habe ihn geradezu verehrt.«

»Ja, danke. Wer hat dich geschlagen?«, wollte er erneut von Anna wissen.

»Ein Mann, der jetzt bereits hinter einer verschlossenen Zellentür sitzt.« Schnell schob Anna ihre bloßen Füße in die flachen Pumps. »Marilou, ich nehme dein Angebot, mir die Stunde freizunehmen, an.« Ihr einziger Gedanke war, Cam hier herauszuschaffen und Marilous neugierigen und nur allzu scharfen Augen zu entziehen. »Cameron, wenn Sie mit mir über Seth sprechen wollen, könnten Sie mich nach Hause fahren.« Sie zog ihre taubengraue Jacke an und strich sie glatt. »Es ist nicht weit. Ich lade Sie zu einer Tasse Kaffee ein.«

»Gut. Sicher.« Als er ihr Kinn in seine Hand nahm, fühlte sie Lust und Schrecken zugleich. »Wir werden darüber reden.«

»Wir sehen uns morgen, Marilou.«

»Oh, ja.« Marilou lächelte entspannt, als Anna hastig ihre Aktenmappe an sich nahm. »Auch wir werden darüber reden.«

15. Kapitel

Anna schwieg so lange beharrlich, bis sie das Gebäude verlassen hatten und sich allein auf dem Parkplatz befanden. »Cam, um Himmels willen.«

»Um Himmels willen, was?«

»Ich arbeite hier.« Sie blieb an seinem Wagen stehen und wandte sich ihm zu. »Arbeiten, erinnerst du dich? Du kannst nicht wie ein eifersüchtiger Liebhaber in mein Büro platzen.«

Er nahm wieder ihr Kinn in die Hand und näherte sich ihrem Gesicht. »Ich bin aber ein eifersüchtiger Liebhaber, und ich will den Namen des Mistkerls wissen, der dich angefasst hat.«

Sie wollte nicht wahrhaben, dass die Heftigkeit seiner Reaktion sie entzückte.

»Mit der fraglichen Person befassen sich die zuständigen Behörden. Und du darfst während meiner Arbeitszeit nicht den Liebhaber spielen, ob eifersüchtig oder nicht.«

»Ach ja? Dann versuch doch, mich davon abzuhalten«, forderte er sie heraus und presste den Mund auf ihre Lippen.

Sie sträubte sich zuerst, denn sie waren für alle sichtbar. Außerdem war der Kuss zu intensiv für eine Umarmung an helllichten Tag. Und deshalb konnte sie ihm auch nicht widerstehen. Sie erwiderte ihn, während sie ihre Arme um seinen Hals legte. »Hörst du jetzt auf«, bat sie dann an seinem Mund.

»Nein.«

»Na schön, dann lass uns wenigstens einsteigen.«

»Gute Idee.« Ohne sich von ihr zu lösen, griff er hinter sich, um die Wagentür zu öffnen.

»Ich kann nicht einsteigen, wenn du mich nicht loslässt.«

»Kluger Einwand.« Er gab sie frei und überraschte sie dann, dass er sanft und zärtlich mit den Lippen über die Schwellung an ihrer Wange strich. »Tut es weh?«

Ihr Herz vollführte immer noch kleine Saltos. »Ein bisschen vielleicht.« Sie stieg ein und tastete nach ihrem Sicherheitsgurt.

»Was ist passiert?«, fragte er, als er sich neben sie setzte.

»Einem Vater von drei Kindern, die er misshandelt hat und der zugleich seine Ehefrau schlägt, gefiel meine Aussage heute vor Gericht nicht. Er hat mir von hinten einen Stoß gegeben, ansonsten hätte er eine harte Kniescheibe in seinen Unterleib gekriegt. Aber so hat er mich völlig überrumpelt. Ich bin der Länge nach hingefallen – was mich verärgert hätte, wenn er jetzt nicht hinter Gittern säße und die Kinder nicht bei der Pflegefamilie bleiben könnten.«

»Und die Ehefrau?«

»Ich kann ihr nicht helfen, denn sie will sich nicht helfen lassen.« Anna ließ ihren schmerzenden Kopf zurücksinken. »Ich habe mich entschieden, für die Kinder zu kämpfen.«

Cameron sagte nichts dazu. Er war gekommen, um mit Anna zu sprechen. Er wollte ihr von den Ermittlungen der Versicherung erzählen, von den Spekulationen über Seths Herkunft, von der Suche nach Seths Mutter, die Phillip in die Wege geleitet hatte. Er hatte beschlossen, ihr alles zu erzählen, sie um Rat zu fragen und ihre Meinung zu hören. Jetzt jedoch war er sich nicht mehr sicher, ob das überhaupt klug war – für sie beide und für Seth. Seine Fragen würden warten müssen, beschloss er und begründete diesen Aufschub damit, dass sie eine schlimme Erfahrung hinter sich hatte und jetzt selbst Aufmerksamkeit brauchte.

»Und wirst du im Rahmen deiner Arbeit häufiger verprügelt?«

»Nein.« Sie lachte ein wenig. Inzwischen waren sie vor ihrem Haus angekommen. »Hin und wieder schlägt mal jemand um sich oder wirft etwas nach mir, aber meistens bleibt es bei Beleidigungen.«

»Lustiger Job.«

»Er hat seine Höhepunkte.« Sie nahm seine Hand, als sie auf das Haus zugingen. »Wusstest du schon, dass das Fernsehen ein Werkzeug der kommunistischen Linken ist?«

»Das habe ich noch nie gehört.«

»Deshalb sage ich es dir ja.« Sie schaute in ihren Briefkasten und holte Briefe, Rechnungen und eine Modezeitschrift heraus. »Die Sesamstraße ist nur eine Tarnung.«

»Dieser große gelbe Vogel kam mir schon immer verdächtig vor.«

»Nein, der ist bloß eine Strohpuppe. Der Frosch ist das Superhirn.« Sie legte den Finger an die Lippen, als sie sich ihrer Tür näherten. Sie schlichen sich in die Wohnung wie zwei Kinder, die die Schule schwänzten. »Ich will vermeiden, dass die Schwestern meinetwegen ein großes Trara machen.«

»Stört es dich, wenn ich es tue?«

»Hängt davon ab, was du unter Trara verstehst.«

»Wir fangen gleich hier damit an.« Er legte die Arme um ihre Taille und berührte mit seinen Lippen ihren Mund.

»Ich schätze, das könnte ich tolerieren.« Sie erwiderte leidenschaftlich seinen Kuss. »Was machst du eigentlich hier, Cam?«

»Mir ist vieles durch den Kopf gegangen.« Wieder strich er mit den Lippen über die Verletzung und glitt dann tiefer bis zu ihrem Kinn. »Vor allem du. Ich wollte dich sehen, bei dir sein, mit dir reden, dich lieben.«

Sie lächelte an seinem Mund. »Alles zugleich?«

»Warum nicht? Ich hatte übrigens vor, mit dir essen zu gehen ... aber jetzt denke ich, sollten wir uns lieber eine Pizza bestellen.«

»Perfekt.« Sie seufzte. »Warum gießt du uns nicht ein Glas Wein ein, und ich ziehe mich um?«

»Da ist noch etwas.« Er arbeitete sich zu ihrem Ohr vor. »Etwas, das ich schon lange tun will. Ich möchte herausfinden, wie es wohl ist, Ms. Spinelli aus ihrem Kostüm zu befreien.«

»Ach ja?«

»Dieser Wunsch existiert, seit ich dich das erste Mal gesehen habe.«

Sie lächelte boshaft. »Hier ist deine Chance.«

»Ich hatte gehofft, dass du das sagen würdest.« Er näherte sich wieder ihrem Mund, jetzt noch hungriger, besitzergreifender. Diesmal wurde aus ihrem Seufzer ein bebendes Keuchen, als er ihr die Jacke von den Schultern riss und ihre Arme festhielt. »Ich will alles von dir haben. Tag und Nacht.«

Ihre Stimme klang heiser, dunkel vor Begehren. »Das ergänzt sich wunderbar, weil ich nämlich auch alles von dir will.«

»Es macht dir keine Angst?«

»Nichts an mir und dir ängstigt mich.«

»Und was wäre, wenn du mir erlauben würdest, alles mit dir zu machen, was ich will? Alles?«

Das Herz schlug ihr bis zum Hals, doch ihr Blick blieb fest. »Ich würde fragen, was dich davon abhält.«

Sein Blick, dunkel und gefährlich vor Verlangen, wanderte tiefer, dann sah er ihr wieder ins Gesicht. »Ich möchte wissen, was Ms. Spinelli wohl unter ihren züchtigen kleinen Blusen trägt.«

»Ich glaube nicht, dass ein Mann wie du sich von ein paar Knöpfen daran hindern lässt, es herauszufinden.«

»Da hast du recht.« Seine Hände wanderten von ihrer Jacke zu ihrer sorgfältig gebügelten Baumwollbluse und rissen daran. Er sah, wie ihre Augen sich vor Schreck weiteten. Und vor Erregung. »Wenn du willst, dass ich aufhöre, dann tue ich das. Es geschieht nichts gegen deinen Willen.«

Er hatte ihre Bluse zerrissen. Und es hatte sie erregt. Er beobachtete sie und wartete auf ihre Entscheidung. Und das steigerte ihre Erregung noch. Sie begriff, dass sie nicht ganz ehrlich gewesen war, als sie gesagt hatte, nichts würde sie ängstigen. Sie fürchtete sich davor, was mit ihrem Herzen geschehen würde. Aber hier, in der körperlichen Liebe, war sie ihm ebenbürtig.

»Ich will alles. Alles.«

Sein Blut schäumte. Dennoch waren seine Berührungen sanft, lockend, als er mit dem Handrücken über den glatten weißen Stoff ihres ausgeschnittenen BHs fuhr. »Ms. Spinelli«, sagte er gedehnt, während seine Finger unter den feinen Satinstoff fuhren, um ihre steifen Brustwarzen zu liebkosen. »Wie viel können Sie ertragen?«

Seine sanften Bewegungen verursachten Hitzewellen in

ihrem Körper. »Ich glaube, das werden wir gleich herausfinden.«

Langsam, ohne ihr Gesicht aus den Augen zu lassen, drückte er sie gegen die Wand. »Fangen wir gleich hier an. Jetzt mach dich auf was gefasst«, murmelte er, und seine Hand glitt blitzschnell unter ihren Rock und zerrte das Spitzenhöschen zur Seite, das sie darunter trug. Dann tauchte er mit den Fingern in sie ein, bohrte den harten, rauen Schock der Lust in ihren unvorbereiteten Körper. Der Orgasmus packte sie mit aller Macht, leerte ihren Kopf und nahm ihr den Atem. Als ihre Knie nachgaben, presste er sie gegen die Wand.

»Hier kommt noch mehr.« Er brannte darauf, sie dabei zu beobachten, die Erregung auf ihrem Gesicht und in ihren Augen zu sehen. Sie packte seine Schultern, um sich zu stützen. Als sie den Kopf in den Nacken warf, konnte er ihren Puls am Hals heftig schlagen sehen, und er fühlte sich getrieben, von genau dieser Stelle zu kosten. Sie stöhnte auf und drängte sich an ihn, als er die Jacke und den Rest ihrer Bluse herunterriss.

Hilflos taumelte sie. Der Angriff auf ihre Sinne ließ all ihre Glieder erbeben und ihr Herz rasen. Sie sagte seinen Namen, versuchte es zumindest, doch er ging in einem Keuchen unter, als er sie herumwirbelte. Ihre feuchten Handflächen waren jetzt gegen die Wand gepresst.

Er riss am Knopf ihres Rocks. Sie spürte, wie er nachgab, und zitterte, als der Stoff über ihre Hüften glitt und auf ihre Füße herabfiel. Seine Hände lagen an ihren Brüsten, umfassten sie, glitten von dem glatten Satin zu ihrer zarten Haut. Dann riss er den BH ebenfalls herunter, und sie genoss das Geräusch reißenden zarten Stoffes.

Seine Zähne gruben sich in ihre Schulter. Und seine Hände – oh, seine Hände waren überall, trieben sie zum Wahnsinn und darüber hinaus. Raue Handflächen an glatter Haut, geschickte Finger, die drückten und an ihr hinabglitten.

Ihr keuchender Atem wurde langsamer. Die Lust schenkte ihr ungeahnte körperliche Empfindungen.

Feucht, betäubend und sündig.

Die Wand war glatt und kühl, seine Hände nicht. Der Kontrast war unerträglich erregend.

Als er sie wieder zu sich herumdrehte, blendete sie das Sonnenlicht. Er war immer noch vollständig angezogen, während sie nackt war. Diesen Gegensatz empfand sie als köstlich erotisch, und sie konnte nicht sprechen, als er langsam ihre Arme über ihren Kopf hob und mit einer Hand ihre Handgelenke festhielt.

Cam betrachtete sie und fuhr ihr grob mit der Hand durchs Haar, um die Klammern zu lösen. »Ich will mehr.« Er konnte kaum noch sprechen. »Sag mir, dass du mehr willst.«

»Ja, ich will mehr.«

Er presste sich an ihren Körper, rauer Jeansstoff an feuchtem Fleisch. Und der Kuss, den er sich von ihr nahm, machte sie schwindelig. Dann eroberte sein Mund ihren zitternden Körper.

Er wollte sie ganz und gar genießen, den dunklen Honig ihres Mundes, die feuchte Seide ihrer Brüste, den cremigen Geschmack ihres Bauchs, die Glätte ihrer Oberschenkel. Dann die Hitze, das Feuer, als er seine Zunge zwischen ihre Schenkel schob.

Alles. Alles, nur das konnte er denken. Und dann noch mehr.

Mit den Händen griff sie ihm ins Haar und drückte sein Gesicht an sich, als sie sich dem Höhepunkt näherte. Es war ihr Schrei, der den letzten Rest seiner Selbstbeherrschung auflöste. Es musste jetzt geschehen.

Er befreite sich von ihr, um sich gleich darauf wieder an sie zu pressen. »Ich muss dich ausfüllen.« Er stieß die Worte keuchend hervor. »Ich will, dass du mich dabei ansiehst.«

An Ort und Stelle drang er in sie ein, und ihrer beider Stöhnen vermischte sich. Dann trug er sie zum Bett und legte sich neben sie. Sie schmiegte sich an ihn wie ein Kind, eine Geste, die ihn berührte. Er wachte über ihren Schlaf, dreißig Minuten, eine Stunde. Er konnte nicht aufhören, sie zu berühren – fuhr ihr mit der Hand durchs Haar, mit den Fingerspitzen über die Schwellung in ihrem Gesicht, streichelte ihre geschwungene Schulter.

Hatte er gesagt, dass er tief in seinem Innern etwas für sie empfand? Er begann sich Sorgen zu machen, was dieses Gefühl sein könnte. Nie hatte er das Bedürfnis gehabt, nach dem Sex bei einer Frau zu bleiben. Er hatte nie den Wunsch verspürt, sie einfach nur anzusehen, während sie schliefen, oder sie einzig um der Berührung willen zu berühren, und nicht, um sie zu erregen.

Er fragte sich, wohin sie sich bewegten.

Anna regte sich, seufzte, schlug die Augen auf und heftete ihren Blick auf Cam. Als sie lächelte, berührte ihn das sehr.

»Hallo. Bin ich eingeschlafen?«

»Sah ganz danach aus.« Er suchte nach einer witzigen Bemerkung, einem lockeren, frivolen Spruch, aber ihm fiel nur ihr Name ein. »Anna.« Und er drückte seinen Mund auf ihre Lippen. Zärtlich, weich, liebevoll.

Der schläfrige Ausdruck war aus ihren Augen verschwunden, als er sich zurückzog, doch er konnte nicht in ihnen lesen. Sie atmete langsam ein und aus. »Wie war das?«

»Wenn ich das wüsste.« Sie wichen beide vorsichtig zurück. »Ich denke, wir sollten jetzt lieber die Pizza bestellen.«

Erleichterung und Enttäuschung kämpften miteinander in ihr. Anna entschied sich für die Erleichterung. »Gute Idee. Die Nummer steht gleich neben dem Telefon in der Küche. Wenn es dir nichts ausmacht anzurufen, gehe ich schnell unter die Dusche und ziehe mir was an.«

»Einverstanden.« Zärtlich strich er ihr mit der Hand über die Hüfte. »Was für eine Pizza willst du?«

»Was ich nur kriegen kann.« Sie wartete, dass er zuerst aus dem Bett rollte, denn sie brauchte noch einen Moment.

»Ich gieße den Wein ein.«

»Großartig.« Sobald sie allein war, barg sie ihr Gesicht im Kissen und stieß einen erstickten Schrei aus. Sie war wütend auf sich. Wie kam sie nur auf die idiotische Idee, dass sie sich noch zurückziehen könnte? Sie war bis über beide Ohren in ihn verliebt.

Mein Fehler, gestand sie sich ein, mein Problem. Dann setzte sie sich auf und presste die Hand auf ihr Herz. Und mein kleines Geheimnis.

Anna fühlte sich besser, als sie angezogen war und einen leichten Schutzschild aus Make-up aufgelegt hatte. Unter der Dusche hatte sie sich energisch ins Gewissen geredet. Vielleicht war sie verliebt in ihn. Das musste ja nicht unbedingt schlecht sein. Menschen verliebten und trennten sich immerzu, und die klugen, die stabilen, genossen das Abenteuer.

Sie konnte durchaus klug und stabil sein.

Sie hatte es ganz gewiss nicht auf ein Happy-End abgesehen, auf einen weißen Ritter, auf den Märchenprinzen. Anna war schon vor langer Zeit den Märchen entwachsen, und ihre Unschuld war am Rand einer einsamen Straße verloren gegangen, als sie zwölf war.

Sie hatte gelernt, sich glücklich zu machen, denn nach der Vergewaltigung schien es viele Jahre so, als zöge sie das Unglück an. Sie hatte das Schlimmste überlebt. Zweifellos konnte sie auch mit einem leicht angeschlagenen Herzen überleben.

Auf jeden Fall war sie noch nie zuvor verliebt gewesen – sie hatte es vermieden, war darüber hinweggegangen, darunter hindurchgeschlüpft, war noch nie Hals über Kopf hineingelaufen. Es könnte ein wundervolles Abenteuer werden, oder zumindest eine lehrreiche Erfahrung.

Und jede Frau, die einen Liebhaber wie Cameron Quinn fand, konnte sich glücklich schätzen.

Daher lächelte sie, als sie ins Wohnzimmer kam und ihn dort vorfand. Er hatte ein Weinglas in der Hand und starrte auf das Titelbild ihrer neuesten Modezeitschrift. Er hatte Musik aufgelegt. Eric Clapton flehte zu Laylah.

Als sie hinter ihn trat und ihm einen kurzen Kuss auf seinen Nacken gab, zuckte er zu ihrer Überraschung heftig zusammen.

Das schmollende Gesicht auf der Titelseite gehörte einem gewissen langbeinigen französischen Model namens Martine.

»Ich wollte dich nicht erschrecken.« Sie war etwas erstaunt, als sie auf die Zeitschrift in seiner Hand blickte. »Du warst wohl ganz vertieft in die neuen sommerlichen Pastellfarben, wie?«

»Ich hab' mir bloß die Zeit vertrieben. Die Pizza müsste gleich kommen.« Er wollte die Zeitschrift weglegen, sie sogar unter die Polsterkissen des Sofas schieben, aber sie riss sie ihm aus der Hand.

»Ich hab' sie früher gehasst.«

Sein Hals war unangenehm trocken. »Hm?«

»Na ja, nicht Martine, die Makellose persönlich. Models wie sie. Schlank, blond und vollkommen. Ich war immer zu rundlich und brünett. Das hier« – sie zog an ihrem nassen, geringelten Haar –, »hat mich als Teenager zur Verzweiflung getrieben. Ich habe alles ausprobiert, um es zu glätten.«

»Ich liebe dein Haar.« Er wünschte, sie würde die verflixte Zeitschrift umdrehen. »Du bist doppelt so schön wie sie.«

Ihr Lächeln kam schnell und warm. »Das ist sehr lieb von dir.«

»Ich meine es ernst.« Er sagte es beinahe verzweifelt – hielt es jedoch für besser, nicht zu erwähnen, dass er sie beide nackt gesehen hatte und wusste, wovon er sprach.

»Sehr lieb von dir. Trotzdem wollte ich unbedingt schlank und blond sein und keine Hüften haben.«

»Du bist wirklich.« Er konnte nicht aufhören. Er nahm die Zeitschrift und schleuderte sie von sich. »Sie nicht.«

»So kann man es auch ausdrücken. Soviel ich weiß, steht ihr Rennfahrer doch normalerweise auf Supermodels – sieht so gut aus, wenn sie sich um den Arm eines Mannes drapieren.«

»Ich kenne sie kaum.«

»Wen?«

Gott, er hatte sich verraten. »Irgendwen. Da kommt die

Pizza«, sagte er ungeheuer erleichtert. »Dein Wein steht dort drüben. Ich hole das Essen.«

»Gut.« Ohne zu wissen, was ihn plötzlich so nervös machte, schlenderte sie in die Küche, um sich ihr Glas zu holen.

Cam sah, dass die Zeitschrift mit dem Titelbild nach oben auf dem Boden gelandet war, sodass es schien, als blickten ihn Martines verführerische blaue Augen direkt an. Das brachte die Erinnerung an eine brennende Wange und eine feuerspeiende Frau zurück. Er warf Anna einen argwöhnischen Blick zu. Dieses Erlebnis wollte er nicht wiederholen.

Während er den Boten bezahlte, ging Anna mit dem Wein auf ihren winzigen Balkon. »Es ist ein schöner Abend. Essen wir doch hier draußen.«

Sie hatte zwei Stühle und einen kleinen Klapptisch nach draußen gestellt. Rosarote Geranien und weiße Fleißige Lieschen schmückten einige Tonkrüge.

»Sollte es mir je gelingen, genug Geld für ein eigenes Haus zusammenzusparen, dann will ich eine Veranda, eine große Veranda. So wie du eine hast. Und einen Garten! In nächster Zukunft will ich alles über Pflanzen lernen.«

»Ein Haus, Garten, Veranden.« Draußen fühlte er sich entspannter, und er nahm Platz. »Ich dachte, du wärst ein Stadtmensch.«

»Das bin ich auch immer gewesen. Ich glaube nicht, dass es mir in einem Vorort gefallen würde. Ich denke da an Zäune, hinter denen Nachbarn lauern. Das ist dem Wohnen in einem Apartment zu ähnlich, finde ich.« Sie legte ein Stück Pizza mit dickem Belag auf ihren Teller. »Aber ich würde es gern mal mit etwas eigenem probieren – irgendwo, irgendwann auf dem Land. Das Problem ist nur, dass ich mich anscheinend partout nicht an Sparpläne halten kann.«

»Du?« Er bediente sich. »Ms. Spinelli wirkt so praktisch.«

»Sie gibt sich Mühe. Meine Großeltern lebten sehr bescheiden, es ging gar nicht anders. Ich bin dazu erzogen worden, das Geld zusammenzuhalten.« Sie biss von ihrer Pizza ab und gab einen genussvollen Laut von sich, bevor sie – den Mund voll Käse und Sauce – weitersprach. »Meist sehe ich nur zu, wie es mir durch die Finger rinnt.«

»Was ist denn deine Schwäche?«

»Die größte?« Sie seufzte. »Klamotten.«

Er blickte über die Schulter auf ihre Kleider, die zerrissen auf dem Fußboden lagen. »Ich glaube, ich bin dir eine Bluse schuldig ... und einen Rock, ganz zu schweigen von der Unterwäsche.«

Sie lachte lustvoll. »Ja, sieht so aus.« Dann reckte sie sich, bequem angezogen in blassblauen Leggings und einem weiten weißen T-Shirt. »Es war ein so grässlicher Tag. Ich bin froh, dass du vorbeigekommen bist und ihn geändert hast.«

»Warum kommst du nicht mit mir nach Hause?«

»Was?«

Warum zum Teufel hatte er das gesagt? Er hatte es nicht einmal gedacht, bevor er die Worte ausgesprochen hatte. Aber das konnte ja eigentlich nicht sein. »Übers Wochenende«, fügte er hinzu. »Du könntest das Wochenende bei uns im Haus verbringen.«

Sie führte die Pizza wieder zum Mund und biss vorsichtig ab. »Ich glaube nicht, dass das klug wäre. In deinem Haus lebt ein empfindsamer kleiner Junge.«

»Er weiß, was läuft«, begann er, woraufhin sie ihn mit einem Ms.-Spinelli-Blick ansah. »Na schön, ich schlafe unten auf dem Sofa. Du kannst die Schlafzimmertür abschließen.«

Ihre Lippen zuckten. »Wo bewahrst du den Schlüssel auf?«

»An diesem Wochenende trage ich ihn in meiner Tasche mit mir herum. Aber worauf ich hinauswill, ist, dass du das Schlafzimmer haben kannst«, fuhr er fort, als sie lachte. »In beruflicher Hinsicht kannst du ein wenig Zeit mit dem Kleinen verbringen. Er macht sich allmählich, Anna. Und ich will, dass du mit mir segelst.«

»Ich komme am Samstag vorbei, dann können wir segeln gehen.«

»Komm Freitagabend.« Er nahm ihre Hand und führte sie an seine Lippen. »Bleib bis Sonntag.«

»Ich werde darüber nachdenken«, murmelte sie und entzog ihm ihre Hand. Romantische Gesten konnten sie um ihre Fassung bringen. »Außerdem solltest du vorher deine Brüder fragen, bevor du mich einlädst. Vielleicht wollen sie nicht für ein ganzes Wochenende eine Frau im Haus haben.«

»Sie lieben Frauen, besonders Frauen, die kochen können.«

»Ah, jetzt soll ich also kochen.«

»Vielleicht einen klitzekleinen Topf Linguini. Oder Lasagne.«

Sie lächelte und nahm sich noch ein Stück Pizza. »Ich werde darüber nachdenken«, wiederholte sie. »Und jetzt erzähl mir von Seth.«

»Er hat sich heute mit zwei Jungen angefreundet.«

»Wirklich? Toll.«

Als ihre Augen vor freudigem Interesse aufleuchteten, konnte er nicht an sich halten. »Ja, ich hab' sie alle oben aufs Dach geschickt und geübt, sie aufzufangen.«

Sie machte ein finsteres Gesicht. »Wirklich sehr witzig, Quinn.«

»Reingelegt. Ein Junge aus Seths Klasse und sein kleiner Bruder. Ich habe sie für fünf Dollar Sklavenarbeit verrichten lassen. Dann haben sie mir eine Einladung zum Abendessen im Haus abgeschwatzt, und ich hab' sie Ethan aufgedrückt.«

Sie verdrehte die Augen. »Du hast Ethan mit drei kleinen Jungen alleingelassen?«

»Er kommt schon mit ihnen zurecht. Ich hab's heute Nachmittag ja auch geschafft.« Und es war gar nicht mal so schlimm gewesen, erinnerte er sich. »Er braucht sie ja nur zu füttern und dafür zu sorgen, dass sie sich nicht gegenseitig umbringen. Ihre Mutter holt sie um halb acht ab. Sandy McLean – nun ja, jetzt Sandy Miller. Ich bin mit ihr zusammen zur Schule gegangen.«

Staunend schüttelte er den Kopf. »Zwei Kinder und ein Kombi. So hätte ich mir das Leben für Sandy nie vorgestellt.«

»Menschen ändern sich«, sagte sie leise und war überrascht, wie sehr sie Sandy Miller und ihren Kombi beneidete. »Oder sie waren von Anfang an nicht das, was wir uns vorgestellt haben.«

»Ja, vermutlich. Ihre Söhne sind gemeingefährlich.«

Da er es locker und gutmütig sagte, lächelte sie. »Tja, jetzt begreife ich, warum du zu mir ins Büro gekommen bist. Du wolltest dem ganzen Trubel entkommen.«

»Ja, aber vor allem wollte ich dir die Kleider vom Leib reißen.« Er nahm sich ein weiteres Stück Pizza. »Beides ist mir gelungen.«

Und er fühlte sich unwahrscheinlich gut damit, als er von seinem Wein trank und an Annas Seite dem Sonnenuntergang zusah.

16. Kapitel

Zeichnen war nicht Ethans Stärke. Bei den anderen Booten, die er bereits gebaut hatte, war er von sehr groben Skizzen, aber detaillierten Maßen ausgegangen. Für das erste Boot dieses Kunden hatte er einen Mallboden gezimmert und darauf ein Modell gefertigt. So ging ihm die Arbeit leichter von der Hand und fiel genauer aus.

Der Einer, den er gebaut und verkauft hatte, war ein schlichtes Modell mit wenigen Besonderheiten gewesen, die er selbst hinzugefügt hatte. Das in Auftrag gegebene Boot hatte er klar vor Augen, und es bereitete ihm auch keinerlei Schwierigkeiten, sich Seiten- oder Innenansichten vorzustellen.

Doch er sah ein, dass zur Gründung eines Geschäfts auch all die Formulare gehörten, die Phillip ihm zur Unterschrift vorgelegt hatte, und dass sie überdies einen professionelleren Rahmen brauchten. Sie mussten sich möglichst schnell durch Geschick und Qualität einen guten Namen machen, damit sich ihr Einsatz lohnte.

Daher hatte er abends viele Stunden an seinem Schreibtisch zugebracht und sich mit Blaupausen und Zeichnungen zu ihrem ersten Auftrag abgequält.

Als er die fertigen Pläne auf dem Küchentisch ausbreitete, war er froh und stolz auf seine Arbeit. »So habe ich es mir vorgestellt«, sagte er.

Cam blickte über seine Schulter, trank von seinem Bier und ächzte: »Ich schätze, das soll ein Boot sein.«

Ethan war zwar gekränkt, aber nicht besonders überrascht über den Kommentar. »Du kannst es ja besser machen, Rembrandt.«

Sein Bruder zuckte die Achseln und setzte sich. Bei genauerem Hinsehen musste er zugeben, dass er damit überfordert war. Aber dadurch wurde die Zeichnung der Schlup einem Boot auch nicht ähnlicher. »Die Zeichnung spielt ja wohl keine große Rolle, solange wir sie dem Kunden nicht zeigen.« Er schob sie zur Seite und nahm sich die Blaupausen vor. Hier zeigte sich Ethans Präzision und Geduld. »Na schön, jetzt geht's ums Eingemachte. Du hast es also auf eine ganz raffinierte überlappende Plankenkonstruktion abgesehen.«

»Sie ist zwar kostspielig«, begann Ethan, »aber der Kunde bekommt ein starkes, schnelles Boot.«

»Ich bin auf einigen Booten dieser Art gefahren«, murmelte Cam. »Sie müssen erstklassig gebaut sein.«

»Wir werden gut sein.«

Cam grinste. »Klar.«

»Die Sache ist die, Geschicklichkeit und Präzision sind Voraussetzungen, um ein Boot dieses Typs zu bauen. Jedem, der sich mit Booten auskennt, ist das klar. Unser Kunde, ein Sonntagssegler, weiß gerade mal, wo Steuerbord und Backbord sind. Aber er hat Geld wie Heu und verkehrt mit Leuten, die sich mit Booten auskennen.«

»Er soll uns zu einem guten Ruf verhelfen«, schloss Cam. »Gut ausgedacht.« Er studierte die Zahlen, die Zeichnungen, die verschiedenen Ansichten. Großartig, dachte er. »Wir könnten ein Liftmodell anfertigen.«

»Ja, das ginge.«

Ein Liftmodell zu bauen war eine altehrwürdige Methode im Bootsbau. Zunächst fertigte man aus Brettern auf dem Mallboden maßstabsgetreu die gewünschte Rumpfform, dann wurde das Modell auseinandergenommen und Schablonen der einzelnen Schiffsteile hergestellt. Anschließend konnten die Baumeister die Form der Planken oder Spanten im richtigen Verhältnis auf das originale Baumaterial übertragen.

»Wir könnten gleich anfangen«, regte Cam an.

»Ich hab' mir gedacht, dass wir noch heute Abend beginnen und morgen weitermachen.«

»Ja, warum warten?« Cam blickte auf, als Seth hereinkam, um den Kühlschrank zu plündern. »Obwohl es besser wäre, wenn wir jemanden hätten, der gut zeichnen könnte«, sagte er wie beiläufig und tat so, als bemerke er Seths plötzliches Interesse nicht.

»Solange wir die Maße haben, und die Arbeit erstklassig ausgeführt ist, spielt es keine Rolle.« Ethan fuhr mit der Hand über seine Zeichnung, wie um sie zu verteidigen.

»Wäre aber netter, wenn wir dem Kunden eine Topzeichnung vorlegen könnten.« Cam hob eine Schulter. »Phillip würde es als Marketing bezeichnen.«

»Mir ist es egal, wie Phillip es nennen würde.« Eine Falte bildete sich zwischen Ethans Augenbrauen, ein sicheres Zeichen dafür, dass er vorhatte, sich stur zu stellen. »Der Kunde war mit meiner ersten Arbeit zufrieden, er wird jetzt nicht an einer Zeichnung herumkritteln. Er will ein Boot, nicht ein Bild, das er zu Hause an die Wand hängen kann.«

»Ich hab' ja nur gedacht ...« Cam ließ den Satz unbeendet, weil Ethan deutlich gereizt aufstand, um sich auch ein Bier zu holen. »In den Bootswerften, die ich kennengelernt habe, sind oft Leute vorbeigekommen. Sie sahen gern zu, wenn an einem Boot gearbeitet wurde – vor allem die Typen, die null Ahnung vom Schiffsbau haben, aber glauben, dass sie sich auskennen. So könnten auch wir Kunden gewinnen.«

»Und?« Ethan öffnete die Flasche und trank. »Mir ist egal, ob die Leute uns bei unserer Arbeit zusehen wollen.« Das entsprach zwar nicht ganz der Wahrheit, aber er ging nicht davon aus, dass es so kommen würde.

»Es wäre doch interessant, wenn an den Wänden gute, gerahmte Pläne von Booten hingen, die wir gebaut haben.«

»Wir haben bis jetzt noch keine gebaut.«

»Deine Skipjack«, sagte Cam, »den Kutter, das Boot, das du bereits für deinen Kunden gezimmert hast. Und ich habe vor ein paar Jahren viel Zeit in einen Zweimastschoner in Maine gesteckt, und in einen flotten kleinen Einer in Bristol.«

Ethan dachte nach. »Vielleicht würde es sich lohnen, dafür einen Künstler zu engagieren. Aber eigentlich bin ich dagegen. Wir müssen noch die Liste für den Materialbedarf ergänzen, und Phil muss noch den Vertrag für das erste Boot austüfteln.«

»War bloß 'ne Idee.« Cam drehte sich um und sah Seth vor dem geöffneten Kühlschrank stehen. »Willst du ein ganzes Menü, Kleiner?«

Seth zuckte zusammen, dann griff er nach dem erstbesten Gegenstand, der ihm in die Finger kam. Das Töpfchen mit dem Blaubeerjoghurt war eigentlich nicht das, was er sich unter einem Imbiss vorgestellt hatte, aber er war zu verlegen, um es zurückzustellen. Da er sich jetzt wohl oder übel mit Phillips Gesundheitsscheiß zufriedengeben musste, holte er sich einen Löffel.

»Ich hab' noch was zu tun«, murmelte er und eilte hinaus.

»Zehn Dollar, dass er es an den Hund verfüttert«, sagte Cam und fragte sich, wie lange es dauern würde, bis Seth die Zeichnungen für ihre Boote anfertigte.

Bis zum Morgen hatte Seth eine detaillierte und ein wenig romantische Skizze von Ethans Skipjack fertiggestellt. Auch ohne Phillips Anwesenheit in der Küche hätte er gewusst, dass heute Freitag war. Der Tag vor der Freiheit. Ethan war bereits rausgefahren, um die Krebsfallen zu überprüfen und neue Köder zu legen. Obwohl Seth Pläne geschmiedet hatte, wie er alle drei zusammen erwischen konnte, war ihm einfach keine Möglichkeit eingefallen, Ethans Aufbruch zu verzögern. So blieben wenigstens die beiden anderen, dachte er, als er am Küchentisch vorbeiging, an dem Cam schweigend über seinem Morgenkaffee brütete.

Es waren morgens mindestens zwei Tassen Kaffee nötig, bevor die drei Männer den Mund aufmachten. Daran hatte Seth sich mittlerweile gewöhnt, und deshalb sagte er nichts, als er seinen Rucksack ablegte. Er hatte sein Zeichenheft dabei und legte es wie nebenbei auf den Tisch. Dann suchte er mit wild klopfendem Herzen in den Schränken nach Frühstücksflocken.

Cam sah die Skizze auf Anhieb. Er lächelte in sich hinein, sagte jedoch nichts dazu. Als Seth mit der Packung und einem Teller an den Tisch kam, begutachtete Cam seinen Toast, den er hatte anbrennen lassen. »Dieser blöde Toaster ist defekt.«

»Du hast ihn bloß wieder mal zu hoch eingestellt«, kritisierte ihn Phillip und hörte auf, sein Omelett aus Eiweiß und Schnittlauch zu rühren.

»Das glaube ich nicht. Wie viele Rühreier werden das?«

»Ich mache kein Rührei.« Phillip gab die Masse in eine Omelettpfanne, die er aus seiner eigenen Küche mitgebracht hatte. »Mach dir selbst was.«

Mann, war der Typ blind oder was?, dachte Seth. Er goss Milch über seine Frühstücksflocken und schob das Skizzenheft vorsichtig näher zu Cam heran.

»Es würde dich nicht umbringen, noch ein paar Eier mehr aufzuschlagen, wenn du schon dabei bist. Ich hab' schon den Kaffee gekocht.«

»Den Muckefuck«, stellte Phillip richtig. »Krieg bloß keine Anwandlungen von Größenwahn.«

Cam seufzte tief auf und holte sich eine Schale. Er nahm die Packung mit Frühstücksflocken, die neben Seths aufgeschlagenem Skizzenheft stand. Er konnte fast hören, wie der Junge mit den Zähnen knirschte, als er sich wieder setzte und sich bediente. »Am Wochenende haben wir vermutlich Gesellschaft.«

Phillip konzentrierte sich darauf, dem Omelett die perfekte Bräune zu geben. »Wen?«

»Anna.« Cam goss Milch in seine Schale. »Ich gehe mit ihr segeln, und ich glaube, ich habe sie dazu überredet, uns das Abendessen zu machen.«

Dieser Typ konnte aber auch nur an zwei Dinge denken, Mädchen und Essen, dachte Seth angewidert. Mit dem Ellbogen schob er das Heft noch näher zu Cam heran, doch der blickte nicht von seiner Schale auf.

Als er sah, wie Phillip das Omelett aus der Pfanne auf einen Teller gleiten ließ, wusste er, dass es Zeit für seinen nächsten Schachzug war. »Was ist das?«, fragte Cam zerstreut und legte den Kopf auf die Seite, um die Skizze zu betrachten, die mittlerweile praktisch vor seiner Nase lag.

Seth verdrehte die Augen. Das hatte aber gedauert. »Nichts«, murmelte er und aß fröhlich weiter.

»Sieht aus wie Ethans Boot.« Cam warf Phillip einen Blick zu. »Ist es nicht so?«

Phillip probierte den ersten Bissen und sah genauer hin. »Ja. Eine gute Zeichnung.« Er sah Seth neugierig an. »Hast du die gemacht?«

»Ich hab' nur rumgespielt.« Vor Stolz lief er rot an, und vor Freude flatterten in seinem Bauch Schmetterlinge.

»Ich arbeite mit Leuten zusammen, die nicht so gut zeichnen können.« Phillip klopfte ihm auf die Schulter. »Nette Arbeit.«

»Kein großes Problem«, meinte Seth achselzuckend, während heiße Freude ihn durchströmte.

»Komisch. Ethan und ich haben gerade darüber gesprochen, ob wir Bootsskizzen in der Werkstatt aushängen sollen. Weißt du, Phil, als eine Art Reklame für unsere Arbeit.«

Phillip machte sich über seine Eier her und nickte überrascht und anerkennend mit dem Kopf. »Daran habt ihr gedacht? Ich bin beeindruckt. Gute Idee.« Er studierte die Skizze genauer, während er aß. »Nehmt einen groben Rahmen und lasst die Ränder der Skizze gezackt. Also kein Schnickschnack.«

Cam dachte darüber nach. »Eine Zeichnung allein wird keinen großen Eindruck machen.« Er sah Seth stirnrunzelnd an. »Du könntest vielleicht noch mehr Zeichnungen anfertigen, zum Beispiel eine von Ethans Kutter. Ich kann dir auch Bilder von ein paar Booten geben, an denen ich mitgearbeitet habe.«

Seth gab sich Mühe, sich seine Begeisterung nicht anmerken zu lassen. Er versuchte gelangweilt auszusehen, als er Cams Blick auffing. Doch seine vergnügten Augen verrieten ihn. »Vielleicht.«

Es dauerte nicht lange, bis Phillip begriff, worum es ging. Er griff nach seiner Kaffeetasse und nickte. »Könnte gut ankommen. Leute, die sich nur informieren wollen, würden mit den Zeichnungen Anschauungsmaterial bekommen. Es wäre nicht schlecht, auch eine Zeichnung von dem Boot aufzuhängen, mit dem ihr anfangt.«

Cam schnaubte. »Ethan hat eine erbärmliche Skizze angefertigt, sieht aus wie eine Zeichnung aus dem Kindergarten. Ich weiß nicht, was da zu machen ist.« Dann schaute er Seth an und kniff die Augen zusammen. »Vielleicht kannst du es dir mal ansehen.«

Seth hätte fast aufgelacht, doch er schluckte das Lachen hinunter. »Ja, klar.«

»Großartig. Du hast noch neunzig Sekunden Zeit, um den Bus zu kriegen, Kleiner, sonst musst du zu Fuß zur Schule gehen.«

»Mist.« Seth stand schnell auf, schnappte sich seinen Rucksack und hastete hinaus.

Als die Haustür ins Schloss fiel, lehnte sich Phillip zurück. »Gut gemacht, Cam.«

»Ich habe so meine Momente.«

»Hin und wieder. Woher wusstest du, dass der Junge zeichnen kann?«

»Er hat Anna ein Blatt geschenkt, auf dem er den Welpen verewigt hat.«

»Hmm. Und wie steht die Sache mit ihr?«

»Die Sache?« Cam wandte sich wieder seinem verunglückten Toast zu und versuchte, Phillip nicht um seine Eier zu beneiden.

»Sie kommt am Wochenende, ihr segelt, sie kocht das Abendessen. Und du hast dich bisher für keine andere Frau interessiert, seit sie auf der Bildfläche erschienen ist.« Phillip grinste. »Klingt ernst. Fast … häuslich.«

»Reiß dich zusammen.« Cams Magen meldete sich unangenehm. »Wir haben eben Spaß an- und miteinander.«

»Ich weiß nicht. Für mich ist sie der Typ Frau, der geheiratet werden will.«

Cam lachte auf. »Eine Karrierefrau. Sie ist gescheit, sie ist ehrgeizig, und sie ist nicht auf Komplikationen aus.« Sie wünschte sich ein Haus auf dem Land, erinnerte er sich dann, nah am Wasser, mit einem Garten, in dem sie Blumen pflanzen konnte.

»Frauen sind immer auf Komplikationen aus«, sagte Phillip im Brustton der Überzeugung. »Pass lieber auf.«

»Ich weiß, wie weit ich gehen kann.«

»Das sagen sie alle.«

Anna tat alles, um Komplikationen zu vermeiden. Deshalb entschied sie sich auch dagegen, Cameron schon am Freitagabend zu sehen. Sie erfand eine gute Ausrede und versprach, am Samstagmorgen in aller Frühe draußen zu sein und einen Segeltörn mit Cam zu machen. Als er sich beschwerte, wurde sie schwach und sagte zu, eine Lasagne zu machen.

Die Freude am Kochen hatte Anna von ihrer Großmutter geerbt. Sie war stolz darauf, andere mit Gaumenfreuden verwöhnen zu können.

Obwohl sie nicht zugesagt hatte, über Nacht zu bleiben, wussten sie beide, dass es eine beschlossene Sache war.

Sie nahm sich Freitagabend nichts vor. Zu Hause zog sie ihr Kostüm aus und schlüpfte in einen alten Jogginganzug. Dann legte sie ihre Lieblingsmusik auf – Billie Holiday, Verdi und Cream. Sie goss sich ein Glas Rotwein ein und sah dem Sonnenuntergang zu.

Es war fällig, längst überfällig, mal wieder eingehend nachzudenken, objektiv zu analysieren. Sie kannte Cameron Quinn erst seit wenigen Wochen, und doch hatte sie sich intensiver auf ihn eingelassen als auf jeden anderen Mann davor. Diese Intensität hatte sie nicht geplant. Und gewöhnlich plante sie gut. Die Schritte, die sie unternahm, sowohl auf beruflicher als auch auf persönlicher Ebene, waren stets sorgfältig durchdacht. Sie wusste, dass dies eine Schutzmaßnahme war, zu der sie sich in frühem Alter mit kühler Überlegung entschieden hatte. Wenn sie darüber nachdachte, wohin jeder Schritt führte oder führen konnte, wenn sie ihre Spontaneität im Zaum hielt und sich ganz auf den Intellekt stützte, dann gelang es ihr eher, Fehler zu vermeiden.

Sie hatte das Gefühl, in früheren Jahren viel zu viele Fehler gemacht zu haben. Hätte sie den Weg, den sie nach dem Tod ihrer Mutter blind eingeschlagen hatte, weiterverfolgt, dann wäre sie verloren gewesen.

Sie hatte lernen müssen, sich wegen der Dinge, die sie in jenem düsteren Kapitel ihres Lebens getan hatte, keine Vorwürfe zu machen, sich nicht in Schuldgefühlen zu ergehen für den Schmerz, den sie den Menschen zugefügt hatte, die sie liebten. Schuld war ein negatives Gefühl. Und Anna zog positive Handlungen und Ergebnisse vor.

Was sie erreicht hatte, hatte sie für ihre Großeltern, ihre

Mutter und für das verängstigte Kind getan, dem so übel mitgespielt worden war.

Es hatte viel Zeit gekostet zu verstehen, dass nicht nur sie ihre Mutter, sondern ihre Großeltern auch ihr einziges Kind verloren hatten. Ihre Tochter, die sie liebten. Trotz ihres Kummers nahmen sie Anna in ihr Heim auf; trotz ihres destruktiven Verhaltens hatten die Großeltern ihre Herzen Anna gegenüber nie verschlossen.

Schließlich lernte sie, den Verlust, die Schrecken, die sie erlebt hatte, zu akzeptieren. Sie wusste, dass alles, was sie später getan hatte, auf die erlittenen Verletzungen zurückzuführen war. Sie hatte Menschen gefunden, die sie genug liebten, um ihr bei der Heilung zu helfen.

Und nachdem sie auf dem richtigen Weg war, hatte sie sich versprochen, nie wieder kopflos zu handeln. Ihre Spontaneität hob sie sich für Nebensächlichkeiten auf. Es war so wichtig für sie geworden, vernünftig und praktisch zu handeln, dass sie den spontanen Teil ihres Wesens tief vergraben hatte. Und jetzt, dachte sie, spielte dieses Herz verrückt.

Cameron Quinn zu lieben war völlig unvernünftig. Und sie wusste, dass sie diese Liebe sehr viel kosten würde. Aber für ihre Gefühle war sie selbst verantwortlich. Das hatte sie auf die harte Tour lernen müssen. Sie würde sie in den Griff kriegen, und sie würde es überleben.

Anna lehnte sich gegen die offene Balkontür, um die abendliche Brise zu spüren. Sie hatte immer geglaubt, dass sie, wenn sie sich einmal verliebte, jede einzelne Phase bewusst miterleben würde. Sie hatte gehofft, alles genießen zu können – das allmähliche Hineingleiten, das gegenseitige Erkennen der sich vertiefenden Gefühle.

Aber mit Cam war es kein allmähliches Gleiten, kein sanftes Versinken gewesen, sondern ein schneller, harter Sturz. Zuerst hatte sie Anziehung, Interesse, Genuss empfunden. Und kaum hatte sie einmal geblinzelt, da war sie auch schon Hals über Kopf verliebt.

Sie nahm an, dass es ihn zu Tode erschrecken würde, wenn er es wüsste, dass es ihn dazu bringen würde, möglichst schnell das Weite zu suchen. Diese Vorstellung brachte sie ein wenig zum Lachen. In diesem Punkt passten sie gut zusammen, dachte sie. Ja, sie selbst würde jetzt nur zu gern davonlaufen. Auf eine Affäre war sie vorbereitet gewesen, jedoch nicht auf eine Liebesgeschichte.

Also analysiere, befahl sie sich. Was an ihm war so anders? Sein Aussehen? Sie seufzte lustvoll und schloss die Augen. Ja, sein Äußeres hatte zuerst ihre Aufmerksamkeit geweckt. Welche Frau würde bei ihm nicht zweimal hinsehen? Welche Frau konnte bei seinen ruhelosen stahlgrauen Augen, seinem festen Mund, der gleichermaßen anziehend war, ob er nun fröhlich oder spöttisch lächelte, gleichgültig bleiben? Sein Köper erfüllte alle weiblichen Fantasien. Doch nicht nur seine Figur war anziehend, auch sein rascher Verstand hatte sie fasziniert, und seine Arroganz. Wenn auch dieser Gedanke weniger schmeichelhaft war. Doch es war sein Herz, das alles verändert hatte. Mit einem so großen Herzen hatte sie nicht gerechnet – er war geradezu beängstigend gefühlvoll. Er hatte so viel zu geben und wusste es nicht.

Er hielt sich für selbstsüchtig, hart im Nehmen und kalt. Es war durchaus vorstellbar, dass er das auch sein konnte. Doch es überwogen seine Wärme und Großzügigkeit. Er wusste nicht, wie viel er Seth gab und wohin sich seine Beziehung zu dem Jungen entwickelte. Sie bezweifelte, dass er durchschaute, wie sehr er Seth liebte. Und Anna begriff, dass dieses Nichtwissen um sein eigentliches Wesen die Ursache dafür war, dass er sie endgültig erobert hatte. So war es doch eigentlich nur vernünftig gewesen, sich in ihn zu verlieben. Aber auf Dauer in ihn verliebt zu bleiben, das würde katastrophale Folgen haben. Daran würde sie arbeiten müssen.

Das Telefon läutete und riss sie aus ihren Gedanken. Sie ging mit ihrem Glas wieder in die Wohnung zurück und griff zu dem tragbaren Telefon auf dem Couchtisch. »Hallo?«

»Ms. Spinelli, in die Arbeit vertieft?«

Sie lächelte. »Ich arbeite, ja.« Sie setzte sich und legte die Füße auf den Tisch. »Und du?«

»Ethan und ich müssen heute Abend noch basteln, dann werde ich bis Montag die Arbeit vergessen.«

Er hatte ebenfalls ein tragbares Telefon und war damit nach draußen gegangen, um ungestört zu sein. Heute Abend war Seth mit dem Abwasch dran, und er hörte, wie ein weiterer Teller scheppernd auf dem Boden landete. »Morgen soll es schönes Wetter geben.«

»Ja? Wie praktisch.«

»Du könntest trotzdem heute Abend kommen.«

Es war verlockend, aber sie hatte für ihn schon zu oft spontanen Impulsen nachgegeben. »Ich bin morgen früh genug da.«

»Du hast wohl keinen Bikini? Einen roten?«

»Nein, habe ich nicht ... meiner ist blau.«

Er wartete ein paar Takte. »Vergiss nicht zu packen.«

»Wenn ich packe – wenn ich bleibe –, behalte ich den Schlüssel zur Schlafzimmertür.«

»Du bist so streng.« Er beobachtete, wie ein Reiher über das Wasser flog und in seinem Nest auf dem Pfosten landete. Er hat sein Zuhause gefunden, dachte er.

»Bloß vorsichtig, Quinn. Und nicht dumm. Wie geht's mit den Bauarbeiten voran?«

»Geht so«, murmelte er. Es gefiel ihm, ihre Stimme zu hören, die feuchte Luft zu spüren und zuzusehen, wie der Abend sich sanft wie ein Kuss über Wasser und Bäumen niederließ. »Ich zeig's dir, wenn du hier bist.«

Er wollte ihr auch Seths Zeichnung zeigen. Er hatte sie am Nachmittag gerahmt und wollte sie mit … einer wichtigen Person teilen. »Nächste Woche fangen wir wahrscheinlich mit dem ersten Boot an.«

»Wirklich? So schnell?«

»Wozu warten? Es ist Zeit, unseren Einsatz zu machen und zu sehen, wie die Würfel fallen. In letzter Zeit habe ich viel Glück gehabt.« Aus dem Haus drang das aufgeregte Kläffen des Welpen, gefolgt von Simons tieferem Bellen, dann rief Phillip und lachte, und es folgte Seths Kichern, das so selten zu hören war.

Er drehte sich zum Haus um, als im selben Moment die Hintertür geöffnet wurde, und die beiden Hunde herausschossen. Sie fielen übereinander, als sie die Stufen erreichten. Und dort, in der Tür, stand der Junge und grinste.

Was auch immer es war, das sich in Cams Herz regte, es versetzte ihm einen Stich. Einen Augenblick lang glaubte er das Knarren des Schaukelstuhls auf der Veranda und das leise Lachen seines Vaters zu hören.

»Himmel, es ist abartig«, murmelte er.

Die Verbindung wurde schwächer, und es knisterte in der Leitung. »Was denn?«

»Alles.« Er hielt das Telefon fest umklammert und sehnte sich mit wildem, fast verzweifeltem Verlangen nach ihr. »Du solltest jetzt hier sein. Du fehlst mir.«

»Ich kann dich nicht hören.«

Er merkte, dass er sich vom Haus entfernt hatte, um gegen die Gefühle anzukämpfen, die ihn dorthin zogen.

Nach Hause kommen. Sich niederlassen.

Kopfschüttelnd ging er zurück, bis die Verbindung wieder klar war, und dankte dem Himmel für die Launen der Technik. »Ich sagte …, was hast du gerade an?«

Sie lachte leise und blickte auf ihren ausgeleierten Jogginganzug. »Nicht viel«, säuselte sie, und beide begannen locker zu flirten, jeder aus einem anderen Grund erleichtert.

Kurze Zeit später stellte Cam das Telefon auf die Stufen der Veranda und schlenderte zum Anlegesteg hinunter. Das Wasser schwappte sanft gegen den Bootsrumpf. Die Nachtvögel regten sich, und der tiefe Ruf eines Käuzchens im Wald führte den Chor an. Die See war tintenschwarz im zerbrechlichen Licht der Mondsichel.

Er hatte zu arbeiten. Ethan wartete sicher schon auf ihn. Aber er musste einen Augenblick am Wasser sitzen, die Stille auf sich wirken lassen, während am Himmel Sterne aufblinkten und das Käuzchen schier endlos geduldig nach seiner Gefährtin rief.

Er zuckte nicht zusammen, als er die Bewegung neben sich wahrnahm. Er gewöhnte sich allmählich daran. Er wusste nicht zu sagen, wie oft er mit seinem Vater unter diesem Himmel, auf diesem Steg gesessen hatte. Nun war es allerdings der Geist seines Vater, der neben ihm saß, aber was war schon dabei. Nichts in seinem Leben war mehr so wie früher.

»Ich wusste, dass du hier bist«, sagte Cam leise.

»Ich behalte gern alles im Auge.« Ray trug Anglerhosen und ein kurzärmeliges Sweatshirt, das früher hellblau gewesen war, wie sich Cam erinnerte. Er hatte eine Angel ins Wasser geworfen. »Ist eine Weile her, seit ich nachts geangelt habe.«

Cameron fürchtete, dass er, wenn Ray einen zappelnden Katzenfisch herauszog, endgültig den Verstand verlieren würde. »Was bedeutet das alles?«, fragte er und dachte an Anna und an das, was sie beide miteinander erlebten.

Ray lachte leise. »Aus dem Privatleben meiner Jungs hab' ich mich immer rausgehalten, Cam. Mach dir deshalb keine Sorgen. Sie ist sehr schön«, sagte er leichthin. »Sie versucht ihre Schönheit während der Arbeit zu verstecken, aber ein Mann mit gutem Auge durchschaut es. Du hattest immer ein gutes Auge für Frauen.«

»Und du?« Cam ärgerte sich im selben Moment, dass er diese Frage stellte. Es war eine so friedliche, vollkommene Nacht. Und er wusste nie, wie lange diese Heimsuchungen, Einbildungen oder was auch immer dauerten. Er musste fragen. »Wie war dein Auge für Frauen, Dad?«

»Scharf genug, ich habe ja deine Mutter entdeckt, nicht wahr?« Ray seufzte. »Ich habe nie eine andere Frau angerührt, seit ich Stella die Treue geschworen hatte, Cam. Ich habe hingesehen, bewundert, aber niemals berührt.«

»Du musst mir von Seth erzählen.«

»Ich kann nicht. Das hast du gut gemacht, ihn mit den Zeichnungen in euer Geschäft einzubeziehen. Er muss wissen, dass er dazugehört. Ich wünschte, mir wäre mehr Zeit für ihn geblieben, für euch alle. Aber es sollte nicht sein.«

»Dad …«

»Weißt du, was ich vermisse, Cam? Die albernsten Dinge, so z. B. wenn ihr drei euch über irgendetwas streitet. Es gab Zeiten, da dachten deine Mutter und ich, ihr würdet uns durch euer Gemecker in den Wahnsinn treiben, und jetzt fehlt es mir. Ich vermisse das Angeln im Morgengrauen, wenn die Sonne gerade anfängt, den Dunst über dem Wasser aufzulösen. Mir fehlt das Unterrichten. Mir fehlt dieser Ausdruck im Gesicht eines Studenten, wenn es klick macht und er etwas begriffen hat. Ich vermisse die hübschen Mädchen in ihren Sommerkleidern, und morgens um drei im Bett zu liegen und den Regen aufs Dach trommeln zu hören.«

Dann wandte er den Kopf und lächelte. Seine Augen waren so hell und strahlend blau, wie das Sweatshirt es einmal gewesen war. »Der Mensch sollte diese Dinge zu würdigen wissen, solange er sie hat. Doch das geschieht selten. Er ist zu beschäftigt mit seinem Leben, um hin und wieder innezuhalten, um die kleinen Dinge zu bemerken. Dabei gibt es so viele davon.«

»Im Augenblick geht mir mehr durch den Kopf als Regen, der aufs Dach trommelt.«

»Ich weiß. Du musst ein großes Durcheinander sortieren, aber du wirst es schaffen. Du musst dir noch darüber klarwerden, was du willst und was du brauchst und was in deinem Inneren vor sich geht. Dort passiert mehr, als du denkst.«

»Ich will Antworten. Ich brauche Antworten.«

»Du wirst sie finden«, sagte Ray besänftigend. »Wenn du dir dafür mehr Zeit gibst.«

»Sag mir eins ... Wissen Ethan und Phillip, dass du ... hier bist?«

»Sie werden es wissen«, Ray lächelte erneut, »wenn die Zeit reif ist. Morgen müsste es ein schöner Tag zum Segeln werden. Genieße die kleinen Dinge«, sagte er und verschwand.

17. Kapitel

Er hielt Ausschau nach Anna. Cam wusste, dass dies eine weitere Premiere in seinem Leben war. Seines Wissens hatte er noch nie nach einer Frau Ausschau gehalten, auf sie gewartet. Bereits im Teenageralter waren sie ihm nachgelaufen, hatten ihn angerufen, waren am Haus vorbeiflaniert, hatten sich in der Schule in der Nähe seines Spinds herumgetrieben. Vermutlich hatte er sich einfach daran gewöhnt, war verwöhnt.

Er hatte sich nie der typisch männlichen Angst ausgesetzt, um die erste Verabredung zu bitten. Als er fünfzehn war, hatte die üppige Allyson Brentt ihn eingeladen, ein Mädchen von sechzehn Jahren, fast schon eine Frau. Sie hatte ihn sogar vor seiner Haustür in dem 72er Chevy Impala ihres Vaters abgeholt. Er wusste nicht recht, wie er es fand, von einem Mädchen chauffiert zu werden. Bis Allyson auf dem Blue Crab Drive gehalten und vorgeschlagen hatte, sie sollten den Rücksitz benutzen.

Dagegen hatte er nichts einzuwenden gehabt.

Seine Unschuld an die hübsche Allyson mit den geschickten Händen zu verlieren war eine angenehme Erfahrung gewesen.

Er mochte Frauen, mochte alles an ihnen – sogar die nervigen Eigenschaften, die eben zu Frauen gehörten. Cam fand, dass die Männer den größeren Gewinn aus dem Geschäft zogen. Sie bekamen etwas zu sehen, konnten berühren und riechen. Und wenn sie nicht komplette Idioten waren, konnten sie sich diesen weichen Armen gewöhnlich wieder entziehen und ohne allzu große Probleme zur nächsten weiterwandern.

Er war nie ein Idiot gewesen.

Aber nun hielt er Ausschau nach Anna und wartete auf sie. Und er fragte sich, was an ihr so besonders war, dass er es nicht mehr ganz so eilig hatte, die Sache zu beenden.

Vielleicht war es der fehlende Druck, überlegte er, als er von der Anlegestelle zum Haus ging und nach ihrem Wagen Ausschau hielt. Zum wiederholten Mal. Es konnte auch daran liegen, dass keine Erwartungen an ihn gestellt wurden. Sie lebte ungehemmt ihre Sexualität aus und schien keinen romantischen Schnickschnack zu brauchen. Zwar hatte sie eine schmerzhafte Kindheit hinter sich, aber sie schien den Schaden überwunden und sich zu einer starken, abgerundeten Persönlichkeit entwickelt zu haben.

Dafür bewunderte er sie.

Die Art, wie sie ihr Aussehen unterstrich oder auch herunterspielte, faszinierte ihn. Je mehr er über sie nachdachte, umso mehr wollte er sie.

»Was machst du da?«

Er zuckte zusammen, als Seth von hinten auf ihn zukam. Er hatte auf die Straße gestarrt und mit schierer Willenskraft erzwingen wollen, dass Anna in die Einfahrt einbog. Jetzt steckte er verlegen die Hände in die Hosentaschen.

»Nichts, ich vertrete mir bloß die Beine.«

»Du bist ja gar nicht gegangen«, sagte Seth.

»Weil ich gerade stehen geblieben bin. Jetzt gehe ich wieder, siehst du?«

Seth verdrehte die Augen, dann holte er ihn ein. »Was soll ich tun?«

Cam betrachtete mit geheucheltem Interesse die roten Tulpen, die an der Hauswand wuchsen. »Wieso?«

»Ethan ist mit dem Boot rausgefahren, und Phillip hat sich im Büro eingeschlossen und arbeitet am Computer.«

»Und?« Er beugte sich hinunter, um ein Unkraut auszurupfen – zumindest hielt er es für eines. Wo blieb sie denn nur? »Wo sind die Jungs, mit denen du in letzter Zeit herumziehst?«

»Sie mussten mit ihrer Großmutter einkaufen und Mittag essen gehen. Ich habe nichts zu tun. Das ist langweilig.«

»Na ja, dann … räum dein Zimmer auf oder so.«

»Ach, komm.«

»Himmel, was bin ich hier, dein Animateur? Hat der Fernseher den Geist aufgegeben?«

»Samstagmorgens laufen nur Sendungen für Kleinkinder.«

»Du bist ein Kind«, bemerkte Cam und hörte mit ungeheurer Erleichterung das Geräusch eines sich nähernden Wagens. »Bring deinem hirntoten Hund ein paar Kunststücke bei.«

»Er ist nicht hirntot.« Beleidigt wandte Seth sich ab und pfiff nach dem Welpen. »Schau her.« Foolish kam angerannt und trug etwas im Maul, das nach einer Bierdose aussah.

»Ja, kaut auf Aluminium herum. Ist ja brillant. Sieh mal, ich kann nicht …« Aber Cam brach ab, als Seth mit den Fingern schnipste, auf den Boden zeigte und Foolish sich daraufhin fallen ließ.

»Er reagiert auch, wenn ich es ihm sage«, erklärte Seth sachlich, während er Foolish zur Belohnung den Kopf kraulte. »Aber ich hab' ihm beigebracht, auf Handzeichen zu reagieren.« Er streckte die Hand aus, und der Hund hob brav eine Pfote.

»Das ist ziemlich gut.« Stolz und Überraschung mischten sich in Cams Stimme. »Wie lange hast du gebraucht, um es ihm beizubringen?«

»Bloß ein paar Stunden.«

Alle drei sahen zu, wie Anna in die Einfahrt bog. Foolish lief als Erster zu ihr, um sie zu begrüßen.

»Auf ›bleib hier‹ reagiert er noch nicht so gut«, gestand Seth. »Aber daran haben wir auch noch nicht lange gearbeitet.«

Mit ›sitz‹ tat er sich ebenfalls schwer. Als Anna aus dem Wagen stieg, sprang Foolish freudig kläffend an ihr hoch, und seine Schlabberzunge war überall.

Cam fand, dass der Hund eigentlich ein schlaues Kerlchen war, denn er wäre gern an seiner Stelle gewesen. Sie trug blassblaue Jeans und ein lippenstiftrotes Top, das sie in den Hosenbund gesteckt hatte. Ein schlichtes Outfit, aber beeindruckend.

Cam lief das Wasser im Mund zusammen.

»Sie sieht anders aus, wenn sie ihr Haar offen trägt«, bemerkte Seth.

»Ja.« Er wollte sie nur noch unter seinen Händen spüren. Nichts anderes.

Anna war in die Hocke gegangen und schäkerte mit dem Welpen, der sich auf den Rücken gelegt hatte, um sich den Bauch kraulen zu lassen. Dann hob sie den Kopf, und trotz der getönten Sonnenbrille konnte Cam sehen, dass sie warnend auf den Jungen sah. Doch er ignorierte das Signal. Er zog sie hoch und riss sie an sich, sodass sie über den Welpen hinweg in seine Arme stolperte. Ihren Protest erstickte er mit seinem Mund. Verlangen, rastlos und gierig, ging von ihm aus und übertrug sich mit alarmierender Schnelligkeit auf sie. Sie konnte sich nur noch festhalten, bis er sich genug geholt hatte und sein Hunger vorerst gestillt war.

Als er sie von sich schob, lächelte er – ein selbstgefälliges Lächeln, das sie mit Sicherheit ärgern würde, wenn sie erst wieder all ihre Sinne beisammenhätte. »Morgen, Anna.«

»Guten Morgen.« Sie räusperte sich, trat zurück und zwang sich, Seth anzusehen. Er schien eher gelangweilt als schockiert. Anna lächelte ihn an. »Guten Morgen, Seth.«

»Ja, hallo.«

»Dein Hund wird allmählich groß.« Um sich abzulenken, streckte sie die Hand nach Foolish aus. Er plumpste auf sein Hinterteil und hob eine Pfote, um sie zu bezaubern. »Oh, du bist ein ganz Schlauer, wie?« Sie ging wieder in die Knie, schüttelte seine Pfote und zog ihn an den Ohren. »Was kannst du denn noch?«

»Wir arbeiten an mehreren Dingen.« Foolish hatte bereits sein gesamtes Repertoire vorgespielt, aber das wollte Seth nicht verraten.

»Ihr seid ein gutes Team. Ich habe ein paar Lebensmittel hinten im Wagen«, sagte sie dann, »die Zutaten fürs Abendessen. Hilfst du mir?«

»Ja, gut.« Er warf einen ärgerlichen Blick auf Cam. »Ich hab' ja nichts anderes zu tun.«

»Wir gehen doch segeln, oder nicht?« Sie wirkte belustigt, als Cam mit offenem Mund dastand, während Seth sie scharf und interessiert musterte.

»Komme ich denn mit?«

»Natürlich.« Sie drehte sich um, öffnete die Wagentür und reichte ihm eine Tüte. »Sobald wir die Sachen verstaut haben. Hoffentlich lerne ich schnell. Ich weiß so gut wie nichts über Boote.«

Erfreut stemmte Seth sich zwei Tüten auf die Hüften. »Ist nichts dabei. Aber Sie sollten einen Hut mitnehmen.« Dann verschwand er mit den Tüten im Haus.

»Ich wollte eigentlich nur mit dir segeln«, sagte Cam. Er hatte bereits in angenehmen Fantasien geschwelgt, sich vorgestellt, dass sie sich in eine ruhige Flussbiegung zurückziehen und sich dort auf dem Boden des schaukelnden Boots lieben würden.

»Ach ja?« Sie holte eine kleine Reisetasche heraus und drückte sie ihm in die Hand. »Ich bin sicher, es wird ein toller Spaß mit uns dreien.«

Sie schloss die Wagentür, tätschelte seine Wange und ging dann ebenfalls ins Haus.

Es stellte sich heraus, dass sie zu viert waren. Seth bestand darauf, Foolish mitzunehmen, und da Anna ihn darin unterstützte, überstimmten sie Cam.

Es war schwer, bei einer so fröhlichen Crew ärgerlich zu bleiben. Foolish saß auf einer Bank, er trug eine alte Hundeschwimmweste, die einem der früheren zahlreichen Hausgenossen gehört hatte. Er bellte fröhlich Wellen und Vögeln zu.

Seth, der bereits das erste Sandwich aus der Kühltasche vertilgte, weihte Anna pflichtschuldigst in die Geheimnisse der Takelage ein.

Sie sah so verdammt niedlich aus, dachte Cam, als sie mit

einer seiner alten, ausgefransten Mützen auf dem Kopf gelehrig verfolgte, was Seth ihr über die einzelnen Leinen zu sagen hatte.

Er lotste sie durch die Kanäle, fuhr in lockerem Tempo zwischen den Markierungen hindurch und durchfuhr den Little Neck River, wie die Einheimischen ihn nannten, zum Tangier Sound und weiter zur Bucht.

Es herrschte leichter Wellengang, und Cam schaute sich nach Anna um. Sie kniete am Heck und beugte sich über die Reling, aber er sah, dass nicht ihr Magen die Ursache dafür war. Sie lächelte strahlend und zeigte eifrig mit dem Finger, als sie die Baumgruppen und die weiten Marschen von Smith Island entdeckte.

Er rief Seth zu, er solle die Segel setzen.

Diesen Augenblick würde Anna niemals vergessen. Sie war nicht auf die Geräusche, die Bewegung, den Anblick der gehissten weißen Segel vorbereitet, die im Wind knatterten und sich blähten. Kurze Zeit schien das Boot geradezu zu fliegen, der Wind peitschte ihr ins Gesicht und füllte das Segel fast bis zum Zerreißen. Sie ließen schäumendes Kielwasser hinter sich zurück, und sie schmeckte das Salz auf der Zunge.

Sie wollte alles auf einmal sehen, die blaugrünen Wellen, das Meer aus weißer Leinwand über ihnen, das flache und hügelige Land. Mann und Junge arbeiteten so geübt, so kompetent, ohne dass sie viel miteinander redeten.

Sie segelten an einer Krebsfarm vorbei, wie sie von Seth erfuhr. Es war nicht mehr als eine zerbrechliche Hütte aus verbeultem, verwittertem grauem Holz, die auf Pfählen aus dem Wasser ragte und an einem baufälligen Steg befestigt war. Orangene Bojen, die die Krebsfallen markierten, sprenkelten die Wasseroberfläche. Sie beobachtete, wie ein Kutter in der Strömung schaukelte, der Fischer – malerisch in seiner verschossenen Hose, der zerfransten Mütze und den weißen Stiefeln – holte gerade einen Käfig aus Hühnerdraht ein.

Er hielte lang genug in seiner Arbeit inne, um grüßend an seine Mütze zu tippen, bevor er zwei zuschnappende Krebse in seinen Wassertank warf.

So sieht das Leben auf dem Wasser aus, dachte Anna und beobachtete, wie der Kutter zur nächsten Boje tuckerte.

»Das ist Little Donnie«, erklärte ihr Seth. »Er wird so genannt, obwohl er bereits erwachsen ist, weil sein Vater Big Donnie heißt. Abartig.«

Anna lachte. Für sie hatte es so ausgesehen, als brächte Little Donnie mindestens zweihundert Pfund auf die Waage. »Ich schätze, so geht es eben, wenn man in einer kleinen Gemeinde lebt. Es muss wunderbar sein, so auf dem Wasser zu leben und zu arbeiten.«

Seth hob eine Schulter. »Es ist ganz gut. Aber ich würde lieber nur segeln.«

Als sie das Gesicht dem Wind entgegenhob, entschied sie, dass er recht hatte. Nur segeln – schnell und frei, das Boot hob und senkte sich, die Möwen zankten sich über ihren Köpfen. Cam wirkte so natürlich am Steuer, dachte sie, wie er breitbeinig dastand und sich den Bewegungen des Boots anpasste, mit festem Griff und fliegendem dunklem Haar. Als er sich zu ihr umwandte, vollführte ihr Herz einen Satz. Und war das ein Wunder? Als er ihr dann die Hand hinstreckte, war es da ein Wunder, dass sie aufstand und vorsichtig über das Deck zu ihm ging?

»Willst du mal das Steuer halten?«

Unbedingt. »Lieber nicht«, sagte sie und versuchte vernünftig zu sein. »Ich weiß nicht, was ich tun soll.«

»Ich aber.« Er schob sie vor sich und legte seine Hände auf ihre. »Das ist der Pocomoke«, sagte er und wies mit dem Kopf auf einen schmalen Kanal. »Wenn du langsamer fahren willst, können wir dort hinfahren, müssen aber den Krebsfallen ausweichen.«

Der Wind schlug ihr spielerisch ins Gesicht. Sie beobachtete, wie eine Möwe auf das Wasser herabstieß, darüber hinwegflog und mit einem durchdringenden Schrei wieder aufstieg. Es war ein Schrei, der wie ein Lachen klang. Zur Hölle mit der Vernunft. »Ich will nicht langsamer fahren.«

Sie hörte ihn an ihrem Ohr lachen. »Bravo, Mädchen.«

»Wohin fahren wir? Was machen wir?«

»Wir fahren nach Süd, Südwest, segeln hart am Wind«, sagte er.

»Am Wind? Es fühlt sich an, als wären wir mittendrin. Ich wusste nicht, dass wir so schnell werden können. Es ist herrlich.«

»Gut. Halt mal eine Minute.«

Zu ihrem Entsetzen trat er zurück und rief Seth zu, er solle ihm helfen, die Segel zu korrigieren. Als sie sich krampfhaft an der Ruderpinne festhielt, hörte sie die beiden lachen. Sie hörte das Knarren der Maste, das Klatschen der Leinwand, als das Segel sich drehte. Sie hatte das Gefühl, dass das Boot noch schneller wurde. Dennoch versuchte sie sich zu entspannen. Schließlich war vor ihnen ja nur Wasser.

Rechts – Steuerbord, verbesserte sie sich – konnte sie ein kleines Motorboot aus einem der vielen Flüsse und Kanäle kommen sehen. Zu weit weg, schätzte sie, um einen Verkehrsstau zu verursachen. Gerade als sie davon überzeugt war, dass sie es ohne Zwischenfall schaffen könnte, neigte sich das Boot zur Seite. Sie unterdrückte einen Aufschrei und hätte die Pinne beinahe in die andere Richtung gerissen, da waren Cams Hände wieder da und hielten sie fest.

»Wir kentern!«

»Nein. Wir liegen prima im Wind. Schneller.«

Das Herz schlug ihr bis zum Hals. »Du hast mich am Steuer allein gelassen.«

»Die Segel mussten gerichtet werden. Der Kleine weiß jetzt, wie er damit umgehen muss. Ethan hat ihm eine Menge beigebracht, und er begreift schnell. Er ist ein erstklassiger Segler.«

»Aber du hast mich am Steuer allein gelassen«, wiederholte sie.

»Du hast dich tapfer geschlagen.« Er drückte ihr einen flüchtigen Kuss aufs Haar. »Da vorn ist Tangier Island. Wir umfahren es, dann geht's nach Norden. Auf dem Little Choptank gibt's ein paar ruhige Fleckchen. Wir kommen gegen Mittag dort an.«

Sie würden also nicht kentern, dachte sie, als ihr Atem sich wieder beruhigte. Sie entspannte sich und lehnte sich an ihn.

Anna stellte sich ebenso breitbeinig hin wie Cam und überließ sich dem Rhythmus des Bootes. Sie wünschte sich eine kleine Schlup oder was auch immer zu besitzen, wenn ihr irgendwann das Haus am Wasser gehörte.

Sie würde sich ein Boot von den Brüdern Quinn bauen lassen, dachte sie und träumte. »Wenn ich ein Boot hätte, würde ich bei jeder sich bietenden Gelegenheit aufs Wasser gehen.«

»Wir müssen dir erst die Grundbegriffe beibringen. Du wirst bald das Trapez beherrschen.«

»Was? In einem knappen Trikot am Mast schaukeln?«

Das Bild hatte seinen Reiz. »Nicht ganz. Man benutzt eine Leine – ein Trapez – und hängt über dem Wasser.«

»Nur so zum Spaß?«

»Na ja, mir gefällt's«, sagte er lachend. »Es geht um Geschwindigkeit, Gleichgewicht.«

»Man hängt über dem Wasser«, sagte sie nachdenklich, »vielleicht gefällt's mir ja auch.«

Er ließ sie unter Seths Aufsicht mit dem Klüver arbeiten. Es gefiel ihr, die Leine in der Hand zu spüren, und zu wissen, dass sie – mehr oder weniger – über die gebauschte weiße Leinwand bestimmte. Sie umrundeten die kleine sandige Spitze von Tangier Island, und Anna lernte blitzschnell die Leinen zu bedienen und das Segel einzuholen, sich auf die nötige Teamarbeit einzustellen und die Geschwindigkeit zu halten, wenn ein Kurswechsel vorgenommen wurde.

Cam hatte sich bis auf seine abgeschnittenen Jeans ausgezogen, seine schweißnasse Haut glänzte in der Sonne. Wenn ihre Hände auch von der ungewohnten Arbeit ein wenig wehtaten, so beschwerte sie sich nicht. Stattdessen freute sie sich wie ein Kind, als Cam ihr sagte, sie mache ihre Sache gut.

Sie aßen auf dem Hudson Creek am Little Choptank River, in der Nähe einer eingestürzten Mole, wo sie nur Vögel und plätscherndes Wasser zur Gesellschaft hatten. Die Sonne stand hoch an einem klaren blauen Himmel, und die Temperatur war fast auf dreißig Grad geklettert, um einen Vorgeschmack auf den Sommer zu geben, der eigentlich noch nicht angesagt war.

Zur Begleitung von Radiomusik kühlten sie sich im Wasser ab. Foolish paddelte fröhlich, während Seth unter die spiegelglatte Oberfläche tauchte und wie ein Delfin schwamm.

»Er hat den Spaß seines Lebens«, murmelte Anna. Eine Schicht des in sich gekehrten, trotzigen, wütenden Jungen, den sie bei ihrem ersten Gespräch kennengelernt hatte, wurde gerade hinweggespült. Sie fragte sich, ob er es wohl wusste.

»Dann kann ich wohl nicht mehr sauer sein, weil du darauf bestanden hast, dass er mitkommt.«

Sie lächelte. Sie hatte ihr Haar hochgesteckt, damit es nicht nass wurde. Vergeblich. So wie Seth und der Welpe herumplanschten, konnte nichts trocken bleiben. »Es macht dir nicht wirklich was aus, oder? Du hättest nie so segeln können, wenn er nicht an Bord wäre.«

»Richtig.« Cam legte seine Arme um sie, und Anna packte sofort seine Schultern, um sich zu verteidigen. »Nicht untertauchen.«

»Würde ich so etwas Vorhersehbares tun?« Seine Augen waren rauchblau, als er lachte. »Vor allem, wenn dies so viel mehr Spaß macht.« Er neigte den Kopf und küsste sie.

Ihre Lippen waren nass und schlüpfrig, und Annas Puls klopfte heftig, als sie seinen Mund auf ihren Lippen spürte, als er sie einfing und an ihnen saugte. Das kühle Wasser schien sich zu erwärmen, als ihre Beine sich ineinander verschlangen. Sie war schwerelos und seufzte, als sie in den Kuss hineintrieb.

Dann war sie plötzlich unter Wasser.

Prustend tauchte sie auf und schüttelte sich das nasse Haar aus den Augen. Als Erstes hörte sie Seths Lachen, dann sah sie Cams Grinsen.

»Ich konnte nicht widerstehen«, behauptete er, doch dann schluckte er selbst Wasser, als sie sich auf den Bauch drehte und es ihm ins Gesicht strampelte.

»Du bist der nächste«, warnte sie Seth, der so verblüfft war bei der Vorstellung, dass Erwachsene mit ihm spielten, dass sie ihn mit Leichtigkeit packen und unter Wasser drücken konnte.

Er wehrte sich, spuckte Wasser und schluckte noch mehr, als er lachen musste. »Hey, ich hab' nichts getan.«

»Du hast gelacht. Außerdem, so wie ich es sehe, arbeitet ihr Kerle im Team. Vermutlich war es sogar deine Idee.«

»O nein.« Er befreite sich, dann verfiel er auf die schlaue Idee, unterzutauchen und sie am Knöchel unter Wasser zu ziehen.

Es entbrannte ein heißer Kampf, und erst als sie erschöpft waren, schlossen sie Waffenstillstand. Sie merkten, dass Cam nicht mehr im Wasser war, sondern seitlich auf dem Boot saß und seelenruhig ein Sandwich aß.

»Was machst du da oben?«, rief Anna, während sie ihr tropfnasses Haar zurückschob.

»Ich sehe mir die Show an.« Er spülte den Schinken und den Käse mit Cola hinunter. »Zwei Spinner.«

»Spinner?« Ihr Blick glitt zu Seth, und in stiller Übereinkunft wurden sie Verbündete. »Ich sehe hier nur einen Spinner, und du?«

»Nur einen«, bestätigte er, als sie langsam auf das Boot zuschwammen.

Jeder Trottel konnte voraussehen, was sie vorhatten. Cam

zog nur die Beine an und ließ sich mit einem beeindruckenden Platscher ins Wasser befördern.

Erst Stunden später fiel Seth ein, dass sowohl Anna als auch Cam ihn berührt hatten. Und er hatte überhaupt keine Angst gehabt.

Nachdem das Boot vertäut, die Segel eingeholt und das Deck geschrubbt war, krempelte Anna bildlich gesprochen die Ärmel hoch und machte sich in der Küche an die Arbeit. Sie hatte sich vorgenommen, für die Quinns eine Mahlzeit zuzubereiten, die sie so schnell nicht vergessen würden. Als Seglerin mochte sie ja ein Neuling sein, aber hier war sie Expertin.

»Riecht himmlisch«, meinte Phillip, als er hereinkam.

»Und noch besser wird es schmecken.« Mit viel Geschick bereitete sie ihr Lasagne zu. »Ein altes Familienrezept.«

»Die sind immer die besten«, lobte er. »Wir haben noch das Waffelrezept von meinem Vater. Das muss ich Ihnen mal morgens machen.«

»Das wäre schön.« Sie lächelte ihn an und bemerkte seinen sorgenvollen Blick. »Alles in Ordnung?«

»Klar. Bloß ein paar ungelöste Fragen, die die Arbeit betreffen.« Er hatte ihr nicht die Wahrheit gesagt, denn seine Sorge galt dem neuesten Bericht des Privatdetektivs, den er engagiert hatte. Seths Mutter war in Norfolk gesehen worden – und das war viel zu nah. »Brauchen Sie Hilfe?«

»Alles unter Kontrolle.« Sie krönte ihre Lasagne mit einer dünnen Schicht Mozzarella, bevor sie sie ins Backrohr schob. »Vielleicht möchten Sie mal den Wein kosten.«

Zerstreut nahm Phillip die Flasche in die Hand. Und

sogleich war sein Interesse geweckt. »Nebbiolo, der beste Rote Italiens.«

»Ich glaube schon, und ich kann versprechen, dass meine Lasagne ihm ebenbürtig sein wird.«

Phillip grinste, als er zwei Gläser eingoss. Seine Augen waren goldbraun, was Anna aus irgendeinem Grund mit Erzengeln in Verbindung brachte. »Anna, meine Liebe, warum sägen Sie Cam nicht einfach ab und brennen mit mir durch?«

»Weil ich euch beide einfangen und umbringen würde«, sagte Cam, der gerade in die Küche kam. »Lass die Finger von meiner Frau, Bruderherz, bevor ich dir wehtue.« Obwohl Phillip es in lässigem Ton gesagt hatte, war Cam nicht völlig sicher, ob es nur ein Scherz gewesen war. Und es gefiel ihm nicht, den heißen kleinen Strahl von Eifersucht zu spüren, der ihn durchfuhr.

Er war nicht der eifersüchtige Typ.

»Er kann einen Barolo nicht von einem Chianti unterscheiden«, sagte Phillip zu ihr, als er für Cam ein Glas holte. »Mit mir sind Sie besser dran.«

»Du liebe Zeit«, sagte sie in einer passablen Imitation des Südstaaten-Dialekts. »Ich liebe es, wenn starke Männer um mich kämpfen. Und da kommt noch einer«, fügte sie hinzu, als Ethan zur Hintertür hereinkam. »Wollen Sie sich auch um mich duellieren, Ethan?«

Er blinzelte und kratzte sich am Kopf. Frauen verwirrten ihn, aber er war ziemlich sicher, dass dies ein Scherz war. »Haben Sie das, was da kocht, selbst gemacht?«

»Mit meinen eigenen kleinen Händen«, versicherte sie.

»Ich hole meinen Revolver.«

Als sie lachte, lächelte er ihr auch flüchtig zu. Dann zog er sich zurück, um zu duschen.

»Himmel, Ethan hat gerade fast mit einer Frau geflirtet.« Erstaunt hob Phillip sein Glas. »Wir müssen Sie hierbehalten, Anna.«

»Wenn jemand den Tisch deckt, während ich schnell den Salat anrichte, bleibe ich vielleicht lange genug, um Sie in den Genuss meiner Cannoli kommen zu lassen.«

Cam und Phillip sahen einander an. »Wer ist dran?«, wollte Cam wissen.

»Ich nicht. Du musst dran sein.«

»Nichts da, ich hab's gestern gemacht.« Sie sahen einander kurz an, dann wandten sich beide zur Tür und riefen nach Seth.

Anna schüttelte nur den Kopf. Kleine Brüder bekamen wohl immer den Schwarzen Peter zugeschoben.

Sie wusste, dass das Essen gelungen war, als Seth seine dritte Portion hinunterschlang. Er war jetzt nicht mehr so mager wie ein Straßenkind, stellte sie fest, und nicht mehr so blass. Vielleicht blickten seine Augen manchmal noch misstrauisch, als ob er auf einen Schlag wartete, den er in viel zu jungem Alter zu erwarten gelernt hatte. Aber immer öfter blitzte Humor in ihnen auf. Er war ein cleverer Junge, der gerade entdeckte, wie es war, mit anderen Spaß zu haben.

Seine Sprache war ungehobelt, und sie glaubte nicht, dass sich daran viel ändern würde, solange er in einem Männerhaushalt lebte. Cam stupste ihn allerdings hin und wieder unter dem Tisch an, wenn er zu viel fluchte.

Sie würden es schaffen. Anfangs hatte sie große Zweifel gehabt, ob die drei eigenwilligen Männer einen Weg finden würden, sich einzugewöhnen und Platz in ihrem Leben zu schaffen, ob sie einem Jungen ihr Herz öffnen würden, der ihnen aufgenötigt worden war. Wenn sie in der nächsten Woche ihren Bericht schrieb, würde sie festhalten, dass Seth DeLauter da war, wo er hingehörte. Zu Hause.

Es würde Zeit brauchen, bis man ihnen die endgültige Vormundschaft übertrug, aber sie würde dafür ihr ganzes Gewicht in die Waagschale werfen. Nichts wärmte ihr Herz so sehr wie der Blick, den der Junge Cam nach einem erneuten Stupser zuwarf. Er grinste wie jeder Zehnjährige, den man bei einem Streich ertappt hatte.

Er wäre ein toller Vater, dachte sie, rau und zärtlich zugleich. Er war der Typ Mann, der ein Kind auf den Schultern herumtrug, mit ihm im Hof herumbalgte. Sie sah es fast vor sich – der hübsche dunkelhaarige Junge, das hübsche rosenwangige Mädchen.

»Sie sind in der falschen Branche«, sagte Phillip zu ihr, als er es sich bequem machte und seinen Gürtel lockerte.

Sie blinzelte, beim Tagträumen ertappt, und wurde beinahe rot. »Ich?«

»Sie sollten ein Restaurant eröffnen. Falls Sie sich irgendwann mal in dieser Richtung betätigen wollen, bin ich der erste, der bei Ihnen investiert.« Er stand auf, um die Cappuccino-Maschine in Gang zu setzen. Er wollte das Dessert mit einem Kaffee ergänzen. Als das Telefon läutete, nahm Phillip den Hörer ab.

Beim Klang einer rauchigen, verführerischen Frauenstimme mit italienischem Akzent hob er die Augenbrauen. »Er ist hier.« Phillip reichte Cam den Hörer. »Für dich, Kumpel.«

Sein Bruder konnte die Stimme nach dem ersten gesäuselten Satz beinahe einordnen. »Hallo, Süße«, sagte er und suchte nach einem Namen. *»Come va?«*

Da er Cam aufrichtig zugetan war, tat Phillip sein Bestes, um Anna abzulenken. »Ich habe diese Cappuccino-Maschine erst vor etwa einem halben Jahr gekauft«, erklärte er ihr. »Sie ist eine Wucht.«

»Wirklich?« Sie war nicht im Geringsten an der Funktionsweise irgendeiner ausgeklügelten Kaffeemaschine interessiert. Nicht jetzt, nachdem sie gehört hatte, wie liebenswürdig Cam seine offenbar weibliche Anruferin begrüßt hatte. Als sie ihn lachen hörte, biss sie die Zähne zusammen.

Es fiel Cam nicht ein, seine Stimme zu dämpfen oder seine Worte zu zensieren. Er hatte endlich den Namen zu der Stimme gefunden – Sophia mit der tollen Figur und den Schlafzimmeraugen – und plauderte locker über gemeinsame Bekannte. Sie mochte Rennen – alle Arten von Rennen – und war selbst eine heiße, flotte Nummer im Bett.

»Nein, in diesem Jahr musste ich für den Rest der Saison passen«, sagte er. »Ich weiß noch nicht, wann ich nach Rom zurückkomme«, antwortete er, als sie fragte, ob er sie dann anrufen werde. »Sicher erinnere ich mich – die kleine Trattoria in der Nähe der Fontana di Trevi. Auf jeden Fall.«

Ihre Stimme weckte Erinnerungen. Nicht an sie im Besonderen, aber an Rom mit seinen geschäftigen, schmalen Straßen, an die Gerüche, die Geräusche, den Trubel.

Die Rennen.

»Was?« Ihre Frage nach seinem Porsche holte ihn mit einem Ruck in die Gegenwart zurück. »Ja, ich habe ihn in Nizza unterstellen lassen, bis …«

Er verstummte, als sie ihn fragte, ob er ihn eventuell verkaufen würde. An einen Freund, Carlo. Er erinnere sich doch an Carlo, oder? Carlo wolle wissen, ob er den Wagen vielleicht verkaufen wolle, da er doch so lange in den Staaten blieb.

»Darüber habe ich noch nicht nachgedacht.« Den Wagen verkaufen? Panik ergriff ihn. Das wäre wie ein Eingeständnis, dass er nicht zurückkehren würde. Nicht nur nach Europa, sondern in sein früheres Leben.

Sie sprach schnell und überzeugend. Ihr Italienisch und Englisch vermischten sich und verwirrten ihn. Er habe doch ihre Nummer, *si?* Und er könne sie jederzeit anrufen. Sie werde Carlo sagen, dass er es sich überlegen wolle. Cam fehle ihnen allen. Rom sei so *noioso* ohne ihn. Sie habe gehört, dass er ein großes Rennen in Australien ausgeschlagen habe, und fürchte, dass eine Frau dahinterstecke, die ihn halte. War er endlich doch einer Frau ins Netz gegangen?

»Ja, nein ...« Ihm drehte sich der Kopf. »Es ist kompliziert, Schätzchen. Aber ich melde mich bei dir.« Dann brachte sie ihn noch einmal zum Lachen, als sie flüsternd einen Vorschlag machte, wie sie seine erste Nacht in Rom feiern könnten. »Ich werde es im Gedächtnis behalten. Liebling, wie könnte ich es vergessen. Ja. *Ciao.*«

Phillip war damit beschäftigt, Milch aufzuschäumen. Mit einer verzweifelten Miene versuchte er, Anna in ein Gespräch über verschiedene Kaffeesorten zu verwickeln. Ethan hatte vorsichtshalber die Küche bereits verlassen. Und Seth saß da und zerbröckelte ein Stück Knoblauchbrot für Foolish, der sich unter dem Tisch versteckte.

Cam, der nichts ahnte, hob misstrauisch eine Braue, als sein Blick auf die Cappuccino-Maschine fiel. »Ich bleibe lieber bei normalem Kaffee«, begann er und lächelte, als Anna auf ihn zuging. »Ich erinnere mich an deine Cannoli von ...« Und dann hatte er plötzlich Annas Faust im Magen. Bevor er wieder zu Atem kam, ging sie mit großen Schritten an ihm vorbei nach draußen und schlug die Fliegentür hinter sich zu.

»Was?« Cam rieb sich die schmerzende Stelle und starrte Phillip an. »Himmel, was habe ich gesagt?«

»Du bist ein solcher Vollidiot«, murmelte sein Bruder und goss geschickt die erste Tasse ein.

»Sie sah stinksauer aus«, bemerkte Seth und schnupperte. »Kann ich von dem Zeug probieren, das du da braust?«

»Klar.« Phillip machte Latte aus viel Milch, während Cam ebenfalls nach draußen ging.

Er fand Anna auf der Anlegestelle. »Wofür zum Teufel war das?«

»Oh, ich weiß nicht, Cam. Einfach so aus Spaß.« Sie wirbelte zu ihm herum, und ihre Augen blitzten im Sternenlicht. »Frauen sind eigenartige Geschöpfe. Sie werden wütend, wenn der Mann, mit dem sie zusammen sind, in ihrer Gegenwart am Telefon mit irgend so einer italienischen Tussi flirtet.«

Allmählich ging ihm ein Licht auf. »Ach komm, Süße ...«

Er brach ab, unsicher, ob er belustigt oder ärgerlich reagieren sollte, als sie erneut die Faust hob. »Nenn mich ja nicht Süße. Du benutzt gefälligst meinen Namen. Hältst du mich für völlig bescheuert? Süße, Schätzchen, Mäuschen – das sagst du, wenn dir nicht mal der Name der Frau einfällt, mit der du im Bett liegst.«

»Warte mal einen Moment.«

»Nein, *du* wartest jetzt mal einen Moment. Hast du eine Vorstellung davon, wie beleidigend es ist, sich anhören zu müssen, wie du dich mit deinem italienischen Betthäschen in Rom verabredest, nachdem du gerade meine Lasagne gegessen hast?«

Schlimmer, dachte sie, es war viel, viel schlimmer, denn sie hatte gerade vorher alberne Luftschlösser mit ihm und zwei Kindern gebaut, ihren gemeinsamen Kindern. Oh, es war entsetzlich. Der Gipfel an Peinlichkeit.

»Ich habe mich nicht verabredet«, begann er, hielt dann aber fasziniert inne, als sie einen Schwall von italienischen Beschimpfungen losließ. »Die hast du nicht von deinen Großeltern gelernt.« Als sie nur fauchte, konnte er sich eines Lächelns nicht erwehren. »Du bist eifersüchtig.«

»Hier geht's nicht um Eifersucht. Hier geht's um Höflichkeit.« Sie warf den Kopf in den Nacken und versuchte sich zu beruhigen. Aber sie war noch nicht fertig. »Du bist frei, Cameron, und ich auch. Keine Heuchelei, keine Versprechungen, fein. Aber ich toleriere nicht, dass du Telefonsex hast, während ich mich im selben Zimmer aufhalte.«

»Das war kein Telefonsex, nur ein Gespräch.«

»Die kleine Trattoria an der Fontana di Trevi?«, sagte sie kühl. »Wie könnte ich das vergessen? Du wirst die erste sein. Wenn du italienischen *zucchero* brauchst, Cameron, ist das deine Sache. Aber tu das nie wieder, während ich anwesend bin.«

Sie holte Luft, dann hob sie die Hand, bevor er etwas sagen konnte. »Tut mir leid, dass ich dich geschlagen habe.«

Er schätzte ihre Stimmung ab. Sie war aufgebracht, wurde aber allmählich ruhiger. »Nein, das stimmt nicht.«

»Na schön, dann nicht. Du hattest es verdient.«

»Das hatte nichts zu bedeuten, Anna.«

O doch, dachte sie müde. Für sie bedeutete es sehr viel. »Es war unhöflich.«

»Manieren waren nie meine starke Seite. Ich habe kein Interesse an ihr. Ich kann mich nicht mal an ihr Gesicht erinnern.«

»Glaubst du im Ernst, dass diese Aussage zu deinen Gunsten spricht?«

Was sollte er denn noch sagen?, fragte er sich. Er wollte bei der Wahrheit bleiben. »Es ist dein Gesicht, Anna, das mir nicht aus dem Kopf geht.«

Sie seufzte. »Jetzt versuchst du mich abzulenken.«

»Funktioniert es?«

»Vielleicht.« Ihre Gefühle, rief sie sich ins Gedächtnis, waren ihr Problem. »Lass uns nur festhalten, dass auch lockere Beziehungen ihre Grenzen haben, die nicht überschritten werden dürfen.«

Er war nicht sicher, ob ›locker‹ das richtige Wort war, um zu beschreiben, was zwischen ihnen war. Doch im Augenblick war ihm alles recht, was sie glücklich machte. »In Ordnung. Von jetzt an bist du die einzige italienische Tussi, mit der ich flirte.« Er lächelte, als er ihren ausdruckslosen Blick sah. »Die Lasagne war großartig. Keine von meinen anderen Tussis konnte kochen.« Sie schaute aufs Wasser, dann blickte sie ihm wieder nachdenklich in die Augen. Cam war sicher, einen Funken Humor in ihren Augen zu sehen. »Wir würden beide dort landen«, sagte er. »Aber ich möchte nicht unbedingt, dass du ein Bad nimmst.«

»Alles in allem möchte ich auch eher trocken bleiben.« Sie sah zum Haus hinüber, von wo Musik zu hören war. »Wer spielt denn Violine?«

»Das ist Ethan.« Es war eine schnelle, lebhafte Weise, eines der Lieblingslieder ihrer Eltern. Das Klavier fiel ein, und er lächelte. »Und das ist Phillip.«

»Was spielst du?«

»Ein wenig Gitarre.«

»Das würde ich gern hören.« Sie streckte die Hand aus – ein Friedensangebot. Er nahm sie, zog sie an sich und führte ihre Finger an die Lippen.

»Du bist die Einzige, die ich will, Anna. Du bist die Einzige, an die ich denke.«

Im Augenblick, dachte sie und ließ sich in seine Arme ziehen. Nur der Augenblick zählte.

18. Kapitel

Anna wusste nicht recht, was sie empfand, als Cam eine verkratzte alte Gibson zum Vorschein brachte und konzentriert die Stirn runzelte. Sie entdeckte immer wieder neue Seiten an ihm. Es überraschte und freute sie zu sehen, wie übergangslos, wie leicht die drei Männer einen Song angestimmt hatten. Kräftige Stimmen, dachte sie, schnelle, geschickte Handgriffe. Fest geknüpfte Familienbande.

Zweifellos hatte es viele solcher Abende in ihrem Leben gegeben. Sie konnte sich vorstellen, wie die drei vor Jahren mit den beiden Menschen, die ihnen eine Familie gegeben hatten, in diesem Zimmer zusammengesessen und geübt hatten. Und sie nahm dieses Bild und die Musik mit nach oben, als sie schließlich ins Bett ging. In Cams Bett.

Sie rief sich ins Gedächtnis, dass ein Kind im Haus war, und schloss deshalb die Tür ab – für den Fall, dass Cam von seinem behelfsmäßigen Lager auf dem Sofa heraufgeschlichen kam. Und sie würde nicht öffnen, wenn er anklopfte. Ganz gleich, wie sexy er ausgesehen hatte, als er die alte Gitarre zum Leben erweckt hatte. Sie hatten alte irische Balladen und Wirtshauslieder gespielt, die sie nicht kannte. Anna fand sie traurig und herzzerreißend, auch wenn die Melodien zu den Texten lebhaft waren. Sie mischten Rockelemente darunter und spotteten über Seth, als dieser vorschlug, sie sollten mal etwas aus diesem Jahrhundert spielen. Es war anrührend gewesen, dachte Anna, während sie sich auskleidete. Die Brüder wären entsetzt, wenn sie wüssten, wie Anna über sie dachte. Vier Männer vier Brüder – nicht dem Blut, sondern dem Herzen nach. Es war nicht zu übersehen, wie gut sie einander verstanden und dass sie den Kleinen inzwischen nicht nur akzeptierten, sondern mit einbezogen.

Als Seth bemerkte, Violinen seien etwas für Mädchen und Weichlinge, lächelte Ethan nur und stimmte eine heiße Melodie an, um Seths Interesse und seine Fantasie zu wecken. Und Ethans trockener Kommentar – *mal sehen, ob ein Weichling das auch kann* – erntete ein Grinsen und ein Achselzucken von Seth.

Als Seth eingeschlafen war, hatten sie ihn einfach auf dem Teppich liegen lassen, und Foolish hatte neben ihm seinen Platz gefunden. Noch jemand, der zu ihm gehörte, dachte Anna.

Sie zog als Nachthemd ein T-Shirt an und nahm dann ihre Haarbürste. Es war leicht, sich in diesem Haus wohlzufühlen. Anna hatte einige Veränderungen entdeckt, die auf eine weibliche Hand schließen ließen, wie glänzende Möbel, eine Vase mit Frühlingsblumen. Die Haushälterin ließ grüßen, kombinierte Anna, was die Bewohner des Hauses vermutlich nicht bemerkten.

Wenn dies ihr Haus wäre, würde sie nicht viel verändern, dachte sie und geriet wieder ins Träumen, als sie sich mit der Bürste durchs Haar fuhr. Vielleicht ein neuer Anstrich und hier und da ein wenig Farbe mithilfe dicker Sitzkissen und bunter Blumen. Den Garten würde sie auf jeden Fall vergrößern. Sie wusste bereits, was am besten in der Sonne gedieh, was im Schatten blühte. Es gab eine hübsche Stelle im Hof, wo sie sich Maiglöckchen gut vorstellen konnte.

Wäre es nicht herrlich, an einem Samstagmorgen in der Erde zu graben, hübsche Blumenbeete anzulegen, sich Gedanken über die Zusammenstellung der Pflanzen zu machen? Und dann zu sehen, wie alles wuchs, sich ausbreitete und blühte, Jahr für Jahr?

Eine Bewegung draußen vor dem Fenster weckte ihre Aufmerksamkeit. Das Herz schlug ihr bis zum Hals, als sie einen Schatten hinter dem dunklen Glas wahrnahm. Als dann das Fenster leise in die Höhe glitt, drehte sie sich langsam um und hielt die Haarbürste wie eine Waffe vor sich.

Cam kletterte über das Sims. »Hallo.« Er hatte sie beim Haarebürsten beobachtet und ihren Anblick genossen. »Ich hab' dir was mitgebracht.«

Er hielt ihr einen kleinen Strauß Wildveilchen hin, die sie misstrauisch beäugte. »Wie bist du hier heraufgekommen?«

»Geklettert.« Er trat auf sie zu, doch sie wich zurück.

»Woran geklettert?«

»Überwiegend seitlich am Haus hoch. Früher konnte ich an der Abflussrinne rauf und runter klettern, damals habe ich aber weniger gewogen.« Er kam näher, sie wich wiederum zurück.

»Wie schlau von dir. Und wenn du gestürzt wärst?«

Er hatte steile Felswände in Montana, Mexiko und Frankreich erklettert, was sie nicht wissen konnte. Cam lächelte nur gewinnend angesichts ihrer Sorge. »Hätte es dir leidgetan?«

»Ich glaube nicht.« Er stand nun dicht vor ihr, und Anna griff nach den leicht zerdrückten Blumen. »Danke für die Veilchen. Gute Nacht.«

Interessant, dachte er. Ihre Stimme und ihre Miene waren abweisend. Doch aus irgendeinem Grund fand er das schlichte, praktische Baumwollhemd sexy. Es schien, als würde er endlich seine Chance bekommen, sie nach allen Regeln der Kunst zu verführen.

»Ich konnte nicht schlafen.« Er drückte auf den Lichtschalter, sodass nur noch die kleine Nachttischlampe ihren warmen, goldenen Schein verbreitete.

»Du hast es aber auch nicht lange versucht«, sagte sie und schaltete das Deckenlicht wieder ein.

»Kam mir wie Stunden vor.« Er hob die Hand und fuhr leicht mit dem Finger über ihren Arm, vom Handgelenk bis zum Ellbogen. Ihre Haut schimmerte golden gegen das reine Weiß des Shirts. »Ich musste immerzu an dich denken, Anna. Wunderschöne Anna«, sagte er leise, »mit den italienischen Augen.«

Ihre Zehen prickelten als Reaktion auf die zärtlichen Finger, die jetzt an ihrem Kinn entlangfuhren. Ihr Herz flatterte. Nein, das war ihr Bauch. Nein, alles. »Cam, ein kleiner Junge ist im Haus.«

»Der wie ein Toter schläft.« Seine Finger glitten zu ihrem Hals und fühlten den schnellen Pulsschlag. »Er liegt laut schnarchend auf dem Wohnzimmerteppich.«

»Du hättest ihn ins Bett bringen sollen.«

»Warum?«

»Weil …« Es musste doch einen guten Grund geben, aber wie sollte sie einen klaren Gedanken fassen, wenn er sie so konzentriert, so eindringlich aus seinen nebelgrauen Augen ansah? »Das hast du geplant«, sagte sie matt.

»Nicht ganz. Ich dachte, ich müsste dich zu einem Spaziergang im Wald überreden, nachdem es im Haus ruhig geworden wäre. Und dann hätte ich dich draußen im Freien geliebt.« Er nahm ihre Hand und drückte seine Lippen auf ihre Handfläche. »Im Sternenschein. Aber Regen zieht auf.«

»Regen?« Sie blickte zum Fenster und sah, dass die Gardinen sich im auffrischenden Wind bauschten. Er war inzwischen näher gekommen und legte jetzt die Arme um sie. Seine breiten, geschickten Hände streichelten ihren Rücken.

»Und ich will dich im Bett besitzen. In meinem Bett.« Er neigte den Kopf, um kleine Küsse auf ihr Kinn zu hauchen, dann knapp darunter, wo die Haut weicher war als Samt. »Ich will dich, Anna. Tag und Nacht.«

»Morgen«, sagte sie.

»Heute Nacht. Morgen.« Und das Wort ›immer‹ schwirrte durch seinen Kopf, als sein Mund sich mit ihrem vereinte.

Sie gab einen fast gequälten Laut von sich, als seine Zunge durch ihre geöffneten Lippen schlüpfte, um den Kuss zu vertiefen. Er drang immer tiefer vor, bis sie nicht mehr anders konnte, als sich fallen zu lassen. Die hübschen kleinen Blumen fielen auf den Boden, als sich ihre Finger öffneten.

Er hatte sie nur einmal zuvor so geküsst, mit solch unaussprechlicher Zärtlichkeit, dass ihr Herz dahinschmolz. Hätte sie sprechen können, dann hätte sie ihm stammelnd ihre Liebe gestanden. Aber ihre Knie wurden weich, und alle Worte waren vergessen.

Er berührte sie kaum, nur seine Hände lagen leicht an ihrem Rücken, als er mit dem Mund von ihr trank – und sie willenlos machte.

»Diesmal ist es kein Rennen.« Er hörte sich die Worte murmeln, war aber nicht sicher, ob er es gedacht oder zu ihr ausgesprochen hatte. Er wusste nur, dass er langsam sein wollte, qualvoll langsam, endlos langsam, sodass er jeden Augenblick, jede Bewegung, jedes Stöhnen voll auskosten konnte.

Cam streckte den Arm aus und dämpfte das Licht. »Ich will diese Stelle«, flüsterte er und ließ seinen Mund wieder über die zarte Haut knapp unterhalb ihres Kinns wandern. »Und diese.« Zu ihrem schlanken Hals hinunter, wo ihr warmer, herber Geruch lockte. Als er zurücktrat und sein Hemd über den Kopf zog, holte sie Luft. Sie würde sich zusammenreißen, dachte sie, und ihm einen Teil dessen, was er ihr schenkte, zurückgeben. Anna griff nach ihm, sie stellte sich auf die Zehenspitzen, sodass ihre Augen und Lippen auf gleicher Höhe waren.

Aber er küsste ihre Schläfen, ihre Stirn, ihre Augen. »Ich liebe es, dich anzusehen«, sagte er. Er nahm den Saum ihres Shirts in die Hand und hob ihn Zentimeter für Zentimeter. »Alles an dir. Auch wenn du nicht da bist, sehe ich dich vor mir.«

Als ihr Shirt auf dem Boden lag, blickte er in ihr Gesicht und hob sie in seinen Armen in die Höhe. Er spürte, wie sie zitterte. Und er wusste blitzartig, dass er niemals eine Frau so begehrt hatte, wie er Anna begehrte. Als er sie aufs Bett legte, war er es, der sich kopflos dem Kuss ergab.

Er brauchte seinen Händen nicht zu befehlen, sanft zu sein, langsam vorzugehen. Er brauchte nicht gegen den Drang anzukämpfen, über sie herzufallen. Nicht, wenn sie so leise unter seinen Berührungen seufzte, sich so geschmeidig unter seinen Händen bewegte, nicht, wenn sie sich so vollends hingab, bevor er sie darum bitten konnte.

Er erkundete sie fast staunend, als wäre es das erste Mal, die erste Frau, das erste Verlangen. Sie war neu, diese Sehnsucht, langsam zu sein, zu kosten statt hinunterzustürzen, zu gleiten statt zu rasen. Als ihre Hände über seinen Körper glitten, zitterte er und glühte.

Sie hörten die ersten weichen Regentropfen und das Pfeifen des Windes nicht.

Anna erreichte ihren Gipfel auf einer lang gezogenen, schimmernden Welle, und sie atmete seinen Namen als sie verebbte.

Die Lust war flüssig, weich wie der Morgentau, weit wie die dunkle See. Sie spürte, wie sie sich ausbreitete und sie auf eine zweite hohe, aufschäumende Welle führte, wo es nur noch ihn gab. Sie drückte ihren Mund auf seinen Hals, auf seine Schulter, hätte ihn mit ihrer Haut aufgesogen, wenn sie es gekonnt hätte. Keiner hatte sie jemals so ganz und gar genommen. Und als sie mit den Händen sein Gesicht umschloss, seinen Mund an ihre Lippen zog und ihr ganzes Wesen in diesen Kuss legte, wusste sie, dass er bei ihr war. Ganz und gar der ihre.

Als er in sie eindrang, war dies nur eine weitere Verschmelzung. Sie öffnete sich, nahm ihn auf und gab. Sie bewegten sich gemeinsam, langsam, ihr Atem, ihre Blicke vereinten sich. Sie bewegten sich in zärtlichem Rhythmus, der ihnen jede erdenkliche Quelle der Lust offenbaren sollte.

Die Empfindung steigerte sich, schwindelerregend und atemberaubend, bis sie lächelte und ihr zugleich Tränen in die Augen schossen. »Küss mich«, bat sie in einem letzten, zitternden Atemzug. Ihre Lippen fanden sich, umfingen sich, als die letzte hohe Welle sie überrollte.

Er wagte nicht, etwas zu sagen. Sein Herz lag bloß. Und es gehörte ihr.

Wenn dies Liebe war, dann jagte sie ihm höllische Angst ein.

Aber er konnte sich nicht rühren, konnte sie nicht loslassen. Sie fühlte sich unter ihm so gut an. Sein Körper war ermattet, gesättigt und sein Kopf nahezu leer. Nur sein Herz zitterte noch und klopfte.

Darüber würde er sich später Gedanken machen.

Ohne ein Wort zu sagen, änderte er seine Stellung, zog sie dicht, besitzergreifend dicht zu sich heran und ließ sich vom Geräusch des Regens in den Schlaf wiegen.

Als Anna erwachte, schien ihr die Sonne ins Gesicht, und sie stellte überrascht fest, dass sie und Cam fest umschlungen geschlafen hatten. Seine starken Arme hielten sie an sich gepresst, und ihr rechtes Bein lag über seiner Hüfte.

Hätte sie klar denken können, dann wäre ihr vielleicht aufgegangen, dass sie beide zwar behaupteten, dass ihre Beziehung nur locker sei, ja fast nur eine Spielerei, dass sie im Schlaf aber eine andere Sprache sprachen.

Sie nahm ihr Bein zurück und wollte sich befreien, doch er bewegte sich und drückte sie noch fester an sich.

»Cam.« Sie flüsterte, kam sich dumm vor, und als sie keine Antwort bekam, wurde sie lauter. »Cameron, wach auf.«

Er ächzte, schmiegte sich an sie und murmelte etwas. Anna seufzte und entschied, dass sie keine andere Wahl hatte. Sie hob ihr anderes Bein, das zwischen seinen eingekeilt war, bis ihr Knie sich gegen seinen Schritt presste. Dann stieß sie kurz zu.

Endlich öffnete er die Augen.

»Holla! Was war das?«

»Wach auf.«

»Ich bin wach. Würde es dir etwas ausmachen, dein Knie …?« Als der Druck nachließ, atmete er erleichtert aus. »Danke.«

»Du musst gehen.« Sie flüsterte wieder. »Du hättest nicht die ganze Nacht bleiben sollen.«

»Warum nicht?«, flüsterte er ebenfalls. »Es ist mein Bett.«

»Du weißt genau, wovon ich rede«, zischte sie. »Jeden Moment könnte einer deiner Brüder aufstehen.«

Mit Mühe hob er den Kopf und spähte auf die Nachttischuhr. »Es ist nach sieben. Ethan ist schon aufgestanden und hat vermutlich schon seine erste Krebsfalle geleert. Warum flüsterst du eigentlich?«

»Weil du eigentlich nicht hier sein solltest.«

»Ich wohne hier.« Ein schläfriges Lächeln glitt über seine Züge. »Gott, bist du hübsch, wenn du so zerzaust und verlegen bist. Ich glaube, ich muss dich gleich noch mal besitzen.«

»Hör auf damit.« Sie kicherte beinahe, bis seine Hand sich zu ihrer Brust stahl. »Nicht jetzt.«

»Warum nicht jetzt, wir sind völlig nackt, und du bist so weich und warm.« Er knabberte an ihrem Nacken.

»Fang nicht wieder an.«

»Zu spät. Ich drehe bereits die erste Runde.«

Als er seine Lage daraufhin veränderte, sah sie, dass das Startsignal gegeben war. Mit einer einzigen Bewegung war er in ihr, und es war so angenehm, dass sie nur seufzen konnte.

»Nicht stöhnen«, sagte er und lachte leise an ihrem Ohr. »Du wirst noch meine Brüder aufwecken.«

Sie prustete los und schob und zerrte zwischen Belustigung und Erregung, bis sie rittlings auf ihm saß. Er sah schläfrig, gefährlich und aufregend aus. Ein wenig atemlos stützte sie sich mit den Händen zu beiden Seiten seines Kopfes auf. Sie beugte sich hinunter und sog seine Unterlippe ein.

»Also schön, du schlaues Kerlchen, mal sehen, wer zuerst stöhnt.«

Und sie begann mit gebogenem Rücken auf ihm zu reiten. Später einigten sie sich, dass es unentschieden stand.

Anna überredete ihn, aus dem Fenster zu klettern, was er für absurd hielt. Doch so fühlte sie sich eine Spur weniger amoralisch. Das Haus war still, als sie herunterkam. Sie hatte geduscht und trug eine olivgrüne Baumwollhose und ein Campingshirt. Seth schlief immer noch auf dem Teppich, Foolish hielt neben ihm Wache.

Bei Annas Anblick stand der Hund auf und folgte ihr winselnd in die Küche. Sie vermutete, dass er entweder einen leeren Magen oder eine volle Blase hatte. Als sie die Hintertür öffnete, schoss er wie der Blitz hinaus, und da wusste sie, was ihn gequält hatte. Er erleichterte sich ausgiebig auf den Azaleen, die gerade erst erblühten.

Die Vögel sangen freudig aus voller Kehle, Tau glitzerte auf dem Gras – und das Gras musste dringend gemäht werden. Über dem Wasser hing noch leichter Dunst, aber er verzog sich schnell, wie Rauch, der fortgeblasen wurde, und dahinter konnte sie kleine diamantene Funken aus Sonnenlicht auf dem ruhigen Wasser blitzen sehen. Die Luft war frisch von dem nächtlichen Regen, das Laub wirkte grüner und voller als noch am Tag zuvor.

Sie hatte einen kleinen Tagtraum, in dem frisch aufgebrühter Kaffee und ein Spaziergang zum Anlegesteg vorkamen. Als sie gerade begann, den Kaffee zu machen, betrat Cam die Küche. Er hatte sich nicht rasiert, stellte sie fest und fand, dass seine Bartstoppeln in ihr Bild von einem trägen Sonntag auf dem Land passten. Sie nahm zwei Becher aus dem Schrank und wünschte ihm einen guten Morgen.

»Guten Morgen, Anna.« Cam beschloss, das Spiel mitzumachen, ging zu ihr und gab ihr einen zarten Kuss. »Wie hast du geschlafen?«

»Sehr gut, und du?«

»Wie ein Stein.« Er drehte eine Locke ihres Haars um seinen Finger. »Es war nicht zu ruhig für dich?«

»Ruhig?«

»Stadtmädchen, ländliche Stille.«

»Oh. Nein, es hat mir gefallen. Ja, ich glaube, ich habe nie besser geschlafen.«

Sie lächelten einander an, als Seth hereinwankte und sich die Augen rieb. »Haben wir irgendwas zu essen da?«

Cam blickte weiter Anna an. »Phillip hat von Waffeln gefaselt. Weck ihn auf.«

»Waffeln? Cool.« Er lief davon, und seine nackten Füße klatschten auf dem Holzfußboden.

»Das wird Phillip nicht gefallen«, bemerkte Anna.

»Er hat die Waffeln doch selbst vorgeschlagen.«

»Ich könnte sie auch machen.«

»Du hast das Abendessen zubereitet. Hier wechseln wir uns ab, damit nicht das Chaos ausbricht und Blut fließt.« Ein lauter, hässlicher Knall war über ihnen zu hören. Cam grinste. »Warum gießen wir uns nicht Kaffee ein und verziehen uns aus der Schusslinie?«

»Ich habe gerade das Gleiche gedacht.«

Spontan griff er nach einer Angelrute. »Halt mal.« Er kramte im Kühlschrank und fand einen kleinen runden Brie, der Phillip gehörte.

»Ich dachte, wir wollten Waffeln essen.«

»Das tun wir auch. Dies ist ein Köder.« Er steckte den Käse in seine Tasche und nahm seinen Kaffee.

»Du benutzt Brie als Köder?«

»Du kannst nehmen, was gerade zur Hand ist. Wenn ein Fisch anbeißen will, dann beißt er bei fast allem an. Mal sehen, was wir fangen können.«

»Ich weiß nicht, wie man angelt«, sagte sie, als sie hinausgingen.

»Ist nichts dabei. Man versenkt einen Wurm – oder in diesem Falle einen feinen Käse – und wartet, was passiert.«

»Und warum zieht ihr Männer dann immer mit dieser teuren, komplizierten Ausrüstung und diesen komischen Hüten los?«

»Reine Fassade. Wir sind ja keine Profiangler. Wir werfen nur eine Angelschnur aus. Wenn wir nicht wenigstens zwei Katzen an Land ziehen können, bis Phillip die Waffeln auf den Tisch gestellt hat, dann habe ich mein Händchen verloren.«

»Katzen?« Einen Moment lang war sie völlig entsetzt. »Du benutzt doch keine Katzen als Köder.«

Er blinzelte, sah, dass sie völlig ernst war, und lachte dann laut los. »Sicher tue ich das. Wir fangen sie am Schwanz, ziehen ihnen das Fell ab und werfen sie ins Wasser.« Als sie totenblass wurde, hatte er Mitleid mit ihr, was ihn aber nicht davon abhielt zu lachen. »Katzenfische, Liebes. Wir werden noch vor dem Frühstück Katzenfische fangen.«

»Sehr witzig.« Sie rümpfte die Nase und ging weiter. »Katzenfische sind sehr hässlich. Ich habe Bilder von ihnen gesehen.«

»Du willst mir weismachen, dass du noch nie Katzenfisch gegessen hast?«

»Wieso um alles in der Welt sollte ich das getan haben?« Ein wenig beleidigt setzte sie sich seitlich auf den Steg und ließ die Beine baumeln.

»Brate sie frisch und richtig durch, dann hast du etwas Köstliches zu essen. Gib ein wenig Speck hinzu, ein wenig süßen Mais, und du hast ein Festmahl.«

Sie musterte ihn, als er sich neben ihr niederließ und den Brie an seinem Angelhaken befestigte. Sein Kinn war stoppelig, sein Haar zerzaust, seine Füße nackt. »Gebratener Katzenfisch und Speck. Und das von dem tollkühnen Cameron Quinn, dem Mann, der Wasser, Straßen und Herzen in ganz Europa im Sturm erobert. Ich glaube nicht, dass dein kleines römisches Zuckerstück dich wiedererkennen würde.«

Er verzog das Gesicht und warf die Angelschnur ins Wasser. »Wir fangen doch nicht wieder damit an, oder?«

»Nein.« Sie lachte und gab ihm einen Kuss auf die Wange. »Ich erkenne dich ja selbst kaum wieder. Aber es gefällt mir.«

Er reichte ihr die Rute. »Du siehst heute Morgen auch nicht gerade wie die nüchterne, engagierte Beamtin aus, Ms. Spinelli.«

»Sonntags habe ich frei. Was mache ich, wenn ich einen Fisch fange?«

»Die Schnur aufrollen.«

»Wie?«

»Darüber machen wir uns Gedanken, wenn es so weit ist.« Er beugte sich vor und holte die Krebsfalle ein, die am nächsten Pfahl befestigt war. Beim Anblick der beiden wütenden Krebse musste er grinsen. »Zumindest werden wir heute Abend nicht verhungern.«

Angesichts der klappernden Scheren hatte Anna die Füße angezogen. Aber es gefiel ihr, am Steg zu sitzen, Kaffee zu trinken und den Morgen zu genießen. Als Mutter Ente mit ihren sechs flaumigen Küken vorbeischwamm, zeigte sie die – in Cams Augen – typische Reaktion der Städterin.

»Oh, schau mal! Schau, Entenbabys. Sind die nicht niedlich?«

»Wir haben jedes Jahr ein Nest da drüben in der Biegung nahe am Waldrand.« Und da sie so verträumte Augen machte, konnte er nicht widerstehen. »Das verspricht für den Winter eine gute Jagd.«

»Jagd wonach?«, murmelte sie und stellte sich bereits verzückt vor, wie es wäre, eines dieser süßen Entenküken in der Hand zu halten. Dann weiteten sich ihre Augen vor Entsetzen. »Ihr erschießt die Entenjungen?«

»Na ja, dann sind sie ja schon größer.« Er hatte noch nie in seinem Leben auf eine Ente oder auf sonst etwas geschossen. »Du kannst hier sitzen und ein paar vor dem Frühstück erledigen.«

»Du solltest dich schämen.«

»Deine städtische Erziehung schlägt durch.«

»Ich würde eher sagen, meine Menschlichkeit. Wenn es meine Enten wären, würde sie niemand erschießen.« Als er grinste, sah sie ihn argwöhnisch an. »Du wolltest mich verkohlen.«

»Und es hat geklappt. Du siehst so süß aus, wenn du empört bist.« Er küsste sie auf die Wange, um sie zu besänftigen. »Meine Mutter hatte ein viel zu weiches Herz, um uns jagen zu lassen. Angeln hat ihr nichts ausgemacht. Sie sagte, da hätten beide Seiten eine faire Chance. Und sie hasste Feuerwaffen.«

»Wie war sie so?«

»Sie war … stark«, sagte er. »Es war schwer, sie aus dem Gleichgewicht zu bringen. Wenn es einem von uns gelang, dann konnte sie sehr aufbrausend sein. Sie liebte ihre Arbeit, liebte Kinder. Sie war sehr empfindsam. Sie weinte bei Filmen oder über Bücher, und sie konnte nicht mal zusehen, wenn wir Fische ausnahmen. Doch wenn es Probleme gab, dann war sie da wie ein Fels in der Brandung.«

Ohne es zu merken, hatte er Annas Hand genommen. »Als ich herkam, hatte man mich übel zusammengeschlagen. Sie hat mich zusammengeflickt. Ich wollte eigentlich abhauen, nachdem ich wieder auf den Beinen war. Ich hielt beide für Trottel, die ich jederzeit berauben konnte, um dann zu verschwinden. Ursprünglich wollte ich nach Mexiko gehen. Aber ich hatte mich in sie verliebt. Es war an dem Tag, als ich von meinem ersten Segeltörn mit Dad zurückkam. Eine ganz neue Welt hatte sich vor mir aufgetan. Ich hatte Angst davor, aber da war sie. Er ging ins Haus, um irgendwelche Referate zu benoten, glaube ich. Und ich meckerte, dass ich diese blöde Schwimmweste tragen müsse, und noch über verschiedene andere Dinge. Sie nahm mich bei der Hand und zog mich ins Wasser, sagte, so könne ich besser schwimmen lernen. Und sie hat es mir beigebracht. Etwa drei Meter vom Steg entfernt habe ich mich in sie verliebt. Man hätte mich nie mehr von hier wegbekommen.«

Gerührt hob Anna seine Hand, um sie an ihre Wange zu legen. »Ich wünschte, ich hätte sie gekannt. Alle beide.«

Er veränderte seine Haltung, wusste plötzlich, dass er ihr etwas erzählt hatte, was er noch nie mit jemandem geteilt hatte. Und er dachte daran, wie er gestern Nacht hier gesessen und mit seinem Vater geredet hatte. »Glaubst du eigentlich daran, dass Menschen zurückkehren können?«

»Von wo?«

»Na ja, als Gespenster, Geister und so?«

»Nein, das glaube ich nicht«, sagte sie nach kurzer Überlegung. »Nach dem Tod meiner Mutter gab es Augenblicke, in denen ich ihr Parfüm riechen konnte, einfach so aus heiterem Himmel, ohne Grund, und dieser Geruch war so … entsprach ihr so. Vielleicht war er wirklich da, vielleicht auch nur in meiner Fantasie, aber es hat mir geholfen. Das allein zählt wohl.«

»Ja, aber …«

»Oh!« Sie ließ fast die Angelrute fallen, als sie den Ruck spürte. »Da ist was! Nimm schnell!«

»Nein. Du hast ihn gefangen.« Er war froh, dass die Ablenkung zur rechten Zeit kam, er hätte sich sonst noch völlig lächerlich gemacht. Cam hielt die Rute gerade. »Spul sie ein Stück auf, dann gib wieder nach. Ja, so. Nein, nicht ziehen, ganz langsam und gleichmäßig.«

»Er fühlt sich schwer an.« Ihr Herz klopfte bis zum Hals. »Schrecklich schwer.«

»Das sind sie immer. Du hast ihn jetzt, hol ihn weiter ein.« Cam stand auf, um das Netz zu holen, das immer am Ende des Stegs hing. »Hol ihn rauf!«

Anna lehnte sich mit halb geschlossenen Augen zurück,

riss sie aber erschrocken auf, als der Fisch zuckend aus dem Wasser ins Sonnenlicht schnellte. »Oh, mein Gott.«

»Lass die Rute um Himmels willen nicht los.« Cam schüttelte sich vor Lachen, als er ihre Schulter packte, damit sie nicht ins Wasser fallen konnte. Dann beugte er sich vor und holte den sich windenden Katzenfisch mit dem Netz ein. »Ein ganz schöner Brocken.«

»Was soll ich tun? Was soll ich jetzt tun?«

Geschickt befreite Cam den Fisch vom Haken und reichte ihr dann zu ihrem Entsetzen das Netz. »Halt gut fest.«

»Lass mich mit diesem Tier nicht allein.« Sie warf ihrem Fang einen Blick zu, erkannte Barthaare und Fischaugen und kniff dann fest die Augen zusammen. »Cam, komm sofort wieder her und nimm mir dieses hässliche Ding ab.«

Er stellte den mit Wasser gefüllten Eimer auf den Steg, nahm das Netz und warf den Fang hinein. »Stadtpflanze.«

Sie atmete erleichtert auf. »Kann sein.« Dann spähte sie in den Eimer. »Igitt. Wirf ihn wieder rein. Der ist scheußlich.«

»Nie im Leben. Das ist gut und gern ein Vierpfünder.«

Als sie sich weigerte, die Angel noch einmal zu halten, opferte er den Rest des Bries und machte sich daran, den Rest des Abendessens selbst zu fangen.

Seths Reaktion auf ihren Fang änderte Annas Meinung. Einen kleinen Jungen mit einem unbestreitbar hässlichen und möglicherweise wohlschmeckenden Fisch zu beeindrucken, war neu für sie. Als sie später mit Cam zur Werkstatt fuhr, hatte sie bereits beschlossen, sich über das Angeln zu informieren.

»Ich glaube, mit dem richtigen Köder könnte ich etwas viel Attraktiveres als einen Katzenfisch fangen.«

»Möchtest du nächstes Wochenende ein paar Kriechwürmer ausbuddeln?«

Sie sah ihn über ihre Sonnenbrille hinweg an. »Sind die so eklig, wie sie sich anhören?«

»Und ob.«

»Lieber nicht. Ich glaube, ich nehme lieber die hübschen Köder, die man kaufen kann.« Sie blickte zu ihm hinüber. »Kennst du das geheime Waffelrezept deines Vaters?«

»Nein. Mir hat er es nicht anvertraut. Er hat ziemlich schnell spitzgekriegt, dass ich in der Küche eine Katastrophe bin.«

»Welche Form der Bestechung ist bei Phillip am erfolgversprechendsten?«

»Du würdest es ihm nicht mal mit einem Schlips von Hermès abluchsen. Er wird es nur an einen Quinn weitergeben.«

Das würden sie ja sehen, entschied sie, und trommelte mit den Fingern auf ihr Knie. Sie trommelte immer noch, als er auf den Parkplatz neben dem alten Backsteingebäude fuhr. Anna wusste nicht recht, welche Reaktion er von ihr erwartete. Soweit sie sehen konnte, hatte sich nicht viel verändert. Der Müll war beseitigt, die zerbrochenen Fenster ersetzt worden, aber das Gebäude wirkte immer noch alt und verlassen.

»Ihr habt saubergemacht.« Mit dieser Feststellung konnte sie nichts falsch machen.

»An dem Anlegesteg müssen wir noch arbeiten«, bemerkte er. »Phillip sollte das regeln können. Ich glaube, wir brauchen noch ein Schild«, meinte er halb in Gedanken, als er die Eingangstür öffnete. Anna fing den Geruch von Sägespänen, Muff und abgestandenem Kaffee auf. Aber das höfliche Lächeln, das sie aufgesetzt hatte, verwandelte sich in freudige Überraschung, als sie eintrat. Cam hatte das Licht eingeschaltet, und sie musste blinzeln. Helle Deckenlichter hingen vom Gebälk. Der ausgebesserte Fußboden war sauber gefegt – oder jedenfalls beinahe. Stufen waren ersetzt, das Geländer aus schlichtem Holz geölt worden. Der Heuboden sah immer noch gefährlich aus, aber sie erkannte doch, welche Möglichkeiten er bot.

Sie sah Flaschenzüge und Arbeitsbänke, riesige elektrische Geräte mit bedrohlichen Zacken versehen, eine Metalltruhe mit vielen Schubladen, in der vermutlich das Werkzeug untergebracht war. Neue Stahlschlösser funkelten an den breiten Türen, die zur Anlegestelle führten.

»Es ist wundervoll, Cam. Ihr arbeitet wirklich schnell.«

»Geschwindigkeit ist meine Sache.« Er sagte es leichthin, doch es freute ihn, dass sie aufrichtig beeindruckt war.

»Ihr müsst wie die Pferde geschuftet haben, um das zu schaffen.« Obwohl sie alles sehen wollte, zog sie besonders die riesige Plattform in der Mitte des Raums an. Mit dunkler Kreide waren Kurven, Linien und Winkel darauf eingezeichnet.

»Das verstehe ich nicht.« Fasziniert umrundete sie das Podest. »Wofür soll das gut sein?«

»Das brauchen wir für ein Modell des Boots. Du zeichnest den Schiffskörper in voller Größe und fertigst danach Schablonen für Spanten, Platten und Längskurven in natürlicher Größe.«

Er kniete auf der Plattform, während er dies erklärte, benutzte die Hände, um es ihr verständlich zu machen. Sie tappte trotzdem im Dunkeln. Aber es spielte auch keine

Rolle, ob sie seine Erklärungen verstand. Dafür verstand sie etwas anderes. Er wusste es vielleicht noch nicht, aber er hatte sich in diesen Ort verliebt, und in die Arbeit, die er hier tun würde.

»Wir müssen noch die Buglinie und die Spantenbreiten festlegen, dann können wir beginnen, akkurat zu reproduzieren. Es ist ein sehr guter Entwurf. Ich werde noch die bautechnischen Details im Originalmaßstab hinzufügen. Je mehr Details, umso besser.«

Er blickte auf und sah, dass sie lächelte. »Tut mir leid. Du hast keine Ahnung, wovon ich rede.«

»Ich finde es wundervoll. Das meine ich ernst. Ihr baut hier mehr als nur Boote.«

Ein wenig verlegen stand er auf. »Es geht aber um Boote. Komm, sieh dir das mal an.«

Er nahm ihre Hand und führte sie zur gegenüberliegenden Wand. Dort hingen zwei gerahmte Zeichnungen, eine zeigte Ethans geliebte Skipjack, die andere ein Boot, das erst noch gebaut werden sollte.

»Seth hat sie gemacht.« Der Stolz in seiner Stimme war unüberhörbar. »Er ist der einzige von uns, der wirklich zeichnen kann. Phil kann es auch ganz gut, aber der Kleine ist einfach großartig. Als Nächstes nimmt er sich Ethans Kutter vor, dann die Schlup. Ich muss mir noch Fotos von den Booten besorgen, an denen ich mitgearbeitet habe, damit er sie abzeichnen kann. Wir hängen sie alle hier auf und fügen Zeichnungen der Boote hinzu, die wir noch bauen werden.«

Tränen standen in ihren Augen, als sie sich umdrehte und die Arme um ihn schlang. Ihr fester Griff überraschte ihn, doch er erwiderte ihn.

»Mehr als Boote«, murmelte sie, dann wich sie zurück, um sein Gesicht in ihre Hände zu nehmen. »Es ist wundervoll«, wiederholte sie und zog ihn zu sich hinunter, um ihn zu küssen.

Der Kuss durchströmte ihn, überflutete ihn, ließ ihn taumeln. Dutzende von Fragen summten wie ein Bienenschwarm in seinem Kopf. Und die Antwort, die einzige Antwort auf all diese Fragen war zum Greifen nahe. Er sagte ihren Namen, einmal nur, dann löste er sich unsicher von ihr. Er musste sie ansehen, richtig ansehen, aber er schien sein Gleichgewicht nicht finden zu können.

»Anna«, sagte er. »Warte einen Moment.«

Bevor er die Antwort zu fassen bekam, bevor er wieder er selbst war, ging knarrend die Tür auf, und Sonnenlicht strömte herein.

»Entschuldigt bitte, Leute«, sagte Mackensie liebenswürdig. »Ich habe den Wagen draußen stehen sehen.«

19. Kapitel

Cams erste Reaktion war blanke Wut, er wollte nicht gestört werden.

»Wir haben noch nicht geöffnet, Mackensie.« Er hielt Anna am Arm fest und wandte dem Mann, der in seinen Augen nicht mehr als ein pedantischer Plagegeist war, den Rücken zu.

»Das habe ich auch nicht angenommen.« Mit nachsichtiger, freundlicher Miene kam Mackensie herein. In seiner Branche wurde ihm selten ein herzlicher Empfang bereitet. »Die Tür war unverschlossen. Na, das wird aber eine tolle Werkstatt.«

Im Herzen war er ein passionierter Heimwerker, und der Anblick der funkelnagelneuen Elektrowerkzeuge begeisterte ihn. »Sie haben sich ja eine Spitzenausrüstung besorgt.«

»Wenn Sie ein Boot kaufen wollen, kommen Sie morgen wieder, dann reden wir darüber.«

»Ich werde leider seekrank«, bekannte Mackensie und verzog das Gesicht. »Ich kann nicht mal auf einem Anlegesteg stehen, ohne dass mir übel wird.«

»Tja, Pech. Gehen Sie.«

»Aber ich sehe mir sehr gern Boote an. Ich kann allerdings nicht behaupten, dass ich groß darüber nachgedacht hätte, was man alles braucht, um sie zu bauen. Das da drüben ist vielleicht 'ne Kreissäge. Muss sie 'ne schöne Stange Geld gekostet haben.«

Nun drehte Cam sich um. Sein Blick war drohend. »Es ist meine Angelegenheit, wofür ich mein Geld ausgebe.«

Verblüfft von diesem Wortwechsel, legte Anna eine Hand auf seinen Arm. Sie war nicht überrascht, weil er so grob war – sie hatte ihn schon mehrmals grob erlebt –, aber sein Zorn über eine scheinbar so geringfügige Störung verwunderte sie.

Wenn er so mit möglichen Kunden sprechen will, dachte sie, dann braucht er gar nicht erst zu eröffnen.

Bevor sie sich etwas einfallen lassen konnte, um ihn zu besänftigen, löste er sich von ihr. »Was wollen Sie jetzt schon wieder?«

»Ich habe nur ein paar Fragen.« Er nickte Anna höflich zu. »Ma'am. Larry Mackensie, Ermittler der True Life Insurance.«

Da Anna nicht eingeweiht war, schüttelte sie die dargebotene Hand. »Mr. Mackensie. Ich bin Anna Spinelli.«

Mackensie blätterte rasch in seiner Gedächtniskartei. Er brauchte nicht lang, um sie als die Betreuerin von Seth DeLauter zu identifizieren. Da sie erst nach dem Tod des Versicherten auf der Bildfläche erschienen war, hatte er keinen Kontakt zu ihr aufnehmen müssen, aber sie stand in seinen Unterlagen. Und die traute kleine Szene, in die er hineingeplatzt war, sagte ihm, dass sie zumindest mit einem der Quinns auf sehr vertrautem Fuße stand. Er wusste noch nicht, ob sich etwas aus dieser Information machen ließ, aber er würde es sich merken.

»Freut mich, Sie kennenzulernen.«

»Wenn Sie beide etwas Geschäftliches zu besprechen haben«, begann Anna, »dann warte ich draußen.«

»Ich habe nichts mit ihm zu besprechen, weder jetzt noch später. Gehen Sie Ihren Bericht schreiben, Mackensie. Wir sind fertig miteinander.«

»Kann man so sagen. Ich dachte nur, Sie wüssten gern, dass ich wieder nach Hause fahre. Meine Befragungen haben sehr unterschiedliche Resultate ergeben, Mr. Quinn.« Er schaute wieder zu der Kreissäge hinüber und wünschte flüchtig, sich dergleichen Werkzeug leisten zu können. »Da ist der Brief, der im Wagen Ihres Vaters gefunden wurde und der Aufschluss über seine geistige Verfassung gibt. Wir wissen, dass nur ein Fahrzeug in den Unfall verwickelt war, der Fahrer körperlich gesund, keine Spuren von Alkohol oder Drogen.« Er hob die Schultern. »Ferner hatte der Versicherte die Versicherungssumme erhöht und kurz vor dem Unfall noch einen Erben hinzugefügt. Die Gesellschaft nimmt solche Dinge genau unter die Lupe.«

»Dann gehen Sie, und nehmen Sie alles unter die Lupe«, Cams Stimme klang leise, warnend, »aber nicht hier, nicht in meinem Haus.«

»Ich wollte Sie nur wissen lassen, wie der Stand der Dinge ist. Um ein neues Geschäft aufzuziehen«, sagte Mackensie im Plauderton, »braucht man einen Batzen Kapital. Hatten Sie das schon lange geplant?«

Cam stürzte sich blitzschnell auf ihn und packte den Mann bei den Aufschlägen. »Sie Mistkerl.«

»Cam, hör auf!« Anna trat zwischen die beiden Männer. »Mr. Mackensie, ich glaube, Sie sollten jetzt besser gehen.«

»Bin schon auf dem Weg.« Seine Stimme klang fest trotz des kalten Schweißes, der sich in seinem Nacken sammelte. »Es geht nur um ein paar Einzelheiten, Mr. Quinn. Die Versicherung bezahlt mich, um Informationen zu sammeln.«

Aber sie bezahlte ihn nicht dafür, so dachte er, als er nach draußen ging, um frische Luft zu schöpfen, dass er zusammengeschlagen wurde.

»Elender Mistkerl. Denkt er wirklich, mein Vater ist gegen einen Telefonmast gefahren, damit ich Boote bauen kann? Ich hätte ihn zusammenschlagen sollen. Gottverdammt. Zuerst sagen sie, er habe es getan, weil er den Skandal nicht ertragen konnte, und jetzt soll er's getan haben, weil er uns einen Haufen Geld verschaffen wollte. Zum Teufel mit ihrem Geld. Sie haben ihn nicht gekannt, sie kennen uns nicht.«

Anna ließ ihn toben und auf der Suche nach etwas, das er kaputtschlagen konnte, durch das Gebäude irren. Ihr Herz war schwer. Die Versicherung ging von Selbstmord aus, dachte sie wie betäubt, deshalb war eine Ermittlung eingeleitet worden. Und Cam hatte es die ganze Zeit gewusst. »Dieser Mann ist von der Versicherung geschickt worden, bei der dein Vater eine Lebensversicherung abgeschlossen hatte?«

»Das ist ein verdammter Vollidiot.« Cam fuhr herum, und sie sah angespannt aus. »Es ist nichts. Bloß ein sinnloser Streit. Lass uns von hier verschwinden.«

»Sie verdächtigen deinen Vater, Selbstmord begangen zu haben?«

»Er hat sich nicht getötet.«

Die Kränkung musste sie jetzt erst mal vergessen, sie wollte Antworten auf ihre Fragen. »Du hast schon mal mit Mackensie gesprochen? Und ich nehme an, du oder zumindest euer Anwalt steht seit einiger Zeit deswegen mit der Versicherung in Kontakt.«

»Phillip kümmert sich darum.«

»Warum hast du mir nie etwas davon gesagt?«

»Es hat nichts mit dir zu tun.«

Seine Worte verletzten sie. »Ich verstehe. Und inwiefern betrifft es Seth?«

Erneut flammte Wut in ihm auf. »Er weiß nichts davon.«

»Wenn du das wirklich glaubst, dann machst du dir etwas vor. In Kleinstädten blüht der Klatsch. Und kleine Jungen hören sehr viel.«

Jetzt sprach die Sozialarbeiterin, dachte Cam mit wachsendem Ärger. Sie hätte ebenso gut ihre Aktenmappe bei sich haben und eines ihrer abartigen Kostüme tragen können. »Und mehr als Klatsch ist es auch nicht. Es spielt keine Rolle.«

»Im Gegenteil, Klatsch kann sehr schädlich sein. Es wäre klüger, wenn du offen und ehrlich zu ihm wärst. Obwohl dir das schwerzufallen scheint.«

»Verdreh nicht alles, Anna.«

»Es geht um deinen Vater und um seinen Ruf«, stellte sie richtig. »Ich glaube nicht, dass es etwas gibt, das dir mehr bedeutet.« Sie holte tief Luft. »Aber du sagtest ja, dass mich das nichts angeht. Wir können gehen. Ich glaube, hier sind wir fertig.«

»Warte mal.« Er trat vor und versperrte ihr den Weg. Er hatte das entsetzliche Gefühl, dass sie, wenn sie jetzt ginge, viel weiter gehen würde als nur bis zu seinem Wagen.

»Warum? Es ist doch eine Familienangelegenheit. Ich gehöre nicht zur Familie. Da hast du völlig recht.« Es erstaunte sie, dass sie mit ruhiger, distanzierter Stimme sprechen konnte, so ganz und gar vernünftig, obwohl sie innerlich kochte. »Und du hieltest es wohl für das Beste, diese Sache vor mir als Seths Betreuerin geheimzuhalten. Du wolltest mir nur die positive Seite zeigen und die negative unter Verschluss halten.«

»Mein Vater hat sich nicht umgebracht. Ich brauche ihn weder vor dir noch vor irgendjemand anderen in Schutz zu nehmen.«

»Nein, das brauchst du nicht. Ich würde es auch nie von dir verlangen.« Sie ging zum Ausgang und drehte sich dort noch mal um. »Es hat keinen Sinn zu streiten, Cam, wenn wir uns im Grunde einig sind.«

»Es hat keinen Sinn, sauer zu sein«, konterte er. »Wir werden schon mit der Versicherung fertig. Wir werden auch mit dem Klatsch fertig, dass Seth ein Kind der Liebe meines Vaters sein soll.«

»Wie bitte?« Schockiert fasste sie sich an den Kopf. »Es wird geredet, dass Seth der uneheliche Sohn deines Vaters ist?«

»Das ist nichts weiter als Schwachsinn und Borniertheit«, erwiderte Cam.

»Mein Gott, hast du auch nur einen Augenblick lang bedacht, wie Seth solches Gerede aufnehmen könnte? Hast du bedacht, dass ich davon etwas hätte wissen müssen, um Seth helfen zu können?«

Er steckte die Hände in seine Hosentaschen. »Ja, das habe ich bedacht und mich entschlossen, es dir nicht zu sagen. Weil wir schon damit klarkommen. Hier geht es um meinen Vater.«

»Hier geht es auch um ein minderjähriges Kind, das in deine Obhut gegeben wurde.«

»Richtig, er befindet sich in meiner Obhut«, sagte Cam gelassen. »Das ist der springende Punkt. Ich tue, was ich für das Beste halte. Ich habe dir nichts davon erzählt, weil all das nur Lügen sind.«

»Mag sein, aber du hättest es mir nicht verschweigen dürfen.«

»Ich wollte diesen Mist einfach nicht verbreiten, dass der Kleine der Bastard meines Vaters sein soll.«

Sie nickte langsam. »Tja, dann lass dir von dem Bastard eines anderen Mannes sagen, dass Seth dadurch als Mensch keinen Deut weniger wertvoll ist.«

»So habe ich es nicht gemeint«, begann er und griff nach ihr. Doch sie wich ihm aus. »Tu das nicht.« Er explodierte und packte sie an den Armen. »Zieh dich nicht von mir zurück. Um Himmels willen, Anna, mein Leben steht seit einigen Monaten Kopf, und ich weiß nicht, wie lange es dauern wird, bis ich das Steuer wieder herumwerfen kann. Ich muss mich um den Kleinen kümmern, um das Geschäft, um dich. Mackensie treibt hier sein Unwesen, die Leute tuscheln in der Gemüseabteilung des Supermarkts über den Lebenswandel meines Vaters. Seths Mutter, dieses Miststück, ist drüben in Norfolk …«

»Warte.« Diesmal zog sie sich nicht zurück, sie riss sich los. »Seths Mutter hat Kontakt mit euch aufgenommen?«

»Nein. Nein.« Gott, er drehte durch. »Wir haben einen Detektiv beauftragt, sie zu finden. Phillip meinte, es wäre besser, wenn wir wüssten, wo sie ist und was sie vorhat.«

»Ich verstehe. Und sie ist in Norfolk. Aber mir das zu erzählen hast du auch nicht für nötig gehalten.«

»Nein, ich habe es dir nicht erzählt.« Er hatte sich selbst ins Abseits manövriert, erkannte Cam. Und es gab keinen Ausweg. »Wir wissen nur, dass sie vor ein paar Tagen dort war.«

»Du hättest mir das sagen müssen.«

Er sah sie an und nickte langsam. »Ja, sicher. Mein Fehler.«

Zwischen ihnen hatte sich eine spürbar tiefe Kluft aufgetan, erkannte sie. »Offenbar hältst du nicht besonders viel von mir – oder auch von dir. Ich will dir mal was erklären. Unabhängig von meinen Gefühlen für dich, bin ich der Meinung, dass du und deine Brüder die richtigen Bezugspersonen für Seth seid.«

»Na schön, also …«

»Ich werde die Informationen, die ich gerade erhalten habe, allerdings berücksichtigen müssen«, fuhr sie fort. »Sie werden festgehalten werden müssen.«

»Das wird dem Kleinen nur alles verderben.« Es ärgerte ihn, dass er sich bei diesem Gedanken nicht wohlfühlte. Er hasste die Vorstellung, wieder Furcht auf Seths Gesicht zu sehen. »Ich werde nicht zulassen, dass ihm irgendein kranker Klatsch alles kaputtmacht.«

»Nun, in diesem Punkt sind wir uns ja einig.« Anna wusste nun, wie viel ihm Seth bedeutete.

»Meine Einschätzung ist die, dass für Seth sowohl körperlich als auch emotional gut gesorgt wird.« Ihre Stimme klang jetzt energisch, nüchtern. »Er ist glücklich und fühlt sich allmählich sicher. Hinzu kommt, dass ihr beide euch liebt, auch wenn ihr euch darüber nicht ganz im Klaren seid. Ich glaube immer noch, dass therapeutische Begleitung euch allen nützen würde, und dies wird ebenfalls als eine Empfehlung in meinem Bericht stehen, wenn das Gericht über die endgültige Vormundschaft entscheidet. Wie ich dir von Anfang an gesagt habe, steht Seth bei mir an erster Stelle.«

Sie stand noch immer hinter ihm, erkannte Cam, obwohl er ihr so viel verschwiegen hatte. Die Gewissensbisse trafen ihn wie ein harter Schlag.

»Ich war immer offen und ehrlich zu dir«, sagte sie, bevor er sprechen konnte.

»Verdammt, Anna …«

»Ich bin noch nicht fertig«, unterbrach sie ihn kühl. »Ich habe keinerlei Zweifel daran, dass ihr Seth ein stabiles Heim geben werdet und dass dieses Geschäft auf sicheren Füßen stehen wird, bevor du – wie du es ausdrückst – das Steuer in deinem Leben wieder herumwirfst. Was wohl bedeutet, dass du deine Karriere als Rennfahrer in Europa wieder aufnimmst. Du wirst einen Weg finden müssen, deine Verpflichtungen und Bedürfnisse aufeinander abzustimmen, aber das ist nicht meine Sorge. Es mag eine Zeit kommen, in der die Vormundschaft angefochten wird, sollte Seths Mutter beispielsweise zurückkehren. Dann wird die Angelegenheit erneut beurteilt werden müssen. Wenn er weiterhin glücklich ist und sich bei euch gut entwickelt, werde ich alles tun, um dafür zu sorgen, dass er bei euch bleiben kann. Ich stehe auf seiner Seite und somit auch auf eurer. Das ist alles.«

Er spürte Scham und eine Spur von Erleichterung. »Anna, ich weiß, wie viel du für uns getan hast. Ich bin dir dankbar.«

Sie schüttelte den Kopf, als er die Hand hob. »Im Moment bin ich nicht besonders gut auf dich zu sprechen. Ich möchte nicht angefasst werden.«

»Gut. Dann werde ich dich nicht anfassen. Setzen wir uns irgendwohin und sprechen wir uns aus.«

»Ich dachte, das hätten wir gerade getan.«

»Jetzt stellst du dich stur.«

»Nein, ich bin nur realistisch. Du hast mit mir geschlafen, aber du hast mir nicht vertraut. Die Tatsache, dass ich offen und ehrlich mit dir war, du aber nicht mit mir, ist jetzt mein Problem. Mit der Tatsache, dass ich mit einem Mann ins Bett gestiegen bin, der mich auf der einen Seite als angenehmen Zeitvertreib und auf der anderen Seite als Hindernis betrachtet hat, muss ich klarkommen.«

»So war es doch gar nicht.« Er wurde wieder wütend, und Panik ergriff ihn. »So ist es nicht.«

»Ich sehe es aber so. Jetzt brauche ich erst mal ein wenig Zeit, um auszuloten, wie ich mich damit fühle. Ich wäre dir dankbar, wenn du mich zu meinem Wagen zurückfahren könntest.«

Sie drehte sich um und ging hinaus.

Er liebte das Feuer weit mehr als das Eis, und es gelang ihm nicht, den eiskalten Panzer, den sie um sich errichtet hatte, zu knacken. Cam hatte Angst, ein Gefühl, das ihm nicht gefiel. Sie war von vollendeter Höflichkeit, freundlich zu Seth und zu Phillip, als sie ins Haus gingen, um ihre Sachen zu holen. Sie war auch Cam gegenüber vollendet höflich – so höflich, dass er fürchtete, noch tagelang die Kälte in den Knochen zu spüren. Er redete sich ein, dass sie darüber hinwegkommen würde. Sie war bloß eingeschnappt, weil er sich ihr nicht anvertraut, ihr nicht sämtliche intimen Details seines Lebens mitgeteilt hatte. Es war eine typisch weibliche Reaktion.

Schließlich hatten die Frauen die kalte Schulter nur deshalb erfunden, damit die Männer sich schäbig fühlten.

Er würde ihr ein paar Tage Zeit lassen, beschloss er. Sollte sie ruhig im eigenen Saft schmoren. Sollte sie wieder zur Vernunft kommen. Dann würde er mit einem Blumenstrauß zu ihr gehen.

»Sie ist sauer auf dich«, bemerkte Seth, als Cam an der Haustür stand und hinausstarrte.

»Was weißt du denn davon?«

»Sie ist sauer«, wiederholte Seth, der sich mit seinem Skizzenheft die Zeit vertrieb und im Schneidersitz auf der Veranda saß. »Sie hat sich zum Abschied nicht von dir küssen lassen, und sonst habt ihr euch immerzu abgeknutscht.«

»Halt die Klappe.«

»Was hast du getan?«

»Ich hab' nichts getan.« Cam trat die Tür auf und stapfte hinaus. »Sie ist bloß zickig.«

»Du hast etwas getan.« Seth musterte ihn wissend. »Sie ist ja nicht blöd.«

»Sie wird darüber hinwegkommen.« Cam ließ sich auf den Schaukelstuhl fallen. Er würde sich nicht weiter den Kopf zerbrechen. Er zerbrach sich nie über Frauen den Kopf.

Cam hatte keinen Appetit mehr. Wie sollte er gebratenen Fisch essen, ohne sich daran zu erinnern, wie er an jenem Morgen mit Anna auf dem Steg gesessen hatte?

Er konnte nicht schlafen. Wie sollte er in seinem eigenen Bett schlafen, ohne sich daran zu erinnern, wie sie sich auf diesen Laken geliebt hatten?

Er konnte sich nicht auf die Arbeit konzentrieren. Wie sollte er Diagonalen berechnen, ohne sich daran zu erinnern, wie sie ihn angestrahlt hatte, als er ihr die Werkstatt gezeigt hatte?

So gab er schließlich auf und fuhr vormittags nach Princess Anne. Aber er brachte ihr keine Blumen mit. Jetzt war nämlich er zur Abwechslung sauer.

Mit großen Schritten durchquerte er den Empfangsraum und ging direkt zu ihrem Büro. Er kochte, als er es leer vorfand. Typisch, dachte er. Sein Glück hatte ihn im Stich gelassen.

»Mr. Quinn.« Marilou stand mit verschränkten Händen in der Tür. »Kann ich Ihnen behilflich sein?«

»Ich suche Anna – Ms. Spinelli.«

»Tut mir leid, sie ist nicht im Hause.«

»Dann warte ich.«

»Da werden Sie aber lange warten müssen. Sie kommt erst nächste Woche wieder.«

»Nächste Woche? Wie darf ich das verstehen?«

»Ms. Spinelli hat sich diese Woche freigenommen.« Und Marilou konnte sich den Grund dafür denken, da er sie jetzt mit seinen grauen Augen durchbohrte. Sie hatte schon so eine Ahnung gehabt, als Anna heute Morgen ihren Bericht abgegeben und um Urlaub gebeten hatte. »Ich bin mit der Aktenlage vertraut, wenn sie eine spezielle Frage haben.«

»Nein, es geht um persönliche Dinge. Wohin ist sie gefahren?«

»Diese Information kann ich Ihnen leider nicht geben, Mr. Quinn, aber Sie können ihr gern eine Nachricht hinterlassen. Wenn sie zurückkommt, richte ich ihr aus, dass Sie mit ihr zu sprechen wünschen.«

»Ja, danke.«

Er konnte nicht schnell genug den Rückzug antreten. Vermutlich saß sie in ihrem Apartment, dachte er, als er in seinen Wagen sprang, und schmollte. Also würde er sich geduldig von ihr anbrüllen lassen, damit sie alles loswerden konnte. Dann würde er sie ins Bett locken, damit sie dieses absurde kleine Zwischenspiel endgültig hinter sich lassen konnten.

Er ignorierte seinen nervösen Magen, als er auf ihre Wohnung zuging. Er klopfte laut und energisch und schlug dann mit der Faust gegen die Tür.

»Verdammt noch mal, Anna. Mach auf. Das ist doch zu blöd. Ich hab' deinen Wagen draußen vor dem Haus gesehen.«

Die gegenüberliegende Tür ging knarrend auf, und eine der Schwestern spähte hinaus. Das Geplärre einer Spielshow erfüllte den Flur. »Sie ist nicht da, unsere Anna, junger Mann.«

»Ihr Wagen steht draußen«, erwiderte er.

»Sie hat ein Taxi genommen.«

Er unterdrückte einen Fluch, setzte ein charmantes Lächeln auf und ging hinüber zu ihr. »Wohin?«

»Zum Bahnhof – oder vielleicht war's auch der Flughafen.« Sie blickte strahlend zu ihm auf. Wirklich, er war ein so hübscher Junge. »Sie sagte, sie wolle für ein paar Tage wegfahren. Sie hat versprochen anzurufen, um zu hören, ob meine Schwester und ich zurechtkommen. So ein liebes Mädchen, denkt sogar an uns, wenn sie in die Ferien fährt.«

»Ferien in ...«

»Hat sie das gesagt?« Sie biss sich auf die Unterlippe und dachte nach. »Ich glaube nicht, dass sie das erwähnt hat. Sie hatte es furchtbar eilig, aber sie ist trotzdem vorbeigekommen, damit wir uns keine Sorgen machen. Sie ist ja so ein rücksichtsvolles Mädchen.«

»Ja.« Das liebe, rücksichtsvolle Mädchen hatte ihn hängen lassen.

Eigentlich hätte sie nicht nach Pittsburgh fliegen dürfen; das Ticket hatte ein großes Loch in ihre Haushaltskasse gerissen. Aber sie hatte einfach herkommen müssen. Nachdem sie das Reihenhaus ihrer Großeltern betreten hatte, fühlte sie sich schon wesentlich besser.

»Anna Louise!« Theresa Spinelli war eine winzige, schlanke Frau mit stahlgrauem, stark gewelltem Haar. Ihr Gesicht zeigte zahllose Falten, und ihr Lächeln war offenherzig. Anna musste sich tief hinunterbeugen, um sich umarmen und küssen zu lassen. »Al, Al, unsere *bambina* ist zu Hause.«

»Es tut gut, zu Hause zu sein, Nana.«

Alberto Spinelli kam schnell zur Haustür. Er war gut dreißig Zentimeter größer als seine Frau mit ihren eins siebenundfünfzig, hatte eine breite Brust und Rettungsringe um die Taille herum, die sich weich gegen Anna pressten, als sie sich umarmten. Sein Haar war dünn und weiß, und seine dunklen Augen funkelten fröhlich hinter den dicken Brillengläsern. Er trug sie beinahe ins Wohnzimmer, wo beide gleich anfingen, sie zu bemuttern.

Sie sprachen schnell in einem Gemisch aus Italienisch und Englisch. Die erste Frage galt dem Essen. Theresa fürchtete stets, ihr Baby könnte verhungern. Nachdem sie Anna mit Minestrone, frischem Brot und einer gewaltigen Portion Tiramisu gefüttert hatte, war Theresa beruhigt, dass ihre Enkelin nicht an Unterernährung sterben würde.

»Also.« Al lehnte sich zurück und paffte genießerisch eine seiner dicken Zigarren. »Jetzt sagst du uns, warum du hier bist.«

»Brauche ich denn einen Grund, um nach Hause zu kommen?« Anna gab sich Mühe, sich zu entspannen und streckte sich in einem der beiden alten Ohrensessel aus. Sie wusste, dass sie schon mehrmals neu bezogen worden waren. Momentan zierten sie ein buntgestreiftes Muster, aber das Polsterkissen war immer noch weich wie Butter.

»Du hast vor drei Tagen angerufen, aber nicht gesagt, dass du nach Hause kommen würdest.«

»Es war ein ganz spontaner Entschluss. Ich stecke bis über beide Ohren in Arbeit. Ich bin müde und brauche mal eine Pause. Deshalb wollte ich nach Hause kommen und für eine Weile Nanas Essen genießen.«

Es stimmte, wenn es auch nicht die volle Wahrheit war. Sie hielt es nicht für klug, ihren liebevollen Großeltern zu sagen, dass sie mit offenen Augen in eine Affäre gestolpert war, die ihr das Herz gebrochen hatte.

»Du arbeitest zu hart«, sagte Theresa. »Al, sage ich dir nicht immer, dass das Mädchen zu hart arbeitet?«

»Sie arbeitet gern hart. Sie benutzt gern ihren Verstand. Und sie hat viel Grips. Ich habe auch Grips, und ich behaupte, sie ist nicht nur wegen deiner Manicotti hier.«

»Gibt es denn Manicotti zum Abendessen?« Anna strahlte. Sie wusste, dass sie ihre Großeltern nicht lange würde ablenken können. Beide hatten ihr durch das Schlimmste hindurchgeholfen, hatten zu ihr gehalten, als sie alles versuchte, um sie und sich zu verletzen. Sie kannten sie.

»Ich habe die Sauce gleich nach deinem Anruf zubereitet. Al, ärgere das Mädchen nicht.«

»Ich ärgere sie nicht, ich frage nur.« Theresa verdrehte die Augen. »Wenn du so viel Grips in deinem großen Schädel hast, dann müsstest du wissen, dass ein Mann sie nach Hause getrieben hat. Ist er Italiener?«, wollte ihre Großmutter wissen und heftete ihre hellen Vogelaugen auf Anna.

Und Anna musste lachen. Gott, tat das gut, zu Hause zu sein. »Nein, aber er liebt meine rote Sauce.«

»Dann hat er einen guten Geschmack. Warum bringst du ihn nicht mal mit, damit wir ihn uns ansehen können?«

»Weil wir Probleme haben, und ich muss sie erst klären.«

»Sie klären?« Theresa winkte ab. »Wie willst du sie klären, wenn du hier bist und er dort? Sieht er gut aus?«

»Umwerfend.«

»Hat er eine Arbeit?«, wollte Al wissen.

»Er eröffnet ein eigenes Geschäft, zusammen mit seinen Brüdern.«

»Gut, er kennt also Familienleben.« Theresa nickte erfreut. »Wenn du ihn das nächste Mal mitbringst, können wir uns selbst ein Bild machen.«

»Na gut«, sagte Anna, weil es leichter war zuzustimmen, als die Sache zu erklären. »Ich gehe jetzt mal auspacken.«

»Er hat ihrem Herzen wehgetan«, murmelte Theresa, als Anna das Zimmer verlassen hatte.

Al tätschelte ihre Hand. »Sie hat ein starkes Herz.«

Anna ließ sich Zeit. Sie hängte ihre Kleider in den Schrank und legte die gefaltete Wäsche in die alte Kommode, die sie schon als Kind benutzt hatte. Der Raum hatte sich kaum verändert, lediglich die Tapete war ein wenig verblasst. Sie erinnerte sich noch, dass ihr Großvater den Raum tapeziert hatte, um ihm ein freundlicheres Aussehen zu geben, als sie zu ihnen gekommen war. Sie hatte die hübschen Rosen an den Wänden gehasst, weil sie so frisch und lebendig aussahen, während in ihrem Innern alles tot war. Die Rosen waren auch jetzt noch da, ihre Farbe war allerdings nicht mehr ganz so frisch. So wie auch ihre Großeltern. Anna setzte sich aufs Bett und hörte das vertraute Quietschen der Federn.

Das Vertraute, Tröstliche, Sichere.

Das war es, was sie für sich wollte, gestand sie sich ein. Ein Heim, Kinder, und zusätzlich die Überraschungen, die eine Familie so mit sich brachte. Das wollte sie, das brauchte sie.

Vielleicht hatte sie doch nur ein Spielchen gespielt. Vielleicht war sie nicht völlig aufrichtig gewesen, weder sich noch Cam gegenüber. Sie hatte nicht versucht, ihn ihre Träume wissen zu lassen. Aber hatte sie insgeheim nicht doch gehofft, dass er sie teilen würde? Sie hatte vorgegeben, lockeren Sex ohne Verpflichtung leben zu wollen, aber ihr Herz sehnte sich nach mehr. Vielleicht hatte sie es verdient, dass er es ihr gebrochen hatte.

Ach, Unsinn, dachte sie und sprang auf. Sie hatte die Grenzen ihrer Beziehung akzeptiert, aber dass er ihr misstraute, das konnte sie nicht tolerieren.

Das fehlte ja noch, dass sie die Schuld übernahm. Energisch begann sie ihr Make-up vor dem Spiegel über der Kommode aufzufrischen. Eines Tages würde sie bekommen, was sie sich wünschte. Einen starken Mann, der sie liebte, respektierte und ihr vertraute. Sie würde einen Mann haben, für den sie Partnerin sein konnte. Sie würde in einem Haus auf dem Land leben, mit eigenen Kindern, und auch einen Hund haben, wenn sie es wollte. Sie würde all das bekommen.

Eben nur nicht mit Cameron Quinn.

Eigentlich sollte sie ihm danken, dass er ihr die Augen geöffnet hatte, nicht nur für die Schwachstellen in ihrer sogenannten Beziehung, sondern auch für ihre eigenen Bedürfnisse und Wünsche. Aber dieser Dank würde nie über ihre Lippen kommen. Sie würde eher daran ersticken.

20. Kapitel

Eine Woche konnte sehr lang sein, entdeckte Cam, vor allem wenn einem ein dicker Kloß in der Kehle steckte, den man nicht ausspucken konnte. Der Streit mit Phillip und mit Ethan hatte den Druck etwas abgebaut, doch war das kein vollwertiger Ersatz für eine Auseinandersetzung mit Anna. Außerdem half ihm die Arbeit etwas, die Zeit und Konzentration verlangte. Er konnte es sich nicht leisten, über Anna nachzudenken, wenn er Planken zusammennagelte. Er dachte aber trotzdem an sie und quälte sich mit der Vorstellung, dass sie an einem Strand in der Karibik herumlief – in einem knappen Bikini – und sich von irgendeinem übertrieben muskulösen und gebräunten Typ den Rücken mit Sonnenmilch einreiben ließ. Dann wieder stellte er sich vor, dass sie weggefahren war, um ihre eingebildeten Wunden zu lecken, und nun in einem verdunkelten Hotelzimmer hockte und ins Taschentuch schniefte. Aber auch diese Vorstellung machte ihn nicht glücklicher.

Als er am Samstag nach einem langen Arbeitstag in der Werkstatt nach Hause kam, hatte er große Lust auf ein oder mehrere Biere. Ethan und er hatten bereits ihre Flaschen geöffnet, als Phillip in die Küche kam.

»Wo ist Seth?«

»Ist drüben bei Danny.« Cam trank aus der Flasche, um die Sägespäne aus seiner Kehle hinunterzuspülen. »Sandy bringt ihn später nach Hause.«

»Gut.« Phillip nahm sich ebenfalls ein Bier. »Setzt euch.«

»Was ist?«

»Ich habe heute Morgen einen Brief von der Versicherung erhalten. Im Großen und Ganzen geht es darum, dass sie Zeit herausschinden wollen. Sie benutzen einen Haufen juristischer Begriffe und zitieren Paragrafen. Tatsache aber ist, dass sie die Todesursache in Zweifel ziehen und deshalb weiter ermitteln wollen.«

»Scheiß drauf. Diese Geizkrägen wollen bloß nicht bezahlen.« Wütend trat Cam gegen einen Stuhl und wünschte von ganzem Herzen, dieser wäre Mackensie.

»Ich habe mit unserem Anwalt gesprochen«, fuhr Phil fort. »Vermutlich wird er mir bald seine Freundschaft entziehen, weil ich ihn andauernd am Wochenende anrufe. Er sagt, wir können zwischen zwei Möglichkeiten wählen. Wir können abwarten und die Versicherung ihre Ermittlungen durchführen lassen, oder wir können sie wegen Zahlungsverweigerung verklagen.«

»Lass sie ihr Scheißgeld ruhig behalten, ich will es sowieso nicht.«

»Nein.« Ethan kam kaum gegen Cams Ausbruch an. Er blickte nachdenklich in sein Bier und schüttelte den Kopf. »Das ist nicht richtig. Dad hat Jahr für Jahr die Prämien bezahlt, er hat die Versicherungssumme für Seth noch aufgestockt. Es ist nicht richtig, wenn sie nicht bezahlen, denn dann wird irgendwo schwarz auf weiß festgehalten, dass er sich umgebracht hat. Das können wir nicht zulassen. Bis jetzt ist der ganze Druck von ihnen ausgegangen«, stellte er fest und hob den Blick, »schlagen wir zurück.«

»Wenn die Sache vor Gericht geht«, sagte Phillip warnend, »könnte es eine Schlammschlacht geben.«

»Also drücken wir uns vor einem Kampf, weil es eine

Schlammschlacht geben könnte?« Zum ersten Mal wirkte Ethan belustigt. »Kommt nicht infrage.«

»Cam?«

»Ich will schon seit einer Weile einen guten Kampf. Das wär's dann wohl.«

»Dann sind wir uns einig. Die Papiere sind in der nächsten Woche fertig, und dann können wir uns auf sie stürzen.« Phillip hob seine Flasche. »Auf einen guten Kampf.«

»Auf unseren Sieg«, verbesserte Cam.

»Aber der wird uns einiges kosten«, wandte Phillip ein. »Gerichtskosten, Anwaltshonorare. Den größten Teil unseres gemeinsamen Kapitals haben wir ins Geschäft gesteckt. Ich schätze, wir brauchen Nachschub.«

Mit geringerem Bedauern, als er erwartet hätte, dachte Cam an seinen geliebten Porsche, der in Nizza geduldig auf ihn wartete. War doch bloß ein Auto. »Ich kann noch Bargeld flüssigmachen. Es wird allerdings ein paar Tage dauern.«

»Ich kann mein Haus verkaufen.« Ethan zuckte die Achseln. »Man hat mich schon danach gefragt.«

»Nein.« Dieser Gedanke widerstrebte Cam. »Du verkaufst dein Haus nicht. Vermiete es. Wir überstehen die Durststrecke schon.«

»Ich habe noch Aktien.« Phillip seufzte und verabschiedete sich von einem dicken Batzen seiner Anlagen. »Ich sage meinem Makler, er soll sie flüssigmachen. Nächste Woche eröffnen wir ein gemeinsames Konto für den Prozess.«

Das Lächeln fiel allen dreien nicht ganz leicht.

»Der Junge sollte Bescheid wissen«, meinte Ethan. »Wenn wir das durchziehen wollen, dann sollte er wissen, was ihm bevorsteht.«

Cam deutete die Blicke seiner Brüder richtig. »Ach, kommt. Wieso muss ausgerechnet ich das tun?«

»Du bist der Älteste.« Phillip grinste ihn an. »Außerdem wird dich das von Anna ablenken.«

»Ich denke weder über sie noch über irgendeine andere Frau nach.«

»Du warst die ganze Woche nervös und in dich gekehrt«, murmelte Ethan. »Das macht mich ganz verrückt.«

»Wer hat dich denn gefragt? Wir hatten eine kleine Meinungsverschiedenheit, das ist alles. Ich lasse ihr Zeit, um sich abzukühlen.« »Scheint so, als wäre sie bereits das letzte Mal, als ich sie sah, zu Eis abgekühlt.« Phillip schaute angelegentlich in sein Bier. »Das war vor einer Woche.«

»Es ist meine Sache, wie ich mit Frauen umgehe.«

»Klar. Aber lass es mich wissen, wenn du fertig mit ihr bist, ja? Sie ist …«

Phillip brach ab, als Cam sich quer über den Tisch warf und ihn am Kragen packte. Bierflaschen flogen vom Tisch und zerschellten auf dem Fußboden. Resigniert fuhr Ethan sich mit der Hand durchs Haar. Cam und Phillip lagen auf dem Boden und schlugen aufeinander ein. Er holte sich ein frisches Bier, bevor er einen Krug mit kaltem Wasser füllte. Dann schob er die Glasplitter zur Seite, damit er niemanden deswegen ins Krankenhaus bringen musste. Ohne jede Bosheit leerte er dann den Krug über seine Brüder aus, was sie zur Vernunft brachte.

Phillips Lippe war aufgeplatzt, Cams Rippen schmerzten, und beide bluteten, weil sie auf Glassplittern herumgerollt waren. Durchnässt und keuchend sahen sie einander misstrauisch an. Vorsichtig fuhr Phillip sich mit einem Fingerknöchel über die blutige Lippe.

»Tut mir leid. Schlechter Witz. Ich wusste nicht, dass es so ernst zwischen euch steht.«

»Ich habe nie gesagt, dass es ernst zwischen uns steht.«

Phillip lachte. »Und ob, Bruder. Ich hätte nie gedacht, dass du der erste von uns sein würdest, der sich ernsthaft in eine Frau verliebt.«

»Wer sagt denn, dass ich sie liebe?« Cams Magen, auf den Phillip mit Fäusten eingeprügelt hatte, schmerzte.

»Du hast mir keinen Kinnhaken verpasst, weil du sie nur magst.«

Phillip schaute auf seine gebügelte Hose hinunter. »Mist. Weißt du eigentlich, wie schwer es ist, Blutflecken aus einer Baumwollmischung rauszukriegen?« Er stand auf und streckte Cam die Hand hin. »Sie ist 'ne tolle Lady«, meinte er, als er ihm aufhalf. »Hoffentlich könnt ihr es klären.«

»Ich brauche nichts zu klären«, sagte Cam verzweifelt. »Da liegst du völlig schief.«

»Wenn du es sagst. Ich werde mich jetzt mal waschen.« Er ging leicht hinkend hinaus.

»Ich wische den Fußboden nicht auf«, erklärte Ethan, »nur weil eure Hormone in Unordnung geraten sind.«

»Er hat angefangen«, murmelte Cam. Es war ihm egal, wie albern sich das anhörte.

»Nein, du hast angefangen, und zwar schon zu dem Zeitpunkt, als du Anna gegen dich aufgebracht hast.« Ethan öffnete den Besenschrank und holte einen Schrubber heraus, den er Cam zuwarf. »Und jetzt solltest du besser aufwischen.«

Er verließ das Haus durch die Hintertür.

»Ihr zwei haltet euch für so verflixt schlau.« Wütend stieß Cam einen Stuhl um, als er die Küche durchquerte, um sich einen Eimer zu holen. »Ich sollte ja wohl am besten wissen, was in meinem Leben vor sich geht. Reiner Wahnsinn, das alles. Ich sollte in Australien sein und für das Rennen meines Lebens trainieren, nur das sollte ich tun.«

Er zog den Schrubber durch Wasser, Bier, Glas und Blut und schimpfte laut vor sich hin. »Wenn ich noch ein bisschen Verstand übrig hätte, dann wäre ich jetzt in Australien. Diese blöde Frau hat alles schwierig gemacht. Wäre viel besser, wenn ich hier alles stehen und liegen lassen würde.«

Er stieß einen weiteren Stuhl um, weil es ihm guttat, dann schüttelte er Glassplitter in den Eimer.

»Wer hat sich denn hier geprügelt?«, wollte Seth wissen.

Cam drehte sich um und blickte wütend auf den Jungen, der in der Tür stand. »Ich hab' Phillip eine gelangt.«

»Warum?«

»Weil mir danach war.«

Seth nickte, ging um die Pfütze herum und holte sich eine Cola aus dem Kühlschrank. »Wenn du ihm eine gelangt hast, warum blutest du dann?«

»Vielleicht blute ich ja gerne.« Er wischte zu Ende auf, während der Junge dastand und ihm zusah. »Was fehlt dir denn?«

»Mir fehlt nichts.«

Cam schob den Eimer mit dem Fuß zur Seite. Das mindeste, was Phillip tun konnte, war, ihn zu leeren. Er ging zur Spüle und zog missgelaunt kleine Glassplitter aus seinem Arm. Dann holte er den Whisky und ein Glas heraus, stellte einen Stuhl wieder auf und setzte sich. Er bemerkte, wie Seths Blick kurz auf der Flasche hängenblieb. Vorsichtig goss Cam zwei Fingerbreit Johnnie Walker ein.

»Nicht jeder, der trinkt, wird betrunken«, sagte er. »Nicht jeder, der sich betrinkt – was ich vielleicht tun werde –, schlägt Kinder.«

»Ich weiß nicht, warum das Zeug überhaupt einer trinkt.«

Cam kippte den Whisky hinunter. »Weil wir schwach und dumm sind und weil es guttut.«

»Gehst du nach Australien?«

Cam goss sich noch einen Schluck ein. »Sieht nicht so aus.«

»Mir ist es egal, ob du gehst. Mir ist völlig egal, wohin du gehst.« Die unterdrückte Wut in seiner Stimme überraschte sie beide. Seth wurde rot, er drehte sich um und lief hinaus.

Verdammt noch mal, dachte Cam und schob den Whisky zur Seite. Er stieß den Stuhl zurück und erreichte die Tür, als Seth bereits über den Hof zum Wald flitzte.

»Bleib stehen!« Als der Junge weiterlief, wurde Cam deutlicher. »Gottverdammt, ich sagte, bleib stehen!«

Diesmal gehorchte Seth. Er drehte sich um, und beide starrten sich an.

»Komm gefälligst wieder hierher. Sofort.«

Seth kam mit geballten Fäusten und vorgerecktem Kinn. Sie wussten beide, dass er gar nicht weglaufen konnte. »Ich brauche dich nicht.«

»Oh, natürlich nicht. Ich sollte dir eine langen, weil du so blöd bist. Alle sagen, du wärst ein kleines Genie, aber wenn du mich fragst, dann bist du ziemlich behämmert. Jetzt setz dich. Dahin«, fügte er hinzu und zeigte mit dem Finger auf die Stufen. »Und wenn du nicht endlich tust, was ich dir sage, kriegst du wirklich noch eine gelangt.«

»Du jagst mir keine Angst ein«, sagte Seth, setzte sich aber.

»Ich jage dir eine Riesenangst ein, und das ist der absolute Hammer für mich.« Cam setzte sich neben ihn und sah, wie der Welpe auf dem Bauch zu ihnen gekrochen kam. Und kleinen Hunden mache ich auch angst, dachte er angewidert. »Ich gehe nirgends hin«, begann er.

»Ich hab' doch gesagt, es ist mir egal.«

»Fein, aber ich sage es dir trotzdem. Ich hatte ursprünglich mal daran gedacht, sobald sich alles eingespielt hätte. Ich redete mir ein, dass ich es tun würde. Nie hätte ich gedacht, dass ich hierher zurückkommen würde, um zu bleiben.«

»Warum gehst du dann nicht?«

Cam gab ihm einen leichten Klaps auf den Kopf. »Warum hältst du nicht mal die Klappe, bis ich gesagt habe, was ich sagen will?«

Der harmlose Klaps und der ungeduldige Befehl trösteten Seth mehr als tausend Versprechungen.

»Ich habe eingesehen, dass ich lange genug unterwegs war. Es hat mir gefallen, aber jetzt habe ich es wohl so ziemlich ausgereizt. Sieht so aus, als hätte ich hier ein Zuhause, ein Geschäft und vielleicht auch eine Frau«, murmelte er und dachte an Anna.

»Also bleibst du, um hier zu arbeiten und dich an ein Mädchen ranzumachen.«

»Das sind sehr gute Gründe, um sich niederzulassen, und dann bist du noch da.« Cam lehnte sich zurück und stützte sich auf die Ellbogen. »Ich kann nicht behaupten, dass du mir zu Anfang viel bedeutet hättest. Du hast eine miese Einstellung, und du bist hässlich, aber du bist mir schnell ans Herz gewachsen.«

Seth lachte fröhlich. »Du bist hässlicher.«

»Ich bin größer. Also werde ich wohl hierbleiben, um zu sehen, ob du mit der Zeit hübscher wirst.«

»Ich wollte nicht wirklich, dass du gehst«, sagte Seth nach einer Pause leise. Deutlicher konnte er seine Gefühle nicht in Worte fassen.

»Ich weiß.« Cam seufzte. »Da wir diesen Punkt geklärt haben, kommen wir zum nächsten. Nichts Schlimmes, bloß so ein blöder Rechtsstreit. Phil und der Anwalt kümmern sich in erster Linie darum, aber es könnte Gerede geben. Du solltest nichts darauf geben, wenn dir irgendwas zu Ohren kommt.«

»Was für ein Gerede?«

»Manche Leute – Idioten – denken, dass Dad absichtlich gegen den Mast gefahren ist, um sich umzubringen.«

»Ja, und jetzt stellt dieser Trottel von der Versicherung überall Fragen.«

Cam wusste, dass er dem Kleinen eigentlich verbieten sollte, Erwachsene als Trottel zu bezeichnen, aber hier hatten sie es mit wichtigeren Dingen zu tun. »Du wusstest es?«

»Sicher, es macht die Runde. Er hat mit Dannys und Wills Mutter gesprochen. Danny sagt, sie hätte ihm die Leviten gelesen. Sie hätte was dagegen, Fragen über Ray zu beantworten. Dieser Blödmann Chuck im Dairy Queen hat dem Detektiv erzählt, Ray hätte mit seinen Studentinnen herumgevögelt, und dann hätte er eine Gewissenskrise gehabt und sich umgebracht.«

»Gewissenskrise.« Himmel, wo schnappte der Junge solche Worte auf? »Chuck Kimball? Der war immer schon ein Blödmann. Man munkelt, dass er bei einer Klausur geschummelt hat und deshalb das College verlassen musste. Und wenn ich mich nicht irre, hat Phillip ihn mal verprügelt. Aber ich weiß nicht mehr, warum.«

»Der hat ein Gesicht wie ein Karpfen.«

Cam lachte. »Ja, stimmt. Dad – Ray – hat nie eine seiner Studentinnen angerührt, Seth.«

»Er war ehrlich zu mir.« Und das zählte mehr als alles andere. »Meine Mutter …«

»Nur zu«, half ihm Cam auf die Sprünge.

»Sie hat mir gesagt, er wäre mein Vater. Aber ein anderes Mal hat sie gesagt, dieser andere Typ wäre es, und einmal, als sie so richtig voll war, sagte sie, mein alter Herr wäre ein Typ namens Keith Richards.«

Cam konnte nicht anders, er prustete los. »Himmel, dann hat sie es auch auf die Stones abgesehen?«

»Auf wen?«

»Um deine musikalische Erziehung kümmere ich mich später.«

»Ich weiß nicht, ob Ray mein Vater ist.« Seth schaute auf. »Sie ist eine Lügnerin, deshalb glaube ich ihr nichts. Aber er hat mich aufgenommen. Ich weiß, dass er ihr Geld gegeben hat, viel Geld. Ich weiß nicht, ob er es mir gesagt hätte, wenn er mein Vater ist. Er meinte, wir müssten über einiges reden, aber vorher müsste er noch was klären. Ich weiß, dass du nicht willst, dass er mein Vater ist.«

Das spielte keine Rolle mehr, dachte Cam. »Willst du es denn?«

»Er war anständig«, sagte der Junge leise, und Cam legte einen Arm um seine Schulter. Seth lehnte sich an ihn.

»Ja, das war er.«

Alles hatte sich geändert. Alles war anders geworden.

Und Cam brannte darauf, es ihr zu erzählen. Er wusste, dass sich sein Leben total verändert hatte. Und irgendwie war er genau an den Punkt gelangt, an dem er immer sein wollte.

Das Einzige, was ihm fehlte, war Anna.

Er ging das Risiko ein und fuhr zu ihrer Wohnung. Es war Samstagabend. Montag musste sie wieder arbeiten. Sie war eine praktische Frau und würde den Sonntag nutzen, um sich einzugewöhnen, ihre Wäsche zu waschen und ihre Post zu beantworten. Wenn sie nicht zu Hause war, würde er auf ihrer Türschwelle sitzen bleiben und auf sie warten. Aber als sie auf sein Klopfen öffnete und so frisch und wunderschön in der Tür stand, verlor er die Fassung.

Anna wiederum hatte sich die ganze Woche auf diese Begegnung vorbereitet. Sie wusste genau, wie sie sich verhalten musste. »Cam, welche Überraschung. Du hättest mich um ein Haar verpasst.«

»Verpasst?«, fragte er verständnislos.

»Ja, aber ich habe noch ein paar Minuten Zeit. Möchtest du reinkommen?«

»Ja, ich – wo hast du gesteckt?«

Sie tat erstaunt. »Pardon?«

»Du bist aus heiterem Himmel verschwunden.«

»Das würde ich nicht sagen. Ich habe mir freigenommen, meinen Nachbarn Bescheid gesagt und meine Pflanzen während meiner Abwesenheit gießen lassen. Ich wurde nicht von Außerirdischen entführt, ich habe mir lediglich ein paar Tage Urlaub und Zeit zum Nachdenken gegönnt. Möchtest du Kaffee?«

»Nein.« Na gut, dachte er, sie wollte die Kühle spielen. Das konnte er auch. »Ich möchte mit dir reden.«

»Das trifft sich gut, weil ich nämlich auch mit dir reden möchte. Wie geht's Seth?«

»Es geht ihm prima. Wirklich. Wir haben einiges geklärt. Gerade heute ...«

»Was hast du mit deinem Arm gemacht?«

Ungeduldig blickte er auf die blutigen Schrammen und Kratzer. »Nichts. Es ist nichts. Hör zu, Anna ...«

»Warum nimmst du nicht Platz? Ich wollte mich bei dir entschuldigen, weil ich am letzten Wochenende so grob zu dir war.«

»Entschuldigen?« Na, das ließ sich hören. Gewillt, ihr zu verzeihen, setzte er sich aufs Sofa. »Warum vergessen wir es nicht einfach? Ich muss dir so viel erzählen.«

»Ich möchte die Sache wirklich ins Reine bringen.« Freundlich lächelnd setzte sie sich ihm gegenüber. »Ich schätze, wir waren beide in einer schwierigen Lage. Zum großen Teil war es meine Schuld. Mich mit dir einzulassen war ein Risiko. Aber ich fühlte mich zu dir hingezogen und habe die möglichen Folgen nicht so sorgfältig abgeschätzt, wie ich es hätte tun sollen. Eine Auseinandersetzung wie die am Wochenende musste früher oder später ja kommen. Und da uns beiden Seths Wohl am Herzen liegt, wäre es mir sehr unangenehm, wenn wir uns nicht versöhnen.«

»Gut, dann tun wir es doch.« Er griff nach ihrer Hand, doch sie wich ihm aus.

»Da dies nun geklärt ist, musst du mich jetzt entschuldigen. Ich will dich ungern hinauswerfen, Cam, aber ich habe eine Verabredung.«

»Wie bitte?«

»Eine Verabredung.« Sie schaute auf ihre Armbanduhr. »Und zwar gleich, und ich muss mich noch umziehen.«

Langsam stand er auf. »Du hast eine Verabredung? Heute Abend? Was zum Teufel soll das heißen?«

»Ich habe eine Verabredung.« Sie blinzelte etwas, als ob sie verwirrt wäre, dann schaute sie ihn entschuldigend an. »Oh, tut mir leid. Ich dachte, auch du hättest verstanden, dass unsere Beziehung beendet ist. Ich hatte angenommen, auch dir wäre klar, dass es mit uns beiden nicht funktioniert.«

Cam hatte das Gefühl, als ob ihm jemand die Faust in den Magen gerammt hätte. »Hör zu, wenn du immer noch sauer bist …«

»Sehe ich so aus, als ob ich sauer wäre?«, fragte sie kühl.

»Nein.« Er starrte sie an und schüttelte den Kopf, während es in seinem Bauch drunter und drüber ging. »Nein, sicher nicht. Du lässt mich fallen.«

»Sei doch nicht melodramatisch. Wir beenden lediglich eine Affäre, die wir beide aus freien Stücken und ohne Versprechungen oder Erwartungen begonnen haben. Sie war bis vor Kurzem gut, wirklich gut. Und was Seth betrifft, so habe ich dir bereits gesagt, dass ich alles tun werde, um dich bezüglich der Vormundschaft zu unterstützen. Allerdings erwarte ich, dass du von nun an alle Informationen, die du erhältst, an mich weitergibst. Ich werde mich gern in allen Bereichen, die die Vormundschaft betreffen, mit dir besprechen oder dich und deine Brüder beraten. Ihr geht ganz fantastisch mit ihm um.«

Er wartete, denn er dachte, dass noch mehr kommen würde. »Das war's?«

»Mir fällt sonst nichts mehr ein. Ich stehe jetzt auch ein wenig unter Zeitdruck.«

»Du stehst unter Zeitdruck.« Sie hatte ihm gerade das

Messer ins Herz gebohrt und stand unter Zeitdruck. »Das ist jammerschade, weil ich nämlich noch nicht fertig bin.«

»Es tut mir leid, wenn dein Ego einen Kratzer abbekommen hat.«

»Ja, mein Ego ist angekratzt. Ich habe gerade jede Menge Kratzer einstecken müssen. Wie kannst du mir so einfach den Laufpass geben, nach allem, was zwischen uns war?«

»Wir hatten tollen Sex. Das bestreite ich nicht. Damit ist jetzt nur Schluss.«

»Sex?« Er packte ihre Arme und schüttelte sie, und zu seiner Genugtuung sah er Ärger in ihren eiskalten Augen aufblitzen. »Mehr war es für dich nicht?«

»Das war es doch für uns beide.« Es lief nicht so, wie sie es geplant hatte. Sie hatte erwartet, dass er wutentbrannt hinausstürmen würde oder erleichtert wäre, weil sie sich als Erste zurückzog. Aber auf diese Art der Auseinandersetzung war sie nicht gefasst. »Lass mich los.«

»O nein. Ich bin fast wahnsinnig geworden, während ich auf deine Rückkehr gewartet habe. Du hast mein Leben auf den Kopf gestellt, und ich lasse nicht zu, dass du einfach weggehst, weil du mit mir fertig bist.«

»Wir sind beide miteinander fertig. Ich will dich nicht mehr, und es ist Pech für dich, dass ich es als Erste sage. Und jetzt nimm deine Hände weg.«

Er ließ sie los, als hätte er sich an ihrer Haut verbrannt. Ihre Stimme hatte verdächtig belegt geklungen. »Wie kommst du auf den Gedanken, dass ich Schluss machen will?«

»Wir wollen nicht dasselbe. Wir haben kein gemeinsames Ziel, und ich werde mich nicht mehr ziellos treiben lassen, ganz gleich, was ich für dich empfinde.«

»Was empfindest du denn für mich?«

»Ich bin dich leid!«, rief sie, »mich, uns beide. Ich hab's satt, mir einzureden, Spiel und Spaß wären genug. Es ist nicht genug, bei Weitem nicht, und ich will, dass du gehst.«

Er spürte, wie seine Wut und die Panik, die ihn ergriffen hatte, sich in Freude verwandelten. »Du liebst mich, nicht wahr?«

Er hatte nie eine Frau gesehen, deren Ärger so schnell in sinnlose Wut umschlug. Und er verstand nicht, warum er so lange gebraucht hatte, um zu erkennen, dass er sie anbetete. Anna wirbelte herum, griff nach einer Lampe und schleuderte sie in seine Richtung. Er bewunderte ihre Treffsicherheit und war froh, dass er noch rechtzeitig ausweichen konnte, als der Lampenfuß dicht an seinem Kopf vorbeiflog und dann gegen die Wand krachte.

»Du arroganter, eingebildeter, kaltblütiger Mistkerl.« Jetzt griff sie nach einer Vase, einem neuen guten Stück, das sie auf dem Heimweg erstanden hatte, um sich aufzumuntern. Auch sie segelte durch die Luft.

»Mein Gott, Anna.« Es war reine Bewunderung, die aus ihm sprach, als er die Vase auffing, bevor sie ihm ins Gesicht flog. »Du musst verrückt nach mir sein.«

»Ich verabscheue dich.« Aufgeregt blickte sie sich nach einem weiteren Geschoss um und schnappte sich eine Obstschale. Die Früchte kamen zuerst. Äpfel: »Kann dich nicht ausstehen.« Birnen: »Hasse dich.« Bananen: »Ich kann nicht fassen, dass ich mich jemals von dir habe anfassen lassen.« Dann folgte die leere Schale, die ihn knapp über dem Ohr erwischte. Er sah Sterne.

»Na schön, das Spiel ist vorbei.« Er stürzte zu ihr und packte sie um die Taille. Sein bereits lädierter Körper tat ihm noch immer weh, aber er schleppte sie zum Sofa hinüber und hielt sie dort fest. »Reiß dich zusammen, sonst bringst du mich noch um.«

»Ich will dich aber umbringen«, stieß sie hervor.

»Glaub mir, ich hab' schon kapiert.«

»Du kapierst gar nichts.« Sie bäumte sich unter ihm auf, und das weckte zugleich Begierde und die Lust zu lachen in ihm. Als sie es spürte, biss sie fest zu.

»Autsch! Verdammt! So, das reicht.« Er zog sie hoch und warf sie über seine Schulter. »Du hast noch nicht ausgepackt? Behauptet, sie hätte eine Verabredung. Von wegen. Behauptet, wir wären miteinander fertig. Schwachsinn.« Er marschierte in ihr Schlafzimmer, sah ihre Tasche auf dem Bett und nahm sie an sich.

»Was machst du da? Lass mich runter. Stell das wieder hin.«

»Euch beide lasse ich erst los, wenn wir in Vegas sind.«

»Vegas? Las Vegas?« Sie hieb mit beiden Fäusten auf seinen Rücken ein. »Ich gehe nirgendwo mit dir hin, am allerwenigsten nach Vegas.«

»Genau dahin fahren wir aber. Dort kann man am schnellsten heiraten, und ich hab's eilig.«

»Und wie willst du mich in ein Flugzeug verfrachten, wenn ich die ganze Zeit schreie? In nur fünf Minuten landest du hinter Gittern.«

Da sie ihm wehtat, setzte er sie an der Tür ab, hielt jedoch ihre Arme fest. »Wir heiraten, und damit basta.«

»Du kannst nicht einfach …« Sie sank in sich zusammen, ihr drehte sich alles vor den Augen. »Heiraten?« Endlich begriff sie. »Du willst doch gar nicht heiraten.«

»Glaub mir, ich hatte vorhin ernste Zweifel, als du die

Obstschale nach mir geworfen hast. Also, wirst du jetzt freiwillig mitkommen, oder muss ich dich betäuben?«

»Bitte lass mich los.«

»Anna.« Er beugte sich zu ihr hinunter. »Bitte mich nicht darum. Ich glaube nämlich, dass ich ohne dich nicht leben kann. Geh das Risiko ein, setz alles auf eine Karte. Komm mit mir.«

»Du bist zornig und verletzt«, sagte sie zitternd. »Und du glaubst, dass alles in Ordnung kommt, wenn wir Hals über Kopf nach Vegas fliegen.«

Sanft umschloss er ihr Gesicht. Tränen schimmerten in ihren Augen, und er wusste, dass er vor ihr auf den Knien liegen würde, sobald sie überflossen. »Du kannst mir nicht weismachen, dass du mich nicht liebst. Ich würde dir nicht glauben.«

»Oh, ja, ich liebe dich, Cam, aber ich werde es überleben. Ich musste es mir eingestehen, du hast mir das Herz gebrochen.«

»Ich weiß.« Er drückte seine Lippen auf ihre Stirn. »Ich weiß es. Ich war blind, ich war selbstsüchtig, ich war dumm. Und ich hatte große Angst. Vor mir, vor dir, vor allem, was rings um mich herum geschah. Ich hab's vermasselt, und jetzt willst du mir keine zweite Chance mehr geben?«

»Hier geht es nicht um Chancen. Es geht darum, vernünftig zu sein, einzusehen, dass wir ganz verschiedene Dinge wollen.«

»Mir ist heute endlich klargeworden, was ich will. Sag mir, was du willst.«

»Ich will ein Heim.«

Er hatte eines für sie, dachte er.

»Ich will heiraten.«

Hatte er sie nicht gerade gefragt?

»Ich will Kinder.«

»Wie viele?«

Ihre Tränen trockneten, und sie gab ihm einen Schubs. »Das ist kein Witz.«

»Ich mache keine Witze. Ich habe an zwei mit einer Option auf ein drittes gedacht.« Seine Lippen zuckten, als er ihr schockiertes Gesicht sah. »So, jetzt hast nämlich du Angst, weil du merkst, dass es mir ernst ist.«

»Du, du kehrst nach Rom oder wohin auch immer zurück, sobald du nur kannst.«

»Wir können gemeinsam nach Rom fahren – in unseren Flitterwochen. Den Kleinen nehmen wir aber nicht mit. Irgendwo muss eine Grenze sein. Vielleicht schiebe ich hin und wieder ein Rennen ein. Nur um nicht ganz aus der Übung zu kommen. Aber in erster Linie baue ich Boote. Das Geschäft könnte natürlich danebengehen. Dann hättest du einen Hausmann am Hals, der Hausarbeit aus tiefster Seele hasst.« Sie wollte die Finger auf ihre Schläfen pressen, aber er hielt sie immer noch an den Armen fest. »Ich kann nicht denken.«

»Gut. Dann hör nur zu. Ich bin in ein Loch gefallen, als du wegfuhrst, Anna. Ich wollte es nicht zugeben, aber es war da, groß und schwarz.«

Er legte kurz seine Stirn auf ihre. »Weißt du, was ich heute gemacht habe? Ich habe mit dem Boot angefangen. Und es war gut. Ich kam nach Hause, das einzige Zuhause, das ich je hatte, und es fühlte sich gut an. Wir haben eine Familienkonferenz abgehalten und beschlossen, dass wir es mit der Versicherung aufnehmen und alles für unseren Vater tun wollen. Übrigens habe ich mit ihm gesprochen.«

Sie starrte ihn an. »Was? Mit wem?«

»Mit meinem Vater. Ich hab' mich seit seinem Tod dreimal mit ihm unterhalten. Er sieht gut aus.«

»Cam.«

»Ja, ja«, sagte er und grinste. »Ich brauche therapeutische Hilfe. Darüber können wir später noch reden, ich wollte nicht ablenken. Ich war gerade dabei, dir zu erzählen, was ich heute gemacht habe, stimmt's?«

Sie nickte langsam. »Ja.«

»Na schön, nach der Konferenz hat Phil eine schlaue Bemerkung vom Stapel gelassen, und da hab' ich ihm eine verpasst, woraufhin wir uns eine Zeit lang geprügelt haben. Das fühlte sich auch gut an. Dann habe ich mit Seth über die Dinge geredet, die ich schon früher mit ihm hätte besprechen sollen, und ich habe ihm zugehört, wie ich ihm schon früher hätte zuhören sollen, und dann haben wir eine Weile nur dagesessen. Das fühlte sich gut an, Anna, sehr gut.«

Sie lächelte. »Da bin ich froh.«

»Ich bin noch nicht fertig. Als ich da so saß, wusste ich, dass ich genau dort bleiben will und muss, aber nur mit dir. Also bin ich zu dir gefahren, um dich zu holen.« Er küsste sie zärtlich auf die Stirn. »Um dich nach Hause zu holen, Anna.«

»Ich glaube, ich möchte mich setzen.«

»Nein, ich will, dass deine Knie weich werden, wenn ich dir sage, dass ich dich liebe. Bist du bereit?«

»O Gott.«

»Ich habe immer sehr darauf geachtet, einer Frau niemals zu sagen, dass ich sie liebe – ausgenommen meiner Mutter. Ihr habe ich es nicht oft genug gesagt. Versuch es mit mir, Anna, dann sage ich es dir so oft, bis du es nicht mehr hören kannst.«

Sie holte tief Luft. »Ich will nicht in Vegas heiraten.«

»Spielverderberin.« Er sah, dass sie lächelte, dann küsste er sie. Und dieser Kuss linderte jeden Schmerz an seinem Körper und in seiner Seele. »Gott, hast du mir gefehlt. Geh nicht wieder weg.«

»Mein Wegfahren hat dich zur Vernunft gebracht.« Sie schlang fest die Arme um ihn. Und es fühlte sich gut an, dachte sie wie trunken. »Oh, Cam, ich möchte es hören, jetzt gleich.«

»Ich liebe dich. Es fühlt sich so wahnsinnig gut an, dich zu lieben. Ich kann nicht glauben, dass ich so viel Zeit verschwendet habe.«

»Knapp drei Monate«, erinnerte sie ihn.

»Zu lange. Aber wir werden es wiedergutmachen.«

»Ich möchte, dass du mich nach Hause bringst«, murmelte sie. »Danach.«

Er wich zurück und legte den Kopf auf die Seite. »Wonach?« Dann brachte er sie zum Lachen, indem er sie in die Höhe hob. Er bahnte sich den Weg durch das Chaos und trat eine jämmerlich zerquetschte Banane zur Seite. »Weißt du, ich kann mir nicht erklären, warum ich die Ehe für langweilig gehalten habe.«

»Unsere wird es nicht sein.« Sie küsste seinen lädierten Kopf. »Versprochen.«

Werkverzeichnis der im Heyne und Diana Verlag erschienenen Titel von Nora Roberts

© Bruce Wilder

> Zusatzmaterial

HEYNE <

Die Autorin

Nora Roberts wurde 1950 in Silver Spring, Maryland, als einzige Tochter und jüngstes von fünf Kindern geboren. Ihre Ausbildung endete mit der Highschool in Silver Spring. Bis zur Geburt ihrer beiden Söhne Jason und Dan arbeitete sie als Sekretärin, anschließend war sie Hausfrau und Mutter. Anfang der Siebzigerjahre zog sie mit ihrem Mann und den beiden Kindern nach Maryland aufs Land. Sie begann mit dem Schreiben, als sie im Winter 1979 während eines Blizzards tagelang eingeschneit war. Nachdem Nora Roberts jedes im Haus vorhandene Buch gelesen hatte, schrieb sie selbst eins. 1981 wurde ihr erster Roman *Rote Rosen für Delia* (Originaltitel: *Irish Thoroughbred*) veröffentlicht, der sich rasch zu einem Bestseller entwickelte. Seitdem hat sie über 200 Romane geschrieben, von denen weltweit über 500 Millionen Exemplare verkauft wurden; ihre Bücher wurden in mehr als 30 Sprachen übersetzt. Sowohl die Romance Writers of America als auch die Romantic Times haben sie mit Preisen überschüttet; sie erhielt unter anderem den Rita Award, den Maggie Award und das Golden Leaf. Ihr Werk umfasst mehr als 195 New-York-Times-Bestseller, und 1986 wurde sie in die Romance Writers Hall of Fame aufgenommen.
Heute lebt die Bestsellerautorin mit ihrem Ehemann in Maryland.

E-Books

Alle Romane in diesem Werkverzeichnis sind auch als E-Book erhältlich.

Besuchen Sie Nora Roberts auf ihrer Website
www.noraroberts.com

1. Einzelbände

Licht in tiefer Nacht *(Come Sundown)*
So lange Bodine denken kann, liegt ein Schatten über dem Familienanwesen. Ihre Tante Alice lief mit achtzehn fort und wurde nie wieder gesehen. Was niemand ahnt: Alice lebt. Nicht weit entfernt, ist sie Teil einer Familie, die sie nicht selbst gewählt hat …

Dunkle Herzen *(Divine Evil)*
Eine New Yorker Bildhauerin erlebt in ihren Albträumen eine »Schwarze Messe«, welche in ihrem Heimatort in Maryland stattfindet. Sie erinnert sich an den grauenvollen Tod ihres Vaters und entschließt sich zur Heimkehr in ihr Elternhaus. Dunkle Mächte werden daraufhin wiedererweckt.

Erinnerung des Herzens *(Genuine Lies)*
Eine alleinerziehende Mutter und erfolgreiche Autorin soll für eine Filmdiva die Memoiren verfassen. Sie erhält deshalb immer häufiger Drohbriefe, je mehr sich die Diva in ihren brisanten Informationen öffnet.

Gefährliche Verstrickung *(Sweet Revenge)*
Die schöne Adrianne führt ein Doppelleben: bei Tag elegante Society-Lady, bei Nacht gefürchtete Juwelendiebin. Doch all ihre Einbrüche sind bloß Fingerübungen für ihren größten Coup: Sie will jenen Mann bestehlen, der einst ihrer Mutter das Leben zur Hölle machte. Nur einer könnte ihre Pläne zunichtemachen: Philip Chamberlain, Ex-Juwelendieb und Interpol-Agent …

Das Haus der Donna *(Homeport)*
Eine amerikanische Kunstexpertin wird zu einer wichtigen Expertise über eine Bronzefigur aus der Zeit der Medici nach Flo-

renz eingeladen, doch vorher wird sie überfallen und mit einem Messer bedroht. Die Echtheit der Figur und der Überfall stehen in einem gefährlichen Zusammenhang.

Im Sturm des Lebens *(The Villa)*
Teresa Giambelli legt die Führung ihrer Weinfirma in die Hände ihrer Enkelin Sophia und in die von Tyker, dem Enkelsohn ihres zweiten Mannes, beide charakterlich sehr unterschiedlich. Als vergiftete Weine der Firma auftauchen, erkennen beide, dass sie gemeinsam für ihre Familie und das Weingut kämpfen müssen.

Insel der Sehnsucht *(Sanctuary)*
Anonyme Fotos beunruhigen die Fotografin Jo Hathaway, und deshalb kommt sie nach Jahren zurück in ihr Elternhaus auf der Insel Desire. Dort findet sie ihren Vater und die Geschwister vor. Jo versucht herauszufinden, weshalb ihre Mutter vor langer Zeit verschwand.

Lilien im Sommerwind *(Carolina Moon)*
South Carolina. Tory Bodeen findet keine Ruhe, seit vor achtzehn Jahren ihre beste Schulfreundin Hope ermordet wurde. Heimlich stellt sie Nachforschungen an, unterstützt von Hopes Bruder. Sie stellen fest, dass Hope das erste Opfer einer Mordserie ist.

Nächtliches Schweigen *(Public Secrets)*
Der Sohn eines umjubelten Bandleaders wird entführt und dabei versehentlich getötet. Die Tochter Emma beobachtet die Untat, stürzt dabei und verliert jede Erinnerung an die Täter. Sie quält sich mit Vorwürfen und versucht mithilfe eines Polizeibeamten, ihr Gedächtnis wiederzuerlangen. Dadurch gerät sie in große Gefahr.

Rückkehr nach River's End *(River's End)*
Auf mörderische Weise verliert die kleine Livvy ihre Eltern, ein Hollywood-Traumpaar. Die Großeltern bieten ihr im friedlichen River's End eine neue Heimat. Jahre später kommen die Erinnerungen und damit die Gefahr, dass bedrohlicher Besuch eintreffen könnte.

Der Ruf der Wellen *(The Reef)*
Auf der Suche nach einem geheimnisumwitterten Amulett vor der Küste Australiens wird James Lassiter bei einem Tauchgang ermordet. Dessen Sohn Matthew und sein Onkel sind weiter auf der Suche, zusammen mit Ray Beaumont und dessen Tochter Tate, und entdecken ein spanisches Wrack.

Schatten über den Weiden *(True Betrayals)*
Nach der Trennung von ihrem Mann erhält Kelsey einen Brief von ihrer totgesagten Mutter. Diese widmet sich seit ihrer Entlassung aus dem Gefängnis der Pferdezucht in Virginia. Kelsey entdeckt dort ihre Wurzeln, verliebt sich, beginnt aber auch in der Vergangenheit ihrer Mutter zu forschen: Weshalb wurde ihr ein mysteriöser Mord zur Last gelegt?

Sehnsucht der Unschuldigen *(Carnal Innocence)*
Innocence am Mississippi ist für die Musikerin Caroline Waverly der richtige Ort der Erholung nach einer monatelangen Tournee mit Beziehungskonflikten. Tucker Longstreet, Erbe der größten Farm in Innocence, verliebt sich in Caroline. Drei Frauen werden innerhalb einiger Wochen ermordet, eine von ihnen war die ehemalige Geliebte von Tucker.

Die Tochter des Magiers *(Honest Illusions)*
Roxanne teilt das geerbte Talent für Magie mit Luke, einem früheren Straßenjungen, den ihr Vater, ein Zauberkünstler, einst auf-

nahm. Allerdings erleichtern sie Reiche auch um deren Juwelen. Sie werden Partner in der Zauberkunst und in der Liebe. Ein dunkler Punkt in Lukes Vergangenheit lässt ihn verschwinden – Jahre später taucht er wieder auf …

Tödliche Liebe *(Private Scandals)*
Die erfolgreiche Fernsehmoderatorin Deanna Reynolds hat Glück im Beruf – und in der Liebe mit dem Reporter Finn Riley. Doch eine eifersüchtige Kollegin und anonyme Fanpost machen ihr das Leben schwer.

Träume wie Gold *(Hidden Riches)*
Philadelphia. Die Antiquitätenbesitzerin Dora Conroy kauft eine Reihe von Objekten und gerät damit ins Blickfeld von internationalen Schmugglern. Sie und der ehemalige Polizist Jed Skimmerhorn beginnen, Diebstähle und Todesfälle im Umkreis der geheimnisvollen Lieferung zu untersuchen.

Verborgene Gefühle *(Hot Ice)*
Manhattan. Auf der Flucht vor Gangstern landet der charmante Meisterdieb Douglas Lord im Luxusauto von Whitney. Dabei erfährt sie von Douglas' Plan, im Dschungel von Madagaskar einen sagenhaften Schatz zu suchen.

Verlorene Liebe *(Brazen Virtue)*
Zwei Schwestern. Während Grace unbekümmert alleine als Krimiautorin lebt, arbeitet Kathleen als Lehrerin an einer Klosterschule und verdient sich nebenbei Geld mit Telefonsex für den Scheidungsanwalt. Ein lebensgefährlicher Job, denn Grace findet Kathleen mit einem Telefonkabel erdrosselt.

Verlorene Seelen *(Sacred Sins)*
Washington. Blondinen sind die Opfer eines Frauenmörders, die Tatwaffe immer eine weiße Priesterstola. Mithilfe der Psychiaterin Tess Court versucht Police Sergeant Ben Paris, die Mordserie aufzuklären. Doch nicht nur er hat ein Auge auf Tess geworfen.

Der weite Himmel *(Montana Sky)*
Montana. Der steinreiche Farmer Jack Mercy verfügte in seinem Testament, dass seine drei Töchter aus drei Ehen erst dann ihren Erbteil erhalten, wenn sie ein Jahr lang friedlich zusammen auf der Farm verbringen. Sie versuchen es, doch in dieser Zeit geschehen auf der Farm mysteriöse Dinge.

Tödliche Flammen *(Blue Smoke)*
Reena Hale ist Brandermittlerin und kennt durch ein schlimmes Kindheitserlebnis die Macht des Feuers. Neben Bo Goodnight interessiert sich noch jemand sehr für sie – allerdings verfolgt dieser Unbekannte ihre Spur, um die Macht des Feuers für seinen Racheplan zu benützen.

Verschlungene Wege *(Angels Fall)*
Reece Gilmore ist auf der Flucht: vor der Erinnerung und vor sich selbst. Als sie sich endlich in einem Dorf in Wyoming dem einfühlsamen Schriftsteller Brody anvertraut, glaubt sie, zur Ruhe zu kommen. Doch die Vergangenheit holt sie bald ein.

Im Licht des Vergessens *(High Noon)*
Phoebe MacNamara kennt die Gefahr. Geiselnehmer, Amokläufer – kein Problem für die beim FBI ausgebildete Expertin für Ausnahmezustände. Aber erst die Liebe zu Duncan hat sie unverwundbar gemacht. Glaubt sie. Bis sie von einem Unbekannten brutal überfallen wird. Fortan muss sie um ihr Leben fürchten.

Lockruf der Gefahr *(Black Hills)*
Tierärztin Lilian führt auf ihrer Wildtierfarm in South Dakota ein erfülltes, aber auch abgeschiedenes Leben. Fast zu spät erkennt sie die Gefahr, der sie ausgesetzt ist, als ein Mann sie und ihre Familie bedroht. In letzter Minute nimmt sie die Hilfe ihrer Jugendliebe Cooper an. Kann er sie retten?

Die falsche Tochter *(Birthright)*
Als die Archäologin Callie Dunbrook an den Fundort eines fünftausend Jahre alten menschlichen Schädels gerufen wird, ahnt sie nicht, dass dieses Projekt auch ihre eigene Vergangenheit heraufbeschwören wird.

Sommerflammen *(Chasing Fire)*
Die Feuerspringerin Rowan kämpft jeden Sommer erfolgreich gegen die Brände in den Wäldern Montanas. Doch seit ihr Kollege dabei ums Leben kam, plagen sie Schuldgefühle. Hätte sie Jim retten können?

Gestohlene Träume *(Three Fates)*
Tia Marshs Leben gehört der Wissenschaft. Dass das Interesse für griechische Mythologie ihr einmal zum Verhängnis wird, ahnt sie nicht – bis sie Malachi Sullivan begegnet. Der attraktive Ire ist dem Geheimnis dreier Götterfiguren auf der Spur, und nicht nur er will die wertvollen Statuen um jeden Preis besitzen …

Das Geheimnis der Wellen *(Whiskey Beach)*
Eli Landon wird unschuldig des Mordes an seiner Frau verdächtigt. Im Anwesen seiner Familie an der rauen Küste Neuenglands sucht er Zuflucht. Auch seine hübsche Nachbarin, Abra Walsh, will dort ihre schmerzhaften Erinnerungen vergessen. Doch während sich die beiden näherkommen, holt sie die Vergangenheit ein.

Ein Leuchten im Sturm *(The Liar)*
Nach dem Unfall ihres Mannes erfährt Shelby, dass Richard ein Betrüger war. Der Mann, den sie geliebt hat, ist nicht nur tot – er hat niemals existiert. Shelby flüchtet mit ihrer Tochter zu ihrer Familie nach Tennessee, wo sie Griffin kennenlernt. Doch Richards Lügen folgen ihr und werden zur tödlichen Bedrohung.

Strömung des Lebens *(Under Currents)*
Von außen betrachtet ist das Leben der Bigelows perfekt. Doch hinter den Kulissen tyrannisiert der Vater seine Familie. Als Sohn Zane sich schließlich zur Wehr setzt, kommt das jahrelange Martyrium ans Licht. Fast zwanzig Jahre später findet die junge Landschaftsgärtnerin Darby McCray in Lakeview ein neues Zuhause. Auch Zane kehrt als erfolgreicher Anwalt in seinen Heimatort zurück. Die beiden fühlen sich sofort zueinander hingezogen, doch ihre aufblühende Liebe wird von der Vergangenheit überschattet. Was damals geschehen ist, holt die beiden wieder ein und wird zur gefährlichen Bedrohung ...

Vermächtnis der Dunkelheit *(Legacy)*
Adriana erlebt in ihrer Kindheit Traumatisches, doch sie geht als starke Frau daraus hervor. Schon mit siebzehn gründet sie ein gefeiertes Fitnessunternehmen in New York. Alles scheint perfekt, bis Adriana ein Drohbrief erreicht, dem jedes Jahr ein weiterer folgen wird. Um Abstand zu gewinnen, beschließt sie, nach Traveler's Creek zurückzukehren, wo ihre Großeltern leben. Während Familie und Freunde zusammenrücken und alte Wunden heilen, kommt Adrianas Stalker immer näher. Aber diesmal ist sie bereit, sich zu verteidigen.

2. *Zusammenhängende Titel*

a) Quinn-Familiensaga

– Tief im Herzen *(Sea Swept)*

Maryland. Der Rennfahrer Cameron Quinn kehrt zurück in die Kleinstadtidylle an das Sterbebett seines Adoptivvaters. Dieser bittet ihn, sich mit den beiden Adoptivbrüdern um den zehnjährigen Seth zu kümmern. Er ist ein ebenso schwieriger Junge, wie es Cameron einst war. Hinzu kommt, dass sich die Sozialarbeiterin Anna Spinelli einmischt, um zu prüfen, ob in dem Männerhaushalt die Voraussetzungen für eine Adoption gegeben sind.

– Gezeiten der Liebe *(Rising Tides)*

Ethan Quinn übernimmt während der Abwesenheit seiner Brüder die Rolle des Familienoberhaupts. Seine Arbeit als Fischer und die Verantwortung für den zehnjährigen Seth binden ihn an die kleine Stadt. Außerdem liebt er Grace Monroe, eine alleinerziehende Mutter, welche den Haushalt der Quinns führt.

– Hafen der Träume *(Inner Harbour)*

Gemeinsam kämpfen die drei Quinn-Brüder um das Sorgerecht für Seth, denn sie wissen, dass Seths Mutter eher am Geld als an dem Jungen gelegen ist. Da kommt die Bestsellerautorin Sybill in die Stadt und will unbedingt verhindern, dass Seth von Philipp und seinen Brüdern adoptiert wird.

– Ufer der Hoffnung *(Chesapeake Blue)*

Seth Quinn hat sich durch die Fürsorge seiner älteren Brüder zu einem erfolgreichen Maler entwickelt. Als er aus Europa nach Maryland zurückkehrt, wird er von seiner leiblichen Mutter mit der Publikation seiner Kindheitsgeschichte erpresst. Seth lernt Drusilla kennen, welche sich auch nicht mehr mit ihrer leiblichen Familie identifizieren kann.

b) Garten-Eden-Trilogie

– Blüte der Tage *(Blue Dahlia)*

Tennessee. Die Witwe Stella Rothchild kehrt mit ihren kleinen Söhnen in ihre Heimat zurück. Die Gartenarchitektin beginnt, sich ein neues Leben in der Gärtnerei Harper aufzubauen, unterstützt von der Hausherrin Rosalind. Alles ist gut, bis Stella dem Landschaftsgärtner Logan Kitridge begegnet. Doch jemand will diese Verbindung verhindern.

– Dunkle Rosen *(Black Rose)*

Rosalind Harper hat sich in die Arbeit gestürzt, um den Tod ihres Mannes zu überwinden. Besonders der Gartenkunst widmet sie sich. Doch in dem harperschen Anwesen geht ein Geist um. Rosalind engagiert den Ahnenforscher Mitchell Carnegie, um zu erfahren, um welche übernatürlichen Kräfte es sich dabei handelt.

– Rote Lilien *(Red Lily)*

Hayley Phillips kommt mit ihrer neugeborenen Tochter Lily zu ihrer Cousine Rosalind Harper und findet dort ein neues Heim. Für Rosalinds Sohn Harper empfindet sie tiefe Gefühle, doch dann ergreift eine dunkle Macht von Hayley Besitz.

c) Der Jahreszeiten-Zyklus

– Frühlingsträume *(Vision in White)*

Gemeinsam mit ihren Freundinnen Parker, Laurel und Emma betreibt Mac eine erfolgreiche Hochzeitsagentur. Sie lebt und arbeitet mit den drei wichtigsten Menschen in ihrem Leben – wozu braucht sie da noch einen Mann? Doch als Mac Carter trifft, gerät ihr so gut ausbalanciertes Leben ins Wanken.

– **Sommersehnsucht** *(Bed of Roses)*
Freundschaft und Liebe – das geht nicht zusammen. Zu dumm nur, dass sich Emmas langjähriger Freund Jack völlig überraschend als ihre große Liebe erweist. Nun steckt Emma in der Klemme, zumal sie weiß, wie sehr Jack an seiner Freiheit hängt.

– **Herbstmagie** *(Savor the Moment)*
Laurel verliebt sich in den smarten Staranwalt Del, den Bruder ihrer Freundin Parker. Er ist für sie die Liebe ihres Lebens, aber sieht der heiß begehrte Junggeselle das ebenso?

– **Winterwunder** *(Happy Ever After)*
Parker ist anscheinend mit ihrem Beruf verheiratet – bis Malcolm in ihr Leben tritt. Aber wie soll sie mit ihm eine Beziehung führen, wenn er sich weigert, über seine Vergangenheit zu sprechen?

d) Die O'Dwyer-Trilogie

– **Spuren der Hoffnung** *(Dark Witch)*
Iona verlässt Baltimore, um sich im sagenumwobenen County Mayo auf die Suche nach ihren Vorfahren zu machen. Als sie den attraktiven Boyle trifft, bietet er ihr an, auf seinem Gestüt zu arbeiten. Schnell spüren beide, dass sie mehr verbindet als die gemeinsame Leidenschaft für Pferde. Doch dann droht ein dunkles Familiengeheimnis das Glück der beiden zu zerstören.

– **Pfade der Sehnsucht** *(Shadow Spell)*
Ionas Cousin Connor O'Dwyer hat die Frau fürs Leben noch nicht gefunden, doch auf wundersame Weise fühlt er sich immer mehr zur leidenschaftlichen Meara hingezogen. Das Glück wird getrübt, als Cabhan, der alte Feind der Familie, Meara benutzt,

um sie alle zu vernichten. Hält der Kreis der Freunde dieser Herausforderung stand?

– Wege der Liebe *(Blood Magick)*

Branna und Fin waren schon mit siebzehn ein Paar, doch dann ist ihre Liebe zerbrochen. Branna liebt Fin zwar noch immer, sie fühlt sich aber von ihm verraten und misstraut ihm seither. Doch sie gehören beide zum magischen Kreis der Freunde und kämpfen gemeinsam gegen Cabhan, den unversöhnlichen Feind des O'Dwyer-Clans. Aber welche Rolle spielt Fin eigentlich in diesem Kampf? Ist er in die Machtspiele seines Vorfahren verwickelt, oder steht er aufseiten von Iona, Connor und Branna?

e) Die Schatten-Trilogie

– Schattenmond *(Year One)*

Lana und Max verbindet eine große und außergewöhnliche Liebe. Als eine weltweite Seuche ausbricht und New York innerhalb kürzester Zeit ins Chaos stürzt, fliehen sie aus der Stadt und gründen mit Gleichgesinnten die Gemeinschaft New Hope. Doch auch hier rückt die Gefahr dem Paar bedrohlich nahe. Lana setzt alles daran, dem Inferno zu entkommen, denn sie trägt inzwischen ein Kind unter dem Herzen, die »Auserwählte«, ihre zukünftige Tochter, die als Einzige in der Lage sein wird, dem Leid der Menschheit ein Ende zu setzen.

– Schattendämmerung *(Of Blood and Bone)*

Fallon trägt eine schwere Verantwortung: Sie wurde mit den Kräften geboren, die notwendig sind, um die postapokalyptische Welt vom Bösen zu befreien. Doch dafür muss sie ihrer geliebten Familie den Rücken kehren und von der kleinen Farmerstochter zur mutigen Kriegerin werden. Gleichzeitig tritt immer wieder Duncan in ihr Leben, mit dem sie etwas Tieferes verbindet, als sie sich eingestehen will. Um den dunklen Mächten und dem Mörder ihres leiblichen Vaters Einhalt zu gebieten, muss das junge Mädchen magische und nichtmagische Wesen zusammenbringen und Hinterhalt und Intrigen enttarnen, die die Gesellschaft noch vor der ersten Schlacht zu unterwandern drohen.

– **Schattenhimmel** *(The Rise of Magicks)*
Die erste Schlacht ist bereits geschlagen, doch der große Kampf um Gut und Böse steht noch bevor: Die junge Fallon führt ihre Armee nach Washington D.C., um die schwarze Magie aus der Welt zu verbannen. Sie ist die Auserwählte, die nach der Apokalypse die Welt wiederaufbauen und ihre Bewohner vereinen soll. Auf der jungen Frau liegt eine große Last, denn die Familie des Mörders ihres Vaters sinnt auf Rache an ihr und ihren Liebsten. Doch ihre große Mission fällt Fallon mittlerweile leichter als die Deutung ihrer Gefühle für Duncan, dessen Schicksal unlösbar mit ihrem verwoben ist.

3. Sammelbände

a) Die Unendlichkeit der Liebe

(Drei Romane in einem Band)

Auch als Einzeltitel erschienen:

– **Heute und für immer** *(Tonight and Always)*
Kasey gewinnt das Herz von Jordan und seiner Nichte Alison, aber jetzt fürchtet Großmutter Beatrice, dass sie die Macht über ihre Familie verliert.

– **Eine Frage der Liebe** *(A Matter of Choice)*

Ein Antiquitätenladen im Herzen Neuenglands. Ohne Jessicas Wissen dient er einer internationalen Schmugglerbande als Umschlagplatz für Diamanten. Zu ihrem Schutz reist der New Yorker Cop James Sladerman nach Connecticut, wo ihm Jessica die Ermittlungen aus der Hand nimmt.

– **Der Anfang aller Dinge** *(Endings and Beginnings)*

Die beiden erfolgreichen Fernsehjournalisten Olivia Carmichael und T.C. Thorpe sind erbitterte Konkurrenten im Kampf um die neuesten Meldungen. Sie kommen sich näher, doch da gibt es einen dunklen Punkt in Olivias Vergangenheit.

b) Königin des Lichts (A Little Fate)

(Drei Fantasy-Kurzromane in einem Band)

– **Zauberin des Lichts** *(The Witching Hour)*

Aurora muss den Königsthron zurückerobern, nachdem Lorcan ihre Eltern getötet und ihre Heimatstadt zerstört hat. Verkleidet gelangt sie an den Hof des Tyrannen. Dort trifft sie auf dessen Stiefsohn Thane und verliebt sich.

– **Das Schloss der Rosen** *(Winter Rose)*

Der schwer verletzte Prinz Kylar wird von Deidre, Königin der Rosenburg, auf welcher ewiger Winter herrscht, gerettet und gepflegt. Dafür will Kylar die Rosenburg von ihrem Fluch befreien.

– **Die Dämonenjägerin** *(World Apart)*

Kadra ist auf der Jagd nach den Bok-Dämonen. Dabei erfährt sie, dass sich der Dämonenkönig Sorak des Tors zu einer anderen Welt bemächtigt hat. Um beide Welten vor dem Untergang zu bewahren, folgt sie Sorak dorthin. Sie landet mitten in New York, in der Wohnung von Harper Doyle. Sie braucht seine Hilfe.

c) Im Licht der Träume (A Little Magic)

(Drei Romane in einem Band)

– Verzaubert *(Spellbound)*
Der amerikanische Fotograf Calin Farrell begegnet im Schlaf der Hexe Bryna, welche ihn um Hilfe bittet, und wird dazu bewogen, nach Irland zu reisen, ins Land seiner Vorfahren. Dort kommt er dem Rätsel auf die Spur: Die Vorfahren von Calin und Bryna waren vor tausend Jahren ein Paar. Doch der Magier Alasdir hatte ihr Leben zerstört – und er versucht es aufs Neue.

– Für alle Ewigkeit *(Ever After)*
Allena aus Boston soll eigentlich ihrer Schwester in Irland helfen. Durch Zufall verbringt sie stattdessen einige Tage im Haus von Conal O'Neil. Die offenbar zufällige Begegnung scheint vom Schicksal vorbestimmt zu sein, denn die beiden fühlen sich stark zueinander hingezogen.

– Im Traum *(In Dreams)*
Die Amerikanerin Kayleen landet durch einen Sturm im Haus des Magiers Draidor. Kayleen verliebt sich sofort in Draidor, und er bereitet ihr einen im wahrsten Sinne des Wortes zauberhaften Aufenthalt.